NINA RESINEK

Dich hab ich nicht kommen sehen

Über die Autorin:

Nina Resinek, 1977 in Toronto geboren, hat sieben Jahre als Rechtsanwältin in einer großen Wirtschaftskanzlei in Frankfurt am Main gearbeitet. Nun lebt sie mit ihrem Mann, ihrer Tochter und ein paar erfundenen Haustieren in Siegen. *»Dich hab ich nicht kommen sehen«* ist ihr erster Roman.

NINA RESINEK

DICH hab ich nicht kommen SEHEN

ROMAN

lübbe

Dieser Titel ist auch als Hörbuch und E-Book erschienen

MIX
Papier aus verantwortungsvollen Quellen
FSC® C014496
FSC
www.fsc.org

Originalausgabe

Titelillustration: © www.buersosued.de
Umschlaggestaltung: Sandra Taufer, München
Satz: Dörlemann Satz, Lemförde
Gesetzt aus der Bembo Std
Druck und Verarbeitung: GGP Media GmbH, Pößneck
Printed in Germany
ISBN 978-3-404-18395-1

2 4 5 3 1

Sie finden uns im Internet unter www.luebbe.de
Bitte beachten Sie auch: www.lesejury.de

Für Sebastian, Milla
und meine Frankfurter

1

Die ehemalige Nähmaschinenfabrik stand in zweiter Reihe hinter einem achtstöckigen Häuserblock, den Thomas Conrad »Riegel« genannt hatte. Im Sommer konnte man das Fabrikgebäude von der Straße aus wahrscheinlich gar nicht sehen. Es lag zwar ein wenig versetzt und lugte an einer Ecke aus dem Schatten des Riegels hervor, aber dort verbarg es sich hinter einer Handvoll hoher Bäume, die einen Matschweg säumten.

Mari war zweimal an ihrem Haus vorbeigelaufen, obwohl der gelbe Backstein durch die kahlen Äste der Bäume hindurchleuchtete. Sie war vor dem hässlichen Häuserblock stehen geblieben, um auf ihrem Telefon die Wohnungsanzeige zu studieren. Nein, sie hatte die Hausnummer nicht übersehen, es war keine angegeben. Die Anzeige war ohnehin … komisch.

»Loft in historischer Lage (nahe Todesstreifen und Ostbahnhof) in alter Fabrik (keine Chemie, nur Nähmaschinen), ab sofort zu vermieten von mir selbst, kein Makler, 84 qm, 3. OG Hinterhaus (vorne ist auch nicht besser, da ist der Riegel), überall grünes Milchglas in der Einbauküche, unten pflegeintensiver Dielenboden, oben Kappendecke, an den Seiten geschlämmte Wände, 1.500 Euro kalt. Mit freundlichen Grüßen, Thomas Conrad (tommy@conrad.de)«

Maris Freundin Emma hatte die Anzeige für sie im Internet aufgetrieben und darauf bestanden, dass sie sich sofort nach ihrer Ankunft in Berlin zuallererst mit diesem Vogel treffen würde. »Ich hab da ein gutes Gefühl.«

»Emma, glaub mir, da macht sich ein Zehnjähriger einen Spaß.«

»Welcher Zehnjährige kennt denn Kappendecken und geschlämmte Wände, das ist voll Fachjargon. Und die Fotos sehen super aus, da willst du wohnen!«

»Für 1.500 Euro kalt.«

»Seit wann bist du denn so geizig? Du gibst doch sonst nichts aus, da an deinem Schreibtisch.«

»Wenn das ein Axtmörder ist, bist du schuld.«

Beim dritten Anlauf war Mari auf dem gefrorenen Matschweg zwischen kahlen Winterbäumen zu ihrem Haus vorgedrungen. Im Nachhinein betrachtet war die Wegbeschreibung des Vermieters tatsächlich hilfreicher gewesen als eine Hausnummer. »Direkt um die Ecke von der kaputten Kirche, so halb gegenüber von der Trinkhalle, da wo dieser echt traurige Graffitispruch – ›Liebe ist Scheiße‹ oder so ähnlich – an der Wand steht, und dann neben dem Riegel einfach rechts rein, das verzauberte gelbe Haus.«

Das einzige Problem war der Riegel gewesen, weil Mari an Schokolade oder eine Tür gedacht hatte, obwohl das keinen Sinn ergab. Eine gute Anwältin hätte nachgefragt, doch sie war keine gute Anwältin (fand sie zumindest).

Nun wartete sie. Schon seit einer ganzen Weile. Und fror. Sie fischte ihr Telefon aus der Handtasche und fotografierte die gelbe Fabrikfassade mit den vereinzelten roten Backsteinen, die sich wie Sommersprossen über das Haus verteilten. Zögernd ging sie an den Fahrradständern vorbei durch den tunnelartigen Bogen in den Innenhof. Im Hof stand eine verrostete überdimensionale Nähmaschine, und neben dem Eingang zum Hinterhaus lag ein quadratisches Beet mit graugrünen Pflanzen, die tropisch und verfroren aussahen.

Mari hatte sich ein paar Mal um sich selbst gedreht und die hohen Fenster bewundert, als im Tunnel ein Mann mit roter Wollmütze auftauchte. Er winkte mit einer Thermoskanne.

»Frau Thaler, hallo!« Der Mann zog mit seinen Zähnen einen knallgrünen Handschuh von seiner freien Hand und streckte sie ihr mit einer enthusiastischen Bewegung entgegen. »Thomas Conrad.«

Mari fing im Reflex den Handschuh auf, der ihm beim Sprechen aus dem Mund gefallen war. Gleichzeitig verdrehte sie ihre linke Hand, um seine Rechte zu schütteln. Sie lachten, und bevor sie etwas sagen konnte, hatte er schon die schwere Metalltür zum Hinterhaus aufgeschlossen.

Er hielt ihr die Tür auf. »Schnell aus der Kälte raus!«

Als sie im Aufzug standen, reichte sie ihm seinen Handschuh. Sie musterte ihn. Er hatte ein rundes, glatt rasiertes Gesicht. Auf den ersten Blick sah er aus wie ein Student, mit seiner ausgebeulten Jeans, der Fleecejacke und dem Rucksack über der Schulter. Doch die feinen Falten um seine Augen verrieten, dass er um einiges älter sein musste als Mari. Vielleicht Mitte vierzig.

Er streifte seine Wollmütze ab, und Mari blinzelte. Thomas Conrads Kopf war vollkommen kahl, weit und breit keine Haare in Sicht. Er bemerkte ihren Blick und fuhr sich unbekümmert mit der Hand über die Glatze.

»Bisschen frisch im Winter«, sagte er fröhlich.

»Ach, die Bäume haben's viel schwerer, so ganz ohne Mütze«, murmelte Mari verlegen.

»Dafür kriegen die im Frühling wieder Blätter.« Er zwinkerte ihr zu. »Bäume! Gut, dass wir drüber sprechen. Keine

Sorge, das Wäldchen kommt weg. Wir machen da eine echte Zufahrt mit Laternen und allem hin. Ein paar Mieterinnen haben sich schon beschwert wegen dem ganzen Grün und der Dunkelheit.«

»Meinen Sie die paar Bäume vor dem Haus? Das ist ja schade.«

»Finde ich auch. Tja, die Angst vorm Wald … Ab wie vielen Bäumen die wohl anfängt?«

Sie waren aus dem Aufzug gestiegen, und er winkte Mari durch die metallene Wohnungstür. Metall. Ideal, um Leute einzusperren, wenn man ein Axtmörder war. Doch Mari hatte keine Angst. Sie freute sich über die Tür. Sie würde die Innenseite wie einen Kühlschrank mit Magneten, Emmas Postkarten, Pizza-Flyern, Kochrezepten, Eintrittskarten und einem Stadtplan von Berlin pflastern. »Deine Wohnung ist deine Visitenkarte.« (Wer hatte das gesagt? Im Zweifel ihre Mutter.)

Der Besucher, der Maris Tür studierte, würde erfahren, dass sie eine verrückte Freundin hatte, die sie mit Postkarten aus unbekannten Orten wie Bangalore, Ouagadougou oder Saskatoon bombardierte, dass sie untreu zwischen vier verschiedenen Pizzaboten rotierte, dass sie entweder eine Angeberin war oder verdammt schwierige Gerichte kochen konnte, dass sie einen unentschlossenen Filmgeschmack hatte und sich nicht gerne verlief. Aufschlussreicher wäre natürlich, was nicht an der Tür hing. Um das zu erkennen, musste der Besucher jedoch entweder mit Mari oder zumindest mit ihrem alten Kühlschrank in der Düsseldorfer Wohnung vertraut sein. Es fehlten zum Beispiel die japanischen Schriftzeichen, die sie sich ihrem Vater zuliebe jahrelang unermüdlich eingeprägt hatte, und die Magnetwörter, aus denen sie verliebte Botschaften wie »You smell so cappuccino« gebastelt hatte. Es fehlten der Kalender mit der Sonne, die Emma mit grünem Filzstift auf den Geburtstermin gemalt hatte, und die Ultraschallfotos. Fotos im Allgemeinen.

Die Kühlschranktür führte direkt in das riesige Wohnzimmer, es gab keinen Flur. Dennoch war die Bezeichnung »Loft«, die Thomas Conrad in der Wohnungsanzeige verwendet hatte, übertrieben. Das Schlafzimmer war vom Wohnzimmer durch eine Schiebetür abgetrennt, die in der welligen – geschlämmten – Wand verschwinden konnte. Doch das störte Mari nicht, im Gegenteil, zu viel Loft brauchte kein Mensch.

Das Schlafzimmer war der einzige helle Raum in der Wohnung. Mari musste an ein Aquarium denken, weil das Licht von den Fenstern des Hinterhofes reflektierte und an der Kappendecke tanzte wie auf Wasser. Die Kappendecke! Sie wölbte sich in Bögen zwischen den grauen Stahlträgern.

Sämtliche Fenster schauten auf den Innenhof. Während die beiden großen Flügelfenster des Schlafzimmers nach Osten ausgerichtet waren, hatte das Wohnzimmer ausschließlich Nordfenster. Die offene Küche und das Bad, das über die einzige reguläre Tür in der Wohnung verfügte, mussten ganz ohne Außenwelt auskommen.

»Keine Fenster nach außen und kein Balkon«, sagte Mari nach ihrem ersten Rundgang mehr zu sich selbst als zu dem Vermieter.

Er stand in der Küche und schraubte am Kühlschrankgriff herum, aber er hatte sie gehört. »Die Wohnung ist eine dunkle Höhle. Und zu teuer.«

Mari sah ihn erstaunt an. Was war denn das für ein Vermieter? Und dann hörte sie sich sagen: »Eine überteuerte Höhle ist genau das Richtige für mich.«

Thomas Conrad hatte geblümte Teetassen mit Untertassen dabei. Sie saßen auf einer der breiten Fensterbänke im Wohnzimmer, köpften (wie er sagte) die Thermoskanne und stießen mit »dem guten Earl Grey von *Fortnum & Mason*« auf den Mietvertrag und das Du an.

»Maaaari ohne e? Echt? Warum?« Bevor Mari antworten konnte, schlug er sich an den Kopf und rief: »Mensch, der Mietvertrag! Den schleppe ich doch eigentlich immer mit, aber dann mussten die Untertassen noch rein und die Keksdose und …«

Mari machte eine wegwerfende Handbewegung. Sie hatte einen warmen Bauch und fühlte sich ausgelassen, zum ersten Mal seit Monaten. Düsseldorf war weit weg.

Tom (wie sie ihn nun nannte) sah sie stirnrunzelnd an. »Du solltest dir vielleicht noch ein paar andere Wohnungen in Berlin angucken. Du bist doch gerade erst angekommen.«

»Sag mal, *willst* du die Wohnung überhaupt vermieten?«, fragte Mari irritiert.

»Doch, du wirkst nur so …« Er zögerte.

»Jung? Pleite? Am Montag fange ich als Babyhai bei *Blair & Crowe* an. Ich kann dir den Arbeitsvertrag zeigen.«

Mari schauderte. Sie hatte wie ihre Mutter geklungen (abgesehen von der Bemerkung mit dem Haifisch).

»Nein, eigentlich wollte ich sagen, du wirkst so … Ich glaube, du brauchst mehr Licht.«

»Oh.« Sie senkte den Blick und starrte angestrengt auf die Teetasse in ihren Händen. Ihr Hals war plötzlich wie zugeschnürt.

Nach einem kurzen betretenen Schweigen knuffte Tom sie mit dem Ellenbogen in die Seite. »Babyhai bei Bär und sowieso?«

Mari musste lächeln und sah auf. »Rechtsanwältin in einer Kanzlei an der Friedrichstraße mit über siebzig Anwälten.«

»Ach so. Berufe und solche Sachen kann ich mir irgendwie

nie merken«, sagte Tom heiter und zog eine Dose mit Vanillekipferln aus seinem Rucksack. Er hielt ihr die Kekse unter die Nase. »Hier. Babyhaifischfutter.«

Sie aßen die ganze Keksdose leer, und jedesmal, wenn Mari ihre Tasse ausgetrunken hatte, rief Tom: »Der Tee muss fließen!«, und schenkte ihr nach. Dabei sprudelte ununterbrochen ein Meer ungefilterter Gedanken aus ihm heraus. Mari fühlte sich nach einer Weile seekrank, doch sie wollte dieses Naturereignis nicht verpassen und hörte aufmerksam zu.

»Mir ist es ein Rätsel, warum sich manche Frauen mit Bartträgern einlassen. Das kratzt doch. Ist dir schon mal aufgefallen, dass die meisten Lkw-Fahrer einen Schnurrbart tragen? Wie Feuerwehrmänner, obwohl die ja super sind. Nicht nur die in New York. Ich habe mal im Sommer vor einem Café in der Bergmannstraße gesessen, da ist direkt neben mir eine Taube in die Fensterscheibe geknallt. Peng! Und dann hat die da so halb bewusstlos auf dem Rücken gelegen und echt fertig ausgesehen. Das war furchtbar.«

Er räusperte sich, und Mari war seltsam gerührt.

»Ich habe die erstmal nicht bewegt, das weiß man ja aus dem Erste-Hilfe-Kurs, dass man den Verletzten bloß nicht bewegen soll. Und wie das mit der stabilen Seitenlage bei Tauben ist, keine Ahnung, wäre mal interessant zu wissen …«

Er zwinkerte ihr zu, aber Mari ahnte, dass er es im Grunde ernst meinte.

»Und was ist dann mit der Taube passiert?«, wollte sie wissen.

»Ich habe die Kellnerin gerufen und ihr im Spaß gesagt, sie soll die 112 anrufen. Das hat die tatsächlich gemacht, und kurz danach ist ein richtiger Feuerwehrwagen mit Leiter und allem drum und dran vor dem Café aufgetaucht. Dann ist ein Feuerwehrmann mit Schnurrbart ausgestiegen, und ich dachte, der schreit mich jetzt an, weil Tauben keine Steuern zahlen und so.«

Mari lachte.

»Aber von wegen!«, fuhr er fort. »Der hat die Taube ganz behutsam mit seinen Handschuhen in so einen Profibehälter geräumt und zu dem Kind am Nebentisch gesagt: ›Die wird schon wieder!‹ Und dann sind die mit Tatütata wieder abgerauscht.«

Bevor sie sich entscheiden konnte, ob sie die Geschichte glauben sollte, fragte Tom: »Hast du eigentlich diesen total traurigen Liebesfilm über die Taube und den Bahnhofslautsprecher gesehen?«

Er wartete nicht auf ihre Antwort. »Vögel sind total unterschätzte Tiere. Die kriegen echt alles mit.«

Mari konnte ihr Glück kaum fassen. Sie war erst seit wenigen Stunden in Berlin, und schon war alles anders. Düsseldorf war wirklich weit weg.

Die Zeit bis zu ihrer Abreise hatte sich endlos hingezogen. Das Warten hatte schon vor drei Monaten im Krankenhaus begonnen. Ihre Mutter und Leaky Condom (Emma war ein Schandmaul und wandelndes Harry-Potter-Lexikon) hatten an ihrem Bett gesessen.

»Gut, dass das an einem Freitag passiert ist«, hatte ihre Mutter gesagt. »Dann kannst du dich übers Wochenende sammeln und am Montag wieder ganz normal zur Arbeit gehen.«

Leaky Condom tippte auf seinem Smartphone herum und fragte geistesabwesend: »Wieso dauert das eigentlich so lange? Wir warten jetzt schon seit einer Stunde auf die OP.«

Mari holte tief Luft. Sie war am Morgen um fünf allein in ihrem Hotelzimmer in London aufgewacht. Sie hatte geblutet, helles Blut. Zwei panische Stunden hatte sie in der überfüllten Notaufnahme gewartet. Dann der Ultraschall und die schlechte Nachricht. Schließlich, nach einigem Hin und Her: »Yes, you can travel.« Sie hatte sich im Londoner Büro abgemeldet und war zum Flughafen gefahren. Bei der Ausweiskontrolle wurde sie kurz aus ihrer Benommenheit gerissen. »Excuse me, could you please stop crying for a second? I can't see your face.« In Düsseldorf war sie gar nicht erst nach Hause gefahren, sondern direkt ins Krankenhaus. Sie wollte es hinter sich bringen.

Die Stützstrümpfe juckten. Der Zugang schmerzte. Ihre Fruchtblase war leer.

»Die bringen mich frühestens in zwei Stunden in den OP«, sagte Mari zum Kondom.

Er las eine Nachricht auf seinem Smartphone und schien sie nicht zu hören.

»Das Zäpfchen, das in meiner Vagina steckt, muss erstmal drei Stunden wirken, damit der Gebärmutterhals bei der Ausschabung nicht verletzt wird.«

Das Kondom sah sie kurz mit angewidertem Blick an und schaute dann noch konzentrierter auf das leuchtende Display in seiner Hand. Mari hatte plötzlich das dringende Bedürfnis, über Zervixschleim zu reden. *Erzähl irgendwas, Hauptsache Schleim …*

»Und der Zervixschleim muss noch entfernt werden. Das ist so ein gelber Pfropfen.«

Sie und Leaky Condom würden sowieso nie wieder Sex haben.

Kurz darauf war er zurück ins Büro gefahren. Maris Mutter war dageblieben. Sie hatte in ihrem fliegengrünen Chanelkostüm auf dem Stuhl neben ihrem Bett gesessen und ihr Mantra aufgesagt. »Es sollte nicht sein, Mari. Das war zu früh. Nach nur vier Jahren in der Kanzlei. Zum Glück hat man noch keinen Bauch gesehen. Dann hättest du die Partnerschaft in den Wind schreiben können.«

Mari hatte nicht geantwortet. Sie hatte die Augen geschlossen und stumm gewartet, bis der Krankenpfleger sie abholte. (»Nein, Frau Thaler, wieder hinlegen! Wir gehen nicht zu Fuß in den OP, das Bett hat Rollen.«)

Am Montag war sie ins Büro gegangen und hatte gekündigt. Sie hatte alles gekündigt: ihren Job, ihre Wohnung, das undichte Kondom. Sie konnte die Erleichterung der wenigen eingeweihten Personen (Emma ausgeschlossen) nicht ertragen. Eine Woche vor London hatte sein Herz schon geschlagen, als hätte jemand das Licht angeknipst, mitten in Mari. Sie hatte das erste Ultraschallfoto, das laut Emma »eine Riesenverarsche« war, im Portemonnaie mit sich herumgetragen. Man konnte tatsächlich nicht viel erkennen – außer einem dreieckigen Raumschiff, dem afrikanischen Kontinent und manchmal, im richtigen Licht, einen bärtigen alten Mann, den Emma als Fidel Castro identifiziert hatte. Das Bild veränderte sich ständig, als blickte man in die Wolken. Als blickte man in die Zukunft. Ihre neue alte Zukunft wirkte nun blass und verbraucht, und wie konnte sie – Tag und Nacht – für längst überholte Träume schuften?

Mari machte sich keine Illusionen. Der neue Anwaltsjob bei *Blair & Crowe* in Berlin war keine echte Veränderung. Wenn überhaupt, eine Verschlechterung. Das Mutterschiff der Kanzlei lag in New York, der Hauptstadt der perversen Arbeitszeiten. Außerdem hatte sie sich in den letzten vier Jahren ausschließlich mit Patentrecht beschäftigt. Im Gegensatz zu Düsseldorf mit seinen bekannten Patentstreitkammern war Berlin nicht gerade ein Magnet für Patentrechtler. Doch das war es, was sie hierher gelockt hatte. Sie wollte an die Peripherie. Sie wollte am letzten Außenposten sitzen und still und leise ihre Arbeit machen. Je bedeutungsloser, desto besser. Und bloß nichts Unvorhersehbares.

Mari hatte keinen Pioniergeist, sie tat Dinge nicht gern zum ersten Mal. Sie tat Dinge gern zum zweiten (oder zehnten)

Mal. Ihr Appetit war am größten, wenn sie das Restaurant – und am besten auch das Gericht, das sie bestellen würde – schon kannte. Sie reiste am liebsten an Orte, die sie bereits besucht hatte. Wie konnte man sich auf etwas völlig Unbekanntes freuen? Man wusste ja nicht, ob es in dem Frühstücksraum in dem anderen Hotel auch eine Fensterbank mit kleinkriminellen Spatzen und einem einfältigen Eichhörnchen gab.

Sie wollte wissen, was sie erwartete. Lieber im vertrauten Haifischbecken der Großkanzlei am Rand mitschwimmen, als plötzlich als Richterin eine Gerichtsverhandlung leiten zu müssen oder im juristischen Gemischtwarenladen einer Behörde zehn verschiedene Rechtsgebiete zu bearbeiten. Nein, bloß nicht zu viel Veränderung. Nur ein bisschen Unsichtbarkeit in einer Stadt, in der sie niemanden kannte.

Aber nun kannte sie Tom, und Tom war eine Glucke. Sie kauften auf sein Drängen hin noch am selben Tag ein Kopfkissen und eine Matratze, die sie in der U-Bahn transportierten. Er entschuldigte sich, dass er »nichts mit Rädern« habe. Nicht einmal ein Fahrrad. Er ging gerne zu Fuß.

Dann bestand er noch darauf, ihr im Supermarkt um die Ecke einen Kasten Wasser zu kaufen. (»Den kannst du schließlich unmöglich alleine schleppen.«)

Mari schüttelte den Kopf, als sie den Wasserkasten in die Küche stellten. »Dir ist schon klar, dass ich hier alleine wohnen werde? Kommst du jedesmal vorbei, wenn ich einkaufen gehe?«

»Das sollte ich vielleicht. Bis du wieder gesund bist.«

»Wie kommst du darauf, dass ich krank bin?«, fragte Mari verblüfft.

»Du siehst aus wie ein Geist.« Er warf ihr einen entschuldigenden Blick zu. »Ich meine, du bist echt schön … auf eine transparente, irgendwie halbtote Art …«

Sein Gesicht, seine Glatze, alles errötete. Es war, als unterhielte sie sich mit einem ungewöhnlich liebenswürdigen Sechzehnjährigen.

»Ich bin nicht krank. Das ist bloß der Januar.«

Das war nicht gelogen. Sie hatte ja nicht behauptet, gesund zu sein. Nichtkranksein und Gesundsein waren zwei verschiedene Paar Schuhe.

Winkeladvokatische Wortklauberei. Unscharfe Worte waren Maris täglich Brot. Sie lauerten in jeder Norm, jedem Vertrag – ein gemeiner Hinterhalt oder aber das Schlupfloch, die Rettung. In jedem Fall Treibsand, denn sie ließen sich nur mit gleichermaßen vagen Begriffen definieren. Mari konnte sich mit diesem Kontrollverlust nur schwer abfinden. Sie googelte alles. Zwanghaft und sinnlos wie Kaffeetrinken gegen Schlaflosigkeit, aber sie konnte es nicht lassen. (»Freak! Informationsjunkie!«, schimpfte Emma immer.)

Definiere »Gesundheit« … Die Webseite der Weltgesundheitsorganisation lieferte die Antwort. Es handelte sich um einen Zustand vollständigen körperlichen, psychischen und sozialen Wohlbefindens und nicht nur um das Fehlen von Krankheit oder Gebrechen. Das stand seit dem Jahr 1948 wörtlich und unverändert, quasi in Stein gemeißelt, in der Präambel der Verfassung der WHO. Gesundheit erschöpfte sich also nicht im Nichtkranksein, sondern bedingte umfassendes Wohlbefinden. Gab es nach dieser Definition überhaupt gesunde Menschen? Wie oft kam es vor, dass jemand sich in körperlicher, seelischer und sozialer Hinsicht rundum pudelwohl fühlte? Das klang doch alles verdächtig nach Glück, der Königin der unscharfen Worte.

»Körperliches Wohlbefinden« … Tom hatte recht. Im Vergleich zu den meisten Leuten war Mari mondblass, dürr wie ein Zweig und erschöpft wie eine Schiffbrüchige, die gerade an Land gespült worden war. Doch was bei anderen Menschen Symptome einer schweren Krankheit sein mochten, war Maris Normalzustand.

Na gut, da war die Sache mit der Maulsperre – das war selbst für ihre Verhältnisse nicht ganz normal gewesen. Eines Morgens, etwa zwei Wochen nach London, war Mari aufgewacht und konnte ihren Mund nicht mehr schließen. Kauen war unmöglich. Tagelang Suppe. Mari hatte im Schlaf ihre Zähne so stark aufeinandergepresst, dass die Gelenkscheibe zwischen ihrem Ober- und Unterkiefer nach vorne gerutscht war und das Kiefergelenk sich entzündet hatte. Sie bekam Antibiotika, eine Knirschschiene und musste acht Wochen lang ihren lädierten Kiefer zur Physiotherapie schleppen. Der Physiotherapeut, ein kräftiger bärtiger Mann, knetete mit seinen dicken hellblauen Gummifingern in ihrem Mund herum. »Lockerlassen, Frau Thaler, ich breche Ihnen nicht den Kiefer. Vertrauen Sie mir, lockerlassen!« Mari ließ nicht locker, und schließlich attestierte er ihr frustriert, dass sie niemals einen butterweichen Kiefer haben würde.

Etwa zur gleichen Zeit begann die Sache mit den Knien. Zuerst tat das linke weh, dann auch das rechte. (Ihr war noch nie vorher aufgefallen, wie niedrig Toilettensitze waren.) Der Orthopäde hatte mit den Achseln gezuckt. Ab ins Fitnessstudio, Muskeln aufbauen. Fitnessstudio? Sie würde sich in Berlin darum kümmern.

Zugegeben, Maris körperliches Wohlbefinden war nicht tausendprozentig intakt. Wohlbefinden setzte Schmerzfreiheit voraus, und davon war sie weit entfernt. Aber sie war nicht krank. Bekanntermaßen schlichen sich die gruseligsten Krankheiten leise und schmerzfrei in den Körper. Schmerzen hingegen konnten völlig in Ordnung sein. Muskelkater. Wehen.

Definiere »Schmerzen« … Noch so ein feiges Amöbenwort. Maris Freundin Emma hatte zum Beispiel ein geringeres Schmerzempfinden als der vermeintliche Otto Normalbürger. Im Kleinkindalter hatte sie andere Kinder schikaniert. Emmas Repertoire reichte von Finger-in-die-Augen-Piksen über Sand-ins-Gesicht-Werfen, Beißen, Kneifen, Treten, Kratzen bis hin zu erbarmungslosen Faustschlägen. Ihre »soziopathische Phase«, wie Emma sagte. Ein Albtraum für ihre (friedfertigen) Eltern, die von den Familien der Opfer bestenfalls gemieden, jedoch zumeist wüst beschimpft und vom Spielplatz vertrieben wurden.

Glücklicherweise war eine Ergotherapeutin schließlich über Emmas unterdurchschnittliches Schmerzempfinden gestolpert. (»Nullo Schimmer, wie die das herausgefunden hat. Wahrscheinlich mit Elektroschocks.«) Die dreijährige Emma bemerkte es kaum, wenn sie sich das Knie aufschlug, die Finger quetschte, den Arm verdrehte. Ihr gestörtes Sozialverhalten war also weder auf einen üblen Charakter noch auf üble Eltern zurückzuführen, sondern schlicht darauf, dass Emma (wie die meisten Menschen) von sich auf andere schloss. Und sie musste (wie alle Kinder) die erstaunlich sensible Welt anfassen, um Erfahrungen zu machen und lebensnotwendige Synapsen im Gehirn zu bilden. Emma tat anderen weh, um zu lernen. Sie war nicht krank, nur ein bisschen gefährlich. Doch laut WHO setzte Gesundheit neben körperlichem und psychischem auch soziales Wohlbefinden voraus. Demnach war Emma nicht gesund, denn sie hatte keine Freunde. Dieser Zustand war zum Glück nur vorübergehend – dank der kompetenten Ergotherapeutin erlernte sie Mitgefühl wie eine Fremdsprache. (»Nullo Schimmer, wie die das hingekriegt hat. Wahrscheinlich mit Elektroschocks.«)

Trotzdem. Selbst mit Ergowunderheilern und butterweichen Kiefergelenken – irgendetwas fehlte doch immer. »Psychisches Wohlbefinden« … War das nicht ein Mythos, bestenfalls eine Ausnahme, eine Abweichung vom normalen Funktionieren der Seele? Im Laufe eines Lebens wurde die Otto Normalseele ja mit allerlei Zeug bekleckert, und Rotweinflecken gingen bekanntermaßen schwer raus. Es wäre doch mehr als eigenartig, wenn Mari jemals wieder in dem Hotel in London übernachten würde, in dem sie an dem besagten Morgen blutend aufgewacht war. Immerhin gab es in London tausende unschuldige Hotels. Und es war zumindest nachvollziehbar, dass sie den *Gatwick Airport*, wo sie weinend am Gate gesessen hatte, künftig meiden würde. Immerhin fielen ihr auf Anhieb vier andere Londoner Flughäfen ein, auf die sie ohne weiteres ausweichen könnte. Na gut, Karten auf den Tisch: Sie wollte überhaupt nicht mehr, am liebsten nie wieder in ihrem Leben nach London fahren. Immerhin gab es ja genügend andere Städte, auf die sie ausweichen konnte. Berlin zum Beispiel. Genauer, eine Höhle in Berlin.

»Jetzt habe ich ja schon eine Matratze. Dann könnte ich doch meinen Koffer und den Schlafsack aus dem Schließfach am Ostbahnhof holen und direkt hier übernachten, oder? Ich zahle auch sofort Miete.«

Tom kratzte sich am Kopf.

»Das geht nicht«, erwiderte er ungewohnt geschäftsmäßig. »Hier muss noch einiges repariert werden. Und der Dielenboden muss dringend nochmal komplett geölt werden. Das stinkt und muss mindestens einen Tag einziehen. Heute ist Freitag …«

»Das heißt, frühestens Montag findest du jemanden, der das macht.« Mari machte ein enttäuschtes Gesicht. Sie hätte so gern vor ihrem ersten Tag in der Kanzlei in ihren eigenen vier Wänden geschlafen.

»Na ja, ich weiß, ich habe ›ab sofort zu vermieten‹ in die

Anzeige geschrieben«, räumte Tom schuldbewusst ein. Er zögerte kurz. »Ich bin am Wochenende nicht da, aber ich habe da vielleicht jemanden, der das mit den Dielen schon morgen früh machen kann. Dann kannst du am Sonntag die Matratze auf die Fliesen in der Küche legen und in der Wohnung schlafen. Hauptsache, du lüftest gut und lässt den Dielenboden bis Montag in Ruhe.«

Mari war beeindruckt. Er klang auf einmal wie ein Vermieter.

2

Mari übernachtete in einem kleinen Hotel in der Nähe des Märkischen Museums. Sie war zu müde zum Schlafen und schaute die komplette Wiederholung des Bundesliga-Jahresrückblicks auf dem Sportkanal. Niemand außer Mari glotzte in ihrer Familie Sport. Es wurde überhaupt nicht geglotzt. Es war völlig unmöglich, sich Maris Eltern vor dem Fernseher vorzustellen. Maggie Thatcher und Thomas Mann, entspannt in Trainingshose auf dem Sofa, Fernbedienung in der Hand, Chipstüte auf dem Schoß …

Irgendwann als Teenager hatten Mari und Emma angefangen, das Maggie & Mann-Spiel zu spielen. »Stell dir mal vor, Maggie & Mann im Freibad auf der Wasserrutsche!« Maggie & Mann beim Putzen, beim Bungeespringen, beim Keksebacken, beim Pornogucken, zusammen im Bad beim Zähneputzen und so weiter. Mari konnte sich ihre Eltern tatsächlich nicht beim Zähneputzen vorstellen. Im Gerichtssaal, im Hörsaal, in Tokio, im Theater, im Taxi, im Flugzeug, als Gastgeber, als Redner, als Preisträger, als Namen auf Fachbüchern – ja. Doch nicht bei profanen häuslichen Tätigkeiten. Manchmal bekam Mari noch heute Nachrichten von Emma, in denen nichts weiter stand als »M & M krümeln das Sofa voll« oder »M & M beim Pupsen«.

Nach der langen Fußballnacht unternahm Mari einen Spaziergang durch ihre neue Nachbarschaft. Ihre Höhle gehörte laut Postleitzahl zu Berlin-Mitte, aber auch hier hatte es sie an einen Außenposten verschlagen. Ihr Viertel lag in einer Grauzone zwischen Mitte und Kreuzberg, abseits der Filmkulissen mit ihren renovierten Altbauten, Biomärkten, Vielleicht-Stars und gestylten Müttern mit Retro-Kinderwagen und Vanilla-Latte-To-Go. Statt internationaler Koffeintempel gab es in Maris Viertel einen Bäcker, der Filterkaffee zum Mitnehmen (ohne Deckel) anbot. Statt asiatischer Feel-Good-Restaurants, in denen man Wellness-Glasnudelsalat mit Koriander und Erdnüssen bestellen konnte, gab es einen China-Imbiss mit zweiundsechzig nahezu identischen Gerichten (in schleimiger brauner Soße) und einer vietnamesischen Bedienung, die Mari nach drei Wochen lächelnd mit den Worten »Nummer neununddreißig extrascharf ohne Tofu?« begrüßen würde.

Der Bäcker und der Chinese waren Teil eines kleinen Geschäftekomplexes, der sich an das Engelbecken anschloss. Mari wusste nicht so recht, was sie mit dem Engelbecken anfangen sollte. Es war zu klein für einen See, zu groß für einen Teich, zu künstlich für ein Biotop und zu natürlich für ein Schwimmbecken. Eine unerwartete Pfütze im Beton, fast vor Maris Haustür. Um das Engelbecken herum gruppierten sich einige moderne Häuser mit Glasfronten. (»Voll der Meerblick!«, würde Emma lästern.) Sie wirkten wie Zeitreisende aus der Zukunft zwischen den Plattenbauten und zerkrümelten Altbauresten, die das übrige Bild dominierten.

Auf der anderen Seite des Beckens lag die »kaputte Kirche«, wie Tom sie genannt hatte. Die Front und die Kupferkuppel der Sankt-Michael-Kirche hatten den Zweiten Weltkrieg zwar weitgehend unversehrt überstanden, aber das Dach des Längsschiffes fehlte, sodass die Reste der roten Backsteinmauern verloren wirkten. Beim ersten Anblick der Ruine hatte Mari der Atem gestockt. Sie hatte eine Schwäche für kaputte Dinge. Statt Bedauern angesichts der Bomben und Brände empfand sie Sehnsucht nach dem Zerstörten, nach seiner gerechtfertigten Nutzlosigkeit.

Sie wanderte in Richtung Kreuzberg und kaufte in einem türkischen Laden an der Oranienstraße seltsame Bagels (»Simit«, das musste sie sich merken) und Obst und Gewürze für ihre neue Küche. Auf dem Rückweg zum Hotel beschloss sie, in dem Supermarkt, den Tom ihr gezeigt hatte, ein paar Grundnahrungsmittel einzukaufen. Sie wusste, wenn sie am Montag erst einmal in der Kanzlei angefangen hatte, würden die Ladenöffnungszeiten plötzlich schrumpfen wie das Tor beim Elfmeterschießen. (Vielleicht sollte sie den Sportkanal für eine Weile meiden.)

Die Mittagssonne stand allein am blauen Himmel, als Mari mit drei Einkaufstüten beladen den Supermarkt verließ. Sie zögerte. Eigentlich hatte sie vorgehabt, ihre Ausbeute ins Hotelzimmer zu bringen. Andererseits. Die Wohnung lag gleich um die Ecke … Ob sie bei strahlendem Sonnenschein weniger wie eine Höhle wirken würde? Hoffentlich nicht. Sie brauchte eine Höhle. Die Schlüssel klapperten schon in ihrer Hosentasche, aber sie hatte Tom versprochen, den Dielenboden bis morgen in Ruhe zu lassen. Und wenn sie einfach nur den Kopf durch die Tür steckte?

Als sie den gelben Innenhof durchquerte, schlug ihr Herz höher. Sie hatte plötzlich zu viel Energie und lief mit ihren schweren Einkaufstüten und schmerzenden Knien das Treppenhaus hinauf. Im dritten Stock angekommen schloss sie schwungvoll die Wohnungstür auf – und knallte dumpf gegen einen Widerstand.

Erschrocken steckte Mari ihren Kopf durch den Türspalt. Unter ihr auf dem Boden hockte ein Mann, dem sie die Metalltür mit voller Wucht ins Kreuz gerammt hatte. Er fluchte und drehte sich zu ihr um.

Mari hatte es vor Schreck die Sprache verschlagen. Nach Toms Angaben hätte der Handwerker längst weg sein müssen.

Der Mann hielt sich den Rücken und richtete sich langsam auf. Er stand nun direkt vor ihr und starrte sie so wütend an, dass sie zurückwich. Für einen lächerlichen Moment fragte sie sich, ob er ein Einbrecher war. Mit seinem schwarzen Dreitagebart, den höchstwahrscheinlich ungewaschenen Haaren und nackten Füßen sah er aus wie ein ziemlich gutaussehender Obdachloser mit wütenden braunen Augen und sauberen Fußnägeln. Er trug ein weißes T-Shirt und eine bis zu den Knien hochgekrempelte graue Trainingshose, die mit trockenen weißen Farbflecken übersät war. Neben seinem Fuß lag ein Tuch, daneben stand eine Flasche Dielenöl.

»Sie … Sie sind der Handwerker? Tut mir leid, das mit der Tür …«

Er musterte sie verärgert. »Der Handwerker. Das würde voraussetzen, dass ich bezahlt werde.«

Maris Gesicht war puterrot von den Treppen, den Einkaufstüten und … der Situation. Sie fühlte sich unwohl in ihrer pinken Daunenjacke, die einen Winter lang unbenutzt im Schrank gehangen hatte, nachdem das Kondom die Nase gerümpft und Mari »Himbeerbonbon« genannt hatte. Ihre schulterlangen braunen Haare waren von der trockenen Winterluft statisch aufgeladen und schwebten schwerelos um ihren Kopf herum. Sie musste aussehen wie eine pinke Pusteblume.

»Ich, äh, ich bin Mari Thaler, die Mieterin.«

Der Mann machte keine Anstalten, ihre ausgestreckte Hand zu schütteln oder sich vorzustellen, doch er zog die Tür weiter auf und ging einen Schritt zur Seite.

Sie trat zögernd über die Schwelle. Die Wohnung erschien durch die eiskalte Sonne ein wenig heller als gestern. Dennoch blieb das Licht gedämpft, als läge das Haus im Halbschatten eines Baumes. Die geölten Dielen waren dunkler und glänzten satt. In der Küche lehnte Maris neue Matratze am Kühlschrank. Neben der Spüle standen ein roter Wasserkocher und einige andere Sachen, die sie von der Tür aus nicht erkennen konnte.

Der Mann sah Mari ungeduldig an. »Hat Tommy dir nicht gesagt, dass du heute noch nicht hier reinkannst?«

Duzten sich die coolen Leute in Berlin einfach so? Mari beschloss, nicht darauf einzugehen. »Ich wollte nur sehen, ob die Wohnung bei Sonnenschein anders aussieht als gestern.«

Er zog eine Augenbraue hoch. (Mari wusste nicht, wie die Leute das machten. Selbst Stirnrunzeln erforderte zu viel Körperkontrolle.)

»Auf der Suche nach Kratzern in den Fenstern und Rissen in den Wänden?«, fragte der Mann sarkastisch.

Langsam wich Maris Verlegenheit der Verärgerung. »Klar. Ich habe noch keinen Mietvertrag unterschrieben.«

Sie ließ einen betont skeptischen Blick durch den Raum schweifen.

Oh je. Jetzt wurde er richtig sauer. Seine beweglichen Augenbrauen zogen sich bedrohlich zusammen. »Ach so. Dann kann ich ja gehen. Und vielleicht sollte ich Tommys Wasserkocher, Gläser …«

Er drehte sich um und ging gelassen mit seinen nackten Füßen über die Dielen in die fensterlose Küche, wo er das Licht anschaltete. Mari biss sich beim Anblick seiner Fußballerwaden auf die Unterlippe. Es ärgerte sie fast, wie lässig er aussah in seiner hochgekrempelten schmutzigen Jogginghose.

»… Teller, Besteck und – ich glaub's nicht – seinen Lieblingsbecher von der Berlinale besser mitnehmen.«

Mari schluckte. Tom, der weltbeste Vermieter. Der gestern Abend offenbar noch seinen halben Hausstand für sie herangekarrt hatte. Ganz ohne Räder. Und sie machte dumme

Bemerkungen über den Mietvertrag. Außerdem hatte sie den Wohnungsschlüssel missbraucht. Der Mensch in der Küche würde es kaum erwarten können, sie bei Tom zu verpetzen. Sie musste irgendwie verhindern, dass dieser bösartige Mann Tom davon abhalten würde, ihr die Höhle zu vermieten.

Sie schlüpfte aus ihren ausgeleierten Chucks und überquerte den öligen Dielenboden auf Socken. Die Einkaufstüten hingen immer noch wie Hinkelsteine an ihren Handgelenken. In der Küche stellte sie die Tüten auf das Cerankochfeld. Woanders war kein Platz, weil überall Toms Sachen herumstanden.

Der Mann lehnte sich gegenüber an die Spüle und verschränkte die Arme vor der Brust. »Was machst du denn jetzt?«

Mari ignorierte seinen feindseligen Tonfall und begann, ihre Tüten auszupacken. »Ich räume meine Einkäufe ein und werde dann ein Simit mit Nutella essen. Das ist ein türkischer Hefekringel.«

»Ich weiß.« Er zog widerwillig amüsiert die Augenbraue hoch.

»Ich habe vier davon, du kannst gerne einen abhaben.« Mari hoffte, er würde das Friedensangebot annehmen, ohne die weiße Flagge zu bemerken.

Doch er durchschaute sie. Er sah immer noch belustigt aus. »Und du isst die restlichen drei? Mit Nutella?«

Mari starrte ihn an. Er hielt sie für magersüchtig. Sie war nicht magersüchtig, sie war nur … ständig außer Puste. Und das Letzte, was sie gebrauchen konnte, war Spott.

»Ja, ich übergebe mich danach«, entgegnete sie mit heißen Wangen.

Perfekt. Nun würde er denken, dass es tatsächlich so war, nur wegen ihrer roten Wangen. Dabei errötete sie bei der kleinsten Gefühlsregung, selbst wenn sie an der Kasse im Supermarkt zu lange brauchte, um ihr Geld herauszukramen. Und jetzt hatte er dieses Bild von ihr im Kopf, wie sie über der Kloschüssel hing.

»Dann gib mir lieber zwei, wäre doch schade drum«, sagte er trocken.

Sehr gerne. Wenn er ihr gleich zwei Hefekringel wegfraß, würde er wohl kaum den Nerv haben, bei Tom über sie herzuziehen, oder?

»Eigentlich habe ich mich schon lange nicht mehr übergeben, ich glaube, das letzte Mal mit fünfzehn, das war im Kino, weil wir vorher verseuchte Pommes gegessen hatten und …«

Was war los mit ihr? Jetzt hatte sie die Kloschüssel durch ein vollgekotztes Kino ersetzt. Eigentlich sollte sie sich über ihn ärgern. Schließlich hatte er eine völlig unangebrachte Bemerkung über ihr Essverhalten gemacht und verlangte nun auch noch mehr Simits, als sie angeboten hatte.

Seine braunen Augen musterten sie belustigt, und Mari wollte nur noch die Klappe halten. »Du darfst trotzdem zwei haben, also obwohl ich sie nicht … Obwohl ich sie verdauen würde.«

Es war heiß hier. Sie zog das Himbeerbonbon aus und warf es auf ihren Schlafsack, den sie schon gestern in der Küche deponiert hatte. Darunter trug sie ihr ausgewaschenes schwarzes *Fame*-Sweatshirt, das so weit ausgeschnitten war, dass ihre linke Schulter und der Träger ihres hellgrauen Unterhemdes hervorschauten.

Sie fing an, mit ihren Einkäufen und Toms Sachen in der Küche herumzuwerkeln, aber der Mann bewegte sich nicht von der Stelle. Er lehnte entspannt an der Spüle und schaute ihr zu. Als sie sich mit einer fast unbewussten Bewegung ihre Pusteblumenhaare zu einem Pferdeschwanz hochband, spürte sie seine Blicke auf ihrem Nacken. Es war wie ein leiser Luftzug, der um ihren Hals streichelte. Verärgert bemerkte sie, dass sich die feinen Haare auf ihren Armen aufstellten. *Denk an … Schnurrbartträger, Sumoringer, Anwaltsschnösel, die Wichtigtuer mit ihren hässlichen Krawatten, komplette Abtörner … und kochen auch nur mit Wasser … alles Wasserkocher.*

Mari umklammerte Toms roten Wasserkocher und drehte sich zu dem Mann um. »Lust auf wässrigen Instant-Cappuccino?«

Bevor er antworten konnte, steuerte sie auf ihn zu und schob ihn mit dem Ellenbogen von der Spüle weg. Er wich kaum zurück und starrte sie an, während sie den Wasserhahn aufdrehte. Kein Wunder. Er hatte einen einwandfreien Blick auf ihre kleinen knallroten Ohren.

Er räusperte sich. »Wie alt bist du eigentlich? Dass du fünfzehn warst und ins Kino gekotzt hast, ist nicht so richtig lange her, oder?«

Sie sah auf. Ihre Nasen waren höchstens zwei Handbreit voneinander entfernt, seine etwas höher als ihre. Er machte immer noch keine Anstalten abzurücken. Und er roch nach … nach Sport. Auf eine gute, nein, *sehr* gute Art. Mari versuchte, sich zu konzentrieren. »Du bist total unhöflich. Stell dich wenigstens mal vor, bevor du nach meinem Alter fragst.«

»Mein Name ist Leo Stein, und ich bin sechsunddreißig Jahre alt.« Er streckte ihr mit todernster Miene seine Hand entgegen.

Der Wasserkocher war übergelaufen, und Mari machte ein quiekendes Geräusch, für das sie sich auf die Zunge biss. Sie drehte den Hahn zu und hielt inne, aber nahm seine Hand nicht an. Eine Berührung war jetzt wirklich nicht das Richtige.

»Ich bin einunddreißig. Hättest mich mal besser gesiezt, was?« Oh Gott. Sie klang wie Maggie & Mann.

Er zog seine Hand zurück, und die Augenbraue ging wieder hoch. »Du siehst aus wie eine Sechzehnjährige, die von zuhause ausgerissen ist.«

»Das ist schon das zweite Kompliment in zwei Tagen«, erwiderte Mari achselzuckend. »Tom findet, ich sehe aus wie ein Geist.«

»Stimmt, wie ein sechzehnjähriger Geist aus einem Achtzigerjahre-Musikfilm.« Er zeigte auf ihr *Fame*-Sweatshirt. Was hätte er wohl gesagt, wenn sie ihm mitgeteilt hätte, dass Tom sie »echt schön« fand? Das mit der transparenten halbtoten Art hätte sie ja weglassen können.

»Und du siehst aus wie Räuber Hotzenplotz«, entgegnete sie.

Leo fuhr sich mit der Hand über den Stoppelbart und grinste sie an. Sie standen immer noch nebeneinander vor der Spüle. Sein Gesicht war viel zu nah.

»Heiß hier, hast du die Heizung an?«

Er nickte. »Ich arbeite gern barfuß.«

Mari riss sich von seinem Blick los. »Das sehe ich.«

Er hatte wirklich schöne Füße.

Sie flüchtete zu Toms Mitbringseln, die sich neben dem Herd stapelten. Tom hatte nicht nur seinen Lieblingsbecher von der Berlinale mitgebracht, sondern auch eine riesige Tasse, auf der ein Wappen und die Aufschrift »Harvard Law School« prunkten. Mari musste lachen und zeigte Leo den Aufdruck. »Bestimmt hat er auch noch einen John-Grisham-Roman in meinem Schlafsack versteckt.«

Leo griff sich den Schlafsack und sah nach. Er zog eine Grimasse.

»Nein! Wirklich?«, rief Mari.

»Nicht ganz. Ferdinand von Schirach.«

Mari nahm ihm das Buch aus der Hand. Es war noch eingeschweißt, Tom hatte es neu gekauft. Im *Hardcover*. Sie wusste nicht, was sie sagen sollte.

»Eine Juristin als Mieterin. Super Wahl, Tommy«, sagte Leo sarkastisch.

Er biss in einen der beiden Hefekringel, die Mari ihm auf Toms Teller gereicht hatte, und erkundigte sich kauend: »Was bist du denn für eine Juristin?«

»Anwältin.«

Er schluckte seinen Bissen herunter und stellte leichthin fest: »Das heißt, du streitest gerne.«

»Nein, überhaupt nicht. Dann hättest du jetzt keine Simit.«

Mari schaltete den Wasserkocher ein und seufzte leise. Sie wünschte, sie hätte sich vor Beginn ihres Jurastudiums gefragt, ob sie gerne stritt. Ob sie gerne in erster Reihe stand und anderen Leuten Ratschläge erteilte. Sie hätte sich im Alter von achtzehn Jahren einfach fragen sollen: Wenn ich mit Emma in die Drogerie gehe, wer empfiehlt dann wem das Haarshampoo? Das hätte schon gereicht.

Als das Blubbern des Wasserkochers verebbt war, murmelte Leo »Mari« und betonte das lange a in ihrem Namen. »Was ist das für ein Name?«

Mari rollte mit den Augen. »Ein nerviger, weil alle denken, ich heiße Marie. Außer in Japan, da gibt's viele Maris. Mein Vater ist Japanologieprofessor.«

»Mari. Klingt schön.«

Er sah ihr direkt in die Augen. Sie spürte, dass ihre Ohren wieder heiß wurden. Sie hatte nach dem Wasserkocher gegriffen, aber zog ihre Hand zurück. Jetzt bloß nicht mit kochendem Wasser hantieren.

»Ich kann mir keine Namen merken.«

»Leo Stein«, wiederholte er mit fragendem Lächeln und streckte ihr nochmals die Hand entgegen.

»Ich weiß!« Sie ignorierte seine Hand. »Ich habe mal gelesen, dass das evolutionär bedingt ist, dass viele Leute Namen schnell vergessen. Im Tierreich gibt es ja auch keine Namen. Wenn wir jemanden kennenlernen, sind wir erstmal damit beschäftigt, auf das Aussehen, den Geruch, Freund oder Feind und so weiter zu achten. Da ist der Name das Unwichtigste.«

Was *redete* sie da?

Leo stellte seinen Teller hinter sich neben die Spüle. »Aber meinen hast du dir gemerkt.«

»Ja, du hast ihn mir ja auch erst nach einer Ewigkeit verraten.«

»Verstehe. Da konntest du dich vorher lange genug auf mein Aussehen und meinen Geruch konzentrieren.«

Er grinste unverschämt wie der Räuber Hotzenplotz, der gerade Kasperles Großmutter überfallen hatte. Kein Wunder, sie hatte es herausgefordert. Und der blöde Pferdeschwanz exponierte ihre roten Ohren. Und wenn schon. Sie würde ihn nie wiedersehen. Wer war er überhaupt?

»Sag mal, *Leo Stein*, warum bezahlt Tom dich eigentlich nicht?«

»Weil ich dann Ärger mit meiner Schwester bekäme. Tommy ist ihr Freund.«

»Tom hat eine Freundin?«, platzte es aus Mari heraus.

Leo musterte sie.

»Wenn du einen Mietvertrag hättest, wüsstest du das«, sagte er kühl. »Ihr gehört dieses Haus. Tommy ist nur so was wie der Hausverwalter.«

»Das Haus gehört deiner Schwester?« Mari schluckte. »Jetzt komme ich mir vor wie ein Lastwagenfahrer mit Schnurrbart, der die blonde Anhalterin mitnehmen wollte und sich dann mit ihrem stinkenden Freund ins Fahrerhäuschen quetschen muss.«

Hatte sie das laut gesagt? Offensichtlich. Leo lachte laut auf. »Tommy ist die blonde Anhalterin und meine Schwester der stinkende Freund?«

Was *redete* sie da bloß? Als ob sie eine Schwäche für Tom hätte. Ja, hatte sie ja auch, aber nicht so. Und wenn er das seiner Schwester erzählte?

Maris Ohren waren inzwischen nicht mehr das einzige Problem. Ihr ganzes Gesicht glühte. Pumpte ihr Körper nicht das ganze Blut in den Kopf, damit sie besser denken konnte? Hatte nicht funktioniert. Vielleicht lag es daran, dass sich das meiste Blut in ihre Lippen verirrt hatte. Mari biss sich auf die Unterlippe. Sie wandte sich hastig von Leo ab und fing an, haufenweise Instantpulver in ihre Harvardtasse zu löffeln.

Auf einmal spürte sie ihn direkt hinter sich. Er zog leicht an ihrem Pferdeschwanz und sagte leise in ihr Ohr: »Ich sag's keinem.«

Unwillkürlich drehte sie sich zu ihm um und stampfte heftig mit ihrer Ferse auf seinen nackten Fuß.

»Au!« Zum zweiten Mal heute verzog Leo vor Schmerzen das Gesicht. Doch statt zurückzuweichen, stützte er sich reflexartig mit der Hand auf Maris Schulter, die aus ihrem Sweatshirt hervorlugte.

Bei der Berührung seiner warmen Hand hielt Mari die Luft an. Sie starrte ihn reglos an, wie ein (rotglühendes) Reh im Scheinwerferlicht. Er hielt ebenfalls inne und fixierte sie mit seinen dunklen Augen. Kurz bevor sie hätte blinzeln müssen, kurz bevor sie hätte in Ohnmacht fallen müssen, senkte er den Blick und ließ ihn langsam, fast widerstrebend, über ihren Hals und die nackte Schulter gleiten. Er schluckte. Und da war wieder der imaginäre Luftzug.

Als Leo seinen Zeigefinger – so minimal, dass es vielleicht Zufall war – auf ihrer weichen Haut bewegte, spürte sie ein heftiges Zittern. Die Erde bebte, Leo bebte. (Zitterte *er* vielleicht? Ja klar.) Schamröte, Gänsehaut, Totenstarre, das alles konnte man irgendwie ignorieren. Doch nicht dieses unsägliche Zittern, das tief aus ihrem Inneren zu kommen schien. Sie atmete – viel zu laut – aus.

Er ließ ihre Schulter abrupt los und kratzte sich mit einer frustrierten Bewegung am Hinterkopf. Bevor sie reagieren konnte, war er mit der Flasche Dielenöl ins Schlafzimmer verschwunden. Die Küche war plötzlich sehr groß.

Mari stand noch eine Weile wie angewurzelt an derselben Stelle. Ihre Schulter fühlte sich heiß an. Hatte sie wirklich gezittert? Definitiv. Hatte er es für Angst gehalten? Bestimmt. Er hatte so dicht vor ihr gestanden und sie angefasst. Sie hätte Angst haben *sollen*. Allein mit einem Fremden in einer leeren Wohnung in einer Stadt, in der sie niemanden kannte …

Sie kannte tatsächlich niemanden hier. Was wusste sie über Tom? Dass er Vögel und Feuerwehrleute cool fand. Der Handwerker war kein Handwerker, der Vermieter kein Vermieter. Wer war überhaupt ihre Vermieterin? Sie musste sich zusammenreißen. Mit Leo sprechen.

Sie beeilte sich, ihre Einkäufe zu verstauen und die Küche aufzuräumen. Danach ging sie zögernd ins Schlafzimmer. Leo kniete von ihr abgewandt auf dem Boden und bearbeitete die Dielen mit deutlich zu viel Energie.

Mari räusperte sich. »Wie heißt eigentlich deine Schwester?«

»Alexandra Stein«, antwortete er, ohne aufzusehen.

»Kannst du mir ihre Nummer geben?«

Er drehte sich zu ihr um. »Jetzt mach dir keine Sorgen, ja? Tommy ist ein super Hausverwalter. Er hat bloß manchmal Probleme damit, sich auf das Wesentliche zu konzentrieren.«

»Ich hätte trotzdem gern ihre Nummer.«

Leo seufzte. »Hast du einen Stift dabei?«

Sie schüttelte den Kopf.

»Ich dachte, Anwälte haben immer einen Stift dabei.« Er lächelte schief. »Hast du ein Telefon dabei?«

Mari schüttelte wieder den Kopf. »Das lädt gerade auf.«

»Wie, kein Stift und kein Smartphone? Bist du wirklich Anwältin?«

Sie warf ihm einen giftigen Blick zu. Leo stand vom Boden auf und holte sein Telefon aus der Küche.

»Gib mir deine Nummer, dann schicke ich dir Alexandras. Und schau mich nicht so misstrauisch an!« Er rollte mit den Augen. »Ich lösche sie sofort wieder, wenn du willst.«

Mari ging nicht darauf ein und diktierte ihm ihre Nummer. Er tippte auf seinem Telefon herum. Sie konnte nichts erkennen. Würde er sie in seinen Kontakten abspeichern? Sie riss sich zusammen. Zeit zu gehen.

»Danke, dass du deinen Samstag geopfert hast, und das mit deinem Rücken und … und deinem Fuß tut mir leid.«

Er runzelte die Stirn und schien eine Frage auf den Lippen zu haben. Doch er sagte nichts. Stattdessen streckte er ihr seine warme Hand zum Abschied entgegen.

Als sie in ihr Hotelzimmer zurückkehrte, steuerte sie schnurstracks auf ihr Telefon zu, das neben der Steckdose auf dem Nachttisch lag. Sie hatte eine Nachricht. Und feuchte Hände. Was erwartete sie? Ein Sonett?

Keine Anrede, nur die Nummer von Alexandra Stein.

Aber dann tatsächlich Text. »Ich beiße nicht. L«

3

Um neun Uhr morgens war Mari noch erleichtert gewesen. Nur eine einzige dünne Akte hatte auf ihrem ansonsten leeren Schreibtisch gelegen. Keine Spur von mannshohen Aktentürmen voller fast abgelaufener Fristen, die seit Wochen auf sie warteten.

»Sie wissen ja, Sie haben drei Wochen Welpenschutz«, hatte ihr neuer Chef gescherzt.

Nun war es elf Uhr dreißig, die dünne Akte lag aufgeschlagen vor ihr, und Mari kaute nervös an den Fingernägeln. Sie war verzweifelt. Sie hätte diese eine Akte jederzeit gern gegen zwanzig Patentverletzungsverfahren eingetauscht.

Mari starrte auf den gelben Klebezettel, den ihr Chef bekritzelt hatte: »Frau Thaler, bitte entwerfen Sie eine Datenschutzerklärung mit Schreiben an Mandant. Gruß, MW.«

Mari war Patentrechtlerin. Sie hatte noch nie im Leben eine Datenschutzerklärung *gelesen*, nicht einmal beim Internetshoppen. Nun sollte sie eine *schreiben*, und zwar für ein Modehaus mit Online-Kundenkonten und Datentransfer über den Atlantik.

Sie hatte die Webseite der Mandantin aufgerufen, »Datenschutzrecht« bei Wikipedia nachgelesen und diverse Datenschutzerklärungen anderer Modeketten aus dem Internet ausgedruckt. Für diese juristische Expertenrecherche brauchte man einen Computer, einen Drucker, und ja, zugegeben, man musste lesen und schreiben können.

Mari unterdrückte ein panisches Kichern. Na gut, sie hatte es lang genug hinausgezögert. Sie musste zum Partner gehen und das klären. Sie war für Patentrecht eingestellt worden, das hatten sie im Vorstellungsgespräch ausdrücklich besprochen. Oder?

Sie versuchte, sich zu erinnern.

Sie hatten über Bergsteigen im Himalaya gesprochen. Das tat ihr Partner, Dr. Martin Weimar, LL.M. (Yale), ein drahtiger gebräunter Mittvierziger mit grauen Röntgenblickaugen, einmal im Jahr für seine Work-Life-Balance. Außerdem hatte er offenbar sämtliche Werke von Theodor Fontane gelesen. Als Mari zugab, dass sie nur *Effi Briest* kannte, hatte er ihr einen bohrenden Blick zugeworfen und gefragt: »Ach ja? Und wer war Rollo?« Nachdem sie die richtige Antwort (Effis Neufundländer) gegeben hatte, war das Eis gebrochen. Er hatte ohne Punkt und Komma geredet. Über das Fortbildungsprogramm der Kanzlei, die Laufgruppe und den Yogalehrer, das Sommerfest auf der Dachterrasse und die legendären Weihnachtsfeiern mit Bauchtänzerinnen und Tombola.

Doch was hatte er bloß über Patentrecht gesagt? Sie wusste es nicht mehr. Trotzdem. Die Stellenausschreibung (»Gewerblicher Rechtsschutz *mit Schwerpunkt Patentrecht*«) war klipp und klar gewesen. Genauso wie Maris Lebenslauf.

Die Tür des glasumhüllten Eckbüros stand offen. Dr. Weimar, LL.M. (Yale), lief vor seinem penibel aufgeräumten Schreibtisch auf und ab und sprach in ein Headset. Er sah ein bisschen wie Madonna auf der Bühne aus. Oder wie jemand, der Luftgitarre spielte. Luftsprechen.

Als Mari den Rückzug antreten wollte, trafen sich ihre Blicke, und er gestikulierte in Richtung eines schwarzen Ledersessels.

Da saß sie nun, fast bis zum Boden in schwarzem Leder versunken. Ihre Knie schmerzten. Sie würde nie wieder aufstehen können, dieser feindselige Sessel war niedriger als jeder Toilettensitz. Emma würde sie jetzt lauthals beschimpfen. Maris Knie waren ein rotes Tuch. »Wie kann das sein?! Du wiegst doch nichts! Du bist doch keine Oma! Spiel halt nicht den ganzen Tag Anwältin, sondern auch mal, was weiß ich, Badminton!«

Sie hatte recht. Mari war faul und sah ausschließlich anderen (oft und gerne) beim Sport zu, vor allem beim Fußball. Doch das würde sich jetzt ändern. Sie hatte sich gestern in das Fitnessstudio gewagt, das sie in der kleinen Ladenpassage am Engelbecken entdeckt hatte. Die Inhaberin sah aus wie Lara Croft, nur netter. Mit Sommersprossen auf der Nase und Schalk in den Augen. Sie hatte Mari sofort unter die Lupe genommen. Diagnose: »Fünf vor zwölf. Süße, du brauchst alles. Muskeln, Puste und sogar Fett. Und japanisches Tape gegen die Schmerzen. Für das Tape mach ich dir einen Termin beim Surferboy ... ähm, Frank. Der Physiotherapeut im ersten Stock. Der hat eine Schwäche für Hawaiihemden, aber er ist trotzdem total kompetent.«

Ha. So leicht ging das. Mari war gerettet. Lara und Surferboy würden das hinkriegen.

Hör auf zu träumen, Finger weg von der Stummtaste. Mari versuchte, dem endlosen Luftgespräch ihres Chefs zu folgen. Der Begriff »Tomb Raider«, nein falsch, »Dawn Raid« fiel in jedem zweiten Satz. Mari dachte an George Clooney mit einer Horde Vampiren in einer Bar in der Wüste. Wie hieß nochmal diese Bar? Sie und Emma hatten sich totgelacht. Es fiel ihr nicht ein.

Doch bei Dawn Raids handelte es sich anscheinend um irgendwelche Hausdurchsuchungen der Kartellbehörden in der Morgendämmerung. Auch Mari dämmerte es langsam – dieser Job hatte nichts mit dem zu tun, was sie bisher gemacht hatte. Sie fühlte sich elend. Sie wusste aus Erfahrung, dass das bloße Arbeitspensum in Großkanzleien schon übel genug war. Das überlebte man auf Dauer nur, wenn man sich zumindest in seinem Fach sicher fühlte. Und wie hieß bloß diese blöde Bar mit den Vampiren?

»Titty Twister!« Das war's.

Oh nein, hatte sie das laut gesagt?

Herr Weimar, der das Gespräch beendet und hinter seinem Schreibtisch Platz genommen hatte, sah sie merkwürdig an.

»Wie kann ich Ihnen helfen?«, fragte er, aber es klang mehr nach einem Machen-Sie-es-kurz.

Mari fühlte sich, als hätte sie eine Ewigkeit am Telefon in der Warteschleife gehangen und schon halb betäubt *Für Elise* mitgesummt. Und nun war plötzlich ein echter Mensch in der Leitung.

Sie räusperte sich. »Wegen der Akte ... Sie wissen, dass ich in den letzten vier Jahren ausschließlich im Patentrecht gearbeitet habe?«

»Ja, und?«

»Ich kenne mich im Datenschutzrecht nicht aus«, erklärte Mari kleinlaut und ärgerte sich über sich selbst. Schließlich war sie ja nicht als Datenschutzrechtlerin eingestellt worden.

»Ja, und?« Seine Stimme klang wie ein Kläffen.

Er erhob sich und setzte sich auf die Schreibtischkante, sodass Mari auf seine fusselfreie Weste starren musste, wenn sie ihren Kopf nicht in den Nacken legte.

»Ein guter Jurist kann a) denken und b) sich in alles einarbeiten. Oder möchten Sie ein Fachidiot werden, der immer nur an derselben Schraube dreht? Sie können doch denken, oder?«

»Natürlich«, stammelte Mari, aber sie war sich da in diesem Augenblick nicht so sicher. Sie konnte jedenfalls keinen zusammenhängenden Gedanken fassen. Es war ihr erster Arbeitstag. Sie war für dieses Gespräch nicht gewappnet.

»Zuletzt ist jede Stelle gut, wenn man sie gut und treu ausfüllt. Theodor Fontane. Wenn Sie Fragen zum Datenschutzrecht haben, gehen Sie zu Herrn Gernrath. Der ist seit sieben Jahren bei uns und kennt sich bestens aus.«

Er wartete nicht auf ihre Antwort, sondern begann nahtlos ein Gespräch mit seinem Headset. »Ja, stellen Sie ihn durch.«

Als Mari durch den langen, in klinischem Weiß gehaltenen Gang zurück zu ihrem Büro ging, schossen ihr die Antworten durch den Kopf. *Ja, ich kann denken. Aber möchte der Mandant a) zehn Tage Fortbildung im Datenschutzrecht à dreihundertfünfzig Euro pro Stunde bezahlen, und sind Sie b) damit einverstanden, wenn ich zwei Wochen lang an einer einzigen Akte sitze? Und ja, ich bin gerne ein Fachidiot. Anderenfalls wäre ich in eine Wald-und-Wiesen-Kanzlei gegangen. Dort müsste ich jedenfalls nicht zweitausend abrechenbare Stunden im Jahr produzieren.*

Mari stapfte in ihr Büro. Dort stand eine hellblonde Fee am Fenster.

»Hallo, bist du Marie?«, sagte das winzige blonde Mädchen in pinkem Kostüm.

»Mari«, verbesserte Mari automatisch und schüttelte die zierliche blasse Hand.

»Ich bin Vanessa, ich habe auch heute meinen ersten Tag. Wir sind morgen zusammen im Computerkurs. Bei wem bist du? Ich bin bei Herrn Sommer, bei den Corporates«, sprudelte es aus dem Mädchen – also der Anwältin – heraus.

Bei wem *bist* du? Mari fühlte sich wie in der Schule. Ich habe Mathe-Grundkurs bei Herrn Grünewald, und du?

»Ich arbeite für Herrn Weimar«, sagte sie. Auf das Rechtsgebiet mochte sie lieber nicht eingehen.

Mari setzte sich an ihren Schreibtisch. Zu ihrem Erstaunen schloss Vanessa die Tür und verkündete feierlich: »Ich bin so froh, dass du da bist.«

Dann stellte sie sich mitten in den Raum und drehte sich einmal um sich selbst. »Findest du das okay?«

»Äh, was genau?«, fragte Mari perplex.

»Das Ganze. Die Farbe, die Länge vom Rock – ist das okay?«

Mari musste lächeln. Das Mädchen sah aus wie eine kleine pinke Puppe. »Du siehst sehr hübsch aus, Vanessa.«

Vanessas große blaue Augen strahlten sie an. »Ein Glück! Danke! Ich hatte schon Angst, das Kostüm wäre irgendwie zu First Lady.«

First Lady? Mari lachte. »Selbst wenn man dich in die Klamotten der Queen stecken würde, würdest du immer noch aussehen wie …«

Tinker Bell.

Vanessa sah sie erwartungsvoll an. Doch Mari fiel nichts anderes ein als Fee, Fee, Fee …

»Tinker Bell.«

»Der *Hund* von Paris Hilton? Ist der nicht tot?« Die Fee zog ein entrüstetes Gesicht und stemmte ihre kleinen Fäustchen in die pinke Wespentaille.

»Nein! Die echte Tinker Bell«, stellte Mari klar.

Oh weh, was war heute nur mit ihr los? Erst die Sache mit dem Titty Twister und jetzt das. Und zu allem Übel hatte Vanessa keinen Schimmer von Peter Pans Fee. Es endete damit, dass Mari »Tinker Bell« bei Google eingab. Es erschien ein greller Flickenteppich aus zarten blonden Disney-Kreaturen.

Vanessa drängelte sich neben Mari vor den Computer. »So sehe ich aus? Echt? Toll! Welche von denen sieht mir denn am ähnlichsten?«

Sie flatterte begeistert vor dem Bildschirm herum, und Mari befürchtete schon, dass sie gleich auf ihrem Schoß landen würde, als die Bürotür aufgerissen wurde.

Ein perfekt geföhnter Adonis kam herein. (Emma hätte schamlos gepfiffen oder, noch schlimmer, gut hörbar »Tall and dark!« geraunt.) Er sah aus wie frisch vom Catwalk, ein gepflegter Kleiderständer mit ausgeprägten Wangenknochen. Nur die Augen störten. Kühle helle Schlitze. (»Klarer Fall von Lord Voldemort, die junge Version«, hätte Emma befunden.)

»Was ist das denn hier! Wir haben strikte Open Door Policy«, rief der Adonis mit gespielt strenger Miene.

»Oh, das mit der Tür war ich. Wir hatten Frauenthemen zu besprechen«, erklärte Vanessa, und Mari beschloss in dem Moment, dass sie die pinke Fee mochte.

»Jaja, erst sind es Frauenthemen, und dann tagt auf einmal ein Betriebsrat et cetera pp.«

Mari musterte den Adonis skeptisch. In ihrer alten Sozietät hatte man die Rechtsanwälte in Equity Partner (die richtigen Haie à la Steven Spielberg), Fixed Share Partner (die kleineren Haie, die nur bissen, wenn sie Hunger hatten) und Associates (die angestellten harmlosen Babyhaie) unterteilt. Kollegen wie dieser Adonis bildeten eine eigene Kategorie: die Equity Associates. Das waren junge angestellte Anwälte, die unter dem Stockholm-Syndrom litten. Sie hatten Abgrenzungsprobleme zu ihrem Arbeitgeber. Man erkannte sie daran, dass sie den Kollegen, die sich um acht Uhr abends nach einem Zehn-Stunden-Tag unauffällig nach Hause schleichen wollten, über den ganzen Flur hinterherriefen: »Na, arbeitest du halbtags?« Alles nur im Spaß natürlich.

Die Hand des Equity Associate fühlte sich knochenlos an, wie ein glibberiger Scherzartikel. »Niklas Gernrath, ich sitze schräg gegenüber.«

Oh nein. Der Equity Associate war also ihr letzter Strohhalm im Datenschutzrecht. Mari versuchte zu lächeln.

»Ich habe schon von dir gehört. Herr Weimar meinte, du kennst dich im Datenschutzrecht aus.« Sie zögerte, fügte dann aber in ihrer Verzweiflung hinzu: »Kann ich dir nachher ein paar Fragen dazu stellen?«

Der Equity Associate verschränkte die Arme vor der Brust und runzelte die Stirn. (Hatte er gezupfte Augenbrauen? Ja, tatsächlich.)

»Ich gebe in zwei Wochen bei einer Mandantenveranstaltung eine Einführung ins Datenschutzrecht, da darfst du gerne mitkommen«, sagte er mit einem gequälten Lächeln.

Vanessa strahlte ihn an und sah aus, als wollte sie einen Flickflack schlagen. Doch Mari wusste, dass er in Wirklichkeit vier Dinge zum Ausdruck gebracht hatte:

1. Ich bin hier der begehrte Superexperte. (»Ich **gebe** eine Einführung.«)
2. Sei froh, dass ich überhaupt mit dir rede. (»Da **darfst** du gerne mitkommen.«)
3. Du bist unfähig und überflüssig. (»Ich gebe bei einer **Mandanten**veranstaltung eine **Einführung**.«)
4. Deine Pupsfragen sind unwichtig und können warten (»**in zwei Wochen**«).

Mari war zu verzweifelt, um lockerzulassen. »Ja, danke, aber ich habe ein paar konkrete Fragen zur Weitergabe von Daten in die USA …«

Er unterbrach sie. »Dann schau halt mal bei ADV und Safe Harbour et cetera pp nach. Die Bücher stehen bei Herrn Dr. Diem im Büro, den Gang runter rechts.«

Was um Himmels willen war ein ADV? Safe Harbour, Pearl

Harbour – was? Bevor sie nachfragen konnte, war der Equity Associate mit zwei langen Schritten neben Vanessa an den Schreibtisch getreten. Er starrte auf den Bildschirm.

»Was macht ihr denn da? Schaut ihr *Trickfilme*?«

Mari errötete, aber Vanessa antwortete heiter: »Kennst du *Peter Pan?* Ich bin Tinker Bell.«

Niklas warf der Fee einen schrägen Blick zu und bewegte sich langsam in Richtung Tür. »Lasst euch besser nicht von der IT erwischen. Hier sind Leute schon wegen weniger gefeuert worden.«

Und weg war er. Wahrscheinlich wegen der Ansteckungsgefahr. Weichei. Panikmacher. In Maris alter Kanzlei hatte die IT-Abteilung einmal per Rundmail verkündet: »Liebe Alle! Frau Kraft hat uns soeben mitgeteilt, dass unser System die eBay-Seite blockiert. Wir arbeiten an der Behebung des Problems.« Es folgten ein paar witzige Rundmails auf Kosten der Kollegin, die eine Weile mit geducktem Kopf durch die Büroflure lief. Mehr nicht.

Vanessa riss Mari aus ihren Gedanken. »Ob der eine Freundin hat? Gehen wir zusammen Mittag essen?«

Berufsanfänger waren eine Plage. Vanessa freute sich über den Blumenstrauß, den jeder Neuankömmling auf seinem Schreibtisch vorfand; sie freute sich über die Espressomaschine in der Küche, die Handcreme im Bad und darüber, dass sie auf demselben Gang saß wie Niklas und Mari. Nach einem halben Thunfisch-Sandwich kannte Mari bereits die beeindruckenden Examensnoten der Fee, die letzten Worte ihres Ex-Freundes (»Dann halt nicht.«), sämtliche Symptome und Behandlungsversuche ihrer chronischen Blasenentzündung (»Und dabei hab ich total selten Sex!«) und die wörtlich und ungekürzt zitierten Vorschusslorbeeren, die Vanessa heute

Vormittag etwa viertelstündlich von ihrem Chef erhalten hatte.

Mari versuchte zuzuhören. Sie hatte Magenschmerzen. Sie dachte an die Datenschutzakte, die wartend auf ihrem Schreibtisch lag. »Sie können doch denken, oder?« Und dann noch die Sache mit dem Titty Twister und den Trickfilmen …

Zum Glück bemerkte Vanessa nicht, wie verunsichert sie war. Mari hatte nicht vor, ihr das Herz auszuschütten. Sie war immer wieder erstaunt, mit welcher Geschwindigkeit andere Frauen einander ins Vertrauen zogen. Als ob sie durch den Austausch intimer Informationen ihr Revier markierten. Du weißt über meine Blasenentzündung Bescheid, also gehörst du zu mir. Wir sind im selben Team. Mari empfand diese weibliche Vertrautheit als ein großes, weiches Kopfkissen. Das ihr mit sanfter Gewalt aufs Gesicht gedrückt wurde.

Sie war noch ganz benommen von Vanessas pink gezuckertem Enthusiasmus, als sie nach der Mittagspause in ihr Büro zurückkam. Dort lagen drei Bücher auf ihrem fast leeren Schreibtisch. Drei Kommentare zum Datenschutzrecht und ein gelber Klebezettel: »Gruß, Niklas.«

Vielleicht war er ja doch nicht so übel.

Nach mehreren Stunden zielloser Lektüre (sie wusste nicht, ob sie weinen oder einschlafen sollte) klingelte es in ihrer Handtasche. Es war Alexandra Stein. Mari hatte am Wochenende nervös auf ihrem Anrufbeantworter herumgestammelt. Als ob Leo Stein die Mailbox seiner Schwester abhören würde …

»Ich beiße nicht.« Mari hatte den ganzen Samstagabend herumgegrübelt, ob sie die Nachricht beantworten sollte. Doch es gab nichts zu sagen. Sie hatte gezittert, peinlich genug. Vielleicht hatte er auch gezittert, das war ungeklärt. (Na gut, wahrscheinlich war Mari die Erdkruste, und er war einfach bloß Japan.) Jedenfalls kannte er anscheinend nicht den Unterschied zwischen Angst und … und, ja was? Nach langem Hin und Her einigte Mari sich mit sich selbst auf »Erregung«.

Manchmal konnte sie nicht fassen, wie verklemmt sie war. Emma kommentierte das regelmäßig mit: »Bist halt doch nicht adoptiert. Der Betonmischer lässt grüßen!«

Als Mari ihr erzählt hatte, dass sie das Kondom im Krankenhaus *in Gegenwart ihrer Mutter* mit den Worten Vagina, Gebärmutterhals und Zervixschleim konfrontiert hatte, hatte Emma ihren Kopf mit Küssen bedeckt und ganz von sich aus versprochen, dass sie von nun an das Softpornodebakel nie wieder erwähnen würde.

(Es war überhaupt kein Debakel. Emma hatte Mari zum achtzehnten Geburtstag dazu genötigt, mit ihr in der Videothek einen Porno auszuleihen. Bereits bei der ersten Szene, als eine nackte Frau sich an einer Betonmischmaschine rieb, hatte Mari sich im Reflex die Hand vor die Augen gehalten. Seitdem kniff Emma bei jeder Baustelle die Augen zu und rief: »Oh Gott, oh Gott, nicht hingucken, Mari, ein Betonmischer!«)

Die traurige Wahrheit war: Mari war einunddreißig Jahre alt und noch nie wirklich erregt gewesen. Zumindest nicht in Gegenwart eines anderen. (Sex im Traum war unendlich viel besser als in Wirklichkeit.) Und jetzt hatte sie gleich gezittert, und zwar nicht nur ein bisschen, sondern so richtig, wie in einem Cartoon, auf einer Eisscholle, mit dem Finger in der Steckdose, sieben Komma fünf auf der Richterskala. War das normal? Was, wenn ihr Körper die falschen Signale aussandte? Was, wenn ihr Körper *immer* die falschen Signale aussandte? Wie bei der Betonmischmaschine. Welcher Idiot hielt sich denn bei einer Nacktszene die Augen zu? Vielleicht setzte Erregung bei ihr eine Art Zombieprogramm in Gang.

Zittern, kalte Hände, Gänsehaut, entsetztes Geistergesicht. *Der Schrei* von Edvard Munch. Sexy.

Andererseits fielen ihr einige allgemein anerkannte Reaktionen ein, die ihr viel idiotischer vorkamen als Zittern vor Erregung. Heulen vor Freude zum Beispiel. Lächeln vor Wut (das taten erstaunlich viele Leute). An den Haaren ziehen aus Zuneigung. Halt. Leo hatte an ihrem Pferdeschwanz gezogen.

Sie musste dringend mit Emma sprechen. Und sie bei der Gelegenheit fragen, ob sie schon einmal vor Erregung gezittert hatte. Erregung, Erregung, Erregung. Ging doch ganz leicht. Mari wusste, sie war unreif. Doch sie war im Kühlschrank (genauer: im Eisfach) aufgewachsen. Dort wurde nichts reif. Nur haltbar und fade.

Ob Leo mit seiner Schwester über sie gesprochen hatte?

»Ich habe schon viel von Ihnen gehört«, sagte die fröhliche Stimme am Telefon.

Oh nein.

»Tommy meinte sich zu erinnern, dass Sie an der Friedrichstraße arbeiten.«

Ach so.

»Mein Restaurant ist in der Nähe vom Bahnhof Friedrichstraße. Hätten Sie Lust, nach der Arbeit vorbeizukommen? Dann können wir den Mietvertrag unter Dach und Fach bringen.«

»Ja, sehr gerne.«

Mari wollte Alexandra Stein gerade über ihre uferlosen Arbeitszeiten informieren und fragen, ob sie noch um zehn Uhr vorbeikommen könne, da erschien ein grauhaariger älterer Herr im Türrahmen und starrte vorwurfsvoll auf das mit Glitzerblumen beklebte Smartphone an ihrem Ohr.

»Entschuldigung, Frau Stein, kann ich Sie zurückrufen?«

Während Mari hastig das Gespräch beendete, war der

Mann an ihren Schreibtisch getreten und hatte eines der Datenschutzrechtsbücher in die Hand genommen. »Wir sind uns noch nicht vorgestellt worden – Hugo Diem.«

Bevor Mari antworten konnte, fuhr er fort: »Aber Sie waren offenbar schon in meinem Büro.« Er hielt das Buch in die Höhe.

»Nein, ich …« Mari schluckte. Sie fühlte sich auf einmal wie eine Bücherdiebin. Eine, die an ihrem ersten Tag privat telefonierte.

»Für wen arbeiten Sie?«

»Für Herrn Weimar. Ich soll eine Datenschutzerklärung entwerfen, da brauchte ich …«

»Eine Datenschutzerklärung? Sagen Sie, Frau …?«

»Thaler.«

»Frau Thaler, haben Sie schon einmal etwas von *Best Practice* gehört?«

»Ja.«

»Und, was bedeutet das hier?«

Mari hasste es, wenn Leute herablassende Fragen stellten, auf die sie die Antwort bereits kannten. Doch eigentlich ging es genau um ihr Problem. Also tat sie ihm den Gefallen.

»Jeder sollte das tun, worin er sich am besten auskennt. Spezialisierung. Patentrechtler sollten zum Beispiel kein Datenschutzrecht machen«, sagte Mari tonlos.

»Ganz genau. Ich kläre das mit Herrn Weimar.« Der graue Herr entfernte sich ohne ein weiteres Wort.

Für etwa zehn Minuten hoffte Mari, dass er sie von der bösen dünnen Akte befreien würde. Dann fegte Herr Weimar in ihr Büro und schloss die Tür hinter sich. »Wir haben a) eine Bibliothek, Frau Thaler, Sie brauchen nicht die Regale anderer Partner zu plündern, und b) schlagen Sie die Bücher halt mal auf, dann sieht auch nicht jeder gleich vom Flur, was Sie da lesen, und c) ist das *mein* Mandant, die Akte bleibt hier! Wir verleihen weder Mandanten noch Bücher. Die haben Ehrgefühl und kommen nicht mehr zurück. Schon mal gehört? Theodor Fontane Schrägstrich Martin Weimar.«

Da war es, das unheimliche Wutlächeln.

Einige zähe Stunden später, gegen halb zehn, rauschte Dr. Martin Weimar im Trenchcoat an ihrem Büro vorbei und rief: »Bis morgen, Niklas!«

4

Das *Bär und Hummer*, Alexandra Steins Restaurant, lag in einer Seitenstraße zwischen Friedrichstraße und Museumsinsel. Die Lage war zu unauffällig, um die Touristenmassen aus den Museen anzulocken, aber in dem kleinen Lokal hatten ohnehin nur sechs Tische Platz. Statt Stühlen drängelten sich an den meisten Tischen gefräßige Sessel und Sofas, die den winzigen Raum zu verschlucken schienen. In der Enge fiel die ungewöhnliche Artenvielfalt des Mobiliars kaum auf. Fünfzigerjahre Resopalplatten auf schlanken Kunststoffbeinen standen freundschaftlich neben Eichentischen mit Astlöchern, und der mächtige Ledersessel für Cognactrinker / Zigarrenraucher schien ebenso wenig ein Problem mit dem benachbarten Stuhl aus Plexiglas zu haben wie das geblümte Plüschsofa mit der Sitzbank aus grauem Wildleder.

Das Restaurant sei »eigentlich nicht wirklich ernst gemeint gewesen«, hatte Alexandra Stein Mari schon kurz nach ihrem Eintreffen dort anvertraut. Sie hatte das Haus – ein sanierter Altbau mit wunderschönen Erkern – geerbt und bewohnte mit Tom die Dachgeschosswohnung. Alexandra kaufte gern Möbel, und Susanne und Horst, die gelangweilten Rentner aus dem ersten Stock, kochten gern (beziehungsweise Susanne kochte, und der arme Horst erledigte den Rest). Da habe es sich angeboten, mit dem Laden im Erdgeschoss »irgendwas zu machen«. Anfangs hatten sie nur abends geöffnet, doch nun rannten ihnen die Leute schon mittags die Bude ein, um Susannes hausgemachte Quiches, Karotten-Ingwer-Suppe und Couscous-Salat zu essen und abends Coq au Riesling oder

Kokosfischsuppe oder Garnelen in Pernodsauce. Sie hatten einen weiteren Koch einstellen müssen. Mari ahnte, dass Alexandra Stein einer dieser beunruhigenden Menschen war, denen – aus Versehen – einfach alles gelang.

Als Mari wie verabredet nach der Arbeit gegen zehn im *Bär und Hummer* erschienen war, hatte Alexandra in Schlafanzughose und bunten Wollsocken auf einem der Sofas gelegen und sich mit einem Glas Rotwein in der Hand entspannt mit den letzten Gästen unterhalten, die am Nebentisch saßen. Sie hatte Mari wie eine alte Freundin zu sich aufs Sofa gezogen und ihr ein Glas Wein eingeschenkt.

Die Gäste und die (etwas müde aussehenden) Rentnerköche waren vor einiger Zeit gegangen. Mari hatte unter vergeblichem Protest einen großen Teller Mango-Krabben-Suppe aufs Haus gegessen. Und vier Gläser Rotwein getrunken. Und die Schuhe ausgezogen.

Alexandra hatte sich schon nach dem ersten Glas wieder rücklings in die Sofakissen sinken lassen und ihre dunkelbraune Lockenmähne auf der Armlehne ausgebreitet. Sie lag nun mit angewinkelten Beinen neben Mari und verpasste ihr jedesmal, wenn sie ihr kehliges Lachen durch den Raum rollen ließ, einen leichten Tritt in die Seite. Dann entschuldigte sie sich mit einem schiefen Grinsen, nur um es kurz darauf wieder zu tun.

Mari erinnerte sich dunkel, dass sie wegen des Mietvertrags hergekommen war, aber ihr weinbenebeltes Gehirn interessierte sich gerade mehr für Alexandras Meinung zu solarbetriebenen Winkekatzen und anderen »Stehrumskis«.

»Die Leute belächeln die armen Stehrumskis doch bloß, weil sie insgeheim neidisch sind. Den ganzen Tag rumstehen, nix tun und trotzdem liebevoll abgestaubt werden – das wünschen sich doch die meisten. Oh Gott, Mari, ich bin betrunken, an einem Montagabend, und ich kling wie Tommy … Wenn man vom Teufel spricht!«

Mari folgte ihrem Blick zur Küchentür, die Tom leise hinter sich geschlossen hatte. Er strahlte die beiden Frauen auf dem Sofa an, legte merkwürdigerweise den Zeigefinger auf die Lippen und rief mit übertriebener Flüsterstimme »Hallo«.

Alexandra winkte ab. »Der wird bloß wach, wenn's plötzlich still wird. Jetzt komm und knutsch mich!«

Bevor Mari »Wer?« fragen konnte, hatte Tom sich zwischen ihr und Alexandra auf die Besucherritze des Sofas geworfen und war mit ein paar gedämpften Kriegsschreien über seine Freundin hergefallen. Mari versuchte gerade, sich diskret von dem Geküsse zurückzuziehen, da drehte Tom sich zu ihr um und drückte sie mit einer festen Umarmung in die Kissen.

»He, aufhören! Ich habe doch geahnt, dass da was läuft«, schnaufte Alexandra gespielt empört. »Leo hat mir gesagt, dass du ihr deinen Lieblingsbecher von der Berlinale gegeben hast.«

Mit einem verschmitzten Grinsen zerzauste Tom Alexandras Lockenkopf und zog ihre Sockenfüße auf seinen Schoß. Dann legte er wie ein selbstzufriedener Pascha seinen linken Arm um Maris Schultern.

»Der Leo war bloß schlecht drauf und wollte Krawall machen. Leo und Lexi, die zwei machen mich fix und foxi«, sagte er zu Mari und kitzelte Alexandras Füße.

Mari, die sich voll trunkener Zuneigung an Toms Schulter geschmiegt hatte, richtete sich auf.

»Leo war sauer?«, hörte sie sich fragen und sah im selben Moment, wie sich Alexandras Augenbraue auf gespenstisch bekannte Weise hochzog.

Tom hatte den neugierigen Blick, den Alexandra ihr zuwarf, nicht bemerkt. »Er meinte, du hättest ihm die Tür ins Kreuz gerammt und wärst auf seinem Fuß rumgetrampelt.«

Nun warf auch er Mari einen interessierten Blick zu. »Was war da eigentlich los?«

Mari spürte, wie die Röte über den Hals in ihre Wangen kroch. Ja, was war eigentlich los? Ihre verquere Zitterattacke auf Leo. Das Weingelage mit seiner Schwester. Ihrer Vermieterin. Nach ihrem ersten schrecklichen Arbeitstag, den sie auf wundersame Weise in dem Moment vergessen hatte, als sie in die Sofakissen des *Bär und Hummer* gesunken war. Und jetzt war auch noch Tom aufgetaucht, den sie die ganze Zeit dümmlich angrinsen wollte. Sie *liebte* Tom. Er massierte Alexandras Füße und sah dabei wunderhübsch aus. Wie ein Buddha ohne Bauchfett. Bestimmt brachte es Glück, wenn man seine Glatze rubbelte. Oh nein, sie war so betrunken. Doch sie durfte nicht dümmlich grinsen. Nicht, wenn es um Leo ging.

Mari sah vorwurfsvoll direkt in die grünen Katzenaugen ihrer Vermieterin. »Dein Bruder sagt, er beißt nicht, aber ich glaub doch.«

Alexandras belustigter Gesichtsausdruck war verstörend vertraut. »Klar beißt der.«

Mari nickte. »Sag ich doch.«

»Wie denn genau?«, wollte Alexandra wissen.

Sie spielte mit ihr wie mit einem Wollknäuel. *Gib acht, was du sagst!*

Da fiel Mari ihre unüberlegte Bemerkung mit dem Lkw-Fahrer und dem stinkenden Freund wieder ein. Sie musterte ihre Vermieterin gedankenverloren. Nein, sie war definitiv ein Gewinn. Sie sah so … so einladend aus. Lockig, vollbusig und entspannt. Mari wollte sich auf ihrem weichen Bauch einrollen und einschlafen.

Alexandra schüttelte Toms massierende Hand von ihrem Fuß und trat Mari in die Seite. »Keinen Wein mehr für Mari!«

»Ich würde dich sofort per Anhalter mitnehmen. Und

du stinkst überhaupt nicht.« Mari drückte herzlich die bunte Wollsocke, die sie gerade noch getreten hatte.

Alexandra fuhr in die Höhe. »Hat Leo gesagt, ich *stinke*? Spinnt der?!«

»Nein, nein, hat er nicht! *Ich* habe gesagt ...« Maris Kopf drehte sich. Sie sah Tom hilfesuchend an, aber der Buddha saß nur lächelnd in ihrer Mitte und schnappte sich wieder die unruhigen Füße seiner Freundin, um die Massage fortzusetzen.

Plötzlich musste Mari laut losprusten. Tom und Alexandra sahen sie entgeistert an.

Mari zeigte auf Tom. »Solarbetriebener Buddha! Stehrumski!«

Da brach auch Alexandra in betrunkenes Gelächter aus.

Mari hörte Tom sagen: »Was war bloß in dem Wein?«, und Alexandras erstickte Antwort: »Alkohol!«, und dann perlte durch ihr Gelächter hindurch ein quietschendes hohes Kichern.

Sie sah Tom verdutzt an, aber das Kichern stammte nicht von ihm. Neben Alexandra war ein zweiter, viel kleinerer brauner Lockenkopf aufgetaucht, der vergnügt kicherte und dabei auf und ab hüpfte.

Tom seufzte. »Echt super. Jetzt habt ihr's geschafft.«

Mari rieb sich die feuchten Augen und starrte den kleinen Jungen an. Er trug einen dunkelblauen Schlafanzug mit der weißen Aufschrift »POLIZEI«.

»Wo kommt der denn auf einmal her?«

Alexandra zog den kichernden Knirps auf ihren Schoß. Sie zeigte auf einen großen Ohrensessel neben der Küchentür. »Wir drehen immer die Rückenlehne andersherum, dann stört ihn keiner, aber er kann uns hören und schläft sofort ein. Du magst die Geräusche, nicht wahr, Toby?«

Sie drückte ihre Nase auf seine winzige Nase und schielte ihn an. Der Junge, eine Miniaturausgabe von Alexandra, schielte fröhlich zurück. Während er es sich auf ihrem fülligen Oberschenkel bequem machte, inspizierte er Mari mit unverwandten Katzenaugen.

»Toby, das ist die Mari. Sag mal hallo«, sagte Tom und streichelte über seine braunen Locken.

Toby vergrub sein Gesicht in Alexandras Hals und murmelte ein schüchternes »Hallo«.

Mari lächelte ein wenig gezwungen. Sie fühlte sich auf einmal fehl am Platz, wie ein betrunkener Eindringling.

»Es ist schon nach Mitternacht, der Toby muss jetzt mal ins Bett«, stellte Alexandra fest.

»NEEEINN!«, schrie Toby. »MÜLLLKUUUCHEN!«

»Hatte er noch keinen Müllkuchen?«, erkundigte sich Tom.

»Doch, zwei Teller, aber heute war der echt eklig, ich habe den Rest weggeschmissen.«

»Müllkuchen?«, fragte Mari.

»MÜLLLKUUUCHEN!«, brüllte Toby.

»Toby und ich backen abends aus allem, was so übrig ist, einen Kuchen«, erklärte Alexandra. »Eher so eine Art Auflauf. Das schmeckt meistens auf perverse Art lecker, aber heute hat Toby Vanillequark in den Spinat gekippt.«

Sie presste wieder ihre Nase in das kleine Gesicht. »Unser Toby ist ein Fass ohne Boden, der hat ständig einen Bäääärenhunger.« Sie machte bärige Fressgeräusche in sein Ohr.

Toby lachte übermütig und bestätigte: »Der Toby hat einen Bääär und Hummer!«

»Und ein ziemlich komisches Vokabular für einen Dreijährigen. Toby, erzähl der Mari mal, was du werden willst, wenn du groß bist.«

»CALLBOY!«

Maris Augen weiteten sich ungläubig. »Muss ich das Jugendamt informieren?«, fragte sie halb lachend.

»Mit Lasso und Huuut«, erläuterte Toby, zum ersten Mal direkt an Mari gerichtet.

»Er meint Cowboy«, sagte Tom grinsend.

Da musste Mari lachen, und zu ihrem Erstaunen kletterte der kleine Junge auf dem überfüllten Sofa zielstrebig über Toms Beine hinweg auf ihren Schoß.

»Hast du einen Hut?«, wollte Toby wissen.

»Nein«, antwortete Mari.

»Hast du Hunger?« Er legte den Kopf in den Nacken und sah sie erwartungsvoll an.

»Nein.«

Toby schüttelte unwillig den Kopf und fragte vorwurfsvoll: »Hast du einen Hund?«

»Nein.« Mari fühlte sich wie eine Versagerin und fügte schnell hinzu: »Keinen Hund, aber ein … ein Krokodil. Ein kleines, nur so groß wie ein Dackel.«

Seine Augen wurden groß. »Ein LOKODIL!«

»Richtig. Es ist so eine Kreuzung zwischen Lokomotive und Krokodil. Es sieht aus wie ein Krokodil, aber es hat keine Füße, sondern Räder.«

Toby nickte verständnisvoll. »Wie meine Ente. Wie heißt dein Lokodil?«

»Es heißt … Es ist eine Sie, und sie heißt Claudette.«

»Klosett.«

Tom und Alexandra lachten verstohlen, aber Mari blieb ernst. »Claudette ist ein bisschen schwierig, weißt du.«

Toby kniete sich auf Maris Schoß und krallte sich in ihre Oberarme. Mari hielt schützend eine Hand hinter seinen Rücken und spürte den Drang, ihn in die Arme zu nehmen.

»Warum?«, fragte er und rüttelte ungeduldig an ihren Armen.

»Na ja, du weißt ja, Claudette ist ein Lokodil. Aber irgendjemand hat ihr eingeredet, dass sie ein Drache ist, und deshalb versucht sie jetzt dauernd, Feuer zu speien. Aber das geht immer schief.«

»Wie, WIE denn?« Toby bohrte seine kleinen spitzen Knie schmerzhaft in Maris Schoß.

»Es steigen Dampfwölkchen aus ihrer Nase, wie bei einer Lokomotive. Ich sag dir, das stinkt bestialisch. Und dann macht sie dabei so komische Geräusche.«

»Wie denn, wiiiiie?«

»ÜÄÄHHH ÜÄÄÄÄÄHHHHH!!!!«

Toby kreischte begeistert und imitierte Maris Würgelaute.

Mari sah sich um und flüsterte: »Sprich sie bloß nicht darauf an. Claudette ist nämlich ganz schön empfindlich. Und wenn sie an dein Bein kriecht, während sie rumwürgt, musst du trotzdem lieb zu ihr sein. Die ist sehr anhänglich und fühlt sich schnell zurückgewiesen.«

Was redete sie da bloß? Sie hatte keine Ahnung von Kindern. Doch Toby lugte vorsichtig unter den Tisch. »Ist sie hier?«

»Klar, sie liegt direkt an meinen Füßen und schläft.«

Ohne Vorwarnung rutschte Toby von ihrem Schoß, kletterte unter den Tisch und streichelte murmelnd (»Klosettklosett«) das Krokodil.

Maris Schoß war auf einmal kalt. Ihre betrunkenen Gliedmaßen fühlten sich schwer und schläfrig an, aber die Wärme des Weins war weg. Sie hatte das Bedürfnis, den Kopf auf der Tischkante abzulegen. Wo war der Tränenkloß in ihrem Hals so schnell hergekommen?

Aus den Ohrenwinkeln hörte sie Toms Frage: »Alles klar, Mari?«

Sie versuchte, die Tränen zurückzublinzeln, und nickte verlegen.

»Geh weg, Tommy, jetzt geh weg!« Die brutalen Wollsocken scheuchten Tom vom Sofa, und im nächsten Moment wurde Maris durchnässtes Gesicht in ein duftendes Lockenmeer gedrückt. Sie gab keinen Laut von sich. Sie zitterte. Schon wieder. Diese Familie war das reinste Nervengift.

Sie hatte seit dem Morgen in London nicht mehr geweint – noch nicht einmal, als die Ärztin in der Klinik in Düsseldorf gefragt hatte, ob sie eine Bestattung haben wolle. Eine *Bestattung?* Wovon? Der winzige flimmernde Fleck hatte sich in Luft aufgelöst. »Bestattung wovon?«

Die Ärztin hatte mit den Achseln gezuckt. »Ihres Kindes. Oder der Gewebereste. Das hängt von Ihnen ab.«

So war das mit der Wirklichkeit. Es gab sie nicht. Nur Perspektiven. Und Zweifel ließen die Welt einfach verschwinden.

Zum Glück gab es Google. Als sie schwanger gewesen war, hatte Mari alles nachgelesen, ihren Wortschatz um Begriffe wie Toxoplasmose, Amniozentese, Zervix-Insuffizienz oder Listeriose erweitert, in Internetforen Diskussionen über die Parmesanfrage verfolgt oder darüber, ob die Anwendung von Enthaarungscreme im Intimbereich die Schwangerschaft gefährdete (Mari benutzte zwar keine, aber sicher war sicher). Sie wusste sogar, dass das Bundesamt für Verbraucherschutz Schwangere vor dem Verzehr von Haifisch warnte (wegen des Quecksilbers).

Und natürlich hatte sie gewusst, dass ihr winziger Bewohner schon ein emsiges Herz, Arm- und Beinknospen und die Andeutung eines Gesichts gehabt hatte. Dennoch war die Bezeichnung »Kind« rücksichtslos. Embryo, Fötus, Leibesfrucht – alles war erträglicher als Kind.

Möglicherweise war die Ärztin nach einem kurzen Blick auf Mari zu dem Schluss gelangt, dass die Natur oder (je nach Perspektive) der liebe Gott nicht das unschuldige kleine Wesen für lebensunfähig befunden hatte, sondern die untergewichtige, gestresste Mutter.

»Nein, keine Bestattung.«

Mari trauerte nicht um ein Kind. Sie trauerte um den Gedanken an ein Kind. Vielleicht noch weniger, noch egoistischer. Sie trauerte um den Gedanken an ein Leben, in dem sie sein durfte wie alle anderen Säugetiere. Zur Hölle mit der sogenannten intellektuellen Herausforderung, die ihre Kolleginnen quasi schon in den Wehen vermissten. Sehnten die sich wirklich danach, ihr Gehirn Tag für Tag stundenlang mit unerschöpflicher Selbstdisziplin dazu zu zwingen, über Haftungsklauseln, Sicherungsübereignungen, die Insolvenzfestigkeit von Lizenzen oder andere farblose Fragen nachzudenken? Als ob die Überwindung von Langeweile als solche eine intellektuelle Herausforderung darstellte. Mari bezweifelte nicht, dass es Berufe gab, die ein Loch im Herzen hinterließen. Aber Wirtschaftsanwalt in einem Haifischbecken? Das war man, um reich zu werden oder wegen der Anerkennung (von Maggie & Mann) oder wegen beidem. Wer die intellektuelle Herausforderung suchte, war mit einem guten Buch besser beraten.

Hätte das Kind in ihr überlebt, wäre Mari so lange wie möglich zuhause geblieben. Am liebsten für immer. Das hatte sie noch nie laut gesagt, nicht einmal zu Emma. Die dunkle Macht der Perspektive lauerte überall. Vor fünfzig Jahren wäre Mari normal gewesen, heute faul. Hart erkämpfte Möglichkeiten hatten sich in Pflichten verwandelt. Jetzt darfst du, also mach auch. Dahinter steckte die felsenfeste Überzeugung, dass Beruf und Berufung ein und dasselbe seien. Die Akademikerperspektive. Und die Annahme, dass alle Menschen – Frauen und Männer, Frauen und Frauen, Männer und Männer – gleich seien. Die Dogmatikerperspektive.

Mari hatte einen eigenen Blickwinkel. Die Gefangenenperspektive. Zur Akademikerperspektive: Berufung? Pfff. Nach vier Jahren in der Großkanzlei (das war räumlich gemeint: vier Jahre *in* der Großkanzlei) ging es Mari nur noch darum, ihre Miete zu zahlen und möglichst nicht umzukippen. Zur Dogmatikerperspektive: Mari wollte nicht zuhause bleiben, weil sie unemanzipiert war, sondern weil sie Mari war. Sie brauchte eine Pause vom öffentlichen Raum (das war *nicht* räumlich gemeint: jegliche Anwesenheit von Menschen, die nicht Emma waren, erzeugte öffentlichen Raum). Laut M&M war sie bereits als Kleinkind regelmäßig verschwunden, einfach von dannen gekrabbelt, in eine stille Ecke. In der Schulzeit hatte sich Emma häufig darüber beschwert, dass Mari jede Party als Erste verließ, dass sie nur einen Bruchteil ihrer Freizeit mit der Clique verbrachte, anstatt wie Emma und der Rest wunderbar schleppende Nachmittage beisammenzusitzen, mit Kippchen und Cola über irgendwelchen Kram zu reden. Mari floh bei der ersten Gelegenheit zurück in ihren Normalzustand, ins Alleinsein oder Mit-Emma-Alleinsein.

Die Kanzlei mit ihren endlosen Arbeitszeiten bedeutete einen permanenten Ausnahmezustand, maximale Anspannung und Einsamkeit durch die Anwesenheit von Andersartigen und die Abwesenheit von Freunden. Die anderen Anwälte bewegten sich im öffentlichen Raum wie Fische im Wasser, und diejenigen, die Mari näher kennenlernte (zum Beispiel das Kondom), mieden den privaten Raum wie Mari das Rampenlicht. Dem Kondom fiel zuhause nach kürzester Zeit die Decke auf den Kopf, weshalb Mari und er nur an Arbeitstagen halbwegs funktionierten. Freie Tage waren ein Zankapfel.

Bestimmt gab es unter den Kollegen auch einige, die wie Mari tickten, doch die outeten sich nicht, und für Maris Einsamkeit machte es keinen Unterschied, ob die Andersartigkeit ihrer Kollegen Charakter oder Fassade war. Das Schlimmste war, dass keine Zeit zum Lesen blieb, keine Zeit für ihre zweidimensionalen Freunde, die mit ihren frei zugänglichen Gedanken echter erschienen als die Geheimniskrämer aus Fleisch und Blut. Wahrscheinlich wünschte Mari sich gar kein Kind. Sie wünschte sich Zeit. Und Kinder waren Zeiträuber, Schlafräuber, wie die Kanzlei.

Doch Zeit allein half nicht. Zeit musste mit einer Aufgabe verbunden sein, sonst nahm das schlechte Gewissen überhand. In Maris Welt war Faulheit der größte Makel. Der Tinnitus, der Hörsturz waren Ehrensache. Eine ihrer Kolleginnen in Düsseldorf bekam bekanntermaßen Durchfall, wenn zu wenig Arbeit auf ihrem Schreibtisch lag. Dann mussten die benachbarten Kollegen auf die Toilette im vierten Stock ausweichen. In diesem Punkt unterschied Mari sich nicht von den anderen Anwälten, sie steckte in derselben psychischen Zwickmühle: entweder Stress oder schlechtes Gewissen, Pest oder Cholera. Wenn Mari vor zweiundzwanzig Uhr das Büro verließ, fühlte sie sich wie eine Schulschwänzerin. Ohne Leiden kein Wohlbefinden. (Was würde die WHO wohl dazu sagen?) Und Leiden war nicht genug. Jeden Abend wurde Bilanz gezogen, der Tag in abrechenbaren Stunden dokumentiert und bewertet. Ohne Leistung kein Wohlbefinden. Es war wie in diesen unerbittlichen Märchen, in denen die Aufgaben stetig unmöglicher wurden – nur ohne Zauberei, ohne ein Rumpelstilzchen, das einem aus der Patsche half. Am Ende des Tages musste das Stroh zu Gold, die Zeit zu Geld gesponnen sein. Es durfte keine Zeit übrig sein, kein Stroh, in das man sich müde hineinsinken lassen konnte.

Mari ließ sich tiefer und tiefer in die Locken ihrer Vermieterin sinken.

»Sie zittert ja. Kann ich was tun?« Toms Stimme klang weit weg.

»Bring Toby ins Bett. Sag ihm, das Krokodil darf bei ihm übernachten.«

Unter dem Tisch ertönten laute Würgelaute, gefolgt von: »Klosettklosett, komm, komm. Tomtommy, Klosett will Müllkuchen!«

»Nein, Toby, die frisst nur … Motoröl. Aber nicht mehr nach dem Zähneputzen. Komm, komm, Toby. Komm, komm, Claudette.«

Mari spürte Alexandras kurzes Lächeln. Sie wunderte sich manchmal darüber, was man alles blind fühlen konnte. Sogar die Abwesenheit anderer Menschen. Als ob in ihrem Ohr eine Datei »Du bist allein« existierte, in der sämtliche menschlichen Geräusche registriert waren, die in einem leeren Raum fehlten.

Das Zittern war vorbei. Mari trennte sich verschämt von Alexandras Schulter.

Ihre Vermieterin hatte den Arm um sie gelegt und sah sie besorgt an. Mari zwang sich, ihr in die Augen zu schauen. »Tut mir leid. Mein erster Arbeitstag heute war furchtbar, und dann der Wein … und Toby … Also, was ich sagen will … Ich bin nicht ganz so irre, wie es aussieht.«

»Irre? Dann müsste man mich einweisen. Ich heule andauernd, meistens vor Wut. Und gerne auch mal in Eisdielen oder mitten auf der Straße. Frag Tommy.«

Alexandra nahm eine grüne Papierserviette vom Tisch und begann unvermittelt und auf ziemlich grobe Weise, in Maris nassem Gesicht herumzuwischen. Mari wehrte sich nicht. Sie musste lachen.

»Und jetzt einmal schnäuzen!«

»Auf keinen Fall!« Mari befreite ihr Gesicht und holte Luft.

»Ich war vor ein paar Monaten schwanger … und dann plötzlich nicht mehr. Nichts richtig Schlimmes, ganz früh, das passiert angeblich andauernd. Nein, jetzt guck mich nicht so an, alles in Ordnung.«

Alexandra zog Mari wieder in ihre Arme und streichelte überraschend behutsam ihren Kopf.

Bitte, bloß kein weiterer Zitteranfall. Erwachsen sein. Am besten über Geschäftliches reden. »Willst du mir die Wohnung trotzdem noch vermieten?«

Das Streicheln hörte auf. »Nein. Ich vermiete nur an robuste Frauen, die gleich beim ersten Anlauf Drillinge in die Welt setzen. Nicht an ein trauriges Mädchen, das unserm Toby liebe Geschichten erzählt.«

»Du weißt, was ich meine.«

»Nicht wirklich.«

»Vielleicht halte ich den Job bei *Blair & Crowe* nicht durch. Kein sicheres Einkommen.«

Alexandra zuckte mit den Achseln. »Dann versklave ich dich hier im *Hummer*, und du darfst dem armen Horst beim Spülen helfen. Oder ich stell dich als Mary Poppins für Toby ein, der steht auf dich. So wie wir alle.«

Mari schluckte. »Nicht alle.«

Ein Naturgesetz: Auf frontale Zuneigung reagierte sie mit frontaler Blödheit. Hätte sie nicht einfach danke sagen können?

Alexandra hatte die Familienaugenbraue hochgezogen. »So langsam werde ich wirklich neugierig. Was hat mein kleiner Bruder mit dir gemacht?«

Mari seufzte. »Gar nichts.«

»Das klang jetzt irgendwie frustriert«, sagte Alexandra lachend.

Mari errötete zum hundertsten Mal an diesem Abend. »Falls ihr über mich redet …«

»Und *wie* wir über dich reden!«

»Könntest du ihm bitte nicht erzählen, dass ich gezittert habe?«

Alexandra sah sie fragend an. »Also, erst ging's ums Beißen und jetzt ums Zittern. Wenn du mir nichts erzählst, frage ich Leo, ob ihr Dschungelsex auf meinem geölten Dielenboden hattet.«

Selbst schuld. »Okay. Er war sauer, dass ich ihn beim Arbeiten gestört habe. Ich wollte ihn mit Brötchen und Kaffee besänftigen und bin ihm dabei irgendwie auf den Fuß getreten. Da hat er mich vor Schreck an der Schulter angefasst, und ich hatte einen kleinen Zitteranfall. Er hat das damit kommentiert, dass er nicht beißt. Ende.«

Stille. Dann: »Das ist ja total langweilig.«

Mari nickte erleichtert.

Pause. Dann: »Außer der Sache mit dem Zitteranfall.«

Zum Glück ging in diesem Moment die Küchentür auf, und Tom verkündete zufrieden: »Er schläft jetzt. Claudette durfte mit ins Bett.«

5

The Cure sang *Friday I'm in love* in Maris Ohren, und sie summte mit. Höchste Zeit für Freitag. Mari hatte sich um halb zehn verstohlen aus dem Büro geschlichen. Sie hatte beschlossen, zu Fuß nach Hause zu gehen. Es war dunkel, kalt und regnerisch, und der Heimweg war weit. Das war ihr recht. Mit dem Bus war die Distanz zwischen Haifischbecken und Engelbecken viel zu kurz. Bürogedanken fuhren gerne Bus. Sie hopsten einfach mit Mari in die Linie 147, versperrten ihr den Blick aus dem Fenster und sorgten manchmal sogar dafür, dass sie ihre Haltestelle verpasste. Aber heute war Freitag. Heute gönnte sie sich den Luxus, nach Hause zu schlendern und ihre Gedanken und ihre Woche im Schneckentempo abzuhängen.

Mari hatte jeden Tag bis spät abends im Büro gesessen, auch an dem verkaterten Dienstag nach dem Gelage mit Alexandra. Doch sie hatte kaum Zeit zu Geld gesponnen. Die meiste Zeit hatte sie damit verbracht, sich verzweifelt in fremde Rechtsgebiete einzulesen. Sie wusste, Mandanten bezahlten keine Fortbildung. Bei einem Stundensatz von dreihundertfünfzig Euro konnte man schon ein bisschen Omnipotenz erwarten. Oder eine riesige Kanzleifabrik voller Spezialisten. Es gab sie, die Spezialisten. Nebenan, gegenüber, den ganzen Gang entlang und in zwei weiteren Stockwerken. Aber Mari durfte nicht mit ihnen sprechen. Sie fühlte sich wie das persönliche Infodesk des Dr. Martin Weimar.

»Was muss die Mandantin beachten, wenn sie beim Relaunch ihrer Webseite Open Source Software verwendet? Und fallen Fernbedienungen für Massagesessel eigentlich unter das

Medizinproduktegesetz? Wenn ja, prüfen Sie mal, wie das mit der CE-Kennzeichnung läuft. Aber vorher entwerfen Sie noch einen Vertriebsvertrag für Nasenhaarentferner. Nein, wir haben kein passendes Vertragsmuster – und wehe, Sie fragen die Vertriebsrechtler, die reißen die Sache bloß an sich. Apropos Vertriebsrecht: Schauen Sie sich mal diese Gewährleistungsbeschränkung für Verschleißteile in Industriepumpen an. Ist die zulässig? Und stellen Sie in der Berufungssache einen Kostenfestsetzungsantrag – nein, die Sekretärin kann das nicht. Ach ja, führt die Werbeangabe ›100 % bröselfrei‹ auf einer Klopapierpackung den Verbraucher in die Irre? Besorgen Sie uns doch mal ein paar Rollen von dem Klopapier der Mandantin.«

Heute Abend, kurz bevor sie ins Wochenende geflohen war, hatte er ihr noch im Vorbeigehen zugerufen: »Sagen Sie mal, wie ist das nochmal bei Internetdomains mit der Haftung des Admin-C?«

Was? Vitamin C? Kraut oder Rüben? Bin ich ein Orakel?!

Und die Datenschutzerklärung war immer noch nicht fertig. Die Mandantin hatte schon angerufen. »Machen Sie keine Doktorarbeit daraus, Frau Thaler!«

Niklas war keine Hilfe. Im Gegenteil. Mari hatte den Verdacht, dass die Episode mit dem Bücherklau kalkuliert gewesen war. Jede Frage beantwortete er entweder mit einer Gegenfrage, die Mari nicht beantworten konnte, oder mit einem verschlüsselten Redeschwall voller Abkürzungen. Dabei saß er wie eine Statue am Schreibtisch und starrte mit gebanntem Blick auf seinen Computerbildschirm. Vielleicht war er ferngesteuert. Vielleicht war er eine Art Crashtest-Dummy der Kanzlei, um die Stresstoleranz der Anwälte zu messen. Wie lange würde es dauern, bis Mari ihm den Schädel einschlug?

Mist. Endlich Freitag, und jetzt war sie in Rage.

Mari war fast zuhause angekommen, als ihr Telefon tief in der Manteltasche vibrierte. Regenschirm, Handschuhe, nasse Windböe von vorne. Scheiße, wo war das blöde Telefon?

Anruf von *Saftschubse.* Endlich! Emma war wieder im Lande.

Maris Lieblingsperson war chronisch in einer anderen Zeitzone, in der Luft auf der Sonnenseite der Wolken, Gott weiß wo im Bett mit Gott weiß wem (Piloten, Passagieren, Bodenpersonal, nichtschwulen und schwulen Kollegen), jenseits vom Handynetz. Wieso konnte nicht irgendetwas zur Abwechslung mal *einfach* sein?

Doch Maris Abend war gerettet. »Meine Emma!«

»Mein Buttercroissant!« Emmas kratzige Hexenstimme. Sie rauchte gern und viel und wohnte quasi im Flugzeug, ein Dilemma.

»Meine Emma!«

»Mein Butterpralinchen! Wir können immer so weitermachen. Hauptsache Butter.«

Emma war irgendwann zu dem Schluss gekommen, dass Butter ihr Lebenselixier war.

Mari blieb vor dem Torbogen, der zu ihrem Hinterhaus führte, stehen. »Komm sofort her, ja?«

»Okay.«

Eines der vielen Rituale zwischen Mari und Emma waren gebrochene Versprechen. Tu mir keinen Wodka in den O-Saft, ja? Okay. Lass mich nicht mit diesem Typen allein, ja? Okay. Färb mir keine pinken Strähnchen, ja? Okay. Am Ende war Mari betrunken und allein mit dem Typen. Und M&M ärgerten sich über die pinken Strähnchen. Happy End à la Emma.

Kurzum: Sie würde nicht kommen.

»Mari? Heulst du?«

»Ja.« Sie wischte sich die Tränenzapfen von der Wange. »Andauernd.«

»Das ist mal was Neues. Schieß los.«

»Nein, erzähl du von Singapur und Thailand und wo du sonst noch warst.«

Im Innenhof sah Mari wie immer unwillkürlich zu ihren Fenstern im dritten Stock hinauf. Oh nein, sie hatte schon wieder das Licht im Schlafzimmer brennen lassen. Doch das butterige Licht hatte etwas Tröstliches. Als würde dort jemand auf sie warten.

Wie armselig. Als Nächstes würde sie sich selbst Postkarten schreiben. Als würde irgendwo jemand an sie denken.

»Steht alles auf den Postkarten. Hab sie an deine Eltern geschickt, ich kannte ja deine neue Adresse nicht«, sagte Emma mit einem Grinsen in der Stimme, und Mari wusste, dass es sich auf keinen Fall um Landschaftsmotive handeln würde.

Angefangen hatte es mit der harmlosen »Let's kill all the lawyers«-Postkarte aus London, über die Maris Mutter (Fachanwältin für Arbeitsrecht) sich zu Emmas großem Vergnügen (»Sie lesen wohl kein Shakespeare, Frau Thaler?«) tatsächlich aufgeregt hatte. Nun erhielten Maris Eltern seit etwa zehn Jahren Post von Emma: Rotlichtviertelmotive aus Amsterdam, ein nackter Elvis Presley aus Memphis, aus L. A. das Reißverschlussgesicht des Sex-Sklaven aus *Pulp Fiction*, aus München Anspielungen auf Maggies Magersucht (eine Weißwurst mit der Aufschrift »Nach dem Essen ist vor dem Essen«), diverse Diktatorenporträts usw. Nichts wirklich Perverses, nur ein paar Liebesgrüße von der pathologischen Emma, die Mari sich in der fünften Klasse eingefangen hatte.

»Ich habe dich vermisst.« Mari leckte sich die Tränen von der Oberlippe.

»Deshalb heulst du hier rum?«

»Warte mal …« Mari legte den Schirm in den Hausflur und schloss ihre Wohnungstür auf. Sie zog hastig ihre durchnässten Stiefel und Socken aus und durchquerte das leere Wohnzimmer. Ihre wenigen Möbel überwinterten halb vergessen im geräumigen Keller ihrer Eltern. Mari würde sich still verhalten, bis M&M sich über das Möbellager beschwerten. Sie fand seltsamen Gefallen an der leeren Höhle.

Im halogenerleuchteten Schlafzimmer ließ sie sich in Mantel und Mütze auf die Matratze fallen und schaltete den Lautsprecher ihres Telefons ein. Die Tränen liefen ihr immer noch übers Gesicht.

»Ich heule nicht deinetwegen. Oder vielleicht doch. Ich heule wegen allem. Und ich habe komische Psychosachen gemacht, total peinlich gezittert, bei meiner Vermieterin angefangen zu heulen. Und zu meinem Chef habe ich am ersten Tag *Titty Twister* gesagt! Wegen George Clooney und den Vampiren! Und der Arsch hat mich gefragt, ob ich denken kann! Und er hat recht, ich kann nicht denken, nur an Schrauben drehen.« Mari schnappte nach Luft.

»Stopp! Atme, Mari!« Die Hexenstimme hallte durch das fast leere Schlafzimmer.

»Nein! Ich will nicht atmen!« Mari lag auf dem Rücken und schluchzte lautstark.

»Ich will jetzt wissen, ob dein Chef wie George Clooney aussieht. Also atme und konzentrier dich.«

Emma klang so, als müssten sie gemeinsam eine Bombe entschärfen.

»Mein Chef sieht *kein bisschen* aus wie George Clooney! Der hat mich im Vorstellungsgespräch«, sie schluchzte, »angelogen! Ich mache überhaupt kein Patentrecht! Ich prüfe bekacktes Klopapier und Nasenhaarentferner und … und Computerkacke. Ich darf keine Bücher von den Kollegen ausleihen, weil keiner wissen soll, dass mein Chef, der Wich… Mixer, dass der querbeet rumdilettiert.«

»Bekacktes Klopapier. Mixer. Das mit der Fäkalsprache ist auch neu«, stellte Emma anerkennend fest.

»Ich bin so wütend, ich *träume* schon in Fäkalsprache!«

»Kein Problem, das ist meine Muttersprache.«

»Der bekackte Mixer geht jeden Abend an meinem Büro vorbei, ignoriert mich und ruft ›Tschüss, Niklas‹.«

»Wer ist Niklas?«

»Ein Kollege, der Bücher klaut und sie dann in meinem Büro deponiert. Der ist so zum Kotzen kompetent, dass er in jedem zweiten Satz ›et cetera pp‹ sagt. Ich wette, der weiß nicht mal, was das pp bedeutet.«

»Ich auch nicht.«

»Pupspisser!«, rief Mari.

Sie zuckte kurz zusammen. Im Bad hatte etwas gescheppert. Bestimmt war die stylische Klobürste, die Tom mitgebracht und mit Saugnäpfen an der Wand befestigt hatte, schon wieder heruntergefallen.

»Ich bin beeindruckt, Mari. Mehr!«

Gerne. Alles rauslassen. »Der schöne Niklas hat einen bekackten Autotext für Anwaltsschnösel gefressen!« Sie imitierte seine Stimme. »Wir haben hier *Open Door Policy*. Ich kann nicht mit zum *Lunch*, weil ich einen wichtigen *Call* habe und danach eine *Telco*, und am Ende des Tages macht Essen sowieso nur müde *et cetera pp*!«

»Sieht der schöne Niklas aus wie George Clooney?«

»Was hast du immer mit deinem blöden George Clooney? Warte mal.« Mari zog ein Tempo aus ihrer Manteltasche und putzte sich geräuschvoll die Nase. Sie musste kurz an Alexandras grüne Papierserviette denken, und ein winziges Lächeln stahl sich auf ihre Lippen.

»Also, der schöne Niklas sieht so perfekt aus, dass man sich immer ungekämmt fühlt. Niklas zupft seine Augenbrauen und ekelt sich, wenn man Kaffee mit geschäumter Milch trinkt. Der findet sogar die Orchidee auf meiner Fensterbank eklig. Wegen der Luftwurzeln! Der ekelt sich vor allem. Für den sollte man eine Geräuschprinzessin im Klo installieren.«

Emma lachte. Und Mari stellte fest, dass sie nicht mehr weinte.

»Du willst, dass man dich im Klo installiert?«, fragte Emma.

»Was?«

»Geräuschprinzessin!«

»Blöde Kuh! Ich bin keine Geräuschprinzessin!«, protestierte Mari und musste kichern.

»Du klingst aber wie eine. Was ist das überhaupt?«

Mari rollte mit den Augen. »Das ist eine Geräuschmaschine, die zivilisierte Japanerinnen in ihren Toiletten haben, um ihre Pinkelgeräusche zu übertönen.«

»Pinkelgeräusche? Cool. Hattet ihr Sex?«

»Wer?«

»Du und der schöne Niklas.«

»Nur weil *du* mit Kollegen schläfst … Hast du mir nicht zugehört?«

Emma seufzte durchs Telefon. »Bei deinem ganzen Geschimpfe ist halt mein Sexdetektor angesprungen. Und seit wann heulst du wegen Kollegen? Seit wann bist du überhaupt so eine Heulsuse?«

»Ich weiß nicht«, sagte Mari leise und streifte ihre Mütze ab.

Sie lag auf dem Rücken und starrte an die gewölbte Decke. Ihr Gesicht fühlte sich heiß an, die nackten Füße waren inzwischen eiskalt, und ihre Knie schmerzten. Sie zog träge den Mehlsack, nein, den Schlafsack über ihre Beine. So mussten sich Geister fühlen, komplett ohne Muskeln. Sie hätte auf der Stelle einschlafen können, mit Emmas Gekrächze im Hintergrund (auf keinen Fall würde sie freiwillig auflegen).

»Was ist los, Mari?«

Ja, das war hier die Frage.

»Ich weiß es nicht. Der erste Tag hier in Berlin war so unwirklich. Es hat sich fast so angefühlt, als … als hätte ich das alles bloß erfunden. Wie die Geschichten, die man sich vor dem Einschlafen erzählt. Die Wohnung ist wie eine Höhle, eine Unterwasserhöhle mit welligen Wänden und Decken.«

Stille in der Leitung. Emma hörte zu. Oder checkte nebenbei E-Mails.

»Der Hausverwalter hat Tee und Kekse dabeigehabt und die ganze Zeit komplett wirres Zeug erzählt. Aber meinetwegen hätte der endlos weiterreden können, das war wie … so wie ich's mir auf dem Schlitten vom Weihnachtsmann vorstelle. So ein wackelndes, fliegendes Chaos, überall bunte, bellende und blinkende Geschenke, und man denkt, gleich muss ich kotzen. Und dann hat der mir einfach so gesagt, dass er mich schön findet. Na ja, und dass ich halbtot aussehe.«

Emma grunzte verächtlich. »Schön?! Hör nicht auf den, du siehst nämlich scheiße aus. Du willst doch nicht in der Klinik landen wie Maggie, oder? Sprich mir nach: Ich – sehe – scheiße – aus – und – werde – mehr – Butter – essen. Los, sag's!«

»Ich – sehe – scheiße – aus – und – werde – mehr – Butter – essen«, wiederholte Mari folgsam und meinte es auch so.

Sie war nicht absichtlich so abgemagert. Sie hatte in letzter Zeit einfach keinen Appetit. Essen, schlafen, entspannen – das alles hatte sie sich mühsam mit Emmas Hilfe erarbeitet. M&M aßen tagsüber so gut wie nichts. »Du willst doch nicht ins

Schnitzelkoma fallen.« Sie schliefen maximal sechs Stunden pro Nacht. »Du willst doch nicht dein halbes Leben verschlafen.« Sie spielten keine Gesellschaftsspiele, sie schauten nicht fern, sie lasen keine Krimis. »Das bringt dich *als Person* nicht weiter.«

Familie Neubach (Emma, ihr kleiner Bruder Moritz und ihre Eltern) hatte Mari Doppelkopf und Poker (Texas Holdem) beigebracht. Gewinnen war hier kein Selbstzweck, es ging um bares Schokoladengeld. Dementsprechend wurde laut gestritten, beschissen und unter dem Tisch getreten. Mari liebte den Lärm und die gelegentliche Gewalt. Nach wenigen Jahren stritt, beschiss und trat sie unter dem Tisch wie ein echtes Familienmitglied.

Emmas Vater kochte nach exotischen Rezepten aus Indien, Sansibar oder von den Seychellen. Wie Emma litt er unter konstantem Fernweh, das er mit Kurkuma und Kardamom linderte. Mari und Emma waren seine Hilfsköche. (Emma jammerte, und Mari lernte kochen.) Nach dem Essen wurde gedöst, ferngesehen, und Emmas Mutter konsumierte Liebesromane, die sie an Mari weitergab. Wenn Mari am Wochenende bei Emma übernachtete, schlief sie wie ein Murmeltier, bis Moritz Radau machte. Mari war noch heute Langschläferin. Im Gegensatz zum Kochen und Spielen störte es nicht, wenn man dabei allein war. Zumindest nicht so sehr.

»Das mit der Butter komm ich kontrollieren. Da wir gerade dabei sind, wie geht's eigentlich deinen Seniorenknien?«

Mari berichtete Emma von dem Physiotherapeuten alias Surferboy, bei dem sie bereits zwei Mittagspausen verbracht hatte. Es war eine Geschichte der Erniedrigung. So mussten sich dumme Menschen fühlen, die von Schnelldenkern an die Wand diskutiert wurden. Jedes weitere gestammelte Wort unterstrich nur das Ausmaß ihrer Unterlegenheit, und dennoch war Schweigen keine Option (zumindest nicht für wirklich dumme Menschen).

Emma unterbrach sie. »Sieht der Surferboy denn so gut aus?«

Mari rollte mit den Augen. »Ich rede nicht von Aussehen, sondern von Körpergefühl. Als könnte er fliegen und ich nicht mal krabbeln.«

»Aber er sieht schon gut aus, oder?«

Mari rollte wieder mit den Augen. »Dann stell ihn dir halt gutaussehend vor.«

»Was heißt das denn jetzt? Sieht er etwa *nicht* gut aus?«

Wie so viele Geschichten der Erniedrigung begann auch diese mit dem Herunterlassen einer Hose. Während Mari sich mühsam entblößte, blieb Surferboy unbekümmert auf seinem Rollhocker sitzen und machte Konversation.

»Mühsam?«, rief Emma.

Ja. Sie war so sehr damit beschäftigt gewesen, sich wegen ihrer Zahnstocherbeine zu schämen, dass sie dreimal im Hosenbein hängenblieb und beinahe auf die Nase fiel. Normalerweise hätte sie ihre Bürohose ordentlich gefaltet und über den Stuhl gehängt, doch das war plötzlich eine unlösbare Aufgabe. Hose weg und fertig. Was nun? Surferboy hatte für einen Moment gezögert. Er hatte darauf gewartet, dass sie ihre Sporthose anzog. Das wurde Mari erst im Nachhinein klar, als sie dazu gezwungen war, in Unterwäsche Turnübungen zu machen. Mit der Turnerei hatte ja keiner rechnen können.

»*Turnerei?* Du klingst wie meine Oma«, sagte Emma entrüstet. »Yoga? Pilates?«

»Ähm … Kniebeugen.«

Es folgte krächzendes Gelächter. »Das ist, als würdest du ein Bonbon als Mahlzeit bezeichnen!«

»Wieso. Ein Bonbon ist doch eine Mahlzeit.«

Das Gelächter verstummte.

»Das war ein Scherz, Emma!«

Die Kniebeugen waren erbärmlich. Als sie auf wackeligen Beinen versuchte, Surferboys leichtfüßige Darbietung zu imitieren, ruderte er entsetzt mit den Händen durch die Luft. »Stopp, Mari!«, rief er. »Ignorierst du immer, wenn's weh tut? Schmerzen sind was *Schlechtes*. Du musst kurz vorm Schmerzpunkt aufhören.«

Nun kam sie sich unsportlich *und* dumm vor. Ohne Schmerzen kam sie noch nicht einmal in die Nähe des Neunziggradwinkels. Dennoch kippte sie ein paarmal fast um, und bereits nach zehn Wiederholungen begannen ihre Knie unkontrollierbar zu zittern. Surferboy kniete sich flink auf den Boden und stabilisierte ihre Beine mit seinen ruhigen Händen. »Das Zittern kommt von den Nerven«, erklärte er.

»Turnen! Die Nerven! Bitte sag, dass du auch noch Riechsalz brauchtest!«

Nein. Gerade noch rechtzeitig durfte Mari sich auf einer Magnetfeldmatte entspannen.

»Spürst du was?«, hatte Surferboy nach fünf Minuten hoffnungsvoll gefragt.

»Nö.«

Magnetfeldtherapie. War das Glaube oder Wissenschaft? Mari würde es googeln. Ob es sich bei dieser dubiosen Matte um ein Medizinprodukt handelte? Bestimmt. Sie hatte immer noch nicht durchschaut, wie genau die Sache mit der CE-Kennzeichnung ablief. Würde Herr Weimar ihr doch bloß erlauben, mit einem Kollegen aus dem Pharmabereich zu sprechen.

»Mari, hör auf zu denken!« Surferboy hatte die Stirn gerunzelt. »Ich glaube, du stehst zu stark unter Strom für das Magnetfeld. Du bist nicht sensibel.«

»Mach dir nichts draus. Mit sensiblen Leuten kann ich nichts anfangen«, warf Emma ein.

»Das Schlimmste kommt noch.«

Das japanische Tape. Darauf hatte Mari sich eigentlich gefreut – ein paar Pflästerchen auf die Knie und Schmerz adé.

Surferboy hatte eine Schublade voller Taperollen in allen Farben des Regenbogens geöffnet. Mari strahlte und wählte Pink. Als sie auf dem Rücken lag und fachmännisch beklebt wurde, dachte sie an die Beachvolleyballer bei den Olympischen Spielen, die trugen auch Pink.

Dann sollte sie sich auf den Bauch drehen. Und dann kam der Schmerz. Surferboy hatte seinen Finger in ihre rechte Pobacke gerammt. (»Nein, Emma, in die *Backe*! Du bist widerlich.«)

»Aha«, hatte er gesagt. »Deine Pomuskeln sind völlig verspannt.«

Bevor sie diese neue Information verdauen konnte, hatte Surferboy ihre Unterhose (»*Unterhose?!* Mari, das nennt man heutzutage Slip!«) heruntergezogen und begonnen, ihr Hinterteil großflächig mit Tape zu bepflastern. (»Ja, Emma, auch in Richtung … Mitte.«)

Dann hatte er geflucht. »Mist. Das hält ja gar nicht. Bist du hier hinten eingecremt?«

Sie hatte mit hochrotem Kopf genickt, und Surferboy hatte ihre Pobacken mit einem feuchten Tuch (Terpentin oder so) von der Creme befreit.

»Juckt das?«, hatte er am Ende gefragt, nachdem er ihren Hintern gereinigt und mumifiziert hatte und Mari vor Scham gestorben war.

Als sie verneinte, hatte er sie prüfend angesehen. »Bist du dir sicher?«

Er hatte ihr nicht einmal zugetraut, dass sie einen Juckreiz bemerkte. Unsensibel. Körpergefühl sechs minus.

»*Körpergefühl sechs minus?* Das hat er nicht gesagt!«, rief Emma kichernd.

»Nein, aber gemeint hat er's. Und dieses blöde Zittern, irgendwie passiert mir das andauernd. Beim Heulen nach der Sache mit dem Krokodil und letzten Samstag mit … mit dem Handwerker.«

»Mit dem *Handwerker*?«

Natürlich, der Handwerker. Was kümmerte Emma schon ein Krokodil.

»Mari! Erst George Clooney, dann der schöne Niklas, Surferboy und jetzt auch noch ein Handwerker? Habe ich jemanden vergessen? Ach ja, den Weihnachtsmann! Wieso flennst du eigentlich rum? Das ist wie mit dem Betonmischer – Perlen vor die Säue!«

»Das war ja klar, dass du wieder mit der Betonmischmaschine ankommen musst.«

»Was war denn jetzt mit dem Handwerker?«

»Ich weiß nicht. Der war hier in der Wohnung, und ich habe nicht mit ihm gerechnet und war irgendwie ein Nervenbündel. Ich hatte das blöde Himbeerbonbon an, zu dem du mich bei H&M überredet hast, und er war barfuß und hatte dieses unrasierte Räubergesicht, da kam ich mir irgendwie noch mehr vor wie … eine Himbeere. Er hat was Nettes über meinen Namen gesagt, da habe ich irgendwie nur noch Müll geredet, und er hat ständig die Augenbraue hochgezogen und sich über mich lustig gemacht. Irgendwann habe ich ihn dann attackiert und … Ich weiß nicht, lass uns über was anderes reden, ja?«

»Du hast ihn attackiert? Mit einem Messer?!«

»Klar, mit einem Messer! Mit dem Fuß. Hast du schon mal vor Erregung gezittert?«

Nebenan im Bad krachte es laut. Mari setzte sich erschrocken auf. Emma fragte etwas, aber Mari hörte sie nicht. Sie aktivierte ihre (offenbar defekte) Du-bist-nicht-allein-Datei im Ohr. Sie war nicht allein.

Die Badezimmertür ging auf, und ihr Herz blieb stehen. »Leo?«

»Wer ist Leo?«, wollte Emma wissen.

»Emma, ich ruf zurück.«

»He, warte!«

Mari schaltete geistesgegenwärtig ihr Telefon aus.

Leo stand im Türrahmen, aber er sah nicht aus wie Leo. Keine hochgezogene Augenbraue, kein sarkastisches Lächeln. Nicht einmal ein Stoppelbart. Leos Gesicht war tiefrot. Er fuhr sich befangen durch seine widerspenstigen Haare und steckte dann mit einer ruckartigen Bewegung beide Hände in die Taschen seiner Jeans.

Mari saß immer noch in Schockstarre in ihrem dicken Wintermantel wie eine ausgestopfte Puppe auf der Matratze.

»Ich weiß nicht, was ich sagen soll. Tut mir leid. Du hast ... Zuerst hast du geweint, da habe ich ... da habe ich auf den richtigen Moment gewartet. Aber irgendwie wurde es immer schlimmer.«

Er stammelte! Er wartete darauf, dass sie etwas sagte, aber sie starrte ihn nur sprachlos an.

»Also, deine Dusche ist jetzt dicht«, sagte er zögernd. »Hat Tommy dir nicht Bescheid gegeben, dass ich heute vorbeikomme? Er meinte, du arbeitest bis spät nachts, da dachte ich ...« Er kratzte sich entnervt am Kopf. »Mensch, das Licht brannte doch!«

Mari hievte sich in ihrer Wintermontur in die Höhe. »Ach so, jetzt ist das *mein* Fehler, oder was? Ich stell mir gerade vor, wie du da die ganze Zeit auf den Fliesen gesessen hast.« Sie war fassungslos.

»Nein, auf der Toilette, und dabei ist die Klobürste ständig runtergekracht.« Der Schatten eines Grinsens huschte über sein Gesicht.

»Und du hast alles gehört.« Eine Feststellung. Nein, eine Frage. Die Hoffnung stirbt zuletzt.

»Na ja, du bist eine ziemliche Geräuschprinzessin … Aber ich habe sowieso nur die Hälfte verstanden. Welche Betonmischmaschine? Und welcher *Handwerker*?«

Da war es, das belustigte Leogesicht. Unglaublich, seine Verlegenheit hatte genau zwei Minuten gedauert. Sie wollte gerade zu einem verbalen Hieb ausholen, da kratzte er sich wieder mit einer befangenen Geste am Hinterkopf.

»Lässt du es mich wiedergutmachen?«, fragte er und sah sie mit seinen dunklen Augen fast schüchtern an.

»Ja, hau dir selbst so lange auf den Kopf, bis du dein Gedächtnis verlierst.«

Leo lächelte. »Okay.«

Er hatte Alexandras Lächeln. Ein bisschen schief, aber offen, mit konstantem Blickkontakt und einem unverhohlenen Kobold in den Augen. Es fehlten nur die bunten Wollsocken, die Mari dabei in die Rippen traten. Und Mari wusste: Er bereute es kein bisschen.

»Ich kenne mich aus mit Okays. Das sind Placebos«, erwiderte sie.

Er kam auf sie zu, schiefes Lächeln im Gesicht, Hände in den Hosentaschen. Seine Art, sich zu bewegen, hatte Mari von Anfang an irritiert. Er war mittelgroß, doch er bewegte sich wie einer dieser kurzbeinigen Fußballer. Unbewusst kontrolliert, das Gegenteil von schlaksig. Als wäre die bloße Fortbewegung eine Unterforderung. Als bräuchte er einen Ball am Fuß, sechs Zitronen in der Luft, ein Einrad unterm Hintern und eine Bananenschale zum Ausweichen, um sich nicht zu langweilen.

Mari hätte ihm gern ein Bein gestellt. Sie fühlte sich auf

einmal wie eine Vogelscheuche, im schwarzen Mantel barfüßig eingepfählt in den Dielenboden. Ihre Haare waren zerzaust, ihre Augen verheult, und sie sah mehr denn je aus wie ein Geist mit ihrem blassen Gesicht und den schwarzen Ringen unter den Augen.

Ich – sehe – scheiße – aus.

Leo stand dicht vor ihr, und es kam ihr seltsam anzüglich vor, genau in diesem Moment ihren Mantel aufzuknöpfen. Also blieb sie zugeknöpft.

»Wie wär's mit Auge um Auge? Ich erzähl dir peinliche Sachen über mich und benutze dabei ein paar Kraftausdrücke. Nur das mit der Heulerei könnte schwierig werden, mir ist gerade nicht danach.« Der unverschämte Kobold blitzte in Leos Augen.

Und da passierte es wieder. Mari stampfte empört auf seinen Fuß. Wie eine Schlafwandlerin, unfähig, Gefühle und Motorik zu trennen. Doch dieses Mal trug er Turnschuhe. Ihre Füße hingegen waren nackt. Sie zischte durch die Zähne und humpelte rückwärts.

Leo unterdrückte ein Lachen und berührte sie mit einer (nicht ganz ernst gemeinten) mitfühlenden Geste am Ellenbogen.

Mari zog hastig ihren Arm weg. »Du … Du …«

»Handwerker?«, schlug Leo vor.

So, jetzt reichte es ihr. Sie packte ihn am Handgelenk und zerrte ihn mit ungeahnten Kräften durchs Wohnzimmer in Richtung Ausgang.

»Du gehst jetzt und gibst mir den Schlüssel.« Sie öffnete die Tür. Er bewegte sich nicht.

»Jetzt!« Sie klang wie Maggie. Oder eine Hundetrainerin.

Mari bemerkte erst, dass sie sein Handgelenk immer noch eisern umklammert hielt, als er mit seiner freien Hand sanft über ihre Fingerknöchel strich. Sie ließ ihn abrupt los, doch Leo fing ihre Hand auf und hielt sie fest.

Er schloss die Wohnungstür. Zum ersten Mal senkte er den Blick. »Ich sage auch manchmal et cetera pp. Obwohl. Jetzt wahrscheinlich nicht mehr.«

Er sah auf und schmunzelte. Glaubte sie. Mari wünschte, sie hätte das Licht im Wohnzimmer angeschaltet. Sie konnte den Ausdruck in seinen Augen nicht erkennen.

»Ich … ich bin beim Impfen mal umgekippt. Nadeln gehen gar nicht. Ich spreche täglich mit deinem würgenden Monsterkaiman. Selbst wenn Toby gar nicht in der Nähe ist. Ich habe Schiss vor meiner bekackten großen Schwester. Solltest du übrigens auch. Also, dass Tommy dich schön findet, würde ich an deiner Stelle für mich behalten.«

Er holte Luft und fuhr mit leiser, unerwartet rauer Stimme fort: »Ich wäre gern so nett wie Tommy, der Wichser. Bin ich aber nicht. Ich mag deine plötzlichen Fußattacken. Anscheinend bin ich masochistisch. Und Himbeeren … also, die mag ich auch. Außerdem … Ich habe definitiv schon mal vor Erregung gezittert.«

Lächelte er? Nahm er sie auf den Arm? Die Dunkelheit nervte. Sie wollte das Licht anschalten und seine Augen sehen. Und sie wollte fragen: Wann? Wann war das? Vielleicht … letzten Samstag? Da drüben in der Küche?

Stattdessen rührte sie sich nicht und sagte kaum hörbar: »Und? Wofür steht das pp?«

Wen *interessierte* das?

Perplexe Stille, als hätte er ihre Frage nicht verstanden. Dann, nüchtern: »Perge, perge. Fahre fort oder so ähnlich.«

»Fahre fort«, wiederholte sie kraftlos. Der lange Tag, die Heulerei, Emma, der Schreck über Leo, seine Stimme, seine warme Hand auf ihrer – ihr Kopf war leer.

»Noch mehr? Selbstgespräche, Ängste, Neid, Masochismus, Sexdetails … Also, ich finde, wir sind quitt.«

Während er sprach, streifte sein Daumen über ihr Handgelenk. Sie standen fast reglos im Dunkeln, gerade außer Reichweite des Lichts aus dem Schlafzimmer. Sein unsichtbarer Blick ruhte auf ihrem Gesicht (oder auf dem schönen Dielenboden, wer konnte das schon sehen). *Konzentrier dich.*

»Selbstgespräche? Mein Monsterkaiman antwortet doch immer«, sagte sie heiser.

Leo lachte ein leises intimes Lachen, als teilten sie sich gerade ein Kopfkissen und würden gleich zusammen einschlafen oder …

»Und wie die antwortet. Meine Schwester ist schon ziemlich genervt. Das ganze Gewürge kommt bei ihren Gästen nicht so gut an. Du sollst dein Vieh abholen kommen. Dann müssen wir Toby zwar einen Hund schenken, aber …«

Die Worte tröpfelten nur sehr langsam in Maris Bewusstsein. Sie passten nicht zu seiner ruhigen, sanften Stimme. Zu alltäglich, zu … Was? Was hatte er gesagt? *Genervt? Oh nein!* Sie wollte auf keinen Fall, dass Alexandra ihretwegen genervt war. Im Gegenteil, sie wollte ihre wunderbare Vermieterin beeindrucken. *Mari* Poppins meets Weltbeste Mieterin (oder Hausbesetzerin, sie hatte immer noch keinen Mietvertrag).

Sie legte unwillkürlich ihre Hand auf den Mund. Die Hand, die Leo gehalten hatte. Sie ließ sie schnell wieder sinken, doch er hatte schon beide Hände tief in seinen Hosentaschen vergraben. War er froh über die gekappte Verbindung?

»Nein, Toby braucht keinen Hund, ich tausche sie einfach gegen ein hygienischeres Tier aus«, hörte sie sich in einer fremden, förmlichen Stimme sagen und dachte plötzlich an Industriepumpen und Gewährleistungsvorschriften.

Leo zögerte. Dann sagte er leise: »Ich werde Claudette vermissen.«

Bevor sie antworten konnte, hatte er sich umgedreht und war zurück ins Licht verschwunden (um Maris Klobürste zu reparieren).

Sie stand verdattert da. Hatte er das wirklich gesagt? Und war sie wirklich eifersüchtig auf ein kleines, würgendes Krokodil mit Drachenkomplex?

6

»Also, ich kann mir dein Leben irgendwie nicht vorstellen.«

»Aber es ehrt dich, dass du es versuchst. Auch wenn's echt Gedankenverschwendung ist«, sagte Tom.

Mari schüttelte hilflos den Kopf. Sie und Tom saßen auf einer vollkommen stabilen Bank am Ufer des Landwehrkanals, doch Mari war seekrank. Sosehr sie sich auch konzentrierte und versuchte, das Gespräch auf Kurs zu halten – Tom verwackelte alles durch seine schrägen Antworten und krumm gesponnenen Geschichten. Das Schwindelgefühl wurde dadurch verstärkt, dass Toby und Claudette fast pausenlos wie ein (quietschender und würgender) Orbit um die Bank kreisten.

Tom, Toby und Claudette waren Frühaufsteher und hatten bereits um zehn Uhr (an einem Samstag!) zahlreiche Renovierungsarbeiten in den beiden leerstehenden Wohnungen in Maris beziehungsweise Alexandras Haus erledigt. Danach hatten sie einstimmig beschlossen, Mari zu wecken.

Mari hatte von japanischen Toiletten und Krokodilen geträumt. Und von Leo, immer wieder von Leo. Sie erinnerte sich nicht an Details. Vielleicht hatten sie es auf einer japanischen Toilette miteinander getrieben. Oder auf einem Krokodil. Jedenfalls lag ihre Hand zwischen ihren Schenkeln, als die gnadenlose Türklingel sie aus den Träumen riss.

Sie erinnerte sich auch nur schemenhaft daran, wie sie in ihrer hastig übergeworfenen knielangen Strickjacke die Tür geöffnet hatte und plötzlich ein Knirps und ein Glatzkopf auf ihrer Fensterbank saßen. Sie wusste definitiv nicht mehr, wie sich die beiden den Weg in ihre Wohnung gebahnt hatten. Irgendwann hatte sie sich schlaftrunken erkundigt, ob Toby vorbeigekommen sei, um Claudette nach Hause zu bringen. Gefolgt von ohrenbetäubendem Geheule und Geschrei. »Neinnein, das ist *meine* Klosett!« Dann das Friedensangebot mit Kakao und Keksen. Und die Abmachung, die Sorgerechtsfrage auf später zu verschieben. Später, nach dem langen Sonnenspaziergang. Ja, Mari durfte vorher duschen.

Als sie aus dem Bad kam, war Toby gerade dabei, in ihrem Schlafsack als Raupe Nimmersatt durch die leere Wohnung zu robben. Claudette stand daneben und bellte (eine neue Fähigkeit, die sie in Tobys Obhut erworben hatte), und die grüne Winkekatze, die Tom in Alexandras Auftrag mitgebracht hatte, saß auf der Fensterbank und brachte Gesundheit. Tom, der unglaubliche Tom, balancierte halb schwebend in Socken auf dem Tresen neben dem Herd, um eine kaputte Halogenleuchte in der Küchendecke auszutauschen. Als er Mari sah, entschuldigte er sich mal wieder für die »überteuerte Bruchbude«.

Und nun saßen sie endlich in der kalten Wintersonne auf einer Bank neben einer Trauerweide am Landwehrkanal und tranken Tee aus Toms obligatorischer Thermoskanne. Es war windstill, und die wolkenlose Welt war eingefroren. Der Uferweg war menschen- und vogelleer. Die einzige Bewegung stammte von den Touristenschiffen mit ihren winkenden Senioren und von Toby, der mit und auf Claudette seine Runden um die Bank drehte.

Die »überteuerte Bruchbude« ging Mari nicht aus dem Kopf. Stritten Tom und Alexandra sich wegen der Mietpreise? Oder war Alexandra der unangefochtene Boss, und Tom plagte der stille Unmut des Untertanen? Doch das passte nicht zu der selig lächelnden Bunte-Socken-Massage am Montagabend. Mari wünschte sich aus tiefstem Herzen, dass Toms seliges Lächeln nicht gespielt war. Sie musste das sicherstellen.

»Interessiert dich denn nicht, warum ich mir dein Leben nicht vorstellen kann?«, fragte sie.

Er zuckte mit den Achseln. »Wer kann sich schon das Leben von anderen Leuten vorstellen? Mal echt jetzt, das können nicht mal die Spinner, die mit ihrem Teleskop am Fenster kleben. Die würden den Toby durch die Gegend flitzen sehen, aber trotzdem keine Ahnung haben, dass er von einem Lokodil gejagt wird. Oder eins jagt. Wenn ich's mir genau überlege, ist der Toby noch nie gejagt worden.«

»Na ja, mit Teleskop *und* Wanze würde man das alles wahrscheinlich ohne weiteres herausfinden können«, murmelte Mari und schüttelte gleich darauf den Kopf über sich selbst. *Schön auf dem Weg bleiben, auf gar keinen Fall in eine von Toms überwucherten Seitenstraßen abbiegen. Zu spät.*

»Jaahaa, weil der Toby ein Kind ist und alles gleich rausplappert, was in seinem Kopf drin ist.«

Mari lachte ihn an. »So wie du.«

Das Problem war nur, dass Toms Kopf mit seltsamem Zeug vollgestopft war. Es war fast unmöglich, gezielt ein paar einfache Fakten von ihm zu erfahren. Und dann ließ er in irgendeinem Nebensatz ein Bömbchen platzen. Bewusst oder unbewusst oder auf seine verdrehte Art unbewusst bewusst? Auf jeden Fall unberechenbar. Ein Albtraumzeuge für jeden Anwalt.

Tom lächelte versonnen. »Stimmt, ich bin ein offenes Buch.«

»Ja, aber du bist immer auf der falschen Seite aufgeschlagen.«

Er sah sie erstaunt, fast ein bisschen verletzt an.

»Tut mir leid, das klang total fies. Glaub mir, du bist das

beste Buch, das ich seit langem gelesen habe. Nur … der Anfang fehlt irgendwie«, stellte Mari klar.

»Kapier ich jetzt nicht.«

Natürlich nicht. Tom interessierte sich nicht für Daten, die man in Lebensläufen, auf Arztformularen, bei der Steuererklärung angab. Er wollte wissen, ob Mari an nebligen Abenden eher an Sherlock Holmes oder an Jack the Ripper dachte. (Weder noch. Sie dachte an Avalon. Was zu einer ausgiebigen Diskussion über König Artus & Co. geführt hatte.) Ob sie die »Ossi-Bürgersteige« mit ihren krummen Steinplatten charmant oder nervig fand. (Beides. Je nach Schuhwerk.) Und ob sie gewusst hatte, dass der Mond sich jährlich drei Zentimeter von der Erde wegbewegte. (»Nein. Das ist ja schrecklich!«)

Mari grub ihre kalten Hände tiefer in die Taschen ihrer Himbeerjacke. »Zum Beispiel kenne ich noch nicht mal deinen Beruf.«

Tom zog ein enttäuschtes Gesicht. »Wie jetzt? Und der Beruf gehört in den Anfang von deinen Büchern, oder was?«

Sie seufzte. Wieso hatte sie sich auf diese blöde Büchermetapher eingelassen? Auf einmal fiel ihr etwas ein, das sie eigentlich schon im Archiv ihres Gehirns, jenseits der Faktenberge, abgelegt hatte. Die Klassenfahrt nach Paris.

Emmas damaliger Freund Roman hatte mit versteinerter Miene auf einem Klappstuhl am Betonufer der Seine gesessen. Mari und Emma hatten frotzelnd dem Künstler über die Schulter geschaut, der Romans Gesicht minutiös kopierte. Das Porträt würde schon kurze Zeit später auf einer Dartscheibe im Partykeller der Familie Neubach sein löchriges Ende finden. Die Geräuschkulisse der beiden Mädchen hatte ungefähr so geklungen:

Mari: »Pah, so lange Wimpern hat der nie im Leben. Sieht aus wie Bambi.«

Emma: »Sagt das einzige Mädchen in der Klasse mit 'ner Drei in Kunst. Als Straßenkünstlerin würde man dich glatt steinigen.«

Mari: »Glaub ich nicht. Ich würde mir mit Porträts aus Worten eine goldene Nase verdienen.«

Emma: »Eins auf die Nase kriegen, das würdest du.«

Mari: »Du Blöde. Was der da macht, kann jede Kamera besser und schneller. Das Bild landet bestimmt im Gäste-WC. Bei mir würden die Leute ihr wahres Selbst zu sehen kriegen, durch meine magischen Worte.«

Emma: »Ihr wahres Selbst, ha! Du kennst die doch gar nicht! Ich hätte keine Lust, einer total Fremden Geld zu geben, damit die dann schreibt: Sie hat rote Haare und Sommersprossen. Das weiß ich auch selber.«

Mari: »Aber vielleicht würde es dich interessieren, ob sie dich mit Nicole Kidman vergleicht oder mit Anne of Green Gables oder mit Pippi Langstrumpf.«

Emma: »Pippi Langstrumpf?! Ja klar.«

Mari: »Außerdem wär's doch spannend, wie eine Fremde dein Alter einschätzt. Achtzehn oder eher zwölf?«

Emma: »Arsch.«

Mari: »Ob du Freunde hast oder ständig alleine vor dem Fernseher hängst.«

Emma: »Ob du den geilen Roman im Bett hast oder 'nen Teddybär namens Kurt Cobain.«

Mari: »Und um krasse Beleidigungen zu vermeiden, könnte man vorher vielleicht auch so eine Art kurzes Interview führen. Beruf, Familienstand, Krankheiten und so weiter.«

Roman: »Krankheiten?!! Mari, du tickst nicht ganz richtig.«

Straßenkünstler: »Tais-toi!«

»Ich will so ein Porträt haben!«, rief Tom und holte Mari abrupt in die Gegenwart zurück. »Über die Lexi und mich, und Toby und Leo sollen auch zu sehen sein. Ein Familienporträt für über dem Kamin!«

Mari versuchte, ihm zu erklären, dass das die Hirngespinste einer Sechzehnjährigen gewesen waren. Und dass sie diese »Geschäftsidee« nicht in die Tat umgesetzt hatte. Sie schrieb nicht, es sei denn, es handelte sich um Schriftsätze, Gutachten oder Datenschutzerklärungen. Außerdem war es mit Sicherheit nur in seltenen, unerwarteten Situationen möglich, durch die Augen eines anderen einen ehrlichen Blick auf sich selbst zu werfen. Nicht auf Bestellung.

Es half nichts. Tom wollte bei Mari ein verbales Porträt in Auftrag geben. Allein ihre Idee qualifizierte sie dazu. Er wurde von Toby unterstützt, der »Portemonnaie!« brüllte.

Bevor Mari wusste, wie ihr geschah, verhandelten sie die Konditionen. Inhalt: Die vier genannten Personen plus Haustier. Umfang: Maximal fünf Seiten. Rechercheaufwand: Ein ausführliches Interview mit Tom. Wichtigste Bedingung: Strikte Geheimhaltung. (Es sollte ein Geburtstagsgeschenk für Alexandra werden.) Bezahlung: Keine.

Tom ahnte natürlich nicht, dass das Interview die Bezahlung sein würde. Maris Fragenkatalog war umfangreich und … hässlich. Arbeitete er tatsächlich ausschließlich für Alexandra? Wenn ja, wie hielt er diese Abhängigkeit aus? Bezahlte sie ihn? Wenn ja, in Geld oder Naturalien? Und überhaupt: Wie funktionierten er und Alexandra? Wer war Tobys Vater? Auf jeden Fall nicht Tom, oder? Und dann noch die tausend indiskreten Fragen über Leo.

Leider gab es da diese Hemmschwelle. Nein, es war mehr eine solide Mauer aus Scham, Zuneigung, allzu seriöser Kinderstube und dem dringenden Wunsch, von ihren vier Modellen plus Haustier gemocht zu werden. Also erstmal ein paar harmlose Fragen für Feiglinge.

»Was genau ist dein Job?«

»Na, die Häuser.«

»*Alexandras* Häuser?«

Er nickte und sah sie ein wenig schief von der Seite an. *Alexandras* Häuser. Hatte das zu missbilligend geklungen? Lieber wieder auf abstrakteres Terrain.

»Wie nennst du dich denn? Hausverwalter?«

»Irgendwie so was. Ich habe Haustechnik studiert. Ich kümmere mich halt um alles. Ich kann alles«, erklärte Tom und zwinkerte ihr zu.

»Ich weiß, du bist der Geist aus der Wunderlampe.« Sie lachte ihn an. »Um wie viele Häuser kümmerst du dich denn?«

Er nahm einen Schluck Tee aus dem Deckel der Thermoskanne und hielt dabei vier Finger in die Höhe.

»Alexandra hat *vier* Mehrfamilienhäuser?«

Tom nickte.

»Geerbt. Vom alten Rauschebart«, raunte er in Märchenonkelstimme und fischte Toby mit einem geübten Griff aus dem Orbit.

Toby zappelte und wand sich in Toms Umarmung. Mari musste aus irgendeinem Grund an einen fröhlichen kleinen Fischotter denken.

»Von Tobys Opa?«, erkundigte sie sich.

»OOOPA Opaopa!«, rief Toby und schaute sich suchend um.

»Der Opa ist mit der Oma bei den Galapagos-Schildkröten.«

»Sind die Galapagos-Schildkröten ein Codewort für …?« Mari zeigte unauffällig nach oben, in Richtung blauer Himmel.

Tom grinste breit, und Toby bohrte kichernd beide Zeigefinger in seine tiefen Grübchen. »Nee Mari, das ist ein

Codewort für Südamerika-Kreuzfahrt. Du, wir kriegen hier langsam einen kalten Hintern. Lass uns weiter am Ufer entlanglaufen, dann kann der Toby noch mehr Schiffe gucken.«

Mari seufzte. Ein Interview mit Tom war schlicht unmöglich. Vielleicht hätte sie doch besser zu Teleskop und Wanze greifen sollen.

Er räumte die Thermoskanne in seinen Rucksack, stand auf und schwang sowohl Rucksack als auch Knirps auf seine breiten Schultern. Dann zog er Mari von der Bank hoch und hakte ihren Arm bei sich unter. Sie mussten aussehen wie eine glückliche Affenfamilie.

Auf diese ineinander verknotete Weise hatten sie bereits zuvor eine beträchtliche Strecke zurückgelegt. Zunächst hatten sie sich zwischen den Plattenbauten, die Maris Wohnung umzingelten, zur Spree durchgekämpft. Die leergefegten Samstagsstraßen (die Berliner tummelten sich in den Geschäften der angesagten Gegenden) erschienen länger, breiter und zäher als anderswo. Sie waren für fahnenschwenkende Schwärme gebaut worden, nicht für Spaziergänger mit zappelndem Kind und Krokodil.

Schwärme … Maris Gedanken streiften flüchtig die braunen und roten Schwärme, die durch diese Straßen gezogen waren. So war es nun mal – das kollektive Gedächtnis hatte keine Chance gegen das eigene. Sie dachte an die Olympischen Spiele in Peking. Sie war dort gewesen, mit ihrem Vater, der ihr »Asien beibringen« wollte und damit Japan gemeint hatte. Doch Mari wollte viel lieber zuhause bleiben und Sport glotzen, und schließlich hatte er sie mit Olympia geködert. (»China ist besser als nichts.«)

Nachdem sie sich ein paar Wettkämpfe und sehr viele Tempel angeschaut hatten, hatte er sie am letzten Tag vor ihrer Abreise nach Tokio mit Karten für die Schlussfeier überrascht.

Endlose bunte Menschenschwärme waren wie Fische durchs Stadion geschwommen.

»Aber irgendwann kam ein roter Doppeldeckerbus hereingerollt. Das Dach des Busses hat sich geöffnet und Jimmy Page und Leona Lewis ausgespuckt. Ich dachte nur, endlich! Zwei Menschen mit Namen. Die haben ein Stück von *Led Zeppelin* gespielt. Und ich war irgendwie erleichtert. Da habe ich erst gemerkt, wie gruselig ich diese Fischtänze fand.«

Tom warf ihr einen interessierten Blick zu. »Echt jetzt? Den Toby haben wir als Baby immer unters Aquarium gelegt. Drei Sekunden bunte Fische gucken und weg war der. Besser als jedes Schlaflied.«

Nachdem sie eine Weile an der Spree entlangflaniert waren, navigierte Tom den Tross wieder zurück durch Maris unmittelbare Nachbarschaft. Auf der Wiese vor der Michaelkirche spielten Hunde. Sie setzten sich kurz auf eine Bank, damit Claudette einen jungen Jack Russell Terrier fünfmal um die Kirche jagen konnte. Mari musterte die Ruine andächtig. »Laut Theodor Fontane die schönste Kirche Berlins.« Das behauptete zumindest ihr Chef.

»Findet die Lexi auch. Die steht ja auf kaputtes Zeug. Das kann sie dann reparieren. Nee, Quatsch, reparieren *lassen*«, verbesserte er sich und zwinkerte ihr zu.

Mari hätte sich nicht gewundert, wenn er vorgeschlagen hätte, dass sie den Theo F. mal zum Essen ins *Bär und Hummer* mitbringen solle. Andererseits waren komische Vögel unterschätzte Tiere, das hatte sie von Tom gelernt.

Sie überquerten die Straße und gingen die Treppen hinunter ans Schilfufer des Engelbeckens. Auf der gegenüberliegenden Seite lag eine schmale, von Klinkermauern umrandete Grünanlage. Der unterhalb des Straßenlevels gelegene Grünstreifen mündete nach etwa anderthalb Kilometern in den Landwehrkanal. Mari erfuhr von Tom, dass die Anlage im 19. Jahrhundert ein Wasserweg zwischen Spree und Landwehrkanal gewesen war. »Der Luisenstädtische Kanal. Der hat angeblich megadoll gestunken und ist deswegen irgendwann in den Zwanzigern zugeschüttet worden. Dann hat man einen Park draus gemacht. Und nach dem Zweiten Weltkrieg ist dann der Park zugeschüttet worden. Weil man nicht gewusst hat, wohin mit den Trümmern. Und aus dem Trümmerbett hat man dann den Todesstreifen gemacht.«

Mari war im tiefgekühlten Rosengarten stehen geblieben. »Hier? Genau *hier?*«

»Ich weiß, hier kriecht die Geschichte so richtig in einen rein. Glaubst du, wir können irgendwann mal zeitreisen? Ich bin nicht sicher, was ich spannender fände, Vergangenheit oder Zukunft. Wenn ich's mir genau überlege, die Vergangenheit. Der Urknall wär ja wohl mal interessant …«

Toms Gedankenexpress war nicht aufzuhalten. Sie waren nun schon eine ganze Weile ziellos plaudernd am Landwehrkanal entlanggelaufen, und es kostete sie einige Mühe, nicht in seinen Arm zu kneifen und ungeduldig auf das vereinbarte Interview zu pochen.

Doch nun kniff Tom in ihren Arm. »Mari, dich wurmt doch was. Spuck's aus.«

Endlich! Jetzt nicht lange fackeln und den hässlichen Fragenkatalog zücken. »Du … du bist komplett, mit Herz und Portemonnaie, von Alexandra abhängig, oder?«

»Abhängig«, sagte er grübelnd. »Klingt, als wäre Lexi eine Droge. Ha! Ist sie ja auch! Lexi ist doch ein super Name für 'ne echt teure Designerdroge.«

»Und du findest es okay, ein Junkie zu sein?« Oh weh, erst die Sache mit dem stinkenden Freund und jetzt der Drogenvergleich. Wenn sie so weitermachte, war die Höhle bald futsch. Herrje, sie war Juristin – wie war es bloß dazu gekommen, dass sie immer noch keinen Mietvertrag in der Tasche hatte?

Tom stabilisierte Toby, der quirlig und selig die Aussicht von seinem hohen Ross genoss. »Ist das jetzt das Profi-Interview, oder machst du dir Sorgen um mich?«

Mari errötete und zuckte mit den Achseln.

»Also, ich sag dir jetzt mal was. Die Lexi ist eine Droge ohne Nebenwirkungen. Die macht nur glücklich. Und, klaro, süchtig. Aber nicht krank. Ich kapier gar nicht, wieso das mit der Abhängigkeit immer so ein Problem ist.«

»Weil Abhängigkeit weh tut, wenn … wenn's mit der Droge mal einen Lieferengpass gibt«, erwiderte Mari und kam sich vor wie jemand, der Blumenbeete zertrampelt.

»Ach ja, ich weiß schon, jetzt kommt wieder die Nummer mit dem Ende gut, alles gut.«

»Hä?«

Zu spät, sie hatte gefragt, und Tom legte los: »Alle sichern sich nach allen Seiten ab. Bloß, um kein schlechtes Ende zu riskieren. Aber jetzt mal echt, der Shakespeare hat doch nicht gesagt, Ende scheiße, alles scheiße. Nur weil ein hübsches Ende eine Menge wettmacht, heißt das doch nicht umgekehrt, dass ein olles Ende automatisch alles versaut.«

»Findest du? Aber ein Aufwärtstrend ist schon irgendwie besser als ein Abwärtstrend, oder?« Perfekt. Mari stand mitten auf einer von Toms Umleitungen ins Nirgendwo.

»Aufwärts und abwärts ist doch wie links und rechts«, entgegnete Tom.

»Versteh ich nicht.«

»Na, aufwärts und abwärts hängt doch total davon ab, wo ich gerade stehe und in welche Richtung ich gucke. Vielleicht guck ich ja rückwärts.«

»Die Zeit läuft aber vorwärts«, wandte Mari hilflos ein.

»Jaahaa, wenn man keine Erinnerungen und Träume hat.«

»Mir ist schlecht.«

Tom lachte. »Das sagt der Leo auch immer, wenn ihm nichts mehr einfällt. Ist der eigentlich gestern da gewesen? Der sollte deine Dusche reparieren.«

Mari warf ihm einen vorwurfsvollen Blick zu. »Ja. Du hättest mich ruhig mal warnen können. Wieso hat Leo überhaupt einen Schlüssel zu meiner Wohnung?«

Tom sah sie unschuldig an. »Weil der zur Familie gehört.«

»Ja, zu *deiner* Familie. Meinetwegen kannst du ihm einen Schlüssel zu *deiner* Wohnung geben.«

»Ich weiß echt nicht, was du gegen den Leo hast. Der macht sich auch bloß Sorgen. Hat sich die ganze Woche um deine Claudette gekümmert, sie gefüttert und so. Und die Lexi meinte, der füttert in Wirklichkeit dich. Fünf Semester Psychologie, ich sag's dir, bei der Lexi sind wir alle aus Glas.«

Mari blieb entsetzt stehen, und der ganze Familientross kam quietschend zum Stillstand. Das Quietschen kam von Toby, der sich mangels Haaren an Toms Ohren festkrallte.

»Ihr macht euch *Sorgen?* Sind diese ganzen Reparaturbesuche in Wirklichkeit … Habt ihr Angst, dass ich irgendwo verhungert in der Ecke liege?«

Auf einmal schämte sie sich noch mehr für den gestrigen Abend. Was er gedacht haben musste! Eine Irre im Mantel mit nackten Füßen, die heulte und lamentierte, dass sich die ganze fiese Welt gegen sie verschworen hatte. Seine sanften Berührungen, seine leise Stimme waren nicht intim gewesen, sondern beschwichtigend.

Tom schüttelte den Kopf. »So'n Quatsch. Ich habe dir doch von Anfang an gesagt, in der Wohnung muss noch einiges gemacht werden. Ich habe nicht gedacht, dass wir die so schnell vermietet kriegen, da im Hinterhaus mit Nordfenstern. Und wir haben ’ne Menge magere Mieterinnen, die uns ganz schön schnurz sind. Vor allem dem Leo. Aber zu dir ist der echt nett, also sei halt auch mal ein bisschen nett. So wie zu uns beiden hier«, sagte er und wackelte mit den Schultern.

»Hüüühüüü«, schrie der Cowboy und gab Tom die Sporen.

»Du fändest es auch nicht nett, wenn jemand dich …« Belauscht. Nein, dieses Fass wollte sie auf keinen Fall aufmachen. Zum Glück wurde sie von Tom unterbrochen.

»Der Leo hat zum Beispiel gefragt, wie dein erster Arbeitstag gewesen ist. Es hat ihm richtig leidgetan, dass der so ein Reinfall war. Und dann war er sauer auf die Lexi und mich, weil wir ihm nicht sagen konnten, was da schiefgegangen ist. Ob wir nicht ordentlich mit dir geredet hätten oder so.«

Mari schauderte. Leo hatte inzwischen ein sehr genaues Bild von ihren beruflichen Problemen. Unter anderem sah ihr Chef nicht aus wie George Clooney, und Mari konnte nicht denken. Ihr Fachgebiet war Klopapier. Außerdem fühlte sie sich in Gegenwart ihres Kollegen ungekämmt und reagierte aggressiv auf seine inflationäre Verwendung lateinischer und englischer Vokabeln.

Tom fuhr fort: »Und es war ja wohl total nett, dass er letzten Samstag seine Kathrin mit dem Laden allein gelassen hat, um deinen Fußboden zu machen. Immerhin ist da samstags ordentlich was los.«

»Was denn für ein Laden? Und was für eine Kathrin?«

Er schaute sie an, als hätte sie ein paar wirklich dumme Fragen gestellt. Das war das Problem mit Tom. Es kam ihm einfach nicht in den Sinn, dass nicht in jedem Gehirn dieselben Informationen abgespeichert waren.

Bevor Mari eine Antwort bekam, krakeelte Toby: »Nuuuup Nuuuuuup!«, und zeigte aufgeregt auf ein vorbeifahrendes Touristenschiff.

Das Schiff antwortete: »Tuuututuuuuut tuuuuut!«

Toby winkte dem Schiff so enthusiastisch zu, dass er dabei mit seinen Fersen heftig gegen Toms Brust trat. Da wurde es selbst Tom zu viel. Er nahm den Knirps von seinen Schultern und setzte ihn auf dem Boden ab.

Mari hatte plötzlich eine Eingebung zur Lösung des Haustierproblems. Sie war hin- und hergerissen zwischen ihren brennenden Fragen und dem Wunsch nach Frieden an der Haustierfront. Doch sie ahnte, dass das Zeitfenster für eine Einigung mit Toby begrenzt war.

Sie kniete sich ins blasse Gras neben dem Fußweg, packte das Krokodil am Schlafittchen und rief streng: »Claudette, *aus!* Lass das Nuup in Ruhe, das hat doch Angst!«

Toby war sofort zur Stelle und hockte sich neben Claudette.

»Was macht die Klosett?«, fragte er.

Mari ließ Claudette los und nahm das verängstigte Nuup auf den Schoß. »Die hat schon die ganze Zeit dieses kleine Nuup kreuz und quer über die Wiese gejagt. Es hat sich hinter meinen Beinen verkrochen. Guck mal, das zittert am ganzen Leib, sogar die Barthaare.«

Toby legte den Kopf schief. »Was ist ein Nuup?«

»Ein Nebelhörnchen. Es sieht aus wie ein Fischotter, aber in Wirklichkeit ist es ein kleines Schiff.«

»Ein Schiffotter«, stellte Toby mit wissenschaftlicher Miene fest.

»Richtig. In Österreich und Teilen der Schweiz bezeichnet man Nebelhörnchen auch als Schiffotter. Unser kleiner Freund hier ist noch ein halbes Baby, mit ganz weichem Fell und braunen Knopfaugen. Und einer Heidenangst vorm Wasser. Aber das geht vorbei. Das Nuup wird ein mächtiges Schiff, vielleicht sogar ein Dampfer, wenn es groß ist. Klingt ja auch schon wie ein Schiff, hör mal …«

»Nuuuup Nuuuuup!«, riefen Toby und das Nuup gleichzeitig.

»Aha. Keine Rachenprobleme, glänzendes Fell … Sieht gesund und munter aus. Aber es ist ganz allein und sucht ein Zuhause.«

Toby nahm eifrig das Nebelhörnchen von Maris Schoß. »Das Nuuuup kommt mit zum Toby!«

»Guck mal, wie es sich freut, es buddelt sich ganz tief in deine Jacke«, sagte Mari ermunternd.

»Nuuupnuuup«, bestätigte das Nuup.

»Da gibt es nur ein Problem«, fing Mari vorsichtig an. »Also, Claudette ist ziemlich eifersüchtig auf andere Tiere. Die wird das Nuup die ganze Zeit durch die Gegend jagen. Und dem Nuup tut Claudettes Gewürge in den Ohren weh.«

Toby sah sie verständnislos an, und Mari fühlte sich wie eine hinterhältige böse Hexe. Nun musste der arme Knirps leiden, bloß weil sie das Krokovieh mit gastronomisch untragbaren Würgelauten ausgestattet hatte.

Aber Tom nahm ihr den nächsten Satz ab: »Entweder das Nuup oder Claudette, Toby. Beides geht nicht.«

»DOCH! BEIDES!«, schrie Toby und schüttelte vehement das Köpfchen.

Mari streichelte über seine Locken. Jetzt war die Anwältin gefragt. Also los.

»Weißt du, strenggenommen ist das ja *meine* Claudette. Und ich vermisse sie ein bisschen. Das Nuup wäre ganz allein dein Tier. Und stell dir mal vor, wenn ihr beide groß seid, dann kannst du Kapitän werden. Oder Pirat, wenn das Nuup ein Piratenschiff wird.«

Das Zauberwort »Pirat« wirkte sofort. Toby verstaute sein neues Haustier in der Kapuze seiner Daunenjacke (wo es sich zufrieden einrollte und sofort einschlief), schob sein Händchen in Maris Hand und marschierte den Rest des Weges plaudernd neben ihr her. Mari erfuhr unter anderem, dass Piraten selbstverständlich Lassos und Pferde hatten. Und dass Toby seinem neuen wasserscheuen Haustier Schwimmflügel verpassen würde.

Was sie unter anderem nicht erfuhr, war, was Leo für einen Laden hatte. Und wer »seine Kathrin« war.

7

»Room Service!« Der Tag fing wie jeden Morgen mit Vanessa und Kaffee an. Sie reichte Mari die randvoll gefüllte schwarzgraue Tasse im Corporate Design und verzog das Gesicht. »Wir brauchen wirklich unsere eigenen Tassen, Mari. Aus diesen tristen Töpfen schmeckt der Kaffee komisch.«

Mari nahm einen großen Schluck aus ihrem tristen Topf in der Absicht, das leidige Thema totzuschweigen. Bloß keine eigenen Tassen! Sie hatte schon genug Probleme. Herr Weimar hätte beinahe ihre solarbetriebene Winkekatze umgebracht. Sie hätte das Vieh zuhause lassen sollen. Wozu sich im Büro häuslich einrichten – sie verbrachte dort ja nur so ungefähr ihr ganzes Leben.

Am Montagmorgen hatte die Sonne geschienen, und die Winkekatze hatte auf ihrem Schreibtisch gesessen und gewunken, als gäb's kein Morgen. Mari hatte ihr zugesehen und an das Porträt gedacht, das sie Tom versprochen hatte. Alexandras Geburtstag fiel auf Weiberfastnacht. Das passte. Alexandra die Große, Herrscherin über vier Häuser, Meisterin eines glatzköpfigen Dschinns, Schenkerin von Winkekatzen, Erbin des Rauschebarts, wer auch immer das war. Herr Weimar hatte Mari aus ihren Träumen gerissen. Er war vor ihrem Schreibtisch hin und her getigert, hatte wichtige Dinge erzählt, an die sie sich nicht mehr erinnern konnte, und war plötzlich mitten im Satz stehen geblieben. »Frau Thaler, dieses Ding macht mich ganz verrückt! Schalten Sie es aus!«

»Dann müsste ich die Sonne ausschalten, die Katze ist solarbetrieben.«

Er hatte kurz gezögert und war kommentarlos wieder in seinen Tigerschritt verfallen. Dann war er nochmals abrupt stehen geblieben. »Jetzt *räumen* Sie es weg!«

Mari hatte den Kopf geschüttelt. »Das bringt Unglück.«

Sie hatte ihre erste Winkekatze von ihrem Vater bekommen. Einen Schlüsselanhänger, eine winzige schwarze Katze mit rotem Halsband und goldenem Glöckchen. »Das ist eine Maneki-neko«, hatte ihr Vater erklärt. »Die vertreibt Dämonen. Verlier sie nicht.« Mari war vielleicht der einzige Mensch auf der Welt, der seit dem achten Lebensjahr denselben Schlüsselanhänger hatte. Und sie war bestimmt der einzige Mensch auf der Welt, der wusste, dass ihr Vater an Dämonen glaubte.

Herr Weimar hatte das Kätzchen genommen und es in seiner Faust gewürgt. Mari war empört aufgesprungen. »Die Katze ist *grün!* Grün steht für Gesundheit. Wollen Sie, dass ich die nächsten paar Wochen krank bin?«

Das Kätzchen war gerettet, und Mari war unten durch. Wenn sie nun auch noch mit einer rosa Hello-Kitty-Tasse – und nichts anderes hatte Vanessa im Sinn – aufkreuzen würde … Nein, das wollte sie sich lieber nicht ausmalen.

»Wie können die alle bloß sofort anfangen zu arbeiten?«, fragte Vanessa kopfschüttelnd. »Man muss doch erstmal ankommen.«

Mari hatte mehrfach versucht, die Fee vor den Haifischen zu warnen. Aber Vanessa segelte selbstvergessen mit ihrem Kaffee durch die Gänge und platzierte jeden Nachmittag gegen sechzehn Uhr zwei Stücke Kuchen auf Maris Schreibtisch. Mit Sicherheit schlossen die Kollegen schon Wetten ab auf die geringen Überlebenschancen der beiden naiven Kaffeetanten. Die durchschnittliche Haltbarkeit der jungen Anwälte bei *Blair & Crowe* lag ohnehin bei nur zwei Jahren. Mari konnte sich einfach nicht dazu durchringen, Vanessa mit ihrem Kuchen wegzuschicken. Oder den Kuchen mit Vanessa.

»Kannst du mal nachsehen, ob man zwischen den Knöpfen in meine Bluse gucken kann?« Vanessa wackelte gerade ausgiebig mit ihren blickfest verpackten Brüsten, als Maris Chef im Türrahmen erschien.

»Frau Thaler, hätten Sie eine Minute?«

»Bin schon weg, bin schon weg«, rief Vanessa unbekümmert und flatterte wie ein Zitronenfalter zur Tür hinaus.

Mari saß kerzengerade auf ihrem Stuhl. Sie ahnte nichts Gutes. Normalerweise wünschte er zumindest einen guten Morgen. Er reichte ihr ein mit Rotstift übersätes Anschreiben, das sie gestern für ihn entworfen hatte, und verzog den Mund zu einem milden Lächeln.

»Keine Sorge, inhaltlich war das schon in Ordnung. Aber an Ihrer Sprache müssen Sie dringend arbeiten. Subjekt, Prädikat, Objekt – schon mal davon gehört?«

Mari entfernte gründlich jeglichen Ausdruck aus ihrem Gesicht und überflog die korrigierte Klassenarbeit. Er hatte bereits ihre ersten Worte »Vielen Dank für Ihr Schreiben« durchgestrichen und an den Rand gekritzelt: »*Haben* Sie Dank!« Ihre kühne Grußformel »Mit freundlichen Grüßen« hatte ebenfalls keinen Anklang gefunden. Am Rand prangte die rote Mahnung: »Mit freundlichem *Gruß!*«

Sie biss sich auf die Zunge. War das sein Ernst? Hatte das schon wieder irgendwas mit Theo F. zu tun? Künftig würde sie ihre Schreiben mit einem tintenbekleckten »Gehabt Euch wohl« beenden. Und sie würde eine Schwarze Liste der Verbotenen Wörter erstellen. Allein in diesem kurzen Anschreiben waren es Dutzende:

Dienstreise – Nein! Anwälte sind *unterwegs!*

Gegner – Boxkampf? *Gegenseite!*

Strittig – Unanwaltlich! *Streitig!*

Telefonat (Das Wort war rot umkringelt. Mari wusste nicht weshalb.)

Vorschlag – Flapsig! *Empfehlung!*

Fragen – Banal! *Rück*fragen!

Etc. pp. …

Mari legte die glatte sechs minus zur Seite und sah ihren Chef ausdruckslos an. Seine Lippen waren schmal. Er wirkte enttäuscht. Er hatte ihr einen Tritt verpasst, und sie hatte nicht die kleinste Regung gezeigt. Woher sollte er auch wissen, dass Mari dieses Spiel von klein auf beherrschte. M&M hatten seit Anbeginn der Zeit alles, wirklich alles, an ihr kritisiert. Und selbst Emma, die Gute, hatte eine ausgeprägte Neigung, an ihr herumzunörgeln. Es war keine böse Absicht, sondern genetisch vorgegeben, eine zwangsläufige Folge aus Wolf und Lamm: Während Maris Eltern und Emma davon ausgingen, per se besser zu sein als andere, war Mari felsenfest davon überzeugt, grundsätzlich schlechter zu sein als der Rest der Welt. Dieser Umstand, der sie zu einer willkommenen Zielscheibe für Besserwisser machte, war zugleich der Grund, weshalb sie ein völlig ungeeignetes Opfer war. Sie brauchte keinen Dämpfer, sie war bereits viel zu gedämpft.

Andererseits hätte ein einfaches Lob zweifellos verheerende Folgen. Für denjenigen, der sie mit Anerkennung bedachte, würde Mari durch brennende Reifen springen (obwohl sie Angst vor Feuer hatte), sich von Hubschraubern abseilen (obwohl sie Höhenangst hatte) und illoyale Lästermäuler zum Kampf herausfordern (ohne Muskeln). Zum Glück hatte noch niemand diesen Trick herausgefunden – Mari war ein freier Mensch. Geringschätzung versklavte nicht. Sie ermöglichte eine gesunde Distanz.

Maris Umgang mit Tadel erfolgte nach Schema F: Niemals

diskutieren, sich rechtfertigen oder gar weinen, denn Alphatiere änderten selten ihre Meinung und hatten meistens kein Kleenex dabei. Und niemals die Kritik offen annehmen. Ein Nachgeben würde sie in ihrer Überlegenheit bestärken und nur zu mehr Klugscheißerei führen. Die einzige Lösung war, gar nicht zu reagieren, sie damit zur Weißglut zu treiben und sich später, ohne Zuschauer, klein und doof zu fühlen. (Bei Emmas Genörgel galt etwas anderes: diskutieren, sich rechtfertigen, weinen und zur Not auch nachgeben beziehungsweise schreien: »Jetzt halt die Klappe, du hast ja recht!« Emma hatte es verdient. Sie würde sich genauso verhalten.)

Martin Weimar gab auf. Die gewünschte Reaktion blieb aus, und die Stille wurde langsam peinlich. »Die Talente sind oft gar nicht so ungleich. Im Fleiß und im Charakter liegen die Unterschiede. Fontane. Ich fürchte, ein akkurater Umgang mit Sprache ist Fleiß- und Charaktersache. Doch vielleicht liegen Ihre Stärken woanders. Stecken Sie Ihre Visitenkarte ein.«

Eine kurze Warnung hätte gereicht. Nur ein paar Sätze: Sie haben einen eigenen Mandanten. Dr. rer. nat. Friedrich Dinkel. Er kommt am Mittwochmorgen zur Besprechung in die Kanzlei. Es geht um ein Projekt zur Entwicklung von Technologien zur effizienten Reinigung von Mehltransportern.

Dann hätte Mari sich über die Problematik verschimmelter Lebensmitteltanks informiert und gewusst, dass es sich bei »Mykotoxinen« um krebserregende Schimmelpilzgifte handelte. Sie hätte sich die wichtigsten Fragen bei Forschungs- und Entwicklungsverträgen eingeprägt und statt des pinken T-Shirts mit Plastikglitzersteinen eine anständige weiße Bluse unter ihrem Blazer getragen.

Wäre Zeit nicht Geld, hätte die Warnung etwas detaillierter ausfallen können: Herr Dinkel ist Physiker im Ruhestand und war jahrelang unser Ansprechpartner bei einer wichtigen Mandantin. Nun terrorisiert er uns mit seinen Ruhestandsprojekten, doch wegen seiner engen Kontakte zur Mandantin dürfen wir ihn nicht vor den Kopf stoßen und betreuen ihn für einen Apfel und ein Ei. Daher wird er den jungen Associates aufs Auge gedrückt. Dr. Dinkel hat auch mal Jura studiert, aber nach eigenen Angaben das Studium schon bald wegen heilloser Unterforderung abgebrochen. Ein Gespräch mit ihm ist wie ein umgekehrtes Kreuzworträtsel. Er wirft juristische Fachbegriffe in den Raum, und der Anwalt muss ihren missverstandenen Sinn erraten. Bei den Associates ist er daher unter dem Namen »Dr. Drittschadensliquidation« bekannt.

All das würde Mari erst später am selben Tag von Niklas beim Mittagessen erfahren.

In ihrer Arglosigkeit ließ sie sich in eine uferlose Diskussion über unmögliche Leistungen verstricken.

»Ein Kugelschreiber ist ein Kugelschreiber, Frau Anwältin! Den kann ich nur einmal veräußern, dann ist er weg. Aber ein Recht, zum Beispiel ein Patent, ha!, das kann ich tausendmal verkaufen! Merkt doch keiner.«

»Also, Herr Dinkel …«

»Doktor.«

»Herr Doktor, wenn Sie Ihr Patent verkaufen, dann müssen Sie auch die Eintragungsurkunde aushändigen, und die ist dann weg, wie der Kugelschreiber. Außerdem …«

»Frau Anwältin, ich bin nicht hier, damit Sie Probleme *finden*, Sie sollen sie *lösen*.«

Wäre Mari vorgewarnt gewesen, hätte sie einen langen Fragenkatalog über das beabsichtigte Forschungs- und Entwicklungsprojekt vorbereiten können, und Dr. Drittschadensliquidation wäre erst einmal beschäftigt gewesen. Stattdessen beschäftigte er *sie*.

»Hier, Ihre Hausaufgaben«, sagte er und drückte ihr zum Abschied einen in winziger Handschrift bekritzelten Zettel in die Hand.

Der Zettel flog eine Stunde lang auf Maris Schreibtisch herum, bevor sie sich dazu überwinden konnte, das Gekritzel zu entziffern.

»1. Bitte prüfen Sie die Möglichkeit des Geheißerwerbs der Urheberrechte des Herrn K. unter dem Gesichtspunkt des Schuldbeitritts!«

Wer zum Teufel war Herr K.? Und woran hatte er Urheberrechte? Welche Schuld denn? Und wer sollte beitreten? *Geheißerwerb?* Klar. Ignorieren. Nächste Frage.

»2. Wie ist das mit der Möglichkeit der DSL?«

DSL-Anschlüsse in Mehltransportern? Wollte er dort einziehen? Wie wär's denn mit Wasser und Strom? Gleich würde er noch ein paar baurechtliche Fragen zur Erschließung stellen.

Nachdem die Abkürzung »DSL« in einigen weiteren Fragen aufgetaucht war, begriff Mari widerwillig, dass offenbar von Drittschadensliquidation die Rede war. Was genauso wenig Sinn ergab wie DSL-Anschlüsse in Mehltransportern.

Als sie am Ende der Liste angelangt war, brauchte sie Zucker. Dringend. Mari öffnete ihre Schreibtischschubladen. Keine Kekse weit und breit. Nicht einmal ein Bonbon. Und mit Vanessas Kuchen war frühestens in drei Stunden zu rechnen.

Kuchen … Sehnsüchtig tippte sie »Kuchen« bei Google ein. Ooooh, so viele bunte, appetitliche Kuchenbilder! Himbeertörtchen, russischer Zupfkuchen, Schoko-Mocca-Torte, Quarkkuchen mit Johannisbeeren, Apfel-Zimt-Crumble, Karamellkuchen, und – da! – aus den Schokostreuseln des Maulwurfkuchens buddelte sich ein emsiger kleiner Marzipanmaulwurf ins Freie.

»Was ist das denn? Hast du ›*Kuchen*‹ gegoogelt?!«

Mari schloss hastig das Kuchenfenster. Niklas stand hinter ihr. Sie war so in das Kuchenparadies versunken gewesen, dass sie ihn nicht bemerkt hatte. Er sah sie an wie eine Geisteskranke.

»Wir ... wir haben da so einen Geschmacksmusterstreit, da habe ich ...«

»Einen Streit über *Kuchen*designs? Willst du mich verarschen?«

»Ja, irgendwie schon.« Sie musste unwillkürlich grinsen, und zu ihrem Erstaunen grinste er zurück. Er hatte die weißesten Zähne und die hellsten Augen, die sie je gesehen hatte. Seine Augen waren fast durchsichtig, wie Wasser in einem sauber geschrubbten Waschbecken.

»Kommst du mit zum Lunch? Vanessa und Christian warten schon unten. Natürlich kannst du auch einfach ›Lunch‹ bei Google eingeben, das hat weniger Kalorien.«

Sie lachte. Unglaublich. Niklas hatte sie zum Lachen gebracht.

Das rechtfertigte es natürlich nicht, dass sie sich dazu hatte hinreißen lassen, ihre Kollegen in den *Hummer* zu schleppen. Mari hatte nicht bedacht, dass sie Alexandra Steins Lokal als privates Territorium empfinden würde. Die Kollegen hatten hier nichts zu suchen. Ihre Anwesenheit war falsch. So falsch, wie an einem Wochentag zuhause auf dem Sofa zu liegen (es sei denn, man war krank, aber auch dann fühlte es sich falsch an). Personen, Orte und Zeiten mussten zueinander passen, sonst geriet alles außer Kontrolle. Als würde Toby an einem

Montagmorgen in der Kanzlei aufkreuzen und Claudette neben den Porsches auf dem Mandantenparkplatz abstellen.

Sie bereute ihren Vorstoß bereits auf dem Hinweg, als Niklas feststellte, dass sich das Restaurant in besorgniserregender Nähe zum S-Bahnhof Friedrichstraße befand. »Kein hygienisches Umfeld.« Und Christian, ein rundlicher, untersetzter Steuerrechtler, der Mari an Barney Geröllheimer erinnerte, verkündete nach fünf Minuten Fußmarsch, dass Essen *und* Spazierengehen zeitlich nun wirklich nicht drin seien.

Doch zu spät, und es wurde noch schlimmer.

Das Erste, was Mari beim Betreten des Lokals ins Auge fiel, war Leo. Er saß allein an dem großen Eichentisch direkt neben der Tür und schaute konzentriert auf den Bildschirm eines silbernen Laptops.

Es handelte sich nicht um die rasierte, einigermaßen beschämte Leo-Version, die am Freitagabend in ihrem Badezimmer aufgetaucht war und über Haustiere geplaudert hatte. Nein, hier saß Räuber Hotzenplotz mit dunklem Stoppelbart und grimmig zusammengezogenen Augenbrauen. Doch was hatte er bloß mit seinen normalerweise sexy unordentlichen Haaren gemacht? Er hatte sie mit einem schwarzen Haarreifen aus dem Gesicht geschoben und sah nun aus wie einer dieser Fußballer, die düster gucken und sich ihre Mutter auf die Brust tätowieren. Wie einer, dem es scheißegal ist, dass er wie ein Mädchen aussieht. Oder wie einer, der weiß, dass er nicht wie ein Mädchen aussieht, dass ihn nichts entstellen kann. So ein Irrtum. Der Look war ein glatter Griff ins Klo. So abstoßend, dass sie jetzt auch mal woandershin schauen konnte.

Mari sah sich in dem überfüllten Raum um. Sämtliche Tische waren belegt.

Neben sich hörte sie Vanessas glockenhelles Räuspern. »Entschuldigung, dürfen wir uns dazusetzen?«

Leo sah irritiert von seinem Bildschirm auf und räumte wortlos die Laptoptasche, die neben ihm auf dem Sofa lag, unter den Tisch. Dann bemerkte er Mari, und sein abweisendes Gesicht veränderte sich. »Na, so was, die Geräuschprinzessin.«

Bevor sie etwas entgegnen konnte, war er aufgestanden und überrumpelte sie mit einer verstörend herzlichen Umarmung. Als er sie losließ, verlor Mari beinahe das Gleichgewicht. Er hielt sie am Arm fest, und für einen unbehaglichen Augenblick starrten sie sich an. Er sah auch überrascht aus. Zwischen den ganzen fremden Gesichtern hatte er sie versehentlich wie eine Freundin begrüßt.

»Äh, also, das ist Leo, ein … äh, Bekannter. Und das sind Vanessa, Niklas und Christian. Kollegen.«

Leo zog die Augenbraue hoch und warf Niklas einen interessierten Blick zu. Mari spürte, dass ihre Ohren heiß wurden. Falsche Zeit, falscher Ort, falsche Leute.

Es kam ihr unwirklich vor, als sie und ihre Kollegen in ihren gebügelten Bürouniformen Leos Tisch einnahmen. Invasion der Anwälte. Und mittendrin Leo mit seinem Räubergesicht in grauem Kapuzenpulli und dunkelblauer Trainingshose. Die Kollegen wirkten wie glänzende Ferkelchen in seiner Gegenwart.

Zum Glück war von Alexandra weit und breit keine Spur. Sie hätte sich zwischen Leo und Mari aufs Sofa gequetscht und mit wachsamen Augen über bissige Löwen, Zitterattacken oder Dschungelsex sinniert. Stattdessen nahm der arme Horst, Alexandras Küchensklave, erfrischend zurückhaltend die Bestellung auf, die sich als nicht ganz einfach erwies. Niklas bestellte den Feldsalat, aber ohne Feldsalat. »Lieber Eisbergsalat, der hat garantiert keine Bewohner. Wie, Sie haben keinen Eisbergsalat? Dann einfach nur gedünstetes Gemüse. Am besten aus der Tiefkühltruhe, das hat mehr Vitamine und ist garantiert sauber. Wie, Sie haben nur frisches Gemüse? Dann aber auf keinen Fall so ein altmodisches Grünzeug, Sie wissen schon, Mangold, Wirsing etc. pp. Am besten irgendetwas mit glatter Oberfläche, da setzt sich nichts fest. Paprika, Tomaten etc. pp.«

Vanessa verpatzte ihre anfänglich unkomplizierte Bestellung (Quiche Lorraine) mit dem Wunsch nach einem Preiselbeersaft. Der arme Horst macht's möglich. (Er lief tatsächlich ins Reformhaus um die Ecke. Mari sah ihn davonhetzen.)

Leo beobachtete das Bestelltheater mit aufmerksamen Augen und ansonsten regloser Miene. Mari, die neben ihm saß, schielte verstohlen auf seinen geöffneten Laptop. Auf dem Bildschirm blinkte ein roter Balken mit weißer Schrift. Sie las nur die Worte »kostenlose Info-Hotline« und »Dr. Michaela Schwartz«, bevor er ihr einen schrägen Blick zuwarf und den Laptop zuklappte.

Vanessa, die ihm gegenübersaß, musterte Leo mit unverhohlener Neugier.

»Woher kennt ihr beide euch?«, erkundigte sie sich.

»Ich bin ihr Handwerker«, sagte er ohne Zögern und zeigte mit dem Daumen auf Mari.

Mari murmelte: »War ja klar«, aber Vanessa achtete nicht auf sie.

»Oh, das ist ja toll! Es ist so schwierig, gute Handwerker zu finden. Ich wollte mir demnächst eine IKEA-Küche kaufen. Hast du eine Visitenkarte für mich?«

»Die hätte ich auch gern«, warf Christian ein, der zum ersten Mal von seinem Smartphone aufschaute.

Leo ignorierte Maris schadenfrohes Lachen. »Nein, ich bin *ihr* Handwerker.« Sein Daumen zeigte wieder in ihre Richtung.

Vanessa schaute verunsichert von Leo zu Mari und zurück.

»So was wie ein Personal Trainer, nur eben ein … ein Personal Handwerker? Gibt es so was denn?«

Christian und Niklas lachten, aber Leo verzog immer noch keine Miene. »Wieso nicht. Es gibt ja auch private Köche, Nannys etc. pp. Letzten Freitag habe ich Mari eine Geräuschprinzessin im Bad installiert. Die einzige außerhalb Japans.«

Mari trat ihm unter dem Tisch auf den Fuß. Er warf ihr einen belustigten Blick zu. Scheiße. Die Treterei musste dringend aufhören.

»Was ist denn eine Geräuschprinzessin?«, wollte Vanessa wissen.

»Das ist ein Gerät in der Toilette, das Geräusche emittiert, damit draußen niemand etwas Unangenehmes hört. Eine absolut sinnvolle Erfindung«, erklärte Niklas mit seinem Expertengesicht (gelangweilter Blick ohne Fokus, akademische Falte zwischen den gezupften Augenbrauen).

»Wieso stellt man sich nicht einfach ein Radio ins Bad«, sagte Christian, der gerade dabei war, eine E-Mail zu schreiben.

»Oder schraubt sich gleich einen Schalldämpfer auf den …«

»Leeeooo!«, rief Vanessa gespielt schockiert. Sie warf ihren Kopf zurück und kicherte und kicherte und kicherte.

Mari machte es sich auf dem Sofa bequem und beobachtete das Geschehen. Flirtete die Fee mit Leo? Umso besser. Hauptsache, er hörte mit seinen Anspielungen auf. Vanessas fragende blaue Augen und ihr animiertes Glockenlachen lenkten ihn wunderbar ab. Die Fee nippte an ihrem Preiselbeersaft, strich sich mit einer grazilen Bewegung eine blonde Haarsträhne aus dem Gesicht, gurrte und flötete mit ihrer Zwitscherstimme. Klingklang. Leo hatte sein Kinn in beide Hände gestützt und hörte ihr zu. Sein grimmiger Gesichtsausdruck war verschwunden. Er lächelte, und seine Lippen bewegten sich. Was hatte er gesagt? Mari hatte versehentlich die Stummtaste gedrückt, schnell die Ohren wieder anschalten!

Tofino. Was war *Tofino?* Der Name von Leos Geschäft. Und ein Ort in Kanada, jenseits von Japan. (Aha. Leo flog in Gedanken ostwärts. Das war der Beweis. Er und Mari waren inkompatibel.) Tofino lag auf einer Insel mit nebligen Stränden, die sich an einen nasskalten Regenwald schmiegten. Das Meer war dunkel und schaumig und schwemmte sonderbare schlauchförmige Algen an, die wie außerirdische Strandleichen aussahen. Die Wolken klebten wie Spinnennetze in den Baumkronen. An diesem Ort war der konstante Nieselregen nicht lästig, sondern mystisch. Avalon auf Indianisch. (Hatte er tatsächlich *Avalon* gesagt?) In Tofino ärgerten sich die Touristen über Sonnenschein, weil er die Fabelwesen vertrieb.

Vanessa unterbrach Leo und informierte ihn, dass sie laut Mari höchstselbst dem Feenvolk angehörte. Er drehte sich zu Mari um, die immer tiefer in die Sofakissen gesunken war. Seine belustigten braunen Augen trafen ihre, und er murmelte: »Du musst es ja wissen.«

Sie zog ein säuerliches Gesicht. Was sollte das denn jetzt heißen? Sie musste überhaupt nichts wissen. Und sie revidierte ihre Meinung. Ein filigraner Körper gepaart mit einem flatterigen Naturell ergaben noch lange keine Fee. Eher ein Insekt – eine Mücke oder bestenfalls eine Libelle. Er kannte die Mücke gerade einmal zehn Minuten. Wieso redete er mit ihr über so etwas Persönliches wie Nieselregen? Und das vor Publikum. Niklas hatte abwechselnd in sein stilles Wasser gestarrt und Mari konspirative Was-*reden*-die-da-Blicke zugeworfen. Dank Leos Toilettenlüge hielt er sie nun für eine verklemmte Seelenverwandte.

Als Leo sich neben ihr auf dem Sofa zurücklehnte, ergriff Niklas die Gelegenheit, das Gespräch in geordnete Bahnen zu lenken. Er erzählte irgendetwas von einem Businesstrip nach Toronto. Genauer: Er erzählte *Mari* irgendetwas von einem Businesstrip nach Toronto. Seine durchsichtigen Augen waren unbeirrt auf sie gerichtet, doch ihr Gehirn hatte ihn bereits stumm geschaltet. Es war damit beschäftigt, nicht an Leo zu denken. Seine Hand zu ignorieren, die neben ihrem Bein auf dem Sofa lag. Keinen Schulterblick in den toten Winkel zu werfen, in dem er es sich gemütlich gemacht hatte und wer weiß was ausheckte.

Und siehe da, in der verdächtigen Ecke regte sich etwas. Leo griff nach dem Brotkorb und der Butter, die Horst auf den Tisch gestellt hatte. Seine Finger – die verhexten Finger, die sie zum Zittern gebracht hatten – entwendeten Maris Brotmesser, strichen eine dicke Schicht Butter auf ein nicht ganz so dickes Stück Weißbrot und hielten es unter ihre Nase.

Sie schob seine Hand weg. »Was soll das?« Maggies Stimme. Unheimlich.

Niklas verstummte, und sämtliche Tischinsassen starrten sie an. Selbst Christian verließ für einen Augenblick sein virtuelles Büro.

Leo hielt ihr unbeeindruckt das Brot hin. »Von mir für dich.«

»Gehört das zum Job eines Personal Handwerkers?«, fragte Niklas spöttisch.

Leo antwortete nicht, sondern fixierte Mari mit seinen dunklen Augen.

»Nein danke«, sagte sie tonlos.

»Hast du aber versprochen«, erwiderte er mit dieser ruhigen Stimme, mit der er ihr am Freitag erzählt hatte, dass er und Claudette Freunde waren. Dass er schon mal vor Erregung gezittert hatte.

»Was?«

Er hob die Augenbraue. »Ich – werde – mehr – Butter – essen.«

Kein Wunder, dass er sie zu physischer Gewalt animierte. Mari trat auf seinen Fuß und riss ihm das Butterbrot aus der Hand. Bevor sie sich entscheiden konnte, wo sie ihm die Butter hinschmieren wollte, tauchte neben ihr der arme Horst mit vier Tellern und Tom im Schlepptau auf.

Tom stieß bei Maris Anblick einen Freudenschrei aus, und weil Horst im Weg stand, kletterte er ungestüm über die Rückenlehne des Sofas und ließ sich herunterplumpsen. Das viel zu kleine Sofa, das nicht mit Tom gerechnet hatte, ächzte, und der quirlige Riesenkrake schubste Mari und das Butterbrot auf Leos Schoß, in sein Gesicht.

Nun spürte Mari mehrere Dinge gleichzeitig: Toms Glatze an ihrem rechten Ohr, seine erfreuten Krakenarme auf, hinter, unter, über ihr, ein Stück Butter an ihrem linken Ohr, Leos Stoppelbart an ihrer linken Wange, seinen Atem auf ihrem Gesicht, sein rechtes Bein unter ihrem linken Bein, sein linkes Knie unter ihrer rechten Hand.

Maris Kollegen saßen wie die Hühner auf der Stange und gafften. Perfekt. Ein flotter Dreier vor den Kollegen.

Sie nahm ihr Gesicht aus Leos Gesicht, ihre Hand von seinem Knie, ihr Bein von seinem Bein, rammte ihren rechten Ellenbogen in den glücklichen Riesenkraken und rief atemlos: »Tom! Aus!«

Tom lachte nur und zog sie in seine Arme, weg von Leo, weg von der *Situation*.

Horst räusperte sich. Er hatte mit Maris Lasagne neben dem Tisch ausgeharrt und verlegen das kindische Spektakel beobachtet. Mari nahm ihren Teller wie ein Roboter entgegen.

»Ja, guten Appetit dann«, hörte sie sich sagen.

Als hätten sie nur auf ihr Kommando gewartet, begannen

die Kollegen zu essen. Aus dem Augenwinkel sah sie, dass Leo die vermaledeite Brotscheibe zwischen seinen Beinen hervorzog und neben dem Laptop auf den Tisch legte. Dann näherte sich etwas Grünes ihrem linken Ohr. Sie drehte sich abrupt zu ihm um und warf ihm einen vernichtenden Blick zu.

»Du hast da Butter am Ohr«, sagte er ungerührt und reichte ihr die grüne Papierserviette.

Mari nahm ihm wortlos die Serviette aus der Hand, berührte dabei versehentlich seine Fingerspitzen, ignorierte den elektrischen Schock und versuchte, sich von der Butter zu befreien, während der solarbetriebene Buddha sie fröhlich als Kuscheltier missbrauchte. »Mensch Tom, ich bin Anwältin und kein Teddybär!«

»Das solltest du dir auf ein T-Shirt drucken«, murmelte Leo gerade, als Horst mit einer Flasche Preiselbeersaft neben Vanessa auftauchte.

»Noch ein Glas Preiselbeersaft aufs Haus?«, fragte er. Horst war offenbar ein Feind von Verschwendung und wollte verhindern, dass der Saft entweder im Abfluss oder in Tobys Müllkuchen enden würde.

Vanessa sah von ihrem Essen auf. »Danke, sehr gerne.«

Tom hörte auf, Maris Kopf zu streicheln, und erkundigte sich mitfühlend: »Au, so schlimm?«

Die Fee sah ihn fragend an.

»Mit der Blasenentzündung«, erklärte Tom. »Meine Freundin schwört auch auf Preiselbeeren.«

Vanessa errötete bis in die Haarspitzen.

Jetzt reichte es. »Tom, troll dich!«, rief Mari ihm zu wie einem großen ungezogenen Hund.

Tom wusste zwar offensichtlich nicht, was er falsch gemacht hatte, aber er gehorchte. Er klatschte Leo über Maris Kopf hinweg ab, wuschelte durch ihre Haare (hoffentlich hatte die Fee eine Bürste dabei) und verpuffte grinsend in Richtung Küche.

Das Sofa wirkte plötzlich doppelt so groß wie zuvor. Mari rückte erleichtert von Leo ab.

Es war seltsam. Keiner der Kollegen erkundigte sich, wer Tom war. Als sei er überhaupt nicht da gewesen. Als hätten sie alle einen Geist gesehen und keiner wollte es zugeben. Stattdessen begann Niklas, Leo über Leo auszufragen. Mari aß stumm ihre Lasagne und dachte: *Danke, Niklas, danke!* Er beschaffte in fünf Minuten mehr Informationen als sie in zehn Tagen.

Leo war Architekt. Gewesen. Er hatte in Architektenarmadas gearbeitet, Flughäfen im Fernen Osten und Wolkenkratzer in der Wüste erfunden. Vor drei Jahren hatte er den Ameisenhaufen verlassen, und nun hatte er sein *Tofino.*

Mari sah Leo nicht an. Sie saß am äußersten Ende des Sofas und starrte konzentriert in ihr Essen. Doch irgendwie klang er amüsiert, wenn er es sagte: »Mein *Tofino.*«

»Ein Architekturbüro?«, fragte Niklas.

Auch sein Nein klang amüsiert.

»Was denn dann?«

»Schwer zu sagen. Ich habe noch kein Wort dafür gefunden.«

Niklas stocherte verwirrt in seinem gedünsteten, glatten Gemüse herum. Tofino war definitiv nicht sein Ding. Er wechselte das Thema und hielt einen Monolog über die Kanzlei: »Eine hundertprozentige Full-Service-Kanzlei mit Hauptsitz in New York, sechs weiteren Standorten allein in den Vereinigten Staaten und zwanzig weiteren weltweit.«

Leo fragte nicht nach, was »Full-Service-Kanzlei« bedeutete.

»Die durchschnittliche Leverage liegt bei eins zu drei.«

Leo fragte nicht nach, was »Leverage« bedeutete.

»Allein in Berlin, dem kleinsten deutschen Standort, haben wir über siebzig Berufsträger.«

Nun erkundigte sich Leo, was »Berufsträger« seien.

»Rechtsanwälte.«

»Ach so. Und die anderen Kollegen, Sekretärinnen et cetera pp., haben die keinen Beruf?«

Niklas antwortete nicht. Er stocherte wieder verwirrt in seinem Gemüse herum. Er murmelte etwas von Einstiegsgehältern, erhielt keine Reaktion und fragte schließlich: »Und, wie viel bezahlt Mari dir eigentlich für dein Personal Handwerking?«

Leo kratzte sich am Kopf. »Gute Frage. Sie bezahlt mit ihren Kreationen. Oder sollte ich sagen – Kreaturen?«

Er wandte sich Mari zu.

»Danke für das Nebelhörnchen«, sagte er so sanft, dass nun sie diejenige war, die verwirrt in ihrem Essen herumstocherte. Sie spürte, dass er sie anschaute, aber sie inspizierte ihre Lasagne.

»Mari, ich wusste ja gar nicht, dass du backst!«, rief die Fee, die sich inzwischen von Toms Diagnose erholt hatte und aufpasste wie ein Luchs.

»Nein …«, fing Mari an.

»Ach, hast du deshalb vorhin im Büro *›Kuchen‹* gegoogelt?«, fragte Niklas.

Christian kicherte hell und hohl, durch und durch Barney Geröllheimer.

»Hast du nach Rezepten gesucht?« Die Fee war ganz aus dem Häuschen. »Vielleicht können wir ja mal zusammen backen? Nebelhörnchen habe ich noch nie gemacht. Ist der Nebel aus Zuckerguss?«

Mari schaute unwillkürlich von ihrem Essen auf und warf Leo ein breites Grinsen zu. Er blinzelte erstaunt und grinste zurück. Sie wollte schnell wieder in ihre Lasagne kriechen, aber seine Augen hielten sie fest.

»Wieso hast du ›Kuchen‹ gegoogelt?«, wollte er mit seiner ruhigen Stimme, die Mari am Freitagabend noch als intim empfunden hatte, wissen. In Wirklichkeit war es seine Mitleidsstimme für die abgemagerte Irre, die sich Kuchenbilder im Internet ansah.

Er hatte Claudette gefüttert. Womit bloß? Insekten? Kaninchen? »Und die Lexi meinte, der füttert in Wirklichkeit dich.« Hallo, ich bin Doktor Leo Stein und verschreibe Ihnen zwölf Butterbrote. Gehen Sie mit dem Rezept sofort in die nächste Apotheke.

Danke, kein Bedarf. Aber vielleicht hatte sie Fieber, ihre Wangen waren so heiß. Ob die anderen etwas bemerkten? Sie konnte nicht nachsehen, sie benötigte ihre ganze Kraft, um nicht loszuzittern. Sie wusste nicht, wie es passiert war, doch irgendwie saßen sie nun so nah beieinander, dass ihre Oberschenkel sich berührten. Sie musste sich dringend auf etwas anderes konzentrieren.

Ach, wie gut, da waren ja seine scheußlichen Haare. Sie waren viel zu kurz für den blöden Haarreifen und standen wie die Zackenkrone der Freiheitsstatue von seinem Kopf ab.

Er musterte sie dabei, wie sie ihn musterte. Er hatte Augenringe. Tiefe Augenringe. Wieso fiel ihr das erst jetzt auf? Der Stoppelbart war schuld. Er krakeelte: Seht her, wie männlich ich bin, und übertönte die Augen, die flüsterten: Seht her, wie müde wir sind.

»Stimmt was nicht?«, fragte Leo leise, als säßen sie allein am Tisch.

»Du siehst richtig schlecht aus«, antwortete Mari.

Irgendetwas schlich sich in seine Augen. Und verschwand, bevor sie es identifizieren konnte.

»Wieso hast du ›Kuchen‹ gegoogelt?«, wiederholte er.

Idiot. Die abgemagerte Irre isst jeden Nachmittag ein echtes, nicht-digitales Stück Kuchen. Beweis (unter Verwahrung gegen die Beweislast): Zeugnis der Fee. Leute haben Sex und gucken trotzdem Pornos. Weil sie mehr Sex wollen als ihr träger Körper. Die Arbeit kostet mich mehr Kalorien, als ich in meiner Schreibtischschublade bunkere. Mehr Kalorien, als ich jemals aufnehmen kann. Ich brauche hin und wieder einen Kuchenporno. Na und.

»Wieso siehst du so schlecht aus?« So. Sie konnte auch – vor allen Leuten – Butterbrote schmieren.

»Damit du dir nicht ungekämmt vorkommst«, sagte er und lächelte schief.

Anscheinend hatte er ihr Gespräch mit Emma nicht nur belauscht, sondern auch aufgezeichnet. Und nun hörte er es sich jeden Abend vor dem Einschlafen an.

»Hat nicht geklappt. Ich fühle mich ungekämmt.«

»Dann liegt das am schönen Niklas.«

(Niklas machte den Mund auf und wieder zu. Sein Gemüse war inzwischen kalt.)

»Du bist ein Riesenarsch. Und du siehst aus wie die Freiheitsstatue.« Sie deutete auf seine Haare. »Lady Liberty.«

»Ich spiele heute noch Fußball«, erwiderte er ungerührt, als sei das eine Erklärung. »Warum hast du ›Kuchen‹ gegoogelt?«

»Ich habe nach Rezepten für Nebelhörnchen gesucht.«

Und sie würde noch ganz andere Dinge googeln. Zum Beispiel »Tofino«. Und »Dr. Michaela Schwartz«.

8

Am Freitagmorgen hatte Niklas auf dem Weg zur Arbeit einen Fahrradunfall. Niemand kannte die Einzelheiten. Bei Nachfragen berief Niklas sich auf Amnesie. Die Einzige, die eine Woche später den genauen Ablauf erfuhr, war Mari. Quasi als Dankeschön.

Niklas war die Oranienburger Straße entlanggeradelt und hatte versucht, einen Obdachlosen großräumig zu umfahren. (»Flöhe können springen!«) Dabei hatte er eine Bordsteinkante übersehen und war gestürzt. Möglicherweise hatte er sich schon zu diesem Zeitpunkt den Knöchel verstaucht. Die Gehirnerschütterung kam später, als genau der Obdachlose, dem er hatte ausweichen wollen, ihn von hinten am Arm packte – entweder, um ihn mit einer tödlichen Krankheit zu infizieren (das war Niklas' Vermutung), oder, um ihm beim Aufstehen zu helfen (das war Maris Vermutung) – und Niklas vor Schreck rückwärts in ein vorbeifahrendes Fahrrad gelaufen war.

Der Unfall hatte Folgen. Niklas litt tagelang unter starken Kopfschmerzen, Schwindel und Übelkeit und zerstritt sich mit seinem Hausarzt, der sich weigerte, ihm ohne gesicherte Diagnose ein Flohmittel zu verschreiben. Mari litt ebenfalls unter starken Kopfschmerzen, Schwindel und Übelkeit. Sie erfuhr am Freitagnachmittag, dass sie am Montag bei der Mandantenveranstaltung für Niklas einspringen und seinen Vortrag über das Datenschutzrecht halten sollte.

»Das dürfte kein Problem sein, Frau Thaler. Sie brauchen ja a) nur Herrn Gernraths PowerPoint-Präsentation abzulesen, und b) haben Sie noch ganze zweieinhalb Tage zur Vorbereitung. Außerdem haben Sie sich doch in der letzten Woche mit nichts anderem befasst als Datenschutzrecht, oder?«

Jetzt nicht durchdrehen. Eins nach dem anderen. Mari ging in Niklas' Büro, schaltete seinen Computer ein, gab sein Passwort ein und suchte die besagte PowerPoint-Präsentation in einem Ordner, in dem etwa fünfzig Vorträge gespeichert waren. Aha, da war sie ja schon. »Das Datenschutzrecht im digitalen Zeitalter.« Klick. Okay, alles da. Achtundsiebzig Folien. *Was? Achtundsiebzig Folien?!* Sie klickte sich mit pochendem Herzen durch die PowerPoint-Präsentation, die zum größten Teil aus fliegenden Pfeilen und unergründlichen Grafiken bestand. *Das geht nicht!*

»Na, klappt's?« Ihr Chef stand hinter ihr.

»Nein!«, rief Mari. »Schauen Sie doch mal!«

Sie zeigte ihm Folie Nummer neunundsechzig, siebzig, einundsiebzig. Blinkende Kästchen, Kreise, ein kreativer Cartoon …

»Beeindruckend. Herr Gernrath ist außer mir einer der wenigen Anwälte, die PowerPoint und Excel tatsächlich beherrschen.«

»Das ist schön für ihn, aber ich kann hiermit nichts anfangen«, erwiderte Mari.

»Nur Mut, Frau Thaler. Am Mute hängt der Erfolg. Fontane.«

Er drückte seine Hand auf ihre Schulter – eine Geste, die er bestimmt mithilfe einer Sofalehne sorgfältig geübt hatte. Kellnerinnen, die den Gast hin und wieder an der Schulter berührten, bekamen erwiesenermaßen mehr Trinkgeld. Ob er die TV-Doku gesehen hatte? Wohl kaum, er hatte keinen Fernseher. Nur Fontanebücher aus echtem Wildleder, wahrscheinlich roch sein Bücherregal wie ein Schuhschrank. Mari schüttelte ungehalten seine Hand ab.

»Fußball ist Ding, Dang, Dong. Es gibt nicht nur Ding!«, platzte es aus ihr heraus.

»Bitte?« Er war einen Schritt zurückgewichen.

»Trapattoni.«

Sein leerer Blick entlarvte ihn. Sie hatte eine Bildungslücke entdeckt. (Dr. Weimar, LL.M. würde widersprechen. Er propagierte einen engen Bildungsbegriff, der Sport nicht umfasste.) Das nächste Mal, wenn er den wehrlosen Theo F. für seine Zwecke missbrauchte, würde sie brüllen: »Struuunz! Was erlauben Strunz?!« Sie würde Trapattonis Wutrede ausschlachten, jeden einzelnen Satz. Wutrede, ein verheißungsvolles Wort. Definiere »Wut«. Ein Holzkohle fressendes rotes Partymonster, das alle zweifelnden, abwägenden, gerechten Gedanken selbstherrlich, nein, herrlich in Schutt und Asche legt.

»Das ist ein berühmter Fußballtrainer, der legendäre Pressekonferenzen gegeben hat«, erläuterte Mari und hoffte, zumindest ein bisschen genervt zu klingen. »Ich wollte damit sagen, dass das Datenschutzrecht zu kompliziert ist, um darüber mal eben zwei Stunden zu referieren.«

»Ich weiß, wer Tratto… wer das ist. Und …« Seine grauen Augen wurden glasig, als hätte er kurzfristig seinen Körper verlassen. »Sie können das. Ich habe Sie zwei Wochen lang dabei beobachtet, wie Sie alles können. Ich werde künftig nur noch Anwälte mit Berufserfahrung einstellen. Anwälte wie Sie.«

Anwälte wie Sie?

Im Fleiß und im Charakter liegen die Unterschiede. Ein akkurater Umgang mit Sprache ist Charaktersache. Manche treffen einfach nicht den Ton. Weder schriftlich noch mündlich. Jedes Anschreiben war eine glatte Sechs. Und Mari hatte den Verdacht, dass ihr Telefon nur eine Attrappe war. Es hatte noch kein einziges Mal geklingelt. Doch Schwamm drüber.

Nun durfte sie vor hundert Mandanten und Kollegen über ein Thema sprechen, von dem sie keine Ahnung hatte. »Nein, Herr Weimar …«

Sein Smartphone rettete ihn.

»Ja, stellen Sie ihn durch«, sagte er und verschwand.

Den restlichen Tag war er »außer Haus«. Der verkabelte Mann mit Headset, zwei Smartphones und einem Ersatzhandy war nicht erreichbar. Mari gab auf. Sie schloss die Bürotür, setzte sich an den Schreibtisch, legte die Stirn auf ihre verschränkten Arme und weinte.

Um ein Haar hätte sie ihren Termin mit Alexandra vergessen. Nach der Arbeit im *Hummer.* »Wir müssen doch endlich mal den Spießerwisch für die Wohnung unterschreiben. Je später, desto besser, dann sind die Gäste weg, und ich habe da noch diesen schönen Bordeaux, der für Tommy und Leo zu schade ist.«

Um kurz vor Mitternacht betrat Mari das leere Lokal. Die einzige Lichtquelle war eine nostalgische Tischleuchte, die auch in den Speisewagen des Orient-Express gepasst hätte und durch ihren schmuddelig-gelben Lampenschirm eine dunkle Wärme verbreitete. Mari blieb zögernd neben dem Eichentisch, an dem sie das Mittagessen mit Leo durchlitten hatte, stehen. In dem gedämpften Licht konnte sie sich schwer vorstellen, dass sie und ihre Kollegen in diesem plüschigen Raum mit den zusammengewürfelten Möbeln, der geblümten Tapete, den schnörkeligen Stehlampen und dem leicht modrigen Geruch vergangener Zeiten geluncht hatten. In Großmutters Wohnzimmer. Großmutter liebte offenbar Stehrumskis aus Asien und dicke nackte Frauen in Öl.

Mari hörte Stimmen aus der Küche und kämpfte sich zwischen den sperrigen Sesseln zur anderen Seite des Raums durch. (Das Lokal war ein Albtraum für Kellner, doch der arme Horst meisterte diese Hürden mit Bravour.) Ihr Blick fiel auf den großen Ohrensessel neben der Küchentür. Dort lag Toby und schlief. Sie hielt inne und setzte sich leise auf die Armlehne. Nur für einen Moment an dem sorgenfreien Schlaf des Knirpses teilhaben. Toby lag auf dem Rücken, furchtlos mit dem Gesicht zur Welt. Er war nicht zugedeckt, aber er steckte in einem riesigen grauen Wollpullover, der ihn bis über die Knie bedeckte und in dessen Ärmeln seine Händchen verschwunden waren. An seinen Füßen lachten die Kinder von Alexandras bunten Wollsocken.

Die Stimmen in der Küche wurden lauter. Sie sprachen alle gleichzeitig. Geschredderte Sätze.

»… und das Damoklesschwert musste ja mal runterplumpsen … Kauf ich halt eine Wohnung in München … Nicht dasselbe … mit Nanny oder was … braucht uns doch … bis spät nachts und der neue … brauchen ihn doch … echt jetzt … Scheiß Gewitterziege … Hals nicht voll … und gleich zum Gericht … wenn das Kindeswohl nicht beeinträchtigt wird … Wer's glaubt, wird …«

Schließlich setzte sich Alexandras Stimme durch. Sie klang aufgebracht. »So ein Blödsinn! Kein Richter wird so einem Antrag stattgeben!«

»Vielleicht sollten wir mal unsere Mari fragen«, warf Tom ungewöhnlich zaghaft ein.

Leos Stimme, ebenso aufgebracht wie die seiner Schwester: »Scheißidee. Haltet sie da raus.«

»Aber die ist doch Anwältin.«

»Für Patentrecht!«, rief Leo ungeduldig. »Die vertritt Daniel Düsentrieb, Tommy!«

»Ist doch gut, so eine Promi-Anwältin.«

Mari hatte genug gehört. Das war zu viel für heute. Sie

musste jetzt sofort schlafen. Sie hatte die letzten neun Stunden damit verbracht, achtundsiebzig Folien nicht zu verstehen. Sie hatte geweint, sich zum Denken gezwungen, erfolglos versucht, sich den Panikstachel zu ziehen, erfolglos versucht, zu atmen, sich zum Denken gezwungen, geweint. Hätte sie doch bloß mehr Zeit …

Zwei Tage waren nichts, erst recht nicht für sie. Mari hatte eine eigene Zeitrechnung, wie Hunde, nur umgekehrt. Ein Menschenjahr waren sieben Hundejahre, und sieben Menschenjahre waren ein Mari-Jahr. Zwei Tage waren in Mari-Zeit somit nur zirka sieben Stunden. Im Klartext: Sie brauchte für alles siebenmal so lange wie andere Menschen. Sie war langsam. Das lag nicht etwa an einem beschränkten Auffassungsvermögen, sondern schlicht daran, dass sie jeden neuen Gedanken anzweifelte und siebenmal auf seine Richtigkeit überprüfen musste. Sie musste sichergehen.

Ergebnislose Recherchen waren der Supergau. Wann konnte man die Suche guten Gewissens einstellen? Man wusste ja nie, ob man nicht irgendwo ein verstecktes Urteil, einen Aufsatz übersehen hatte. Also weitersuchen, bloß kein Risiko eingehen, immer gut vorbereitet sein. Mari spielte nicht nur vor Gerichtsterminen, sondern vor jedem einzelnen Mandantengespräch sämtliche potenzielle Fragen gedanklich durch. Sie sah jedesmal ungläubig dabei zu, wenn Herr Weimar zackig zum Telefonhörer griff und einen Mandanten anrief, ohne auch nur einen Blick in die Akte geworfen zu haben. Er redete häufig an der Sache vorbei und setzte dem Mandanten mangels Kenntnis der Fakten unnötige Flausen in den Kopf, aber er schien nie aufzufliegen. So tun als ob war eine Fähigkeit, die Mari nicht beherrschte.

Und unter Zeitdruck funktionierte überhaupt nichts. Sie hasste Kochbücher mit 30-Minuten-Rezepten. Erhitzen Sie schon mal das Öl, waschen Sie gleichzeitig den Reis mindestens dreimal, und schneiden Sie gleichzeitig schon mal einen ganzen Gemüsegarten. *Gleichzeitig.* Aus Maris Sicht ein Synonym für *halbherzig.* Und unmöglich, es sei denn, man schnitt das Gemüse mit den Füßen. Sie tat alles nacheinander, bei ihr dauerte das 30-Minuten-Rezept doppelt so lange. Dafür hatten ihre Gerichte das gewisse Etwas.

Das Dumme war nur: Niemand bemerkte den Unterschied. Das Schnellgericht wäre gut genug gewesen, die Klageschrift wäre auch mit weniger ausgefeilten Sätzen ausgekommen, der Mandant wäre auch zufrieden gewesen, wenn Mari sich nicht eine Stunde lang auf das Gespräch vorbereitet hätte. Und wahrscheinlich reichten zwei Tage völlig aus, um sich mit achtundsiebzig PowerPoint-Folien anzufreunden – wenn sie sich damit abfinden konnte, dass sie nicht auf alle Fragen eine Antwort haben würde, was ohnehin unvermeidbar war. Doch allein der Gedanke an ein multiples »Weiß-ich-nicht-muss-ich-prüfen« fühlte sich an wie ein Betonklotz auf der Brust.

Leise erhob sie sich von der Armlehne. Sie würde unbemerkt verschwinden und sich morgen bei Alexandra dafür entschuldigen, dass sie den Termin vergessen hatte. Der Mietvertrag konnte warten.

»Sag hallo zu der Mari.«

Oh nein. Sie drehte sich um. Toby sprach mit dem Ärmel seines Wollpullovers.

»Hallo, Mari«, sagte der Ärmel und winkte.

»Hallo, Ärmel«, antwortete Mari und winkte zurück.

Toby kicherte und setzte sich auf. »Neeeiiin, das ist doch das Nuuuuup!«

»Na, so was, das hat sich aber verändert.«

»Neeeiiin, das sitzt im Kasimir! Das Nuup *wohnt* im Kasimir!«

Mari stand auf dem Schlauch.

»Kaschmir. Das verwöhnte Nebelhorn trägt nur Kaschmirpullover«, sagte Leo trocken.

Mari drehte sich zu ihm um und gab sich alle Mühe, nicht schuldbewusst auszusehen. Er lehnte mit hochgezogener Augenbraue im Türrahmen. Jetzt bloß nicht mit der Wimper zucken. Er konnte nicht wissen, wie lange sie schon hier war.

»Wie lange bist du schon hier?«

»Seit einer Minute«, log sie.

Glücklicherweise flog im selben Augenblick der graue Kaschmirgeist in ihre Arme, und Alexandra rief aus der Küche: »Maaaari, komm nach hinten!« Also nahm sie Toby mit seinem verwöhnten Haustier Huckepack und manövrierte sich an Leo vorbei.

In der hell erleuchteten Küche lauerte ein Ufo. Mari blinzelte. Nein, das Ufo war eine wuchtige Dunstabzugshaube, die silbern über der Kochinsel schwebte. Die Kochinsel war mindestens so groß wie Irland. Mari fühlte sich wie in einem Fernsehkochstudio – alles sah sehr modern, nüchtern und teuer aus. Backstage. Die Schaltzentrale hinter der Illusion von Großmutters Wohnzimmer.

Doch hinter all dem sauber blitzenden Metall, in der Wand auf der anderen Seite des Ufos, leuchtete eine sonnengelb gestrichene Holztür, die vermutlich zur Schaltzentrale hinter der Illusion vom Kochstudio, dem Hof und den Mülltonnen, führte. Neben der gelben Tür zog sich auf etwa zwei Metern Höhe ein schmales Fensterband über die gesamte Länge der Wand. Auf der endlosen Fensterbank wucherte ein Kräuterwald in gepunkteten, gestreiften, roten, grünen, gelben Töpfen, und unter der Fensterbank stand ein hellblaues antikes Sofa, das man eher in *Sanssouci* erwartet hätte. Mari stellte sich vor, wie der arme Horst jedesmal die Schuhe ausziehen und auf das Sofa klettern musste, um die Kräuter auf der Fensterbank zu gießen.

Nun lag Alexandra auf dem Sofa, und Tom saß daneben mit ihren bunten Sockenfüßen auf dem Schoß. Beide winkten und lächelten, aber sie strahlten nicht. Vor allem Tom strahlte nicht. Erst jetzt fiel ihr auf, wie wolkenlos sein Gesicht normalerweise war.

»Hol mal einen Sessel für Mari«, bat Alexandra Leo, der hinter ihr in die Küche getreten war.

Leo verschwand wieder in Richtung Plüschbühne und kehrte kurz darauf mit einem roten Samtsessel zurück. Mari wollte sich bedanken, aber sein Gesichtsausdruck hielt sie davon ab. Er sah aus, als hätte er einen Geist gesehen. Der Geist war sie.

»Wie siehst *du* denn aus?« Er runzelte die Stirn.

Sie senkte den Blick. Ihr Kaschmirkollege, der immer noch auf ihrem Rücken herumspukte, schob sein Köpfchen nach vorne und schielte in ihr Gesicht.

»Die Mari ist ein Leopaaard!« Toby kicherte in ihr Ohr.

Wenn Mari über einen längeren Zeitraum weinte, bekam sie rote Flecken im Gesicht. Je länger sie weinte, desto länger blieb sie gefleckt. Sie hatte heute seit zirka fünfzehn Uhr geweint und konnte also damit rechnen, dass die Flecken erst im Morgengrauen verschwinden würden. Mari setzte den Knirps im Sessel ab.

»Du siehst total fertig aus«, bemerkte Leo. »Hast du was gegessen?«

Nein, hatte sie nicht. Keine Zeit. »Klar.«

»Ach ja? Was denn?« Die Frage klang milde interessiert, doch seine Augen waren dunkel, noch dunkler als sonst, und musterten sie verärgert. Sie dachte an seine Butteraktion beim Mittagessen. Höchste Zeit für eine kleine Wutrede.

»Butter mit Butter drauf an Buttersauce. Zufrieden? Dank dir denken meine Kollegen, ich bräuchte Hilfe beim Essen. Dank dir denken meine Kollegen, ich bräuchte Hilfe beim *Pinkeln*!«

Sie starrte ihn zornig an. Er erwiderte ihren Blick und ging unwillkürlich einen Schritt auf sie zu. Dann hielt er inne und schaute flüchtig in Richtung Toby, der im Sessel hockte und sich selbstvergessen mit dem Bewohner seines Ärmels unterhielt.

»Wir streiten nicht in seiner Gegenwart«, sagte er kühl.

Mari konnte es nicht fassen. Nicht einmal M&M schafften es, ihr in so kurzer Zeit so viele Vorwürfe zu machen. Wie lange bist du schon hier? Wie siehst du denn aus? Wieso hast du nichts gegessen? Wieso verstörst du unser Kind? Und Alexandra und Tom saßen wie Zuschauer auf dem Sofa und genossen das Spektakel.

»Nein, ihr lasst ihn nur zur Geisterstunde durch die Gegend spuken und bei offener Tür allein im Lokal liegen. Er hätte einen Nachtspaziergang durch Berlin machen können, oder ich hätte ihn einfach einpacken können.«

Oh nein. Hatte sie das wirklich gesagt? Betretenes Schweigen. Selbst Tobys Gemurmel war verstummt. Mari senkte den Blick und umklammerte die Rückenlehne des Sessels. *Ich hätte ihn einfach einpacken können.* Ein Schlag unter die Gürtellinie. Natürlich hatte sie inzwischen herausgefunden, wer Dr. Michaela Schwartz war. Sie war Fachanwältin für Familienrecht. Und offenbar ging es um das Aufenthaltsbestimmungsrecht für den Knirps. Tobys Vater wollte ihn einfach einpacken, mit ihm und einer neuen Frau alias Gewitterziege nach München ziehen. Aber wovor hatte Alexandra Angst? Sie war die Mutter. Die Mutter gewann immer. Oder?

»Es tut mir leid, ich wollte nicht …«

»Nein, du hast ja absolut recht!«, rief Alexandra. »Jungs, sie hat recht. Wir müssen besser werden. Gerade jetzt.«

Sie warf Leo einen tadelnden Blick zu. Dann schenkte sie Mari ein warmes Lächeln. »Komm, setz dich endlich hin! Und einer von euch Jungs bringt der Mari und mir jetzt ein schönes Glas Wein und wärmt den Müllkuchen auf. Steinpilzrisotto mit Grünkohl und Mettwürstchen. Unschlagbar.«

»LECKER!«, brüllte Toby.

Mari fühlte sich zu schwach, um zu widersprechen. Sie hängte Mantel und Handtasche über die Sessellehne, nahm das weiche Kaschmirbündel in die Arme und ließ sich mit ihm in die Kissen sinken. Während Toby sich vertrauensvoll auf ihrem Schoß einrollte, begannen die beiden anderen »Jungs«, Tom mit einem freundlichen Zwinkern, Leo mit gerunzelter Stirn, Mari ein Mitternachtsmahl zu zaubern.

Alexandras aufmerksame Katzenaugen überwachten das Geschehen vom Sofa aus. Als Leos Kopf im Weinschrank verschwunden war und Tom mit dem Geschirr herumklapperte, beugte sie sich zu Mari vor und flüsterte: »Hilfe beim Pinkeln? Hat man euch zusammen auf dem Klo erwischt?«

Mari rollte mit den Augen und wollte gerade zu einem entnervten Dementi ausholen, als der Knirps stolz verkündete: »Ich geh ganz alleine auf Klo.«

»Das … das ist ja großartig, Toby«, sagte Mari. »Ich auch! *Immer.*«

Toby nickte ihr feierlich zu, als wollte er sagen, wie gut, dass wir beide schon groß sind. Dann rollte er sich wieder auf ihrem Schoß ein und sank augenblicklich, wie nur Kinder und Hunde es können, zurück in seinen Halbschlaf.

Alexandras kehliges Lachen dröhnte durch die Küche, und Mari vergaß, genervt zu sein. Sie war erleichtert. Wenn Alexandra wieder lachen konnte, dann war die Lage bestimmt nicht so ernst. Niemand würde Toby stehlen. Bestimmt nicht.

Leo stellte einen Barhocker zwischen Sofa und Sessel und platzierte darauf zwei Gläser, die er großzügig mit Rotwein füllte. Dann ließ er sich neben seiner Schwester auf das Sofa fallen. Er sah müde aus. Und da war noch etwas …

Ihre Blicke trafen sich. »Reichst du mir mal den Kurzen rüber?«

Auf keinen Fall. Wozu denn? Er lag doch gut auf ihrem Schoß. Sie hätte diskutiert, aber irgendetwas in Leos Augen ließ sie murmeln: »Hey, kleiner Geist, du gehst jetzt mal zum Leo«, und der kleine Geist nickte verschlafen und murmelte etwas, das wie »Mister Bell« klang, und streckte seine übergroßen Ärmchen nach dem grimmigen Mann auf dem Sofa aus.

Leo zog Toby in seine Arme und vergrub sein Gesicht tief in dem Lockenwirrwarr. Die Geste sah aus wie Abschied, wie Ich-vermiss-dich-jetzt-schon. Am liebsten hätte Mari an ihnen allen gerüttelt. *Macht euch nicht verrückt, Alexandra ist die MUTTER!*

»Erde an Mari!«

Sie zuckte zusammen. Tom grinste sie an und hielt ihr einen tiefen Teller hin, der mit duftendem Müllkuchen beladen war.

»Iss!«, befahl Alexandra.

Herrje, welch eine herrische Familie. Doch sie nahm dankbar den Teller entgegen.

Tom quetschte sich in gewohnter Weise auf die Besucherritze des Sofas und schlang einen Krakenarm um seine Freundin. Mari beneidete Alexandra um den solarbetriebenen Buddha.

»So, Mari, und jetzt erzähl uns mal, warum du geweint

hast«, sagte Tom und lächelte sie onkelhaft an, als hätte sie Ärger in der Schule. (Hatte sie ja auch.)

Sie nahm einen resoluten Schluck Rotwein. »Ich bin eigentlich nur hier, um endlich den Mietvertrag zu unterschreiben. Und ich kann nicht lange bleiben, ich muss morgen arbeiten.«

»Aber morgen ist *Samstag*!«, rief Tom entrüstet.

»Und das mit dem Mietvertrag war doch nur ein Vorwand, damit wir zusammen ein Weinchen trinken.« Alexandra ließ ihr Glas gegen Maris klingen.

Mari seufzte. Sie kannte diese Situation. Das Anbahnen und Nichtzustandekommen von Freundschaften. Anfangs hatte sie es auf den Job, den permanenten Zeitmangel geschoben. Aber dann hatte sie festgestellt, dass ihre Kollegen nach zwölf und mehr Arbeitsstunden schmerzlos Konzerte, After-Work-Partys, Yogakurse, Biergärten, Sternerestaurants etc. pp. aufsuchten. Ohne zusammenzuklappen. (Na gut, ein paar klappten zusammen, aber erst nach einer ausgiebigen Spritztour auf der Überholspur.) Mari hingegen wollte morgens am liebsten im Bett bleiben, wenn sie abends nach der Arbeit eine Verabredung hatte. Der Tag erschien zu endlos. Die Aussicht, erst nachts nach Hause zu kommen, sofort ins Bett zu fallen und am nächsten Tag ohne Atempause wieder zur Arbeit zu gehen, war trostlos.

Sie war nicht belastbar. Anfangs hatte sie es auf niedrigen Blutdruck, ihren Geisterkörper geschoben. Doch dann hatte sie festgestellt, dass die meisten ihrer Kollegen viel träger waren als sie. Sie machten ihre Arbeit gemächlicher als Mari, sie erzählten immer dieselben Geschichten beim Mittagessen und verwendeten dabei sogar dieselben Wörter.

Eine Weile hatte Mari sich einen Spaß daraus gemacht, verschrobene Adjektive wie glanzäugig, stumpfnäsig, buhlerisch oder fleischig in die Runde zu werfen. (»Fleischig, nicht fleißig! Hast du schon mal eine fleißige Nase gesehen?«) Die Kollegen hatten gelacht und eine Zeitlang augenzwinkernd ihr aktives Vokabular um diese – und zwar nur diese – Begriffe erweitert. Ganz einfach, sie liefen im Energiesparmodus, bewahrten sich ihre Kraft und Konzentration für den richtigen Augenblick auf, während Mari zwanghaft in jedem Gespräch, jeder E-Mail, bei jedem Blickkontakt alles verpulverte.

Selbst ihr Schweigen basierte auf einem ausgiebigen Für und Wider, einer uferlosen Meinungsumfrage mit sich selbst. Nicht aus Ehrgeiz, Berechnung oder gar Überbietungsbegierde (das Wort hatte Begeisterungsstürme ausgelöst), sondern schlicht aus Angst, etwas falsch zu machen. Die ganze Welt war eine Bühne, und Mari hatte konstantes Lampenfieber. Das war es. Sie war nicht weniger belastbar als andere, aber sie empfand andere Dinge als Belastung.

Leute waren anstrengend. Sie sagten befremdliche, langweilige oder – noch schlimmer – originelle Dinge und erwarteten eine angemessene Reaktion. Sie stellten sinnlose, verwirrende oder übergriffige Fragen und erwarteten eine ehrliche oder zumindest interessante Antwort. Am schlimmsten waren diejenigen, denen Mari gefallen wollte.

Leo sah sie an. Sagte nichts. Fragte nichts.

»Niklas hatte einen Fahrradunfall.« Ihre Unterlippe, ihr Kinn bebte. Nicht weinen.

Er blinzelte und warf ihr einen seltsamen Blick zu. »Und deshalb hast du geweint.« Er blinzelte nochmals. »Hat er sich schwer verletzt?«

Sie schüttelte den Kopf. »Er hat eine leichte Gehirnerschütterung.«

Auf einmal schämte sie sich. Niklas hätte sich schwer verletzen können. Jemand wollte Toby stehlen. Und sie heulte den halben Tag lang, bloß weil sie einen läppischen Vortrag halten sollte. Es half nichts. Die Panik blieb. Sie fühlte sich nur zusätzlich falsch an.

»Wer ist Niklas?«, erkundigte sich Alexandra.

»Maris Lieblingskollege.«

Wieder dieser seltsame Blick. Was sollte das?

»Und woher kennst *du* den?« Alexandra hob eine inquisitorische Augenbraue. Ha. Sie schlug ihn mit seinen eigenen Waffen.

»Mari war vorgestern mit ihm hier. Er hat den armen Horst gequält, und dann wollte er mich aus irgendeinem Grund als Mandanten akquirieren«, erzählte er kopfschüttelnd.

»Akquirieren? Dich? Das ist mir entgangen«, murmelte Mari zwischen zwei Bissen Müllkuchen.

Na gut, Niklas hatte die Kanzlei angepriesen. Und er hatte Leo über sein Geschäft ausgefragt. Erfolglos. Das *Tofino* war ein Rätsel. Selbst das Internet gab keinen Aufschluss. Zumindest nicht über Tofino, Berlin. Über Tofino, British Columbia – ja. Mari hatte viel über Whale Watching, Storm Watching, Bear Watching, Surfing, Camping und Kayaking auf Vancouver Island gelesen. Sie hatte sich Bilder von Walflossen, roten Schlauchbooten in Schärenlandschaften, farnbedeckten Waldwegen, Totempfählen und dunstigen Stränden angesehen. Und war immer wieder über den Begriff »Storm Watching« gestolpert. Ein Panoramafenster über dem Ozean, der Regen und der Pazifik, die draußen gegen die Scheibe peitschten, während man in einer windstillen Badewanne lag. Gab es so etwas wirklich? Statt Informationen hatte sie Fernweh bekommen.

»Du warst ja auch zu sauer zum Zuhören«, sagte Leo und warf ihr ein schiefes Lächeln zu. Sein erstes heute. Er wiegte Toby, der tief und fest schlief, gedankenverloren in seinen Armen. Mari konnte ihren Blick nicht von ihm losreißen. Natürlich nicht. Mann mit Kind. Räuber mit Kind. Sanfter Räuber mit Kind. Seine Körperhaltung war wie immer gelassen, unbewusst unterfordert mit seiner Umgebung. Gib ihm ein Simit, Dielenöl, ein Telefon, eine kalte Hand, eine Klobürste, einen Laptop, ein Messer, ein Butterbrot, eine Weinflasche, was auch immer, einen Morgenstern, einen Seeigel, einen glühenden Kometen, eine nackte Schulter, ein Kind – alles schien genau in seine Hände zu passen. Wie Ballgefühl, nur universeller, eine instinktive Verbindung zu allen Dingen. So ein Blödsinn. Es war einfach nur Übung. Toby schlief oft auf seinem Schoß. Nackte Schultern kreuzten häufig seinen Weg.

»Dein Kollege hat mich zu einer Veranstaltung am Montag eingeladen. Irgendwas über Datenschutz und Internet. Klang nach Zeitverschwendung.«

Mari verschluckte sich an ihrem Wein.

»Totale Zeitverschwendung«, brachte sie unter Husten hervor.

Leo musterte sie. Er wirkte plötzlich überhaupt nicht mehr müde. »Andererseits könnte ich mich an dem Mittagsbuffet im *Grand Hotel Esplanade* mal so richtig satt essen.« Seine Augen blitzten belustigt.

Alexandra beugte sich über den kuschelnden Buddha und packte Leo am Ohr. »*Satt* essen? Und wer ist der unrasierte Typ, der täglich im *Grand Hotel Große Schwester* tafelt?«

Leo lachte, griff nach ihrer Hand und küsste die Innenfläche.

Übung? Universelles Ballgefühl? Jedenfalls war Maris Mund trocken. Mehr Wein.

»Und wer ist der unrasierte Typ, der täglich von seiner großen Schwester als Personal Handwerker missbraucht wird?«, entgegnete er.

»Personal Handwerker?« Alexandra gluckste. »Und wer ist der unrasierte Typ, der meine Mieterinnen *beißt*?«

Sie boxte ihn liebevoll ans stoppelige Kinn.

Beißt? Scheiße. Und … Mieterinnen? Plural?

Leo zog die Augenbrauen zusammen und warf Mari einen fragenden Blick zu. »Die Einzige, die hier beißt, ist meine Schwester. Sag hinterher nicht, ich hätte dich nicht gewarnt.«

Wieder diese ruhige, private Stimme, als teilten sie ein Kopfkissen, als teilten sie ein Leben und hätten heute Morgen nach dem Aufstehen ein Gespräch begonnen, wären durch die Welt, den Alltag unterbrochen worden und würden nun nach Hause kommen, gemeinsam Zähne putzen und nahtlos weiterreden.

»Mieter*innen*?« *Oh nein. Zu viel Wein.*

Ein langsames zufriedenes Räubergrinsen breitete sich auf seinem Gesicht aus.

»Siehst du! Du beißt!« Lallte sie?

»Sagt der Babyhai«, warf Tom lachend ein. Er beugte sich vor und tätschelte Maris Knie.

»Pssst! Warte auf die Werbepause«, sagte Alexandra und knuffte ihn in die Seite.

Leo ignorierte die Zuschauer. »Wann geht das am Montag eigentlich los? Um neun?«

Mari stellte ihren halbvollen Teller auf den Barhocker. Ihr war der Appetit vergangen.

»He, weiteressen«, riefen Leo und Alexandra gleichzeitig.

»Ihr könnt mich mal.«

Toms und Alexandras Kinnladen klappten herunter.

Oh weh, gehörte sie etwa zu den Leuten, die nach einem Glas Wein anfingen herumzupöbeln? Oh weh, würde sie sich eine neue Wohnung suchen müssen? Oh weh …

»Hört nicht hin. Sie ist völlig fertig, weil sie am Montag bei diesem Unternehmerforum für ihren kranken Kollegen einspringen soll, und sie möchte nicht, dass ich komme. Habe ich recht?« Leo zog die belustigte Augenbraue hoch.

Mari antwortete nicht. Ihr fielen nur Schimpfwörter ein. Bestimmt hatte er als Kind kleine Tiere gequält.

»Tommy, bring den Kleinen ins Bett. Die beiden müssen jetzt streiten«, sagte Alexandra.

»Och nö, ich will das doch hören!«, protestierte Tom chancenlos.

Der Tobytransfer von Leos Schoß in Toms Arme verlief reibungslos. Der Knirps war den fliegenden Wechsel anscheinend gewohnt und zuckte nicht einmal mit der Wimper.

Sobald das Duo verschwunden war, sagte Mari zu Leo: »Und du findest das also total lustig.«

»Nein. Ich verstehe nur nicht, warum du deshalb nichts isst und dir offensichtlich die Augen aus dem Kopf weinst.«

Sie seufzte. Er hatte ja recht. Sie verstand es selbst nicht. Sie wusste doch, dass es Wichtigeres gab. Toby zum Beispiel.

»Ich weiß, dass es Schlimmeres gibt. Eine Gehirnerschütterung zum Beispiel«, begann sie und erntete wieder seinen seltsamen Blick. »Aber stell dir mal vor, du hättest einen neuen Job als Architekt und du hättest dein ganzes Berufsleben lang nur Hotels gebaut, nichts anderes. Und in der zweiten Woche würde man dir sagen, du solltest vor mehr als hundert Leuten einen Vortrag über Flughäfen halten. In zwei Tagen. Was würdest du tun?«

»Ich würde nein sagen.«

»*Nein* sagen? Du hast wirklich überhaupt … überhaupt keine Empathie! Wenn ich nein sage, kann ich gleich kündigen!«

»Gute Idee«, meinte er ungerührt.

Ach so. Er war einer von *denen*. Von denen, die alles vereinfachten. Die Kollegin hat schon zum dritten Mal gefragt, ob ihr zusammen Nebelhörnchen backt? Dann sag ihr halt, dass du keinen Bock darauf hast. Es ist Mittwochmorgen, und du hast keine saubere Unterwäsche? Dann geh halt ohne zur Arbeit. (Merken: Waschmaschine kaufen!) Leaky Condom macht Telefonterror? Puste halt mit einer Trillerpfeife in den Hörer, dann hast du deine Ruhe. Du sollst einen Vortrag halten? Dann kündige halt. Emma ließ grüßen.

»Mari …« Seine sanfte Stimme. »Der Job macht dich doch völlig fertig. Letzten Freitag hast du auch geweint. Du nennst deinen Chef einen Wichser. Du *träumst* sogar schon in Fäkalsprache.«

Letzten Freitag! Würde er das jemals vergessen?

»Wusste ich's doch«, flüsterte Alexandra, die im Schneidersitz auf dem Sofa saß, Wein trank und katzenäugig zuhörte.

»Was?«, schnappten Mari und Leo gleichzeitig.

»Nüüüchts, nüchts«, sagte sie beschwichtigend. »Weiter!«

»Das heißt, du würdest nach nur zwei Wochen einfach das Handtuch werfen?« *Du Schlappschwanz.*

Er zuckte mit den Achseln. »Wenn es mir so schlecht ginge wie dir – ja.«

»Du Schlappschwanz.«

»Du Zeitverschwenderin.«

»Durchhalten ist keine Zeitverschwendung. Durchhalten ist ein Zeichen von Charakterstärke und zahlt sich am Ende aus, und … und Weglaufen ist feige.«

Mist. Sie musste lernen, diesen fragenden Unterton zu unterdrücken.

»Findest du?« Leo musterte sie interessiert. »Ich würde sagen, es ist genau andersherum. Nein sagen ist ein Zeichen von Charakterstärke, und Durchhalten ist feige. Und wie soll sich das denn am Ende auszahlen? Dass du für immer diesen

Job machst, den du blöd findest? Dass du am Ende selbst der Wichser bist, der arme Anfänger quält?«

Er gehörte definitiv zu denen, die alles vereinfachten. Dein Job macht dich unglücklich? Dann lauf halt weg, eröffne einen *Starbucks*, ein Hotel, einen Puff, was auch immer, verwirkliche dich selbst, mach Schulden, wird schon schiefgehen.

»Wirst du das auch sagen, wenn Toby zur Schule geht und keine Lust auf Mathe hat? Sagst du ihm dann auch, ach, kein Problem, dann lass es halt, Durchhalten ist feige?«

»Erstens finde ich es ziemlich frech, dass du Mathe mit Klopapier vergleichst.«

»Wer redet denn von *Klopapier*?«, wollte Alexandra wissen.

»Mari ist Expertin für Klopapier und Nasenhaarentferner«, erläuterte Leo und warf Mari, die ihm am liebsten den Wein über den Kopf gekippt hätte, einen belustigten Blick zu.

»Okay, ich bin raus.« Alexandra kauerte sich resigniert in ihre Sofaecke.

»Sehr witzig, Leo. Hattest du in meinem Badezimmer ein Diktiergerät dabei?«

»Das war nicht nötig, spannende Sachen merke ich mir auch so. Dein Badezimmer war das Highlight meiner Woche.« Er stupste lächelnd mit seiner Hand gegen ihr Knie.

Ihr fiel zum ersten Mal auf, dass er sich vorgebeugt hatte, dass sie schon die ganze Zeit die Köpfe zusammengesteckt hatten und ihre Knie sich beinahe berührten. Sie könnte ihm problemlos eine Kopfnuss verpassen oder … sein müdes Gesicht streicheln. Stattdessen stupste sie mit dem Zeigefinger gegen seine Stirn. »Das Highlight deiner Woche? Das ist erbärmlich.«

Er griff nach ihrem Zeigefinger und umschloss ihn sachte mit seiner Hand.

»Da hast du recht, das ist erbärmlich«, sagte er leise, und

Mari hatte plötzlich das Bedürfnis, die Falten auf seiner Stirn zu küssen. *Halt! Alexandra guckt zu, jetzt streite mit ihm.*

Sie räusperte sich. »Und zweitens?«

»Hm?« Leo spielte gedankenverloren mit ihrem Zeigefinger, ein Löwe mit einem Wollknäuel.

»Du fandst erstens den Mathevergleich doof, und zweitens?«

Leo war definitiv nicht mehr bei der Sache. Er faltete ihre Hand mit beiden Händen auseinander und strich sanft mit seinem Daumen über die Innenfläche.

»Und zweitens«, murmelte er geistesabwesend, »finde ich den Toby-Vergleich doof.« Er sah von ihrer Hand auf. »Du kannst dich doch nicht mit einem Kind vergleichen, das ist wie Äpfel mit Birnen.«

Mari brachte kein Wort hervor. Sie war damit beschäftigt, seine warmen Finger auszublenden und sich für ihre bestimmt inzwischen blutroten Lippen zu schämen.

Er musterte sie. »Aber genauso nimmst du dich selbst wahr, oder? Wie ein Kind.« Leo sah aus, als hätte er ein Rätsel gelöst.

Ihre Hände wurden feucht. Das war kein Streit, das war Mikrobiologie. Wir setzen Mari in eine Petrischale, fixieren sie auf japanischem Fischleim, dem altbewährten Agar-Agar-Nährboden, und dann kommt das Mikroskop …

»Und wenn schon«, sagte sie. »Das ist ja wohl was Gutes, also, Kindsein, meine ich.«

»Ich weiß nicht. Kommt drauf an.« Er lächelte schief. »Kommt darauf an, ob du brav bist.«

»Jetzt klingst du wie ein widerlicher alter Sack«, erwiderte Mari und zog ihre feuchte Hand weg.

Alexandra grunzte zustimmend und klatschte in die Hände.

Leo ignorierte seine Schwester. Er fixierte Mari, justierte

die Petrischale. »Das war klar. Du denkst schon wieder andersherum.«

»Sag doch gleich *falsch*rum!«, rief Mari. »Ich verurteile dich doch auch nicht, weil du ostwärts nach Kanada fliegst, obwohl das echt bescheuert ist. Und langsam komme ich mir hier vor wie … wie eine Pflanzenkultur! Auf Agar-Nährboden!«

Leo lehnte sich grinsend im Sofa zurück und verschränkte die Hände hinter dem Kopf. »Verrückt. Und cholerisch. Dann ist ja alles gut. Brave Kinder jagen mir nämlich eine Höllenangst ein, vor allem die erwachsenen.«

Mari war sprachlos. Worüber *redeten* sie überhaupt? Sie war zu müde für … für das hier, und in ihrer Handtasche warteten drei Bücher zum Datenschutzrecht und ein USB-Stick mit einer furchterregenden PowerPoint-Präsentation.

»Ich muss jetzt gehen, ich muss schlafen.«

»Damit du morgen fit bist, um dich zu quälen.« Auf einmal klang er wieder verärgert.

»Was geht *dich* das überhaupt an, und wieso ärgert dich das so? Nein, sag nichts, ich habe keine Lust mehr.«

Sie wandte sich Alexandra zu, die voll auf ihre Kosten gekommen war und vor sich hin lächelte.

»Danke für das Essen. Sobald ich ein Sofa habe, kommst du zu mir, und dann machen wir uns einen schönen Abend mit Wein und ohne … den da.« Mari zog eine Grimasse in Richtung Leo. »Wollen wir noch den Mietvertrag unterschreiben?«

Alexandra winkte ab. Toby hatte den Mietvertrag mit Buntstiften bearbeitet, und um halb zwei Uhr nachts unterschrieb man ohnehin keine Verträge. Das sollte Mari eigentlich wissen.

»Leo fährt dich nach Hause, und Tommy bringt dir demnächst ein Sofa vorbei.«

»Was? Nein! Zweimal nein!«

»Doch«, sagte Alexandra bestimmt, »und wenn du den komischen Vortrag hinter dir hast, denkst du dir ein neues Haustier für Toby aus. Eins ohne Neurosen.«

Mari musste lächeln. »Wieso, das Nebelhörnchen ist doch ganz ausgeglichen.«

»*Ausgeglichen?* Ein Schiff, das Angst vorm Wasser hat! Kannst du dir vorstellen, was jetzt jeden Abend in der Badewanne los ist?« Alexandra klang aufrichtig empört.

»Ich vermute mal, dass das Hörnchen keine Lust hat, seinen Kaschmirpulli auszuziehen.« Mari musste grinsen. »Wo hat es sich überhaupt diesen Kaschmirfetisch eingefangen? Von mir stammt der nicht.«

Alexandras Blick wanderte in Richtung Leo. Der hatte es plötzlich sehr eilig und klapperte mit den Autoschlüsseln.

Die Heimfahrt auf den leeren Nachtstraßen dauerte keine zehn Minuten. Eine halbe Ewigkeit. Ihr war noch nie aufgefallen, wie dunkel und eng Autos bei Nacht waren. Leo sagte kein Wort, bis sie vor dem Riegel hielten.

Er schaltete den Motor aus. Die plötzliche Stille war greller als Licht. Maris Atem war ohrenbetäubend. (»Darth Vader!«, würde Emma krächzen.)

»Nur noch eins.« Seine private Stimme, nur für sie. »Wenn du schon nicht kündigst …«

Mari seufzte. Die Stimme war ein fieser Trick.

»… dann denk wenigstens daran, dass du offenbar ziemlich gut bist.«

Sie legte den Kopf schief. Es war zu dunkel zum Sprechen.

»Die würden dich wohl kaum nach zwei Wochen auf einen Saal voller Mandanten loslassen, wenn sie dich nicht für einen Crack hielten.«

»Die irren sich«, sagte Mari leise.

Leo schüttelte den Kopf. Rollte er mit den Augen? »Wir werden sehen. Gute Nacht, Mari.«

»Gute Nacht. Und danke fürs Nachhausebringen.«

Endlich. Schnell weg, weg von ihrem verräterischen Atem, ihrer Atemlosigkeit. Sie schlug die Tür hinter sich zu, stand nach drei hastigen Schritten auf dem Matschweg im dunklen Wald, hörte den Motor. Warte mal. *Wir werden sehen?*

Sie drehte sich um und sah nur noch das siegessichere Glänzen in den roten Augen der Rückleuchten.

9

Kannte das jeder? Im Morgengrauen im Schlafanzug auf der Matratze zu sitzen, Kissen im Rücken, Lehrbuch auf dem Schoß, Kaffeebecher auf der niedrigen Fensterbank, gefährlich nah am Ellenbogen, gefährlich nah am Laptop, brennende Augen, schmerzender Nacken, taube Füße, aber genau die richtige Dosis Adrenalin, um nicht einzuschlafen, die richtige Dosis Müdigkeit, um nicht wegzulaufen, die richtige Dosis Angst, um sich für vorgekautes Wissen, das einzige Mittel gegen die Hilflosigkeit, zu interessieren. Interesse war Schmieröl fürs Gehirn, hui, wie das plötzlich flutschte, ich kann das, ich kann das … Panik und Euphorie waren wie heißes und kaltes Wasser, ab einer gewissen Temperatur spürte man den Unterschied nicht mehr. Es tat nur noch weh.

Mari hatte gehofft, diese Phase irgendwann hinter sich zu lassen. Deshalb war es ihr erklärtes Ziel gewesen, Fachidiot zu werden. Ihr Wissensvorsprung in ihrem winzigen Spezialgebiet sollte so riesig sein, dass ihre Verfolger nicht mehr zu sehen waren. Jedes weitere Quäntchen Wissen sollte ein überflüssiger Luxus sein, dessen sie sich gar nicht erwehren konnte, da es ihr Gebiet, ihr Land sein würde, und man wusste ganz automatisch, schmerzlos, was im eigenen Königreich vorging. Nie wieder so tun als ob. Sie würde die Antwort kennen. Und falls nicht, war die Frage zwangsläufig so komplex, dass ein ratloses Schweigen keine Schande war. Sie würde Fragen nicht mehr als Bedrohung empfinden, sondern als willkommene Abwechslung. In ihrem Herzen würde Platz sein für wahres Interesse, das legale Dopingmittel für die grauen Zellen.

Nicht hier, nicht jetzt. Angst war der einzig effektive Ersatz für die Wunderdroge. Qualität war unerreichbar ohne das richtige Horrorszenario. Früher hatten Klausuren den Zweck erfüllt. Damals hatte sie die Intimität schriftlicher Prüfungen noch nicht zu schätzen gewusst. Nur du, der Stift und das Papier. Unbeobachtetes Versagen, der reinste Streichelzoo. Man musste nicht anwesend sein, wenn der Korrektor die erste Seite aufschlug, sich seine Miene verdüsterte, sein genervtes Stöhnen zum Fluchen wurde. Wen interessierte schon ein zeitversetztes Kopfschütteln? Es hatte zumeist nicht einmal Konsequenzen, da man die Klausur wiederholen durfte. Akademische Prüfungen waren ein Witz gegen den täglichen anwaltlichen Eiertanz. Mandanten waren unberechenbare Prüfer. Sie kamen aus einer anderen Gedankenwelt. Sie beschäftigten sich mit dem Möglichen, nicht mit dem Erlaubten, und ihre Fragen waren so überraschend wie das Leben selbst. Ohne den Zeitdruck, die verbotenen Fehler und vermeintlichen Folgen, ohne die eine Frage, die sich hinter jeder anderen zu verbergen schien (»Ist sie das Geld wert?«), wer weiß. Doch am Mute hängt der Erfolg. Und daher würde Mari am Montag wie eine Karaokesängerin mit Mikrofon und einer fremden PowerPoint-Präsentation auf einer Bühne stehen und so tun als ob.

Sie schaute zum Fenster hinaus. Die Sonne war aufgegangen. Berlin hatte samstags Sonnenschein abonniert. Und Maris Türklingel schien mit einer Weckfunktion ausgestattet zu sein. Es war kurz vor neun. Tom wurde immer frecher. Nun trommelte er auch noch mit den Fäusten gegen das Metall.

Mari schlurfte in Schlafanzug und Wollsocken zur Tür und öffnete sie, ohne den Spion zu bemühen.

»Mein BUTTERTOAST!« Rote, zigarettengeräucherte Haare, überall. »Der nette Atomphysiker aus dem ersten Stock hat mich ins Haus gelassen!«

»Üm örsten Dock bohnt ein Adombysiker?« Mari befreite ihren Mund von den Haaren.

»Keine Ahnung, aber er hatte 'ne Nickelbrille und karierte Fliege. Lass dich mal angucken.« Emma schob sie zurück und musterte sie flüchtig. »Boah, Mari, siehst du scheiße aus! Zum Glück habe ich Fett und Kohlenhydrate dabei.«

Es war unwirklich. Bis vor wenigen Augenblicken war ihre spartanische Wohnung noch ein Stillleben gewesen; sogar die eitle Hyazinthe, die nicht viel in der Birne hatte und um der Aufmerksamkeit willen regelmäßig mit großem Getöse ein Blatt abwarf, hatte in regloser Denkerpose ausgeharrt. Nur die Sonnenstrahlen waren aus der Reihe getanzt. Und nun fegte Emma mit ihrer Rabenstimme und Feuermähne durch die Höhle. Wie immer zeigte sie dem Winter die kalte Schulter in ihrem kurzen sommergelben Rock und einer lächerlich dünnen Jacke, die ihre frierenden Brustwarzen zur Schau stellte. Immerhin trug sie kniehohe Stiefel, ihre ausgelatschten Fuck-me-Boots. Über ihrer rechten Schulter hing eine neonblaue Reisetasche, über der anderen ein Schlafsack. Ein Schlafsack?

»Wann geht denn dein Anschlussflug?«, fragte Mari und versuchte vergeblich, die Panik in ihrer Stimme zu unterdrücken.

»*Anschlussflug?* Gleich lach ich los. Ich habe doch gesagt, du sollst nach Frankfurt ziehen. Ich bin extra deinetwegen hier in der Pampa«, krächzte Emma und ließ ihre Habseligkeiten feierlich auf den Boden plumpsen.

Die Situation war schnell geklärt. »Emma, du störst. Ich habe überhaupt keine Zeit für dich. Und keinen Platz. Ich habe nicht einmal ein Sofa, geschweige denn ein zweites Bett. Willst du auf dem Klappstuhl da drüben schlafen? Und ich muss mich jetzt dringend weiterfoltern, du hättest anrufen sollen, in meiner Wohnung wird nicht geraucht.« Und so weiter.

»Ich liebe dich auch, mein Bütterchen. Hast du schon gefrühstückt? Ich habe Puddingplätzchen in meiner Tasche.«

»Emma!«

»Mari! Ohne Zucker und Pausen kannst du den Laden da oben gleich dichtmachen.« Sie tippte sich an ihren zerzausten Kopf. »Aber mach dir keine Sorgen, Zuckerpausen sind ja mein Job. Jetzt freu dich gefälligst, nicht mal die Geldsäcke in der ersten Klasse haben ihre eigene Saftschubse! Und wir zwei Dünnen werden ja wohl auf deine Matratze passen. Also reg dich mal ab.«

Mari regte sich ab. Mangels eines Tisches picknickten sie auf ihrem Schlafsack. Wie üblich verbreitete Emma Chaos – kippte Kaffee auf Maris Kopfkissen, spielte Hänsel und Gretel mit den Puddingplätzchen, verstreute auf der Suche nach Wohlfühlklamotten den gesamten Inhalt ihrer Reisetasche in alle vier Himmelsrichtungen, tat dasselbe mit Maris Koffer auf der Suche nach Ersatz für die vergessene Trainingshose, und zu guter Letzt trat sie bei der Wühlaktion gegen Toms Lieblingsbecher, der zum Glück schon leer und äußerst robust war.

»Pass doch auf! Der gehört mir nicht! Ich will mir gar nicht vorstellen, was du den armen Passagieren mit Tomatensaft antust.«

Emma lachte und warf sich bäuchlings auf die Matratze. »Ja, mit mir an Bord geht dauernd was schief. Aber wen juckt's, die Gäste lieben mich trotzdem. Genauso wird es mit dir und deinem Vortrag laufen.«

»Es wird schiefgehen?«

»Klar. Aber die wissen ja, dass du bloß für den schönen Niklas eingesprungen bist. Und weil's fast alles Männer sind, freuen die sich, dass du da oben stehst und nicht so ein neunmalkluger Schnösel.«

Mari rollte mit den Augen. »Das sind keine Zuschauer, die am Ende klatschen und nach Hause gehen. Die stellen Fragen und erwarten, dass ich die Antworten weiß.«

»Hirngespinste!«

Keine Hirngespinste. Erwartungen. Etwas, von dem Emma nur das andere Ende kannte. Sie stellte Erwartungen, und Mari erfüllte sie. Der Grund für diese unfaire Rollenverteilung lag auf der Hand. Wer seit jeher bedingungslos geliebt wurde, hatte es nicht nötig, Erwartungen zu erfüllen. Wer dagegen seit jeher Liebe nur als Hundekuchen erfahren hatte, der machte Sitz, Platz und stellte sich auf Kommando tot. Wirklich? Wahrscheinlich nicht. Wäre Emma an ihrer Stelle gewesen, hätte sie jederzeit und allerorts gegen M&M rebelliert. Sie hätte nicht japanische Kanji auswendig gelernt, um ihrem Vater zu gefallen, und sie hätte definitiv nicht Maggie zuliebe Jura studiert. Vermutlich wäre sie so in Schwung gewesen, dass sie nicht einmal einen Schulabschluss gemacht hätte.

Emma war noch nie auf die Anerkennung anderer angewiesen gewesen. Selbstvertrauen – woher kam das bloß? Gene oder Umfeld, Huhn oder Ei? Wahrscheinlich Hühnersuppe mit Eierstich, wie immer. Jedenfalls war Emma dank ihres genetischen und / oder erlernten Selbstvertrauens beneidenswert frei von Perfektionismus. Sie brauchte kein Einserabitur oder juristisches Prädikatsexamen, um zu glauben, dass sie Grips hatte. (In Maris Fall war diese Mühe vergeblich gewesen, sie glaubte noch immer nicht daran.) Emma brauchte keinen flachen Bauch und keine großen Brüste, um sich schön zu finden. Oder vielleicht doch? Schwer zu sagen. Sie hatte ja beides. Sie war eine komplexfreie Zone. Es hatte sie nicht einmal gestört, als sie in der zehnten Klasse nach dem Vorfall auf Constanzes Party zur »Miss Hairy Legs« gekürt worden war.

(Constanzes Partys waren ein Minenfeld. Im besten Fall

fing sich irgendwer einen lästigen Spitznamen ein, im schlimmsten Fall landete die halbe Truppe bei der Polizei, weil irgendjemand es für eine gute Idee gehalten hatte, von einer Autobahnbrücke mit frisch gepflückten Hagebutten auf Windschutzscheiben zu zielen. An einem dieser geselligen Abende verband Constanze dem beliebtesten Jungen der Klasse, René, die Augen und wies ihn an, die nackten Beine aller Anwesenden anzufassen und zu erraten, ob es sich bei dem jeweiligen Beinebesitzer um Männlein oder Weiblein handelte. Als sämtliche Partygäste anfingen, ihre Gliedmaßen zu entblößen, bekam Mari trotz ihrer seidenglatt rasierten Beine feuchte Hände. Emma hingegen hatte fröhlich an ihrer Bierflasche genuckelt und ihre Winterstoppeln freigelegt. Es kam, wie es kommen musste. René ordnete Emma klar dem männlichen Geschlecht zu. Unter hämischem Gelächter. Doch Emma hatte nur mit den Achseln gezuckt und vorgeschlagen, demnächst statt der Beine die Brüste abzutasten, das sei schließlich aussagekräftiger. Woraufhin nicht nur einige Mädchen, sondern auch ein paar der beleibteren Jungen verstummten. Nach dem Abend waren Emma und René für fast vier Monate unzertrennlich – bis er von Roman abgelöst wurde.)

»Keine Hirngespinste. Erwartungen. Du bist doch auch so«, sagte Mari.

»Wie?«

»Du denkst auch immer, ich müsste alles wissen. Mari, wie geht das mit der Steuererklärung? Mari, mach, dass die mir ein besseres Arbeitszeugnis schreiben! Neulich hast du mich sogar gefragt, ob du in die private Krankenkasse wechseln kannst. Woher soll *ich* das wissen? Als wäre ich die Expertin für langweiligen Scheiß!«

Emma setzte sich auf und sah Mari erstaunt an. »Du hast doch Jura studiert.«

»Schlimm genug! Und überhaupt. Ich sag doch auch nicht, Emma, mix mir mal eine Bloody Mary!«

»Das wäre aber kein Problem, ich mach 'ne verdammt gute Bloody Mary. Bist du sauer?«

»Nicht sauer. Wütend. Andauernd.«

»Cool, lass es raus.« Sie tätschelte Maris Fuß, machte eine Rolle rückwärts und landete auf dem Boden. »Ich hol uns jetzt mal was Ordentliches zu essen.«

Emma griff sich ihre Zigarettenschachtel und die Wohnungsschlüssel und verschwand. Sie tauchte erst zwei Stunden später wieder auf und begrub Maris Küche unter ihrer Beute: mehreren Tüten Tiefkühlpommes, dreierlei Ketchup, einer Jahresration Mayonnaise, Cola und einer schwindelerregenden Menge bunt glitzernder Süßigkeiten. Es war, als hätte man eine Achtjährige alleine in den Supermarkt geschickt. »Scheiße! Berlin ist Sibirien! Geh weg, arbeite! Ich räum das hier schon ein.«

Mari ließ sich dankbar wieder auf ihre Matratze sinken, atmete Emmas unbezwingbaren Zigarettengeruch ein (sogar die Reisetasche stank) und lauschte ihrem Rascheln, Klappern und Plappern.

»Den Alk habe ich mal weggelassen, du musst ja arbeiten. Guck mal, ich habe dir Achselpads für Montag mitgebracht. Gegen den Angstschweiß. Hauptsache, die fallen dir beim Vortrag nicht raus, plopp, plopp. Vielleicht nimmst du doch lieber bloß ein Deo, so eine Chemiebombe, die alles trockenlegt. Mari, deine Gegend ist ja wohl total abgefuckt! Warst du mal auf der Fischerinsel? So eine Verarsche. *Fischerinsel*, ja klar! Erst den Lampenladen abreißen für so'n peinliches Schloss und dann die Plattenbauten stehen lassen, super, sind die denkmalgeschützt oder was. Boah, du, wenn hier alle Freibäder so aussehen wie der Tümpel da draußen ... Du brauchst dringend Schlittschuhe. Mari, stell dir mal vor, M&M mit Bier in der U-Bahn. Ich habe noch nie so viele Leute mit 'ner Pulle in der U-Bahn gesehen wie hier.«

Emma war besser als Walgesang. Besser als Meeresrauschen oder eine Autobahn. Mari entspannte sich, ihre Augenlider wurden schwer, das Buch auf ihrem Schoß wurde leicht, die Höhle dunkel, so schön dunkel …

»Was ist DAS?!«

Mari riss die Augen auf. »Hm? Was?«

»Du hast dein ganzes Eisfach mit Pizza vollgestopft! Alle drei Schubladen! Wo soll ich denn jetzt die Pommes hintun?«

»Hä? Das kann gar nicht sein.« Mari aß keine Tiefkühlpizza. Nie.

Sie stand widerwillig auf und ging in die Küche. Emma wedelte vorwurfsvoll mit einer extrascharfen Peperoni-Pizza.

»Die ist nicht von mir«, sagte Mari verblüfft.

Emma pfefferte die Pizza schwungvoll zurück ins Tiefkühlfach, schlug mit etwas mehr Kraft als nötig die Tür zu und bohrte einen kalten Finger in Maris Bauch. »Genauso wenig wie dieser komische Wasserkocher ohne Schalter und der ganze andere Kram, der hier rumsteht«, krächzte sie.

Sie hielt eine Kochschürze in die Höhe. *»I believe I can fry?* Und hier auf der Innenseite steht, *I believe I can touch the pie!* Mari! Wer wohnt hier eigentlich?«

Die Türklingel antwortete (dreimal kurz). Zwei Sekunden später drehte sich ein Schlüssel im Schloss, und Toms Glatzkopf kam in Sicht.

»Oh, hallo, Mari.« Er zog ein schuldbewusstes Gesicht. »Ich dachte, du wärst im Büro.«

Unglaublich. Konnten diese Leute sie nicht einen einzigen Tag in Ruhe lassen? Und der arglose Gebrauch ihres Wohnungsschlüssels zeigte allzu deutlich, dass Mari nicht ein Fünkchen Autorität besaß. Oder Privatsphäre.

»Was ist denn jetzt wieder kaputt?«, fragte sie mit eisiger Maggiestimme.

Tom hob defensiv die Hände, als hätte Mari eine Schrotflinte auf ihn gerichtet. »Nicht böse sein, wir sind auch sofort wieder weg.«

Wir? Bitte nicht Leo. Nicht jetzt.

Hinter Tom erschien ein hünenhafter Mann, den sie noch nie gesehen hatte. Er winkte befangen. Sie winkte automatisch zurück und lächelte schwach.

»Komm Simon, nur noch ein paar Meter«, sagte Tom zu dem Mann, und sie verschwanden im Hausflur.

Emma kniff Mari in den Arm, doch bevor sie etwas sagen konnte, schleppten Tom und der Hüne ein wuchtiges graues Sofa über die Türschwelle und ließen es vorsichtig in der Mitte des luftigen Wohnzimmers zu Boden. Der Klappstuhl, das einzige andere Möbelstück im Raum, wirkte auf einmal noch winziger als zuvor.

Tom hastete wieder in den Flur und kehrte mit einem Pappkarton zurück, den er neben dem Sofa abstellte. Er klopfte sich die Hände am Hosenboden ab und warf Mari ein gutmütiges Grinsen zu. »So, das war's schon.«

»Was ist denn in dem Karton?«, wollte Mari wissen.

»Oh …« Er öffnete den Karton, zog ein, zwei, drei Samtkissen hervor und warf sie auf das Sofa. »Die Lexi dachte, Lila passt gut zu Grau, aber wenn du lieber andere hättest …«

»Wieso macht sie denn so was?«

»Na, so ganz ohne Kissen …«

»Nein, ich meine das Sofa!«

»Ach so. Die muss doch irgendwo sitzen, wenn sie dich besuchen kommt«, erklärte Tom.

Emma klatschte begeistert in die Hände. »Und ich habe einen Platz zum Schlafen! Du bist bestimmt der Weihnachtsmann!«

Sie hüpfte auf Tom zu, packte seine Hand und schüttelte sie schwungvoll. Tom grinste und erwiderte das heftige Schütteln.

»Tom, das ist Emma, Emma, das ist Tom«, stellte Mari vor und gab sich Mühe, genervt zu klingen.

»Ach, du bist die verrückte Stewardess, die mit allen Leuten schläft!«, rief Tom.

Mari schluckte. So hatte sie das nicht formuliert. Doch Emma lachte.

»That's me. Das fliegende Flittchen«, bestätigte sie unbekümmert.

Tom nickte sachlich und schien zu überlegen, ob es sich bei dem fliegenden Flittchen um eine geschützte Berufsbezeichnung handelte. Aber Simon, der – wie Mari nun erfuhr – Alexandras Personal Trainer war und seit Dienstantritt mehr Kuchen aß als jemals zuvor in seinem Leben, am liebsten Susannes Nussecken, trat unbehaglich von einem Bein aufs andere.

Mari bot ihm einen Platz auf der neuen Sitzgelegenheit an und brachte ihm ein Glas Wasser.

»Und ich krieg nichts?«, fragte Tom.

»Du kriegst einen Tritt in den Hintern. Du hast mein Tiefkühlfach mit Pizza verstopft.«

»Stimmt doch gar nicht«, erwiderte Tom mit unschuldigen runden Augen.

»Wirklich nicht? Dann ist das noch vom Vormieter.« Mari verzog das Gesicht.

»Nein, das kann nicht sein.« Der Hausverwalter war in seiner Ehre getroffen. Tom marschierte in die Küche und inspizierte das Tiefkühlfach wie einen Tatort. Er zog eine Pizza nach der anderen hervor und studierte sie stirnrunzelnd. Dann schüttelte er erbost (so erbost, wie Tom eben sein konnte) den Kopf und murmelte: »Das gibt's doch nicht.«

»Was?«, fragten Mari und Emma gleichzeitig.

»Das sind nur zwei Pizzasorten. Und zufällig die beiden Lieblingssorten von jemandem, den ich kenne«, sagte Sherlock, zog ein Telefon aus seiner Hosentasche und wählte mit ernstem Gesicht eine Nummer.

Oh nein, er rief doch wohl hoffentlich nicht die Polizei? Mari dachte an die Taube und die Feuerwehr.

»Nix da, keine Zeit«, blaffte Tom ungewohnt streng ins Telefon. »Du sagst mir jetzt, wieso du tausend Pizzen in den Kühlschrank von der Mari gestopft hast! Wolltest du hier überwintern? Du kannst doch nicht einfach den Backofen von der Mari benutzen! Schon mal was von Stromklau gehört? Die Mari könnte dich anzeigen oder … oder die Miete mindern oder …«

Mari lehnte sich an den Kühlschrank und lächelte verstohlen. Tom, der weltbeste Hausverwalter. Der hin und wieder ihren Schlüssel missbrauchte und ein paar Kleinigkeiten vergaß – zum Beispiel, dass Mari noch gar keinen Mietvertrag unterzeichnet hatte und hier für lau hauste.

Tom schnaubte empört und hielt ihr das Telefon unter die Nase. »Er will dich sprechen.«

Sie nahm ihm das abgegriffene Gerät aus der Hand. »Hallo?«

»Hallo.«

»Oh. Hallo.«

»Ich habe deinen Backofen nicht benutzt. Das war für dich, falls du mal nichts im Kühlschrank hast«, sagte Leo.

»Du spinnst. Weißt du das?«

Stille. Vermutlich schüttelte er den Kopf. Oder nickte.

»Wie geht es dir?« Seine private Stimme.

Wieder Stille, dieses Mal an Maris Ende der Leitung.

Wie geht es dir? Die unpersönlichste Frage der Welt, der rettende erste Satz, wenn man auf jemanden traf, den man lange nicht gesehen hatte und kaum kannte. Und dann folgte eine Litanei von Geschehnissen: Wir haben geheiratet, ich bin im fünften Monat, mein Mann hat einen neuen Job, ich gehe zum Schwangerschaftsyoga. Eigentlich sollte man die Frage anders formulieren: Was ist passiert? Man wollte ja nicht wissen, dass sie Albträume von blau angelaufenen Babys hatte, dass ihr Mann nie zuhause war und dass sie zum Yoga ging, um ihre verlorene Mitte zu finden. Nein, erzähl mir bloß nicht, wie es dir geht!

Doch Leo fragte nicht, was passiert war. Er wollte nicht über Pizza reden. Er wollte wissen, wie es Mari ging.

Och, mir geht's gut, sag noch was mit der privaten Stimme bitte … Er war so nah, es war, als legte er seine Lippen an ihr Ohr. Es lebe die Technik. Endlich begriff sie die Sache mit dem Telefonsex.

»So schlecht?« Er klang besorgt. Sie hatte vergessen zu antworten.

Mari räusperte sich. »Nein.«

Sie war atemlos und hätte am liebsten aufgelegt.

»Sollen wir jetzt auflegen?«, fragte Leo nach einer weiteren viel zu langen Pause.

Konnte er Gedanken lesen? Wieso fragte er das? Er hätte sich einfach verabschieden oder Tom verlangen können oder … Er wollte nicht auflegen.

»Mari? Hast du schon mal telefoniert? Der Trick dabei ist, dass man was sagt, weil der andere einen nämlich nicht sieht.«

Mari errötete. Es war ein Glück, dass er sie nicht sehen konnte. Aber ihr Atem war direkt an seinem Ohr – vielleicht war Sprechen wirklich keine schlechte Idee.

»Wenn du am Montag da auftauchst, rede ich kein Wort mehr mit dir«, sagte sie heiser.

»Dann müssen wir wohl Brieffreunde werden.« Er klang belustigt. »Telefonieren klappt ja sowieso nicht so gut, und ich kann mir richtig vorstellen, was für Briefe du schreibst. Wie geht's eigentlich Claudette?«

»Schlecht. Die hat sich aus Langeweile mit meiner Hyazinthe angelegt und den Kürzeren gezogen.«

Sie dachte für einen Moment an das Gewürge und Gefiepse.

»He, nicht ablenken!«, rief sie. »Wieso willst du da unbedingt hin? Da geht's um Datenschutz im Internet, und dein dubioses *Tofino* hat doch noch nicht mal eine Webseite.«

»Du hast mich gegoogelt?« Er grinste durchs Telefon.

»Nicht dich. Deinen Laden. Falls es den überhaupt gibt.«

»Hast du gar nichts gefunden?«

»Außer Indianern und Walen? Nein.«

»Gut.« Lächelte er? »Warum hat Claudette den Kürzeren gezogen?«

Ja, er lächelte. Sie lächelte unwillkürlich zurück.

»Ach, Blumen gewinnen doch immer. Die werden schon in der Blumenwiese darauf gedrillt. Das ist der reinste Debattierclub, die quatschen dich mit ihren fiepsigen Stimmen in Grund und Boden. Hast du das nicht gewusst?«

Leo lachte. »Eigentlich sollte ich das wissen.«

»Warum? Nein, warte, du lenkst ja bloß wieder vom Thema ab. Versprich mir, dass du am Montag wegbleibst. *Bitte.*«

»Mari, nochmal: Ich beiße nicht.«

»Doch! Du bist ein Riesenarsch! Du …«

Tom nahm ihr das Telefon aus der Hand. »Leo, ich find das nicht gut.«

Sie wollte das Telefon zurückhaben oder zumindest hören,

was Tom zu sagen hatte, doch Emma griff nach ihrer Hand, zog sie am Sofa und dem verwirrten Simon vorbei ins Schlafzimmer, schloss die Schiebetür und zerrte sie auf die Matratze.

Mari kam zu sich, tauchte auf aus Leoland. Oh nein. Sie hatte Emma vergessen. Großer Fehler. Was hatte Emma gesehen? Rote Wangen, glasige Augen, hier und da ein Zittern. Was hatte sie gehört? Exzessives Schweigen, Luftschnappen, Indianer, Wale, Blumen …

Emma räumte den Laptop auf die Fensterbank.

»Du willst jetzt nicht arbeiten«, sagte sie.

»Will ich nicht?«

»Nein. Du willst mit diesen krass roten Lippen den Typen am Telefon küssen. Gut, dass ich da bin. Wir ziehen uns jetzt was Hübsches an, und ab geht die Post. Keine Widerworte, sonst setz ich mich auf dein Gesicht! Nein, du bleibst, wo du bist, ich such dir was aus. War das der Handwerker? Der uns belauscht hat? Ich dachte schon, du erstickst! Darth Vader, alter Schwede, da zittert man ja schon vom Zuhören. Das Kleid hier, schön eng, schön kurz. Los, anziehen!«

Mari würde erfrieren. Vielleicht würde sie eine Lungenentzündung bekommen. Hoffentlich noch vor Montag …

Zumindest würde sie drei Fliegen mit einer Klappe schlagen: Sie würde Leo überreden, zuhause zu bleiben (oder ihn bis Montagabend im Keller einsperren), sie hatte einen Vorwand, im *Tofino* aufzutauchen, und Emma würde zufrieden sein. Alles zum Preis von maximal zwei verlorenen Arbeitsstunden. Hoffentlich.

10

Leos Laden lag am Landwehrkanal. Mari war letzten Samstag mit Tom und Toby daran vorbeigelaufen, doch Tom, der über historische Wasserwege, Kirchen und die Mauer schwadroniert hatte, war nicht auf die Idee gekommen, kurz zu erwähnen, dass sie nun zur Linken Leos Laden passierten.

Die Wegbeschreibung war ebenfalls typisch Tom: »An der Trauerweide, wo wir gesessen haben, links, dann am Ufer entlang, ein paar hundert Meter oder eben doppelt so viele Schritte, du machst ja echt kleine Schritte, und so auf halbem Weg kommt ihr an einer dunkelroten Bank vorbei, in die hat jemand ›Romance hates democracy‹ geritzt, hab ich nicht kapiert, egal, haltet einfach Ausschau nach einer echt alten Villa mit blauen Fensterläden, und der Laden, also der Eingang, das seht ihr dann, ist im Tiefparterre, da geht ihr so eine Steintreppe runter, zwischen lauter Büschen, das findet ihr schon. Straßenname? Wozu denn, das liegt doch am Ufer! Hausnummer? Die wusste ich mal … Ach nein, das war die Hausnummer von Leos alter Wohnung, die hatte ich mir mal irgendwie gemerkt, aber die interessiert euch jetzt ja nicht …«

Der Hinweis auf die blauen Fensterläden und das Tiefparterre brachte sie dann zum Ziel. Die breite Steintreppe war gesäumt von Schattenglöckchen, Spindelstrauch und Efeu, und am Fuße der Treppe trotzte dem Winter ein kleiner Garten, in dem im Frühling geschwätzige Blüten explodieren würden und im Herbst der japanische Ahorn entflammte. Über der blau gestrichenen Eingangstür war in roten Großbuchstaben »BLUMEN« gepinselt.

Mari öffnete zögernd die Tür. Emma krallte sich von hinten in die Himbeerjacke und schob sie ungeduldig über die Schwelle. Wärme und Blumenduft schlug ihnen entgegen. Doch kein Laden weit und breit. Sie standen auf einem Treppenabsatz.

»Nach unten oder oben?«, fragte Mari.

»Oben natürlich.« Emma drängelte sich an ihr vorbei in das enge Treppenhaus. Sie polterte die knarrenden Holzstufen hinauf. Mari folgte ihr vorsichtig. Sie hatte Mühe, sich nicht den Hals zu brechen in den hohen Stiefeletten, die Emma ihr aufgeschwatzt hatte. Sie überlegte kurz, die Flucht zu ergreifen. Dieser Ausflug war ein Kamikazekommando, ein Selbstopferangriff ihrer Würde auf Leo – selbst ohne halsbrecherische Schuhe, Partyoutfit am helllichten Tag, Himbeere und Emma.

»Wow!« Emma war abrupt auf der obersten Stufe stehen geblieben.

Mari schob ihre Freundin zur Seite. Wow. Vor ihr breitete sich ein Garten aus. Im Haus. Der Raum war bis unter die hohe Stuckdecke von Pflanzen bewachsen, die sich auf Tischen, Bänken, Regalen, dem Boden tummelten. Die Rückwand des Gebäudes war bis auf zwei schmale Pfeiler entfernt worden, und der helle Raum ging nahtlos in ein Gewächshaus über, in dem Blumen, Sträucher und Bäume wucherten. Durch die großflächigen Glasscheiben des Gewächshauses war der Garten hinter der Villa sichtbar. Das Ganze wirkte fast wie eine optische Täuschung; das Haus schien aus sich selbst herauszuwachsen, die Bepflanzung wurde immer dichter, immer natürlicher, wie in einem dieser Bilder, die sich in eine 3-D-Landschaft verwandelten, wenn man nur lang genug hinsah und dabei schielte wie ein Weltmeister.

»Dein Handwerker hat einen Blumenladen«, sagte Emma.

Ach ja, Leo. Mari sah sich um. Ein paar Meter entfernt, an der Wand zu ihrer Rechten neben einem breiten Kassentisch aus dunklem Holz, stand ein verrosteter Hochsitz, auf dem ein Mädchen (oder eine sehr junge Frau) thronte. Trotz grüner Haare und Fledermauskluft wirkte sie auf ihrer Empore wie eine Schiedsrichterin, die ein heikles Tennismatch überwachte. Sie unterhielt sich angeregt mit einem Mann, den es nicht zu stören schien, dass er wie ein bettelnder Tennisspieler, der den Ball im Aus gesehen hatte, den Hals verrenken musste. Plötzlich unterbrach sie das Gespräch und griff nach der silbernen Trillerpfeife, die um ihren Hals hing. Der schrille Ton durchschnitt den Raum, und der Mann zuckte erschrocken zusammen.

»Frau Sandmann!«, rief das Mädchen mit einer unerwartet melodischen Stimme.

Im hinteren Teil des Gewächshauses wandte sich eine ältere Frau, die sich über eines der Hochbeete gebeugt hatte, dem Mädchen zu und winkte freundlich. Das Mädchen winkte mit einem entwaffnenden Lächeln zurück. »Einmal umdrehen, Frau Sandmann, die Orchideen beißen Sie gleich in den …«

»Allerwertesten! Danke, Kathrin!«, rief die Kundin.

Kathrin neigte sich wieder von ihrem rostigen Thron zu dem Mann herab und zwinkerte ihm zu. »Sorry wegen der Trillerpfeife, ist so ein Reflex.«

Der Mann schüttelte lachend den Kopf. Das Mädchen hätte auch mit einem Tennisschläger auf ihn eindreschen oder ihre Stiefel in sein Gesicht bohren können – er hätte es ihr verziehen. Sie war unwiderstehlich. Ein Engel in schwarzen Lackstiefeln, mit Hundehalsband, grünem Pferdeschwanz, Alabasterhaut und einem liebreizenden Gesicht, dem auch das Nasenpiercing und der böse dunkle Lidschatten nichts anhaben konnten. Selbst Emma war in den Anblick vertieft.

»Kein Wunder, dass Ihre Pflanzen auf dem Balkon abgekratzt sind. Hätten Sie gerne bei sechzehn Grad minus draußen geschlafen?«, fragte das Mädchen gerade, als hinter Mari im Treppenhaus eine vertraute Kinderstimme brüllte: »Hüüühüüü, MISTER BELL!«

Sie drehte sich um und sah Leo, der beidseitig beladen – vorne mit Blumenerde, hinten mit Toby – die Treppen hinaufgestapft kam. Er blieb kurz stehen und warf ihr einen überraschten Blick zu. Dann legte er den Kopf schief und musterte ihr Outfit. Die Himbeere verdeckte gänzlich ihr winziges Kleid, sodass nur ihre spindeldürren schwarzen Nylonbeine hervorschauten. Sie musste aussehen wie Obst auf Beinen.

»Lässt du mich mal durch, das Zeug ist schwer«, bat Leo.

Mari ging einen Schritt zur Seite. Als Toby sie erblickte, brüllte er ihren Namen, hangelte sich wie ein Äffchen von Leos Rücken auf ihren Bauch und erwürgte ihre Taille mit seinen gnadenlosen Kinderbeinen. Leo blieb gerade lang genug stehen, um Toby loszuwerden, und schleppte wortlos die Blumenerde ins Gewächshaus.

»Wo ist die Klosett?«, fragte Toby.

»Bei mir zuhause. Ich habe stattdessen meine Freundin Emma mitgebracht.«

Emma beäugte den kleinen Jungen argwöhnisch, und Toby erwiderte ihren misstrauischen Blick.

»Die ist eine Hexe«, flüsterte er in Maris Ohr.

»Das habe ich gehört, du Gartenzwerg«, krächzte Emma, und Toby versteckte sein Gesicht in Maris Schulter.

Es war immer dasselbe mit Emma und Kindern: Emma begriff nicht, dass Kinder keine Erwachsenen waren, und Kinder begriffen nicht, dass Emma keine Erwachsene war. Doch bevor Mari die Wogen glätten konnte, zupfte jemand an ihrer Jacke. Kathrin war von ihrem Thron gestiegen.

»Du bist Mari? Ich dachte schon, Leo und Toby hätten dich bloß erfunden.«

»Warum?«, fragte Mari perplex.

Kathrin, die aus der Nähe betrachtet höchstens siebzehn Jahre alt war, legte einen altklugen Zeigefinger an ihre Unterlippe. »Das stank einfach zum Himmel nach unsichtbarer Freundin. Die Mari hat einen kotzenden Tigerentendrachen, die sieht aus wie ein Geist und wohnt in einer Wohnung ohne Möbel. Die hat auf der Wiese ein Schiff gestreichelt ... Soll ich weitermachen?«

»Klaro«, sagte Emma.

Kathrin grinste. »Und wenn man Leo nach Mari fragt, zuckt der richtig zusammen, als ob man ihn gerade bei irgendwas Verbotenem erwischt hätte. Ist ja auch bestimmt nicht legal, dass der dieselbe unsichtbare Freundin hat wie Toby, das stinkt nach griechischer Tragödie.«

»Halt mal die Luft an.« Leo hatte seine Hände von hinten auf Kathrins Schultern gelegt und schüttelte sie unsanft. Sie drehte sich zu ihm um und lachte ihn an wie eine freche kleine Schwester. (Oder wie ein Groupie. Teenager waren verwirrend.)

»Und du«, sagte er zu Mari, »hältst das hier also für eine gute Idee.«

»Und ob!«

»Wie du meinst. Aber nett ist das nicht.«

»Du bist ja auch nicht nett!«

»Ich habe ja auch kein armes Krokodil zuhause sitzen.«

Mari sah ihn verwirrt an, und seine Mundwinkel zuckten.

»Also ehrlich.« Er konnte sein Lächeln nicht mehr unterdrücken. »Claudette wird von einer Blume terrorisiert, und was machst du? Gehst in einen Blumenladen und holst noch mehr von der Sorte.«

»Du bist nicht nett! Die Klosett kommt zum Toby!« Der kleine Junge nahm eine Handvoll von Maris Haaren und zog daran.

»Aua! Mensch Toby, ich bin keine Glocke!«

Toby kicherte und zog noch fester. »Klingeling!«

»Mr. Bell und Mari Bell, das passt ja«, murmelte Kathrin.

Leo warf ihr einen warnenden Blick zu.

»Also, was können wir für euch tun? Blumen sind tabu, wir quälen hier keine Krokodile. Wie wär's mit Bonsai, die sollen ziemlich schweigsam sein«, sagte er.

»Genau das meinte ich«, flüsterte Kathrin in Richtung Emma, die Leo anstarrte.

»Wir sind nicht hier, um Blumen zu kaufen«, erwiderte Mari finster. Sie klang wie ein Mafioso aus der Bronx oder aus Hell's Kitchen. *Ha! Mari The Meat Mincer. Leonardo, du rührst dich the next forty-eight hours nicht vom Fleck. Wir haben Toby. Nein, streich das. Keine Kidnappingwitze über Toby.* Sie hatte nicht die leiseste Ahnung, wie sie Leo dazu bewegen sollte, ihrem Vortrag fernzubleiben. Sie hatte ja nicht einmal eine Ahnung, weshalb er überhaupt kommen wollte. »Er zieht dir halt gerne an den Haaren«, hatte Emma gespöttelt. »Küss ihn, dann ist die Luft raus.«

»Kannst du aber düster gucken.« Leos Augen blitzten belustigt.

Irgendwie schienen sich alle zu amüsieren, und Toby, der immer noch auf ihren Hüften saß, knetete emsig in Maris Gesicht herum. *Mari The Minced Meat.*

Während sie die Gesichtsmassage erduldete, brach ein allgemeines Händeschütteln aus. Leo stellte Kathrin als Nachbarin, Babysitterin und Blumenexpertin vor. »Und Leos stille Teilhaberin«, ergänzte Kathrin. Leo warf ihr wieder einen seiner warnenden Blicke zu. Bevor sie weiterreden konnte, bot er ihnen Kaffee an. Emma ignorierte Maris Kopfschütteln, hakte sich bei ihm unter und ließ sich in Richtung Kaffeeküche, einem winzigen Raum hinter der Kasse, abschleppen.

In die Küche passten eine Spüle, ein kleiner Kühlschrank, ein Hängeregal voller Tassen, ein schmaler weißer Holztisch mit Kaffeemaschine, eine noch schmalere Fensterbank mit einem einsamen Usambaraveilchen, ein runder Stehtisch, zwei Barhocker und maximal dreieinhalb Personen. Während Leo auf die Kaffeemaschine zusteuerte, stürzten sich Emma und Kathrin auf die Barhocker, und Toby sicherte sich den Platz auf der Fensterbank neben dem erfreuten Usambaraveilchen. Mari blieb im Türrahmen stehen.

Leo drehte sich um und zog die Augenbraue hoch. »Kathrin, runter da. Lass den Gast sitzen.«

Doch Mari winkte ab. Sie würde auf keinen Fall in ihrem kleinen Schwarzen auf den Barhocker klettern. Und sie würde sich lieber totschwitzen, als ihre Jacke zu öffnen. Wäre sie nicht so müde gewesen, hätte sie sich gegen Emmas modischen Überfall gewehrt. Stattdessen hatte sie sich eingeredet, dass sie gut versteckt in ihrer Himbeere eine Runde durch den Laden drehen, Leo kurz und effizient bedrohen und ruckzuck wieder nach Hause stöckeln würde.

Leo ließ nicht locker. »Kathrin, da draußen sind Kunden.«

»Ist das *mein* Problem? Sind das *meine* Eltern?« Kathrin zog einen Schmollmund.

»Ich behalte den Laden im Auge«, sagte Mari und lehnte sich mit dem Rücken gegen den Türrahmen, sodass sie Laden und Küche im Blick hatte. »Wieso Eltern?«

»Meine Eltern sind auf einer Kreuzfahrt, und wir halten hier die Stellung«, erklärte Leo.

»Dann gehört das *Tofino* deinen Eltern?«

»TOFINO?!«, prustete Kathrin.

Leo beachtete sie nicht und füllte seelenruhig den Kaffeefilter.

»Das hier ist der Blumenladen meiner Mutter«, sagte er, und der Teenager bekam einen neuen Lachanfall.

»Du nervst«, bemerkte Emma zu Kathrin und trat gegen ihre baumelnden Beine.

Kathrin zog eine Grimasse und trat heftig zurück. Hin und her, vor und zurück, Lackstiefel gegen Fuck-me-Boots, Vampir gegen Hexe, bis Kathrin beim Schwungholen fast vom Barhocker kippte. Emma hielt sie am Arm fest. Sie starrten sich einen Moment lang an und brachen dann gleichzeitig in helles und krächzendes Gekicher aus. Toby kreischte aufgekratzt. Das Usambaraveilchen hielt sich die Ohren zu.

Mari und Leo wechselten Blicke wie zwei Nüchterne unter Betrunkenen. Es war eigenartig. Normalerweise war er es, der Ärger machte, der Mari belauschte, sie vor ihren Kollegen mit Toilettengeschichten und Butterbroten blamierte, mitten in der Nacht herumnervte, das Vortragsszenario verschlimmerte … Und hier stand er nun, kochte Kaffee, passte auf den Laden seiner Mutter auf, passte auf seinen Neffen auf und scheiterte an Kathrin, seiner stillen Teilhaberin. Stille Teilhaberin woran?

»Was denkst du?«, fragte er kaum hörbar in dem Kinderlärm.

»Ich weiß nicht …« Sie zögerte. »Du kennst jede Diele in meiner Wohnung. Du kennst sogar meine Klobürste und meine Kollegen …«

»Ist das dieselbe Kategorie?« Er lächelte schief.

»Was ist das *Tofino*?«

»KEIN Blumenladen!«, rief Kathrin.

»Warum ist das so wichtig?«, wollte er wissen.

»Sie würde halt gerne klären, ob du Blumenhändler oder Geheimagent bist«, sagte Emma.

»Wieso machst du so ein Geheimnis daraus?«, fragte Mari.

»Wahrscheinlich bist du ein Projekt.« Kathrin legte den Kopf schief und musterte Mari, als wäre sie eine Kuriosität.

»Darf ich vielleicht mal selber antworten?« Leo warf ihr wieder einen seiner warnenden Blicke zu.

»NEIN!«, riefen Kathrin und Emma gleichzeitig.

»Halt! Stopp! Ich weiß was Lustiges.« Kathrin kippelte aufgeregt mit ihrem Hocker. »Wir spielen jetzt Stellvertreterkrieg!«

»Cool, cool, ich ahne, was jetzt kommt«, sagte Emma.

Leo und Mari wechselten wieder resignierte Blicke. Sollen wir uns wehren? Ach, gegen Fledermaus und Hexe haben wir sowieso keine Chance.

»Okay Leute, das Spiel geht so: Mari darf mir fünf Fragen über Leo stellen, und Leo darf Emma fünf Fragen über Mari stellen. Emma und ich müssen die Wahrheit sagen, und wenn wir die Antwort nicht wissen, müssen wir eine Theorie parat haben. Wer am wenigsten verrät, hat gewonnen, aber Lügen oder Ausweichen wird mit einer Extrafrage bestraft – wenn man erwischt wird.«

»Prima. Drehen wir dabei eine Flasche?« Leo zog seine sarkastische Augenbraue hoch.

»Wenn du willst.« Kathrin imitierte die Augenbraue. »Toby macht den Schiedsrichter.«

Toby fühlte sich nicht angesprochen. Er war damit beschäftigt, die Blätter des Usambaraveilchens zu zählen (eins, zwei, drei, vier, fünf, und dann wieder von vorne).

Mari trat nervös von einem Bein aufs andere. Die hohen Schuhe waren schlecht für ihre Knie. (Surferboy würde schimpfen.) Ihr war heiß in der Himbeere. Wenigstens hatte niemand sie dazu aufgefordert, die Jacke auszuziehen – entweder Leo war ein Holzklotz oder sehr aufmerksam.

Sehr aufmerksam. Ihre Schuhe, ihre dünnen Nylons waren

ihm nicht entgangen. Er hatte sie mehrfach mit gerunzelter Stirn gemustert. Emmas Rechnung war nicht aufgegangen. Statt Mari schön zu finden, dachte er an die potenzielle Lungenentzündung. Jede Wette, dass das Wort Lungenentzündung oder Bronchitis oder Tod heute noch fallen würde. Dabei trug er selbst bloß ein T-Shirt. Weißes T-Shirt und Bluejeans. Klar. Er Calvin-Klein-Model, sie Tiefkühlobst.

Und im Gegensatz zu Mari mit ihren wackeligen Knien ließ er sich von Kathrins Stellvertreterkrieg nicht aus der Ruhe bringen. Er versorgte alle außer Toby mit Kaffee, verkaufte Frau Sandmann, dem Tennisspieler und zwei weiteren Kunden einen halben Urwald und bewegte sich dabei auf solch unaufgeregte Weise zwischen Küche und Kasse, dass Mari ihm gerne einen Stock zwischen die Beine geworfen hätte. Wie war es möglich, beim Blumenverkaufen *sportlich* auszusehen? Selbst in der überfüllten Küche schien er sich nicht bedrängt zu fühlen, drehte leichthändig die Henkel der Tassen an seinen Fingern, beugte sich auf unerklärliche Weise zum Kühlschrank hinunter, ohne mit dem Hintern gegen die Barhocker zu stoßen, ließ Milch, Zucker, Löffel auf den Stehtisch segeln, ohne auch nur in die Nähe seiner zusammengedrängten Gäste zu kommen – als wüsste er etwas über Räume und Abstände, das man Mari verheimlicht hatte.

Nur bei dem Türrahmen, in dem Mari stand, schienen seine Superkräfte zu versagen. Bei jedem Hindurchgehen streifte er ihre Jacke und murmelte verlegen: »'tschuldigung.«

Spielte er auf Zeit? Dachte er sich hinter den Kulissen ein paar teuflische Fragen aus? Wer am wenigsten preisgibt, hat gewonnen. Was natürlich nur derjenige beurteilen konnte, der die vollständigen Antworten auf alle Fragen kannte. Also niemand. Kathrin würde mit ihrer unschuldigen Kinderstimme ein paar fette Lügen auftischen. Vielleicht sollte sie einfach streiken, so tun, als wären Leo und sein doofes *Tofino* ihr piepegal. Sie konnte auf Kathrins Antworten verzichten. Worauf sie nicht verzichten konnte, waren Leos Fragen. Sie musste wissen, was er über sie wissen wollte. Wollte er überhaupt irgendwas über sie wissen?

»Okay, sind jetzt alle so weit? Mari und ich fangen an.« Kathrin saß kerzengerade auf ihrem Hocker, beide Hände um ihre Kaffeetasse geschlungen, lächelnd, siegessicher, und Leo lehnte – natürlich ohne die Kaffeemaschine ins Wanken zu bringen – an der Kante des Holztisches und sah nervtötend belustigt aus.

»Was genau treibt ihr unter der Bezeichnung *Tofino*?«, fragte Mari.

»Das ist ganz unterschiedlich«, sagte Kathrin. »Wir bieten praktische Lösungen für dies und das an.«

»*Dies und das?* Du weichst aus. Ich bekomme eine Extrafrage.«

»Auf keinen Fall!« Kathrin drehte sich zum Schiedsrichter um. »Was sagst du?«

Toby warf seine kleinen Hände in die Luft und lachte.

»Mari oder ich?« Sie sah ihn streng an.

»Maaaari!«, kreischte Toby unbekümmert, und Emma johlte.

Kathrin zog ein beleidigtes Gesicht. »Pfff. Dies und das halt. Wir rocken die Bühne, heilen Workaholics, bringen Opfern bei, wie man gemein ist, Prinzip französischer Kellner. Wir besorgen Blindenhunde für blinde Hunde, machen Spinnen tot und Pflanzen gesund, so was eben.«

»Prinzip französischer Kellner?«

»Du weißt schon. Bist du nett zu ihm, ist er ätzend zu dir, und umgekehrt. Hey! Das war die Extrafrage«, feixte Kathrin.

Mari zuckte mit den Achseln, doch Emma funkelte sie

an. Das hatte sie fast vergessen. Niemals mit Emma im selben Team spielen! Emma war ein Spielemonster. Während sie im sogenannten wahren Leben nie auch nur ein Fünkchen Ehrgeiz an den Tag legte, verlangte sie bei jeglicher Art von Spiel tausendprozentige Konzentration. Auf Mari, die in ihrer Freizeit Leistungsdruck lieber aus dem Weg ging, reagierte sie besonders allergisch. »Willst du jetzt spielen oder tratschen? Wieso spielst du überhaupt, wenn du nicht gewinnen willst!« Einmal hatte sie zwei Tage lang nicht mehr mit Mari gesprochen, weil sie Emmas kleinem Bruder Moritz beim Schummeln geholfen hatte.

»Reiß dich zusammen«, zischte Emma.

»Ist ja gut«, murmelte Mari. »Wo findet man euch?«

»Da, wo wir gerade sind.«

»Na gut, anders: *Wie* findet man euch?«

»Das ist jetzt aber schon die dritte Frage. Man findet uns nicht, man *kennt* uns einfach.«

»Das heißt, ihr habt weder eine Adresse noch eine Internetseite.«

»War das eine Frage?« Kathrin grinste selbstgefällig, und Emma stöhnte.

»Nein!« Das Kind war eine Gummiwand. »Wieso macht Leo so ein Geheimnis daraus?«

»Macht er doch gar nicht.«

»Extrafrage!«, rief Emma. »Das war keine Antwort!«

»Du spinnst wohl! Toby, sag's ihr!«

»Du spinnst wohl!«, echote Toby.

»Unfair!«, rief Emma, was Toby nur dazu veranlasste, seine Worte um einige Dezibel lauter zu wiederholen.

Oh weh. Emma würde sich doch hoffentlich nicht mit einem Dreijährigen zanken? Mari warf ihr einen warnenden Blick zu.

»Na gut«, brummte Emma. »Dann kriegt sie aber wenigstens eine Antwort auf ihre Frage.«

»Du kriegst eine Theorie«, sagte Kathrin zu Mari, die gerne im Erdboden versunken wäre. »Für das, was Leo macht, gibt es kein Wort.«

»Doch, Kammerjäger«, warf Emma ein.

Leo lachte, und sie flatterte kokett mit den Wimpern.

»Du nervst.« Kathrin verpasste Emma einen Tritt unter dem Tisch. »Es gibt kein Wort dafür. Er müsste dir also lang und breit erzählen, was er genau tut. Aber das willst du ja gar nicht wissen, sondern wie viel er verdient und ob ihn andere Leute cool finden.«

Mari starrte Leo an. »Ich … *was?* Mir ist total egal, wie viel du verdienst! Und … *cool*?«

»Beschwer dich bei Kathrin. Das ist ihre Theorie.«

Alle schauten Mari an. Vorsichtig, als wäre sie eine Bombe, als überlegten sie, ob sie den roten oder den blauen Draht durchschneiden sollten.

»Basiert diese Einschätzung meiner Person auf Äußerungen von *ihm*?« Maggies Stimme, Maggies Wortwahl, Maggies kalter Zeigefinger, der auf Leo gerichtet war.

»Äh … was?«, fragte Kathrin verdutzt. »Ähm … nö. Du erinnerst mich bloß an Regina.«

»Wer ist Regina?«

»Sorry, du hast schon fünf Fragen gestellt. Leo ist dran.«

»Klasse, Mari«, zischte Emma.

Ich muss gehen. Ich muss arbeiten. Ich kann jetzt nicht arbeiten. Ich muss seine Fragen hören.

»Na, dann leg mal los.« Emma sah Leo herausfordernd an.

Er lehnte immer noch entspannt an dem Holztisch und warf Mari einen amüsierten Blick zu, als er seine erste Frage stellte: »Was ist denn ihr Lieblingsbuch?«

Bevor Emma antworten konnte, schlug Kathrin mit der Faust auf den Tisch und rief: »So ein Scheiß, Leo! Fragst du gleich auch noch nach ihrer Lieblingsfarbe? Es geht um *Geheimnisse*!«

»Vielleicht habe ich keine Geheimnisse«, warf Mari ein.

»Jeder hat Geheimnisse«, widersprach der naseweise Teenager.

»Vielleicht interessiert er sich aber nicht für meine.« Mari sah ihn nicht an, aber sie wusste, dass er sie ansah.

»Vielleicht interessiere ich mich einfach mehr dafür, was du gerne liest«, sagte er mit seiner privaten Stimme, und nun musste sie ihn doch ansehen. Ob die anderen ihn überhaupt gehört hatten? Ob sie sehen konnten, wie er ihr Gesicht betrachtete? Unmöglich. Das hier war privat.

»*Jane Eyre*, verdammt nochmal«, platzte Emma in ihre Illusion von Privatsphäre. »Sie identifiziert sich total mit diesem hässlichen Entlein, das sich in einen Typen verliebt, der seine irre Frau auf dem Dachboden eingesperrt hat. Und sie gruselt sich wie verrückt, wenn die Irre nachts mit einer Kerze durch das Haus geistert und an Janes Bett steht und sie aus blutunterlaufenen Augen anstarrt, bevor sie hier und da ein Feuerchen legt …«

»Emma«, unterbrach Leo sie, aber sie ignorierte ihn und fuhr fort: »Und es macht sie fix und fertig, dass die Flammen dem Typen dann auch noch die Augen wegbrennen.«

»Emma!«, rief Mari. »Es reicht.«

»Was denn? Wir haben doch sowieso schon verloren.«

Emma verstummte und folgte Maris und Leos Blicken in Richtung Toby. Der kleine Junge hockte auf der Fensterbank und schaute Emma mit großen Augen an. Er zupfte geistesabwesend die rosa Blütenblätter des Veilchens ab, das auf seinem Schoß saß.

»Hey Toby, kommst du mal zu mir?«, fragte Leo und streckte seine Arme nach ihm aus.

Toby schüttelte den Kopf und sah Emma erwartungsvoll an. »Augen wegbrennen.«

»Oh nein«, seufzte Leo.

»Toby!«, rief Mari.

Toby riss seinen Blick von Emma los.

»Toby, das Blümchen schreit aua.«

»Blumen können nicht sprechen«, sagte er ernst und klang gespenstisch erwachsen.

»Pah, das glaubst *du*«, erwiderte Mari. »Außerdem ist das nicht einfach irgendeine Blume. Das ist die lauteste Blume von allen. Sie heißt Flötentierchen und ist die Chefin von allen anderen Blumen. Und sie braucht ihre Blätter dringend zum Arbeiten.«

Toby legte sein Köpfchen schief und musterte das zerrupfte Wesen auf seinem Schoß. »Zum Arbeiten?«

»Ja, die arbeitet rund um die Uhr. Die stellt Sauerstoff her.«

»Sauerstoff.«

»Ja, das Flötentierchen stellt die Luft her, die wir einatmen. Aus Wasser und Sonnenlicht. Eine ziemlich wichtige Aufgabe, wenn du mich fragst. Aber sie sagt, sie kann so nicht arbeiten, wenn du ihr die Blätter ausrupfst.«

»'tuldigung«, murmelte Toby leise, streichelte die verbliebenen Blätter und stellte den Topf behutsam neben sich auf die Fensterbank.

»Danke, Toby, jetzt flötet sie fröhlich.«

Mari lehnte sich mit dem Ellenbogen auf den Stehtisch und neigte ihr Ohr in Richtung Fensterbank. »Au wei, die ist ganz aufgekratzt und erzählt irgendwas von Überstunden. Oh nein, ist heute Vollmond? Sie will aus Mondlicht Sauerstoff herstellen.«

»Wie geht das?«, wollte Toby wissen.

»Das ist ja das Problem. Es geht überhaupt nicht. Man kann aus Mondlicht keinen Sauerstoff herstellen. Aber erzähl das mal dem Flötentierchen.« Mari rollte mit den Augen. »Im Notfall müssen wir ihm ein Tuch über den Kopf hängen, damit es schläft.«

Mari machte ein betroffenes Gesicht, und Toby schüttelte ebenfalls mitleidig das Köpfchen.

»Du Tierchen du, das *geht* doch gar nicht! Du kommst mit zum Toby. Magst du Kakao?«, plauderte er drauflos.

Sie atmete erleichtert auf. Flammeninferno abgewendet.

Emma murmelte eine kleinlaute Entschuldigung in Richtung Leo, aber der beachtete sie nicht. Er sah Mari an und zog ein Gesicht, als wäre sie ein Verkehrsunfall. Hatte sie vielleicht noch Krümel von dem ekligen Puddingplätzchen im Gesicht? Nein, sie hatte doch geduscht. Mari warf ihm einen verwirrten Blick zu. Da lächelte er sie unvermittelt an. Ihre Wangen wurden heiß. Sein Privatmodus überrumpelte sie jedesmal. Machte er das extra? Wahrscheinlich. Als Kathrin loskicherte, schaltete er jedenfalls problemlos in Verhörmodus um. »Worum geht es in Maris Vortrag?«

»Nullo Schimmer.« Emma hatte ihr Pokerface aufgesetzt.

»Ich glaub dir kein Wort«, sagte Leo. »Sie redet doch bestimmt über nichts anderes. Nenn mir wenigstens ein paar Schlagworte.«

»Nullo Schimmer«, wiederholte Emma mit gleichgültigem Achselzucken. »Die jammert bloß die ganze Zeit darüber, dass sie mit faulen Eiern beworfen wird und dass sie nie wieder einen Job findet, weil jemand das Ganze filmen und ins Internet stellen wird.«

»Das stimmt überhaupt nicht!«, rief Mari entrüstet. »Und du hörst mir nie zu, wenn ich von meiner Arbeit erzähle.«

»Ha! Emma hat gelogen! Extrafrage!«, triumphierte Kathrin. »Und sie muss die erste Frage beantworten.«

»Ich spiel nie wieder mit dir, Mari«, krächzte Emma.

Bevor Mari etwas erwidern konnte, leierte sie betont gelangweilt ihre Antwort herunter: »Die erzählt den bösen Bossen, was sie machen müssen, um Informationen über die armen Leute zu horten, die bloß ein bisschen online shoppen oder rumgucken wollen und dabei auf ihrer Homepage landen.«

»So ein Quatsch«, murmelte Mari.

»Jetzt *halt* die Klappe!«, rief Emma. »Die gute Frau hier bringt Big Brother bei, wie man die armen Leute ungeschoren ausspionieren und mit Newslettern belästigen kann und … eben rumnervt. Mehr fällt mir jetzt nicht ein.«

Mari rollte mit den Augen, aber beschloss, den Mund zu halten.

»Und wie heißt ihr Chef?«, fragte Leo. »Der nicht wie George Clooney aussieht.«

»Nullo Schimmer. Irgend so ein Städtename. Erfurt? Leipzig?« Sie sah Mari fragend an, doch die machte nur eine abwehrende Geste.

Leo kratzte sich resigniert am Hinterkopf. »Kannst du mir wenigstens sagen, warum sie nach Berlin gezogen ist?«

»Wieso fragst du das?«

»Weil sie hier niemanden kennt. Kannte.«

Emma nickte. »Da hast du deine Antwort.«

Leo zögerte und schaute Mari fragend an. Ihre Hände wurden feucht.

»Vor wem läuft sie denn weg?«

»Vor allen. Außer mir natürlich«, sagte Emma.

»Falsch. *Besonders* vor dir«, murmelte Mari.

»Falsch. *Besonders* vor Leaky Condom«, giftete Emma zurück.

»Das gibt ja wohl eine zweite fette Extrafrage«, bemerkte Kathrin, aber niemand beachtete sie.

Mari starrte ihre Freundin fassungslos an. Leaky Condom! Wie konnte sie nur! Der Name war doch Programm!

Das war Emma inzwischen auch eingefallen. Sie biss sich schuldbewusst auf die Unterlippe. Zu spät. Leo konnte eins und eins zusammenzählen und lachte sich bestimmt noch kaputt.

Doch die Einzige, die lachte, war Kathrin. Leo hingegen sah genauso betreten aus wie Emma. Mari flehte ihn stumm an. *Bitte nicht weiterfragen.*

»Warum hat sie bei diesem Bronchitiswetter eigentlich keine Hose an?«

»Weil sie ein Kleid trägt«, antwortete Emma erleichtert. »Und sie sieht verboten schön darin aus. Der Glatzkopf und der Muskelmann hätten sie am liebsten von oben bis unten abgeschleckt.«

Mari starrte mit hochrotem Kopf auf ihre Füße.

»Dürfen wir es sehen?«, fragte Leo.

»Stopp, das war's. Du hattest schon fünf Fragen plus Extrafrage.«

Kathrin machte ein entrüstetes Geräusch und wandte sich dem Schiedsrichter zu, der sich angeregt mit dem Flötentierchen unterhielt, aber da sagte Leo: »Ich habe ja auch nicht dich gefragt, sondern Mari.«

Mari sah von ihren Füßen auf. Er hatte den Kopf schiefgelegt, aber die spöttische Augenbraue war weit und breit nicht in Sicht. Er sah einfach nur nett aus.

»Ja. Wenn du mir versprichst, dass du nicht zu meinem Vortrag kommst.«

Auftritt Augenbraue.

»Schade. Ich hätte es wirklich gerne gesehen.«

11

Samstagnacht lag Mari wach und wartete unruhig, bis Emma, die mit Kathrin und ihren Freunden um die Häuser gezogen war, um vier Uhr morgens leicht torkelnd, aber wohlbehalten in die Höhle zurückgeschlichen kam. Hoffentlich hatte sie keinen Minderjährigen auf dem Gewissen. »Träum süß, Mrs Robinson«, murmelte Mari und bereute es sofort.

»Du bist ja noch wach!« Die betrunkene Hexe warf sich freudig neben sie auf die Matratze und begann, mit ihrem Bier-Atem vom Berliner Nachtleben zu schwärmen, obwohl die Namen ihrer neuen Partyfreunde (Wolle, Jockel, Flo, Mücke) irgendwie nach einer Nacht auf dem Alexanderplatz klangen. Jedenfalls waren Emma und Kathrin (»die Käthe«) nun dicke Freundinnen.

»Wir haben lange über euch geredet.«

»Euch?«

»Leo und dich. Was die Käthe nach ein paar Fläschchen Bier zu erzählen hatte, war richtig spannend. Wir hätten uns dabei fast das Becken verkühlt, da draußen auf der Parkbank.« (Also doch Alexanderplatz.)

»Toll. Stille Post mit Promille«, seufzte Mari. »Vielleicht erzählst du mir das lieber morgen.«

»Auf keinen Fall. Morgen hab ich's vergessen.«

Leo war seit zwei Wochen übel gelaunt. Es hatte vorletzten Samstag angefangen, als der Weihnachtsmann (»Emma! Der heißt Tom!«) ihn dazu überredet hatte, die Wohnung einer drängelnden Ad-hoc-Mieterin zu renovieren. Die Käthe und ihre Trillerpfeife hatten den Blumenladen natürlich im

Griff, null Problemo, aber ein Dankeschön oder eine Packung Kinderschoki wären schon nett gewesen. Nix. Leo kehrte am späten Nachmittag mit grimmiger Miene von Toms Auftrag zurück, und nachdem sie zwei Stunden lang Seite an Seite fast wortlos Topfpflanzen & Co. verkauft hatten, platzte der Käthe der Kragen. Sie drohte ihm damit, dem Gartenzwerg die Geschichte vom Rotkäppchen zu erzählen. Und Jack Nicholson würde den bösen Wolf spielen. (Toby hatte absolutes Märchenverbot – zu klein, zu nah dran am Geschehen.)

Das brachte Leo zum Reden. Über die Göre, die ihm die Tür in den Rücken gerammt hatte. Ein halb verhungertes Mädchen, das jünger aussah als Käthe, in einem pinken Federbett, Röhrenjeans und ausgetretenen Chucks. Jetzt vermietet Tommy schon an Ausreißer, hatte er gedacht. Und dann hatte sie tonnenweise Nahrungsmittel angeschleppt und groß angekündigt, ein paar Nutellabrötchen essen zu wollen, was nie passierte. Stattdessen jubelte sie ihm besagte Brötchen unter. Und er war irgendwie angewidert.

»Von den Brötchen?«, hatte die Käthe erstaunt gefragt.

Leo war ihrem Blick ausgewichen.

»Rotkäppchen!«

Er hatte geseufzt. »Von mir. Ich steh eigentlich nicht auf Magertussis und erst recht nicht auf Teenager.«

»Magertussis?«, rief Mari.

»Das waren Käthes Worte. Und dass er nicht auf Teenager steht, fand sie gar nicht lustig.«

Glücklicherweise hatte sich herausgestellt, dass Mari kein Kind war, sondern Rechtsanwältin. Das war zwar auch nicht viel besser, aber wenigstens war er nicht pädophil.

»Pädophil?! Kind?!« Die Käthe wäre ihm fast an die Gurgel gegangen.

»Schade, dass sie es nicht getan hat«, murmelte Mari.

»Hörst du nicht zu? Er *steht* auf dich!«

»Ja, so wie man manchmal auf Sahneheringe steht. Und dann ist man angewidert.«

»Sahne?« Emma kicherte ihr Bierkichern, das wie Schluckauf klang. »Du bist höchstens ein Knäckebrot! Ohne Butter ist das auch widerlich.«

Normalerweise prallte Emmas Gestichel an ihr ab, weil sie wusste, dass sie sich Sorgen um ihre Gesundheit machte. Aber heute, jetzt, mit Leos ungebetenen Gedanken im Kopf, hätte Mari die lallende Hexe am liebsten vor die Tür gesetzt.

»Ich muss wohl ziemlich super aussehen, sonst würdest du nicht dauernd auf mir herumhacken«, sagte Mari.

»Äh … was?«

»Wenn ich dick wäre, wärst du scheißfreundlich, weil ich dir dann leidtäte.«

Emma tippte mit ihrem Zeigefinger wie ein Specht an Maris Schläfe (und hörte gar nicht mehr auf). »Als ob ich mir die Fettenwitze entgehen lassen würde!«

»Gute Nacht, Emma.«

»Auf keinen Fall! Es geht noch weiter.«

»Das kein bisschen super aussehende Knäckebrot ohne Butter«, erzählte Leo mit Emmas Raspelstimme, »klang, als wäre sie Tommys kleine Schwester. Barrierefreies Sprechen. Worüber? Über Tommyzeug – den Räuber Hotzenplotz, dass es im Tierreich keine Namen gibt … Aber im Gegensatz zu Tommy ist ihr das alles total peinlich. Sie schämt sich so sehr, dass man ihr am liebsten den Mund zuhalten würde, aber gleichzeitig wartet man nur darauf, was sie als Nächstes sagen wird, und darauf, dass sie sich schämt.«

Emma machte ihre Sache ziemlich gut, trotz Trunkenheit – oder vielleicht gerade deswegen. Jedenfalls hatte Mari schon beim zweiten »Tommy« fast vergessen, dass sie strenggenommen ihrer Freundin lauschte und nicht Leo.

»Ihre Gesichtsfarbe wechselt ständig zwischen kalkweiß und knallrot«, sagte Leo wie zu sich selbst. »Zuerst sieht sie aus wie eine Wasserleiche, aschfahl, abgekämpft, und dann passiert irgendwas in ihrem Kopf, man sieht es schon in ihrem Blick, sie wirkt fast erschrocken, und auf einmal steht dieses Mädchen mit den geröteten Wangen und … und wirklich gut durchbluteten Lippen vor einem, und man vergisst, dass sie sich wahrscheinlich gerade einfach bloß in Grund und Boden schämt, weil sie so aussieht, als … Ich frage mich, was sie denkt, wenn sie so aussieht.«

Leo hatte sich verlegen geräuspert, und die Käthe wäre auch gern woanders gewesen. Sie hatte die Flucht nach vorn ergriffen.

»Du bist also über sie hergefallen«, fiepte Käthe wie eine erkältete Blume. (Emma tat sich schwer mit Frauenstimmen.) »Und jetzt erwartet sie vielleicht ein Kind von dir, und deshalb bist du so schlecht gelaunt, weil du's einfach nicht lassen kannst.«

Normalerweise hätte Leo die Käthe jetzt in den Schwitzkasten genommen, doch er zog nur die Augenbrauen zusammen.

»Nein«, sagte er. »Sie hatte Angst vor mir.«

Die Käthe war für einen Moment sprachlos. »Was hast du denn *gemacht*?«

Er zögerte.

»Jack Nicholson!«, drohte die Käthe.

»Ich habe sie berührt.«

Käthes Gedankenkino war angesprungen, und sie fand den Film abscheulich. Leo klärte das Missverständnis zwar schon im nächsten Satz – »Nur an der Schulter!« – auf, aber gedacht war gedacht, das war jetzt in der Welt. Und der arme Leo war sich wie ein Schwerverbrecher vorgekommen wegen eines harmlosen Schultergrapschers. Alles nur wegen der paranoiden Kuh.

»Paranoide Kuh?«, rief Mari.

»Das waren Käthes Worte.«

Mari hatte langsam genug von Käthes Worten. »Dass der so was überhaupt mit dieser siebzehnjährigen Fledermaus bespricht.«

»Ich glaube, die beiden sind beste Freunde, so wie wir«, meinte Emma.

»So wie *wir?!* Wir kennen uns seit zwanzig Jahren. Leo ist fast zwanzig Jahre älter als Kathrin, und die war vor zwanzig Jahren noch nicht mal auf der Welt!«

»Manchmal klingst du echt wie Maggie.« Emma tätschelte Maris Wange. »In *Lost in Translation* waren Scarlett und der alte Kerl doch auch dicke Freunde. Und du hast dir sogar die DVD gekauft.«

»Ja, wegen Tokio! Und das waren überhaupt nicht Freunde wie wir. Die hat den alten Kerl doch am Ende geküsst.«

»Jetzt sei mal nicht so spießig.« Emma erhob sich mühsam, um ihren Schlafsack und zwei von Alexandras Kissen aus dem Wohnzimmer zu holen.

»Dann lässt du die beiden halt ganz legal an Käthes achtzehntem Geburtstag ein bisschen rumknutschen. Der Leo wird sowieso von ihrem Zungenpiercing genervt sein, und dann ist die Sache gegessen.«

Das wurde ja immer besser. Nun hatte sie dieses Bild von Leo im Kopf, wie er bei Kathrins Eltern auf dem Sofa herumhing, mit dem grünhaarigen Teenager im Arm, umgeben von Käthes halbstarken Geburtstagsgästen, die nur darauf warteten, dass der alte Kerl sich endlich verzog. Leo fasste Käthe am Kinn, zog ihr Gesicht zu sich … und plötzlich rollte ein wackeres kleines Krokodil heran und biss Leo in den Fuß. Du gute Claudette! Halt, sie wollte noch kurz hören, wie Leo aufbrüllte …

Aber Emma, die sich ungeschickt aus Maris kleinem Schwarzen (»Ich hab's für dich ausgeleiert, da wächst du jetzt gefälligst rein!«) und in ihren Schafsack gewunden hatte, setzte Käthes Märchenstunde fort:

Am zweiten Samstag nach Maris Berlinlandung waren Tom, der Gartenzwerg und ein komisches Mehlhörnchen (»Emma! *Nebel*hörnchen!«) im Laden aufgetaucht. Der Laden war kundenleer, und die Käthe hatte es sich mit einer Tüte Gummibärchen auf ihrem Hochsitz bequem gemacht. Toby zeigte dem Butterhörnchen die Räumlichkeiten, und Tom und Leo lehnten an der Kasse. Sie hatten die thronende Käthe völlig vergessen.

Tom quakte munter vor sich hin, zuerst über Vögel, dann über Mari. »Du, Leo, die findet, ich bin der Geist aus der Wunderlampe, und die macht sich Sorgen um mich wegen der Trixi, weil die süchtig macht. Obwohl die Mari ja selber süchtig macht mit ihren schrägen Synapsen.«

(»Synapsen? Emma, du erfindest die Hälfte. Und die heißt nicht Trixi, sondern Lexi.«)

»Weißt du, woran die bei Nebel denkt? An Avalon!« Emmas Version von Tom klang wie Kermit der Frosch.

»Sehr originell, Tommy. Es gibt ja auch bloß einen Bestseller *Die Nebel von Avalon*«, sagte Leo.

»Und weißt du, in welche Zeit die reisen würde? 1954 und die anderen Jahre, in denen Deutschland Fußballweltmeister geworden ist. Nur nicht nach 2014, Public Viewing ist nicht ihr Ding.«

»So ein Quatsch«, brummte Leo gereizt. »So was sagen Frauen nur, um Männern zu gefallen.«

Tom sah ihn erstaunt an. »Echt? Meinst du, die Mari will *mir* gefallen? Mit *Fußball?* Komisch. Ich habe der doch erzählt, dass ich nur die Länderspiele gucke und dass du immer so furchtbar sauer wirst, wenn ich dabei was sage oder kurz Karamellbonbons holen gehe oder Karamellbonbons lutsche, obwohl die echt nach nichts schmecken, wenn man dabei keine Geräusche macht. Du, die Mari darf keine Karamellbonbons essen. Ist das nicht traurig?«

»Das mit den Karamellbonbons kürzen wir jetzt ab«, unterbrach Emma. »Der Weihnachtsmann hat Leo die Geschichte von deinem ausgerenkten Kiefer erzählt, wie du den Schnabel nicht mehr zumachen konntest, wie dich der Kiefermann mit den Gummihandschuhen gefoltert und das Karamell-und-Kaugummi-Verbot verhängt hat, blabla. Und dann waren sich beide einig, dass dein Körper voll im Arsch ist. Maulsperre, kaputte Knie, knochige Schultern, knochiges Alles halt.«

»Oh. Wirklich.« Mari schluckte. »Knochige Schultern.«

»Ja, Leo fand es auch nicht gut, dass der Weihnachtsmann dich beim Spazierengehen anscheinend von oben bis unten abgetastet hat.«

Tom. *Tom* fand ihre Schultern knochig. Oder?

»Es war kalt«, erklärte Mari. »Da hat er mich unter seinen Arm geklemmt.«

»Leo war jedenfalls angepisst.«

»Dann fass sie halt nicht an, wenn sie dir zu knochig ist«, knurrte Emmas Leostimme.

»Och nö«, erwiderte der arglose Kermit, »ich knuddel die Mari schon gern. Die ist ja so was von weich. Schon seltsam, wie das geht, dass jemand so Dürres so weich ist. Wäre mal interessant zu wissen …«

»Sie hat eine sehr weiche Haut.« Leo räusperte sich.

Die Käthe wäre fast vom Hochsitz geplumpst. Was war denn *hier* los? Hatte er sich bei Tom angesteckt? Bitte nicht! Tom war furchtbar. Der betete alles an. Der blieb am Potsdamer Platz mitten in einer Menschenmenge stehen, um sich über einen leeren Mülleimer zu freuen. Der hörte sich in der U-Bahn die Lebensgeschichte des Kätzchens an, das aus der Prada-Tasche seiner Sitznachbarin lugte, und fragte noch dreimal nach und verpasste dabei seine Haltestelle. Ohne Leo war er unerträglich. Leo schubste Tom, wenn er direkt hinter einer Rolltreppe stehen blieb, um eine Wolke zu bewundern. Leo sorgte dafür, dass Tom im Kino die Klappe hielt. Er war der Einzige, der Toms Schwärmereien mit einem einzigen bösen Blick ersticken konnte. Und nun sagte er *so was.* Gleich würde sie in die Gummibärchentüte kotzen.

»Es reibt sich die Haut mit der Lotion ein«, zischte die Käthe mit ihrer psychopathischsten Stimme in der Hoffnung auf Leos sarkastisches Grinsen. Doch er war verloren. Er hörte sie noch nicht einmal.

Tom nutzte die seltene Gelegenheit und huldigte fröhlich weiter: »Und wie elegant die das Krokodil ausgetauscht hat! Mir nix, dir nix hat die das Croissant, äh, ich meine das Nebeldingsda, aus dem Hut gezaubert! Mit der Mari vergeht die Zeit wie im Film. Fast schon fatal schnell, mit der wäre das Leben im Nu vorbei.«

Endlich warf Leo ihm seinen bösen Blick zu. »Wie gut, dass du mit meiner Schwester in Zeitlupe alt wirst.«

»Och Leo, so war das doch nicht gemeint!« Nun hatte sich Tom gezwungen gefühlt, Maris Schattenseiten aufzuzählen.

»Die da wären?«, fragte Mari.

»Das arme Mädchen hat auf nix Hunger«, quakte Emma. »Nicht auf Essen, nicht auf ihre Arbeit und auf Männer wahrscheinlich auch nicht.«

»Tom hält mich also für magersüchtig, faul und frigide.«

»Aber das ist ja kein Wunder, nach der Fehlgeburt«, sagte Kermit.

»Fehlgeburt?«, riefen Mari und Leo gleichzeitig (Mari als Mari, Leo mit Emmas Bierfahne).

»Ich hasse Tom. Nein. Ich hasse Alexandra«, flüsterte Mari. »Erzähl weiter.«

»Och, hat die Trixi dir das nicht erzählt? Am Montagabend hat die Mari bei uns gesessen und geweint und geweint. Wegen unserm Toby. Und so ein Maribaby wäre ja auch echt niedlich gewesen, mit drei elektrischen Haaren auf dem Kopf.«

Die Tränen tropften aus Maris Augenwinkeln auf das Kopfkissen, aber Emmas dicke, dunkle Stimme ratterte unbekümmert weiter. (*Ich hasse Emma*, dachte Mari.)

»Hör auf.« Leo klang heiser, und Tom verstummte. Sie hatten einen Moment lang schweigend dagestanden, beide an den Kassentisch gelehnt, Leo grübelnd, Tom wartend.

Dann hatte Leo viele Fragen gestellt, und zwar so leise, dass die Käthe sich auf ihrem Thron nach vorne beugen musste.

»Wann ist das passiert? Im wievielten Monat ist sie gewesen? Wer war der Vater? Hat sie noch Kontakt zu ihm? Wollte sie ein Kind mit ihm haben?«

»Ich fände es ja mal interessant zu wissen, was die Mari wohl für eine Mutter gewesen wäre«, sagte Tom, ohne Leos Fragen zu beantworten.

Leo hatte inzwischen wirklich verärgert ausgesehen, aber Tom widmete sich nun dem Mutterthema. Die Frischgebackenen waren ihm die liebsten, vor allem die entspannte Sorte, die mit offenem Haar, glattem Gesicht und Kinderwagen die Bergmannstraße entlangschlenderte und alle drei Meter stehen blieb, um ihr fleckiges, krähendes Etwas mit dieser gurrenden Milde zu besänftigen, die nur bei jungen Müttern und Vögeln zu beobachten war. Die Frischgebackenen waren echt die pure Weiblichkeit, null Gereiztheit, die kam wahrscheinlich erst später, nach ein paar Wochen Dauerkrähen. »Meinst du, die Mari wäre so eine?«

»Von der entspannten Sorte? Bist du bescheuert?« Leo war mit seiner Geduld am Ende.

»Also, mit mir ist die immer total entspannt.«

»Du quatschst die Leute ins Koma. Das hat nichts mit Entspannung zu tun. Und spar dir den Wettbewerb. Ich habe sowieso das falsche … Profil für sie.«

»Wie meinst du das denn jetzt?«, fragte Kermit der Frosch. Er klang inzwischen ein wenig unmotiviert, und Mari befürchtete, dass Emma sich gerade selbst ins Koma quatschte.

»Frau Achtzig-Stunden-Woche und Mr. Sabbatical. Denk mal nach.«

»Kapier ich jetzt nicht.«

»Wieso Mr. Sabbatical?«, wollte Mari wissen.

»Das habe ich auch gefragt. Die Mutter vom Gartenzwerg nennt Leo anscheinend so. Deshalb hat der Gartenzwerg ihn heute Nachmittag immer Mr. Bell genannt.« Emma grunzte verächtlich. »Ich glaub, der Zwerg bräuchte mal einen Logopäden.«

»Ich habe noch nie gehört, dass sie Leo so nennt«, wandte Mari ein. »Warum denn?«

»Nullo Schimmer. Schließlich arbeitet der doch als Kammerjäger.« Sie grunzte wieder. »Jedenfalls ist der Käthe dann irgendwann die Gummibärchentüte aus der Hand gefallen, und das war's mit dem schönen Lauschangriff, und Leo hat den restlichen Tag nur geknurrt und böse geguckt.« Emma gähnte. »Und ein paar Tage später ist dann die Sache mit Toby und München passiert, und seitdem ist seine Laune sowieso im Keller. Total sexy, wenn du mich fragst.«

Emma gähnte barrierefrei, und Mari hielt sich die Nase zu.

»Ich würde mal sagen, ich habe den Stellvertreterkrieg doch noch gewonnen. Ich habe sogar noch herausbekommen, wer diese Regina ist, und zwar Leos böse Ex. Die hat den gleichen Tunnelblick wie du. Aber die Käthe mag dich trotzdem wegen der Workaholic-Blume, die der Gartenzwerg jetzt überall mit sich rumschleppt, voll der Kracher, so ein Knirps mit 'nem Usambaraveilchen. Wolle und Jockel haben es nach ein paar Bier nicht hingekriegt, dreimal hintereinander ›Photosynthese‹ zu sagen, tsss, Anfänger. Boah, ich muss jetzt so was von schlafen …« Emmas Schnarchen klang wie ein startendes Boot. Pröttpröttprött. Sommergeräusche.

Mari lag noch eine ganze Weile hellwach neben ihr. Leo wusste also … irgendwie alles. So halb. Stille Post mit Tom war noch sinnloser als Stille Post mit Promille. Noch sinnloser als der Stellvertreterkrieg. Auf den sie sich niemals hätte einlassen sollen. Was Leo heute gedacht haben musste, als Emma von Leaky Condom anfing. Ja, was eigentlich? Dass alles ein Unfall gewesen war. (War es ja auch. Anfang und Ende, alles ein einziger Unfall.) Und dass sie den Fast-Vater ihres Kindes auslachte. (Tat sie nicht. *Emma* lachte ihn aus.) Falls er das dachte …

Pfff. Egal. Sie hatte soeben aus erster, nein, dritter Hand erfahren, dass er ihr gern dabei zusah, wenn sie sich schämte. Bestimmt wollte er sich deshalb ihren Vortrag anhören – die reinste Schäm-Orgie. Und dabei hatte sie sich an jenem ersten Samstag in der Küche (in der Steinzeit – war das wirklich erst zwei Wochen her?) gar nicht geschämt, zumindest nicht die ganze Zeit, zum Teil war sie einfach … Ach, das hatte sich jetzt erledigt, zumal er sie abstoßend fand. Nein, genau genommen fand er es abstoßend, dass er sie *nicht* abstoßend fand. War das besser? Sie wusste es nicht. Sie wusste überhaupt nichts mehr, vor allem nicht, weshalb sie diesen ganzen Blödsinn nicht ausblenden und sich auf das Wesentliche – den Vortrag – konzentrieren konnte. Tunnelblick? Schön wär's. *Reiß dich zusammen. Schlaf.*

Sie wischte sich die Tränen weg und zog auf das Sofa um.

Fünf viel zu kurze Stunden später klingelte der Wecker, und Emma wühlte sich, ohne mit der Wimper zu zucken, ohne sichtbaren Kater oder Müdigkeit aus ihrem Schlafsack, kramte ihre sieben Sachen zusammen, sang fröhlich unter der Dusche, brachte Mari Kaffee ans Sofa (»Bleib liegen, bleib liegen!«), nahm sie in ihre warmen Arme, schwang sich auf ihren Besen und flog davon.

Mari kauerte auf Alexandras Sofa und umklammerte Toms Berlinale-Becher. Es war zwecklos zu versuchen, sich nicht einsam zu fühlen. Das Emma-Paradoxon: War sie da, wollte man sie am liebsten auf den Mond schießen. War sie weg, fühlte man sich wie ein ausgesetztes Tier. Zum ersten Mal empfand Mari die Leere der Höhle als trostlos. Ein Bücherregal hätte schon geholfen. Irgendetwas, das ihr gehörte und nicht Tom oder Alexandra.

In Düsseldorf hatte sie seit dem Referendariat in einem möblierten Zimmer gewohnt. Sie hätte sich mit ihrem gut bezahlten Job in der Großkanzlei eine schöne Wohnung leisten können, aber sie hatte nach ihrem Zweiten Staatsexamen sofort angefangen zu arbeiten und konnte sich an ihren wenigen freien Tagen nicht zur Wohnungssuche aufraffen. Ihre einzigen Möbel (drei Bücherregale und ein Schreibtisch) waren Überreste aus ihrem Kinderzimmer. Wozu Möbel kaufen, wenn man im Büro lebte.

Doch auf einmal kam es ihr armselig vor, dass sie noch nicht einmal ein eigenes Bett hatte. Und Niklas würde ihr

Büro zweifellos zur Quarantänezone erklären, wenn er wüsste, dass sie Kundin im Waschsalon war.

Mari sah zum Fenster hinaus. Das Fenster zum Hof. *Die* Fenster zum Hof. Sie war eingemauert. Kein Vogel, kein Baum, kein Lebewesen weit und breit. In dem reflektierenden Tageslicht konnte sie noch nicht einmal die Nachbarn hinter den anderen Fenstern erkennen, ihr Sonntagsfrühstück, einen Mord oder Ähnliches beobachten. Nur nachts wurde auf einmal alles transparent. Gegenüber im Vorderhaus wohnte eine Frau mit kurzen weißen Haaren, die fast jeden Abend ab zehn Uhr an ihrem Schreibtisch saß und schrieb und schrieb. Mari schaltete manchmal das Licht im Wohnzimmer aus, setzte sich unsichtbar auf eine der geräumigen Fensterbänke und fragte sich, wobei sie der Frau gerade zusah. Vielleicht arbeitete sie einfach an einem staubtrockenen wissenschaftlichen Aufsatz, doch mit ein bisschen Glück schrieb sie einen dicken Roman, der sich schon beim Schreiben wie zuhause anfühlte, oder eine Trilogie oder, besser noch, dreißig Bände mit demselben Detektiv, den man irgendwann besser kannte als sich selbst.

Sie beneidete die Frau, die offenbar die Zeit, die Welt um sich herum vergaß, und sie fühlte sich jedesmal faul, wenn sie sich erschöpft auf ihrer Matratze einrollte, während gegenüber noch das Licht brannte und gedacht und geschrieben und mit Hingabe gearbeitet wurde. Aber Neid war besser als die undurchsichtigen Tagesfenster, an denen ihre Blicke abprallten und die sie dazu zwangen, sich dem Inneren der Höhle zuzuwenden. Die Möbelsituation erschien ihr auf einmal unerträglich. Als wäre sie auf dem Sprung, schlimmer noch, auf der Flucht, eine sechzehnjährige Ausreißerin mit Koffer und ohne Leben.

Tom hatte sich letzte Woche erkundigt, wann denn die Möbelpacker kämen.

»Keine Möbelpacker.«

»Und wo sind deine Sachen?«, hatte er ungläubig gefragt.

»Welche Sachen?«

Er hatte sie in den Arm gekniffen. »So. Du bist kein Geist. Und du bist schon ziemlich lange auf der Welt, da hat man doch Sachen!«

»Ja … Bücher, die lagern bei meinen Eltern, die hole ich irgendwann mit dem Auto, also die Bücher, nicht meine Eltern.«

Warum war ihr nicht aufgefallen, wie erbärmlich das war? Am liebsten wäre sie sofort einkaufen gegangen, und zwar nicht nur Bett, Kleiderschrank, Esstisch, Stühle, sondern Überflüssiges, das sich in einunddreißig Jahren in der wirklichen Welt angehäuft hätte – kratzige Wolldecken mit Pferdemotiven, Kisten und Kästen gefüllt mit Aufklebern, Radiergummis oder Liebesbriefen, gesprungene Blumenvasen aus buntem Glas, mit Kerzenwachs verschmierte Weinflaschen, eingestaubte Kuscheltiere, ein zerbrochenes Hamsterrad, Gerümpel, weswegen andere Leute überfüllte Keller hatten, Streit hatten, jetzt ruf endlich den Sperrmüll …

Mari hatte keinen Müll. Sie hatte ihr Leben jenseits von Schule, Universität, Kanzlei und Emma fast ausschließlich in Büchern verbracht. Ohne Emma würde sie wahrscheinlich unsichtbar auf ihrer Insel im Nebel sitzen. Emma war wie Schwarzlicht – aha, kuck mal, da sind Spuren von Mari! Ihre Stippvisite hatte die Wohnung verändert. Mari konnte nicht sagen, was genau anders war. Irgendwie erschien der Raum luftiger, das Licht heller, und die Konturen waren schärfer, als hätte sie die Wirklichkeit hereingelassen. *Komm zurück, Emma, komm zurück …*

12

Vanessa war tatsächlich eine (gute) Fee. Als Mari eine volle Stunde vor Beginn der Veranstaltung mit stechenden Kopfschmerzen und feuchten Händen im großen Konferenzsaal des *Grand Hotel Esplanade* auftauchte, flatterte sie schon um die Kaffeemaschine herum und nahm Mari strahlend und selbstlos (sie würde die verlorene Zeit am Wochenende nacharbeiten müssen) unter ihre Fittiche.

»Wir sind die Ersten, Mari! Komm, wir nehmen unser Käffchen mit und gehen zusammen aufs Podium. Doch, das machen wir jetzt, dann gewöhnst du dich schon mal an den Saal, und am besten bleiben wir gleich da oben sitzen und gucken zu, wie die Leute eintrudeln, dann ist das hinterher nicht so ein Schock. Du wirst sowieso mit den anderen Referenten da oben sitzen, ich habe schon dein Namensschild gesehen. Ich gehe dann in die erste Reihe, und du guckst einfach nur mich an. Falls du dir die Leute in Unterwäsche vorstellst: Ich habe einen hellgrünen BH mit weißen Punkten an, extra für dich, grün soll ja beruhigend wirken, und Punkte sind freundlich, nur bitte keine Nackedeigedanken, mir wird so schnell kalt …«

Am Freitag zur Kuchenstunde hatte Vanessa das heulende Wrack in flagranti erwischt. Sie hatte alles versucht, um Mari zu trösten – Blaubeermuffins, Tiervideos auf YouTube, Adressen hilfreicher Ärzte zum Krankschreiben. Mari hatte die quasselnde Fee nach einer Viertelstunde Anteilnahme aus ihrem Büro geworfen. Was Vanessa nicht davon abgehalten hatte, ihr heute beizustehen. Und ihre Gegenwart war unerwartet beruhigend. Die Fee spulte einfach ihr übliches Kaffeeprogramm ab, errichtete überall ihre unbeschwerte Girlie-Zone, egal ob in Maris Büro oder hier, mitten auf der Bühne. Es hätte Mari nicht gewundert, wenn sie jetzt ein Waffeleisen ausgepackt hätte, Herzchenwaffeln für alle. Sie war so reizend und arglos, wie nur jemand sein konnte, der selbst nichts Böses im Schilde führte, dem Hohn und Spott in beide Richtungen fremd war. Hin und wieder wunderte Mari sich über Vanessas astronomische Examensnoten, doch dann ärgerte sie sich über sich selbst. Intelligenz musste doch nicht zwangsläufig mit Boshaftigkeit einhergehen, oder?

Sie saßen nun schon seit einer halben Stunde auf dem Podium und schauten zu, wie sich der riesige Raum wie im Zeitraffer füllte. Mari versuchte, nicht nach Leo Ausschau zu halten. Er war nirgends zu sehen.

Sie hatte den Eindruck, dass es sich bei der Hälfte der Leute um Kollegen handelte. Umso schlimmer. Ihr größter Angstkollege war Herr Diem, der graue Herr, der sie an ihrem ersten Arbeitstag des Bücherdiebstahls bezichtigt hatte. Anders als Herr Weimar, dem die dankbare Aufgabe des Moderators zukommen würde, gehörte Herr Diem ebenfalls zu den Referenten und würde irgendetwas über Datenschutz in Arbeitsverhältnissen erzählen.

Der graue Herr stand gelassen mit einer Hand in der Hosentasche neben einem der Eingänge und beobachtete gerade mit einem leichten Kopfschütteln Maris Chef, der wie ein aufgescheuchtes Huhn kreuz und quer durch den Saal lief und die arme Kollegin vom Marketing hinter sich herzerrte. »Der Herr dort drüben hat noch kein Namensschild! Wieso haben Sie die Tagungsunterlagen nicht auf die Stühle gelegt? Wer testet denn den Beamer?«

Er schüttelte hektisch ein paar Mandantenhände. »Weh dem, der von Untergebenen abhängig ist. Fontane.«

Die Mandanten lachten.

»*Untergebene?*«, flüsterte Vanessa. »Mari, das ist kein netter Mann. Und was der mit deiner Winkekatze anstellen wollte, ist einfach unverzeihlich. Kennst du diese solarbetriebenen Wackelblumen? Ich bringe dir eine ins Büro mit.«

»Warum?«, fragte Mari.

»Um ihn zu ärgern. Je mehr Gewackel auf deinem Schreibtisch stattfindet, desto besser. Vielleicht wird er so richtig seekrank und traut sich nicht mehr in dein Büro.«

Mari warf ihr einen erstaunten Blick zu. Sie konnte ja doch boshaft sein. Wie ein zorniges Blümchen, das androhte, nicht mehr so gut zu duften.

»Gute Idee. Ich könnte auch einen Drudenfuß an meiner Türschwelle anbringen, wie Faust.«

»*Druden?* Die unheimlichen Viecher aus *Ronja Räubertochter*? An die habe ich schon lange nicht mehr gedacht.« Vanessa nippte versonnen an ihrem Kaffee, und Mari wünschte, sie könnte ihr in den Wald folgen, zu den Rumpelwichten und Graugnomen, zur Burg, zur Räuberbande. Doch die Panik hatte einen dicken Riegel vor die Traumwelt geschoben. Alle Fluchtwege waren versperrt.

Heute Morgen im Bus hatte sie sehnsüchtig die anderen Leute beobachtet. Der Typ, der neben ihr saß, würde jetzt gemütlich ins Büro schlurfen, seine Laugenstange auspacken und erstmal auf Spiegel Online surfen. Und die beiden Japaner, die startklar direkt hinter dem Busfahrer standen, fuhren um acht Uhr morgens zur Nationalgalerie und würden dann zwei Stündchen vorm Eingang herumstehen und warten. Und die Tante, die sich mit ihrem sabbernden Boxer einen Sitzplatz teilte, würde gleich im Tiergarten spazieren gehen und seine Riesenhaufen mit einer winzigen Tüte aufheben.

Wie harmlos das Leben sein konnte. Mari wollte auch ins

Büro gehen, vor verschlossenen Museen herumlungern, ja, sogar Riesenhaufen einsammeln oder einfach den ganzen Tag Bus fahren wie letztes Jahr in New York mit Emma. Ihre geschundenen Touristenfüße hatten eine Auszeit gebraucht, und daher hatten sie Manhattan im Bus erkundet, waren von einer Linie in die nächste gesprungen, kreuz und quer durch die Stadt gekurvt, mit einer braunen Papiertüte voller Zimt-Rosinen-Bagels.

Mari hatte die meiste Zeit verträumt aus der Windschutzscheibe geschaut, weil die Straßen Manhattans im Himmel zu enden schienen. Die Kombination aus Schachbrett und Insel war unschlagbar. »Halt dich fest, Emma, wir fahren auf der Busspur eines abgebrochenen Regenbogens, gleich fallen wir runter!« Emma hatte ihr den Vogel gezeigt. Sie hatte sich ausschließlich mit dem Inneren des Busses beschäftigt. »Halt dich fest, Mari, nur jeder sechzehnte Typ sieht passabel aus, und das in New York! Welches Elend herrscht denn dann erst in anderen Städten?!« Es folgte ein Emmamonolog darüber, ob hässliche Leute eher Bus fuhren und die Schönen eher Taxi, ob Reiche schöner waren als Arme … Es war gut, dass die Saftschubse sich die meiste Zeit im Ausland aufhielt, wo niemand sie verstand – bei Emma bestand stets die latente Gefahr, dass sie gleich eins aufs Maul kriegen würde.

»Es geht bestimmt gleich los, ich setz mich jetzt mal runter.« Vanessa drückte Maris Hand und schaute sie entsetzt an. »Du bist ja eiskalt!«

Mari zog ihre Hand weg.

»*Zitterst* du?« Die Fee klang vorwurfsvoll, als wäre Mari bei Minusgraden ohne Mantel vor die Tür gegangen.

»Halb so schlimm, das ist ein Dauerzustand.«

»Du hättest Betablocker schlucken sollen«, flüsterte Vanessa.

»Betablocker. Alles klar.«

»Nein, ehrlich Mari. Die senken den Blutdruck, und der Effekt ist einfach unglaublich. Man *kann* gar nicht nervös sein, es geht nicht, als hätte jemand das Adrenalin genommen und ... und ...«

»Gefesselt und geknebelt in einen Kofferraum geworfen«, ergänzte Mari.

»Genau so! Als wäre man sediert, aber ohne benebelt zu sein, im Gegenteil, man ist viel scharfsinniger als sonst, fokussierter ...«

»Vanessa, das ist krank.«

»Wieso denn?« Die Fee sah sie mit großen Augen an. »Wenn du Kopfschmerzen hast, nimmst du doch auch eine Tablette. Das sind halt Tabletten gegen Nervosität.«

»Das sind keine Tabletten gegen Nervosität, sondern gegen Herzinfarkt. Das ist, als würde man schlechte Laune mit Antidepressiva bekämpfen.«

»Wenn's hilft.« Sie zuckte mit den Achseln. »Oh, da kommt Herr Dr. Diem, der sitzt neben dir, ich geh dann mal. Toi, toi, toi!«

Wenn's hilft. Unfassbar, die Fee.

Tu doch nicht so. Hier und jetzt, auf dem Podium, mit dem grauen Herrn zur Linken, dem Fontanefanatiker, der noch irgendwo herumrannte, zur Rechten und einem Meer fremder Gesichter zu Füßen, hätte Mari alles geschluckt – Betablocker, Antidepressiva, Ecstasy, egal was, Hauptsache, die Angst loswerden. Und überhaupt. Warum immer den schweren Weg gehen, warum nicht einfach mal die Herzklabasterpillen von Vanessas Opa einwerfen und die Natur ein bisschen à la Tour de France beschummeln? Wegen der Gesundheit. Pfff. Ein Ruhepuls von hundertfünfzig war bestimmt nicht die Formel für ein langes Leben. Und Vanessa, die sich offenbar hin und wieder mal zudröhnte, wirkte definitiv gesünder als sie.

Herr Weimar und die anderen Referenten hatten inzwischen ebenfalls an dem Tisch auf der Bühne Platz genommen. Der Tag würde lang werden. Außer Mari und Herrn Diem standen noch vier externe Referenten und eine Podiumsdiskussion auf dem Programm. Zum Glück war Maris Vortrag für den Vormittag angesetzt. Es war der letzte Programmpunkt vor der Mittagspause. Dann würde sie vielleicht sogar etwas essen können.

Sie ließ ihren Blick durch den Raum schweifen. Von Leo weit und breit keine Spur. In der ersten Reihe, drei Sitze rechts von Vanessa, saß Maris Ruhestandsmandant, Dr. Drittschadensliquidation (kurz: Dr. DSL), und winkte ihr zu. Sie winkte zurück. Er hatte bestimmt ein paar Betablocker in der Brieftasche …

Das Mikrofon knackte, die Türen wurden geschlossen, der Raum wurde still.

Es war wie in diesen Workshops, in denen sich jeder erst einmal vorstellen sollte. Das Wort wurde dank der Redseligkeit einiger Teilnehmer im Schneckentempo weitergegeben, und Mari, die normalerweise in der letzten Reihe saß, hörte nur ihr Herz lauter und lauter pochen, während das Wort wie eine gemächliche, aber unaufhaltsame Welle auf sie zurollte, und sie bezweifelte plötzlich, ob sie in der Lage war, fehlerfrei in zwei Sätzen ihren Namen und Beruf mitzuteilen.

Heute erschien ihr das wie der pure Luxus. Heute rollte nicht das Wort auf sie zu, sondern eine ganze Wörterlawine, und sie saß nicht in der komfortablen letzten Reihe, sondern auf einer Bühne, und zwar den ganzen Tag lang – sie würde sich noch nicht einmal an der Nase kratzen können, ohne dass der ganze Saal dabei zusah.

Übung macht den Meister? Du gewöhnst dich daran? Irgendwann macht es dir sogar Spaß? Unsinn. Mari hatte diese Situation unzählige Male erlebt, hatte vor wenigen und vielen Menschen gesprochen, Seminare und Aktenvorträge gehalten, fünfstündige mündliche Prüfungen gemeistert, Podiumsdiskussionen überstanden, und einmal hatte sie sogar ein Fernsehinterview gegeben (bei einem Zollrundgang auf einer Messe). Jedes einzelne Mal war ein Albtraum gewesen. Sie hatte sogar schwitzige Hände gehabt, wenn sie ihre Hausaufgaben im Japanischkurs vorlesen sollte. Immer wieder, auch beim hundertsten Mal.

Sie brühte einfach nicht ab. Vielleicht war das genetisch bedingt, wie bei den Leuten, die keinen Alkohol vertrugen – da half auch kein höherer Konsum. Gewöhnungsresistenz. Gab es so etwas? Wenn ja, dann hatte sie es. Mit allen Symptomen, auch den positiven. Wer sich an nichts gewöhnte, der freute sich über die alltäglichsten Dinge – morgens über den Kaffeeduft, abends über den Mond, sonntags über die langsame Zeit, im Kino über das tausendmal erlebte Happy End, in Angora-Socken über ihre unglaubliche Kuscheligkeit. Die Farben blieben strahlend wie vor dem ersten Waschen. Im Frühling waren die jungen Blätter nicht hellgrün, sondern neongrün. Ein Gewitter war nicht einfach ein Gewitter, sondern ein Hexenzirkus, und Mari saß für gewöhnlich in der ersten Reihe, klebte an der Fensterscheibe, ablenken unmöglich, kommt schon, ihr Wetterhexen, dreht den Regen lauter, noch lauter, und jetzt Blitz und Donner, gebt alles, KAWUMM! Mari konnte nicht verstehen, dass Menschen Autorennen fuhren oder sich aus Flugzeugen stürzten oder sich freiwillig auf Bühnen stellten. Die Welt war doch schon fast unerträglich grell und schnell, wer brauchte denn da noch mehr Adrenalin?

»Adrenalin« … Längst gegoogelt. Stresshormon, das in brenzligen Situationen von der Nebenniere freigesetzt wird und Herzfrequenz, Blutdruck, Fettabbau, Energieumsatz sowie Schweißproduktion erhöht und Gänsehaut hervorrufen kann. Adrenalin war also nicht nur die Erklärung für Maris Herzrasen und die feuchten Hände, sondern mit ein bisschen Wohlwollen auch für ihr Untergewicht und vielleicht sogar das ewige Zittern. Alles Folge der konstanten Überdosis.

Ungeklärt war nur, weshalb ihre dumme Nebenniere auf die Idee kam, dass das ganze Leben eine brenzlige Situation war. Als ob Mari kein Gedächtnis hätte, keine Instanz im Gehirn, die sich dazu herabließ, ihre Nebenniere mal darüber zu informieren, dass sie dies und jenes schon zigmal erlebt hatte und sich getrost abregen konnte. Wahrscheinlich dauerstreikte ihr vegetatives Nervensystem, das angeblich die inneren Organe über alles Wichtige auf dem Laufenden halten sollte. Leider konnte Mari auf ihr Nervensystem ebenso wenig Einfluss nehmen wie auf das Wetter. (Das Nebelhörnchen konnte das Wetter beeinflussen, doch es ahnte selbst noch nichts davon.)

Ach, könnte sie doch das überflüssige Adrenalin einfach abzapfen und an die Bedürftigen verteilen oder, noch besser, für teures Geld an Adrenalinjunkies verkaufen (als Designerdroge unter der Marke »Lexi«). Dann bräuchten die nicht mehr Bungee zu springen.

Oder sie könnte ihren Hausarzt davon überzeugen, dass in ihrem Fall die regelmäßige Einnahme von Betablockern medizinisch indiziert war. Dann würde sie endlich abstumpfen, endlich altern. Denn wer nicht abnutzte, blieb Kind, und das war wider Erwarten kein Vergnügen. Es war kein Zufall, dass das Kindsein im Regelfall nach etwa vierzehn Jahren ausplätscherte. Die Reizüberflutung, das maßlose Staunen über die Welt war auf die Dauer kaum auszuhalten.

Ohne Betablocker oder Abzapfung half nur die gute alte Verkleidung. So tun als ob. In Jeans und T-Shirt hätte Mari längst die Fassung verloren. In ihrem teuren anthrazitfarbenen Kostüm, der stylischen weißen Bluse ohne Kragen und den High Heels sah sie immerhin wie eine Erwachsene aus. Allein ihre Gedanken konnten sie entlarven. Ein echter Erwachsener würde im Zweifel nie über sein Erwachsensein nachdenken, ebenso wenig wie man über seine Ohren oder sein Steißbein nachdachte.

Ein solches Exemplar selbstverständlicher Erwachsenheit, die Leiterin des Referats für Datenschutzrecht im Bundesjustizministerium, blubberte nun schon seit geraumer Zeit im Hintergrund vor sich hin. Sie hatte Herrn Weimars Lobpreisung gleichmütig zur Kenntnis genommen, war reglos auf ihrem Platz sitzen geblieben und hatte unvermittelt begonnen, mit waberndem Doppelkinn und monotoner Stimme einen Stapel dicht beschriebener Seiten vorzulesen. (»Die uralte Morla!«, würde Emma lästern.) Stehpult, Mikrofon und Laptop standen verlassen am Bühnenrand, und die vermeintlichen Zuhörer wurden nur sporadisch durch den Raucherhusten der uralten Morla aus dem Schlaf gerissen. Schlaue Taktik. Am Ende benommener Applaus und keine Fragen.

Leider wachten beim zweiten Redner alle wieder auf. Ein junger dynamischer Geschäftsführer eines Software-Start-ups erzählte etwas über die Funktionsweise von Webanalyse-Tools, also in Emmas Worten darüber, wie man die armen Leute, die bloß ein bisschen online shoppen wollten, am cleversten ausspionierte. Seine PowerPoint-Folien konnten fliegen, blinken, tanzen, und Mari fühlte sich nach kurzer Zeit so, als hätte sie dreißig Fernsehsender auf einmal geschaut – sehr kurzweilig, aber sie erinnerte sich schon währenddessen an nichts mehr.

Ein paar Computerspinner stellten unverständliche Fragen, in denen Begriffe wie »traffic«, »clickstream«, »java« vorkamen. Mari schluckte. Sie hatte diesen Computermist schon tausendmal gegoogelt, aber der Sinn glitt irgendwie von ihr ab. Das kam viel zu häufig bei ihr vor, und zwar nicht nur, wenn es um Computermist oder besonders langweilige Rechtsgebiete wie Zwangsvollstreckungs- oder Insolvenzrecht ging, sondern im ganz normalen Kraut-und-Rüben-Anwaltsalltag. Was genau bedeutete zum Beispiel nochmal »vorsteuerabzugsberechtigt«? Und was war der Unterschied zwischen Basis- und Leitzins? Pipikram. Tausendmal nachgeschaut. Links rein, rechts raus. Mari ging es genau wie Tom, der sich einfach keine Berufe merken konnte. Nur dass Tom kein Kontrollfreak war. Nur dass Tom keinen Hehl daraus machte, dass er lieber in die Wolken guckte als ins Handelsblatt.

Plötzlich hörte sie ihren Namen. Mehrfach. Und den von Theodor Fontane.

»Frau Thaler wird uns nun die rechtlichen Rahmenbedingungen erläutern, blabla … a) die Einwilligung des Betroffenen in die Nutzung seiner personenbezogenen Daten … Opt-In oder Double-Opt-In, blabla … b) die Datenschutzpolitik der sozialen Medien … unbeschränkte Nutzungsrechte … unreflektierte Verlinkung … und der Gefällt-mir-Button, blabla …«

Herr Weimar fand kein Ende. Doch kein Wort dazu, dass sie spontan für Niklas eingesprungen war. Und nein, sie hatte eigentlich nicht vorgehabt, über soziale Medien zu sprechen. Wieso hielt er den Vortrag nicht gleich selbst?

Stille. Alle Blicke waren auf sie gerichtet. Wie lange schon? Ihre innere Stummtaste wurde langsam zum Problem.

Sie rückte hastig ihren Stuhl zurück, stand auf und trat ans Rednerpult. (Warum war der Boden so weit weg? Ach ja, die High Heels. Warum hatte sie nicht an ihre Knie gedacht? Sie würde einen Wadenkrampf bekommen.) Das Mikro war eingeschaltet, und die arme Kollegin vom Marketing, Mari kannte ihren Namen nicht, hatte bereits die PowerPoint-Präsentation geöffnet. Fünfzehn Folien.

»Guten Tag.« Mari räusperte sich. Sie hatte ihren Einleitungssatz vergessen.

»Eigentlich müssten das hier«, sie zeigte auf den Beamer, »achtundsiebzig Folien sein.«

Sie erzählte atemlos von ihrer kurzfristigen Rekrutierung am Freitag, von Niklas' perfekter Präsentation, den ausgefeilten Grafiken und Cartoons, die ihr das Wochenende verdorben hatten. Die Zuhörer lachten. Natürlich würden alle Teilnehmer eine Kopie erhalten. Fragen hierzu dann aber bitte per E-Mail direkt an Niklas Gernrath. Die Zuhörer lachten wieder. Heute mussten sie mit Mari und ihren fünfzehn Folien vorliebnehmen.

Am Sonntagmorgen auf dem Gipfel ihrer Verzweiflung hatte Mari beschlossen, ihre eigene Präsentation zu entwerfen. Ein gutes Sandwich war tausendmal besser als ein missglücktes Fünf-Gänge-Menü. Die Datenschutzerklärung, die sie am Donnerstagmorgen endlich fertiggestellt hatte, war das Sandwich. Fast zwei Wochen hatte sie darüber gebrütet, sich jeden einzelnen Satz vorgeknöpft, jedes Wort hinterfragt und jede Unklarheit aufgeklärt. Sie würde die Antworten auf ihre eigenen Fragen präsentieren. Und Punkt. (Natürlich überschlug sich ihre Nebenniere vor Angst, dass die Leute unterfordert sein würden, und ihr Gedächtnis hatte mal wieder keine Lust, sich an die üblichen Pappnasen im Publikum zu erinnern.)

Maris Stichwortzettel lag unbenutzt auf dem Rednerpult. Sie brauchte ihn nicht. Sie musste nur die Datenschutzerklärung durchgehen und an all das denken, was sie zuerst nicht verstanden hatte, der Reihe nach, Satz für Satz.

Sie las mit überraschend ruhiger Stimme Folie vier vor:

»Wir speichern Ihre IP-Adresse über den Nutzungsvorgang hinaus ausschließlich zur Erstellung anonymer Nutzungsprofile.«

Mari sah von dem Laptop auf. »Hat jemand von Ihnen eine Ahnung – ich meine, *wirklich* eine Ahnung –, was das bedeutet? Also, ich musste erstmal googeln, was überhaupt eine IP-Adresse ist.«

Die Computerfreaks hatten wahrscheinlich inzwischen den Saal verlassen, aber die Gesichter in der ersten Reihe lächelten freundlich, und Vanessa strahlte so eifrig, dass Mari kaum hinsehen konnte. Ihr Blick fiel auf Dr. DSL, der die Beine übereinandergeschlagen hatte und übertrieben konzentriert an dem Bügel seiner Lesebrille kaute. Er nickte ihr zu, und sie erklärte ihm, was eine IP-Adresse war.

Sie wurde nur zweimal kurz aus dem Konzept gebracht. Das erste Mal, als Herr Weimar sie unterbrach und eine Zwischenfrage stellte, die er sogleich selbst beantwortete. Mari nickte nur und wollte fortfahren, doch er insistierte, dass sie bestimmt noch etwas hinzuzufügen habe. Hatte sie nicht.

Das zweite Mal geriet sie aus dem Konzept, als sie Leo entdeckte. Irgendwie hatte sie die Leute zum Lachen gebracht und wagte es, den Blick über die Köpfe schweifen zu lassen. Leo saß ganz außen in der letzten Reihe, sie sah nur sein Gesicht. Mal wieder unrasiert und irgendwie unverschämt. Sie wusste, was er dachte. *Viel Lärm um nichts.* Mari funkelte ihn an. *Warte auf die Fragen!* Er rollte mit den Augen, als hätte er sie gehört. Oh Gott, er hatte sie doch nicht gehört, oder? Titty Twister Revisited. Nein, weit und breit keine erstaunten Gesichter, es war alles in Ordnung.

Rede einfach weiter. Und sieh ihn bloß nicht mehr an. Guck Vanessa an.

Guter Schachzug, die Fee strahlte wie ein Atommeiler.

Und dann war es so weit: »Vielen Dank. Haben Sie Fragen?«

In der dritten Reihe schoss eine Hand in die Höhe. Ein junger Schnösel in schwarzem Nadelstreifenanzug mit Hornbrille und Gelfrisur erhob sich. Die Kollegin vom Marketing reichte ihm ein Mikrofon. »Mein Name ist Christopher Rettich von Diversionary Tactics.«

Diversionary Tactics? Keine Ahnung. Wieder so ein Fall für Handelsblattleser.

»Haben Sie Dank für diesen wirklich ausgezeichneten Vortrag, Frau Thaler«, näselte er und klang dabei wie ein älterer Herr. »Ich war so frei, Ihren beruflichen Werdegang im Netz nachzulesen. Wenn ich das richtig verstehe, sind Sie von Hause aus Patentrechtlerin.«

Mari errötete. »Das stimmt, aber …«

»Nein, bitte missverstehen Sie mich nicht. Ich bin äußerst beeindruckt, wie gut Sie sich in diesem fremden Rechtsgebiet auskennen und dass Sie so kurzfristig für Ihren Herrn Kollegen einspringen konnten.«

Ein paar Leute applaudierten kurz.

»Wie dem auch sei, habe ich einige Fragen zum Listendatenprivileg, die ich gern direkt an Herrn Dr. Weimar richten würde, der ja laut Ihrer Internetseite zu diesem Thema publiziert hat.«

Mari kannte Herrn Weimars Publikation. Sie lag bereits einige Jahre zurück und bezog sich auf die alte Rechtslage vor der letzten Gesetzesnovelle. Und sie stammte strenggenommen nicht von Herrn Weimar, sondern von Niklas.

Der Schnösel feuerte gleich drei Fragen hintereinander ab. Es klang so, als hätte er sie auswendig gelernt, kein (normaler) Mensch baute spontan solche Schachtelsätze.

Mari drehte sich zu ihrem Chef um. Herr Weimar stützte sich mit verschränkten Armen auf den Tisch, die Schultern fast bis zu den Ohren hochgezogen, die Hände in seine Oberarme gekrallt. Er tat ihr fast leid.

Er hustete ins Mikrofon und stammelte ein paar Worte. Dann fing er sich wieder und erzählte irgendein sinnfreies Zeug. Nein, Moment mal, kein sinnfreies, sondern grob falsches Zeug. Mari bemerkte, dass Herr Diem auf seinem Stuhl herumrutschte, unruhig mit den Füßen scharrte und eindeutig kurz vorm Platzen stand.

Und dann platzte er tatsächlich. »Martin, mit Verlaub, seit der Gesetzesnovelle ist das genau *umgekehrt.*«

Der graue Herr war fit. Routiniert und schnörkellos beantwortete er die Fragen, ohne Ausflüchte, ohne Füllwörter, einfach Subjekt, Prädikat, Objekt. Mari war beeindruckt und schämte sich ein wenig für ihren Chef. Sie warf ihm einen verstohlenen Blick zu, aber der dachte gar nicht daran, im Erdboden zu versinken. Stattdessen fiel er dem grauen Herrn ins Wort.

»Also, es ist schon ein wenig komplizierter, da muss man viel genauer differenzieren, wir sprechen hier über verschiedene Sachverhalte, das muss man im Einzelfall prüfen.«

Der graue Herr ließ ihn ausreden. Dann wandte er sich an den Schnösel. »Es ist nicht kompliziert. Es ist so, wie ich gesagt habe.«

Verblüfftes Schweigen im Saal. Wow. Der graue Herr war fast ein bisschen sexy.

Doch so schnell gab Herr Weimar sich nicht geschlagen. Das unheimliche Wutlächeln, das Mari inzwischen so gut kannte, erschien auf seinem Gesicht. »Der Standpunkt macht es nicht. Die Art macht es, wie man ihn vertritt. Theodor Fontane.«

»Seit wir die Eisenbahn haben, laufen die Pferde schlechter. Ebenfalls Fontane«, erwiderte Herr Diem und lächelte trocken.

Das Publikum lachte.

Mari traute ihren Ohren nicht. Er hatte sich Munition besorgt, genau wie sie. Mit dem winzigen Unterschied, dass sie sich mit Trapattoni-Zitaten eingedeckt hatte.

»Hugo, willst du damit etwa sagen, *ich* sei das Pferd?« Das Wutlächeln wurde immer breiter.

»Unfug.« Der graue Herr musterte ihn kühl und ignorierte das unterdrückte Schnaufen und Gackern im Publikum. »*Wir* sind die Pferde, und Frau Thaler ist die Eisenbahn.«

Mist. Mari hatte gehofft, dass man sie einfach vergessen würde. Musste sie jetzt etwas sagen? Und wenn ja, was?

Alle Augen waren nun auf sie gerichtet. Sie räusperte sich.

»Ich … Ich kenne bloß Zitate von … Giovanni Trapattoni.«

Die leicht aufgekratzten Zuschauer prusteten los. Herr Weimar klopfte ungehalten auf sein Mikrofon.

»Wir sind bereits zwanzig Minuten hinter der Zeit, und das Mittagsbuffet ist schon aufgebaut. Also, maximal noch zwei kurze Fragen an Frau Thaler, wir können dann ja beim Essen weiterdiskutieren. Ja, bitte, der Herr in der letzten Reihe.«

Der Herr in der letzten Reihe? Mari sah sich um.

Leo war aufgestanden, doch er stellte sich nicht vor und wartete auch nicht auf das Mikrofon.

»Können Sie mir sagen, was ich tun muss, damit ich meine Kunden mit Newslettern belästigen darf?« Seine warme Stimme erreichte mühelos die Bühne. Unterfordert, wie immer.

Das inzwischen wirklich alberne Publikum kicherte los. *Belästigen*. Hahaha.

Leo verzog keine Miene. Er stand einfach nur da, in Bluejeans und grauem Wollpullover (es handelte sich eindeutig um den Kaschmirpulli des Nebelhörnchens), und wartete auf Maris Antwort. Zwischen den ganzen Anzugträgern wirkte er irgendwie matt, unsteril, als würde plötzlich ein echter Mensch durch ein Computerspiel latschen.

Jetzt konzentrier dich! Newsletter. Ein Kinderspiel. Danke, Emma! Danke, Leo.

Sie lächelte ihn an und erklärte ihm in schlichten Worten, fast so routiniert und schnörkellos wie Herr Diem, welche Einwilligungen der potenziellen Newsletter-Opfer erforderlich waren und wie er sie einzuholen hatte.

Leo bedankte sich mit einem warmen Lächeln, und Mari wähnte sich schon in der Mittagspause, aber Newsletter schienen auch für die anderen Teilnehmer ein spannendes Thema zu sein, ebenso wie die Gestaltung ihrer Online-Shops im Allgemeinen und im Speziellen, und plötzlich war Mari … Infodesk. Bei jeder einzelnen Frage dachte sie *Woher soll ich das wissen?*, aber dann fand sie irgendwo in einem Winkel ihres Gehirns Antworten. Sie wusste nicht, ob es die richtigen waren, und rechnete jeden Moment mit einer Intervention von Herrn Diem, die nicht kam. Anscheinend hatte sie in den letzten zwei Wochen mehr über das ganze Internetgedöns gelesen als gedacht.

Herr Weimar musste schließlich der kostenlosen Rechtsberatung einen Riegel vorschieben: »Noch eine letzte Frage an Frau Thaler.«

Maris Blick wanderte zu Leo, der immer noch in der letzten Reihe stand und unmerklich den Kopf schüttelte. *Hysterikerin.* Sie dachte an ihre Tränen, ihr Gejammer von Freitag und wusste, dass er recht hatte. Viel Lärm um nichts.

Lärm? Lärm aus der ersten Reihe.

»Frau Anwältin!« Dr. DSL hatte sich von seinem Platz erhoben. Oh nein. Mari machte sich auf das Schlimmste gefasst – Geheißerwerb, Factoring, Verträge zwischen Mensch und Tier …

»Frau Anwältin, ich hätte gern ein Zitat von Trapattoni gehört!«

Zustimmendes Geraune aus dem Publikum.

»Ähm …« Mari schluckte verlegen. »Ich habe fertig?«

»Oh«, sagte Dr. DSL, »da hätte ich aber mehr von Ihnen erwartet.«

Überall enttäuschte Gesichter.

Mari sah Leo an, der immer noch keine Anstalten machte, sich wieder zu setzen. Er hatte die Arme vor der Brust verschränkt und die Augenbraue hochgezogen, als wollte er sagen: Jetzt mach schon.

»Ein Trainer ist nicht ein Idiot«, hörte sie ihre zaghafte Stimme sagen.

»Aha! Und weiter?«, bohrte Dr. DSL.

»Ein … ein Trainer sehen was passieren in Platz.«

Mari räusperte sich. Das war die schüchternste Wutrede aller Zeiten. Sie versuchte erst gar nicht, wie ein aufgebrachter italienischer Fußballcoach zu klingen. Sie war einfach kein Klassenclown. Doch nun hatte sie damit angefangen, und alles nur wegen Leos Augenbraue. Also unauffällig weiterreden, leise, so hochdeutsch, wie es unter diesen Umständen möglich war. Nur bei einem einzigen Buchstaben knickte sie ein.

»In diese Ssspiel wie zwei oder drei diese Ssspieler waren schwach wie eine Flasche leer.«

Ein leises Raunen ging durch den Saal, und alle Augen wanderten in Richtung Weimar.

»Haben Sie gesehen Mittwoch, welche Mannschaft hat gessspielt Mittwoch? Hat gessspielt Mehmet, oder hat gessspielt Basler, oder hat gessspielt Trapattoni? Diese Ssspieler beklagen mehr, als sie ssspielen! Ich bin müde jetzt der Vater dieser Ssspieler, eh der Verteidiger diese Ssspieler. Ich habe immer die Schulde über diese Ssspieler.« Mari ließ einen ernsten Blick durch den Saal schweifen. »Ist klar diese Wörter, ist möglich verstehen, was ich euch gesagt? Danke.«

Oh Gott. Hatte sie wie Gollum geklungen? Mein Schatzzzzz.

Einen Moment lang herrschte Totenstille, und Mari starrte verlegen auf ihre ineinander verschränkten Hände, die auf dem Rednerpult lagen. Dann toste es in ihren Ohren, gefolgt von einem hohen Piepsen, und sie war überzeugt, dass es nun so weit war: Sie hatte Tinnitus. Sie fasste sich ans Ohr und sah auf, direkt in Vanessas Gesicht, die aufgestanden war, »Huhuuuuhuuuu!« johlte und dabei wie eine Vuvuzela klang. Ein paar Sitze weiter rechts stand Dr. DSL und machte ebenfalls völlig deplatzierte Fußballstadiongeräusche. Es waren weitere Leute aufgesprungen, unter anderem der Schnösel, der seine Finger in den Mund gesteckt hatte und ohrenbetäubende Pfiffe produzierte. Ah, das war der Tinnitus gewesen. Die anderen Schlipsträger applaudierten ebenfalls enthusiastisch.

Mari spürte, dass das Blut in ihre Wangen, Ohren und Lippen schoss, sie musste inzwischen puterrot sein. Ihre Lippen fühlten sich heiß an, wie immer, wenn sie in irgendeiner Form erregt war. Sie hätte sich mit Lippenstift tarnen sollen. Unwillkürlich sah sie zu Leo. Er stand immer noch mit verschränkten Armen in der letzten Reihe und erwiderte ihren Blick. Sie biss sich auf die Unterlippe. Da verengten sich seine Augen, er sah genervt aus. Was hatte sie denn jetzt schon wieder falsch …

Ein lautes Klopfen riss sie aus ihren Gedanken. Herr Weimar prügelte auf sein Mikro ein, um sich Gehör zu verschaffen. Mari hörte nur »Mittagspause« und atmete erleichtert auf.

Es war, als hätte sie eine Stunde lang auf einem Fitnessfahrrad gestrampelt. (Was sie seit zwei Wochen tatsächlich regelmäßig tat – im niedrigsten Gang, für ihre Knie, auf Surferboys Geheiß und unter Aufsicht von Lara Croft.) Sie bemerkte erst beim Absteigen, dass ihre Beine sich inzwischen in Gummi verwandelt hatten. Zum Glück stand Vanessa am Fuße der Bühne und griff sofort nach ihrer Hand.

»Mari, ich bin so stolz auf dich! Und du zitterst auch gar nicht mehr!«

Die Fee strahlte über alle vier Backen und sah wunderhübsch dabei aus. Überhaupt. Alles sah wunderhübsch aus – die grauen Anzugrücken, die durch die Ausgänge in Richtung Buffet drängten, die uralte Morla, die beim Verlassen des Podiums eine erstaunliche Geschwindigkeit an den Tag legte, Dr. DSL, der ihr zuzwinkerte und ihr zwei Daumen hoch zeigte, der bedrohliche Saal, der schon fast leer war, Leo, in den sie fast hineingerannt wäre …

Er stand im Gang und wartete offenbar auf sie.

»Ähm … Hallo … Danke für deine …« Wieso stammelte sie denn jetzt? Und wieso grinste er? Vor drei Minuten hatte er sie doch noch böse angestarrt.

»Leeeooo!« Vanessa ließ Maris Hand los. »Ich dachte, nein, das *kann* doch nicht sein! Und wie du *aussiehst*, du Handwerker, du!«

Die Mücke zupfte an Leos Wollärmel herum. (Und weckte bestimmt das arme Nebelhörnchen, das den Ärmel bewohnte.)

Wie schnell so ein wunderhübsches Hochgefühl verpuffen konnte. Vanessa hatte sich wie eine alte Freundin bei Leo untergehakt, und er spielte gutgelaunt mit. Sie steuerten gemeinsam auf den Speisesaal zu, und Mari, die immer noch mit ihren Gummibeinen und hohen Absätzen zu kämpfen hatte, fiel einige Meter zurück.

Umso besser. Nach Käthes Märchenstunde hielt sie sich ohnehin lieber fern von ihm. Trotz der Newsletter – was zugegebenermaßen ziemlich nett von ihm gewesen war. Anscheinend war er doch nicht wegen der Schäm-Orgie hergekommen. Vielleicht war es tatsächlich so, wie er gesagt hatte: Er wollte sich einfach mal in einem Luxushotel satt essen. Na, dann viel Spaß dabei. Sie würde jetzt sofort zur Toilette abbiegen, und tschüss.

Zum Glück hatten fast nur Männer an der Veranstaltung teilgenommen. Die Damentoilette war wie leergefegt. Wie schön, hier konnte man es aushalten. So ruhig. Und sauber. Richtig einladend für ein kurzes Verschnaufpäuschen auf dem blitzeblanken Toilettendeckel. Zehn Minuten waren doch vertretbar, oder? Vielleicht sogar ein Viertelstündchen …

Als Mari nach vierzehn Minuten Auszeit den Speisesaal betrat, lehnte Vanessa an einem Stehtisch direkt neben dem Eingang. »Wo warst du denn? Wir sind schon beim zweiten Gang. Warst du auf der Toilette? Muss ich da gleich *alleine* hin?«

Bevor Mari antworten konnte, zischte jemand von hinten in ihr Ohr: »Mischen Sie sich gefälligst, Frau Thaler!«

Sie drehte sich um und schaute in das ungeduldige Gesicht ihres Chefs.

»Mischen?«

»Ja, unters Volk! Wir sind nicht zum Vergnügen hier.« Herr Weimar warf Vanessa einen missbilligenden Blick zu.

»Hier kommt das Volk.« Leo war mit zwei vollbeladenen Tellern hinter ihm aufgetaucht.

»Darf ich mal …« Er stellte einen der beiden Teller vor Mari auf den Tisch.

»Wir lassen Frau Thaler jetzt erstmal was essen«, sagte Leo und sah ihn dabei so verärgert an, dass Maris Chef verwirrt den Rückzug antrat.

Der Teller war eine Augenweide. Bestimmt hatte es Leo einige Überwindung gekostet, ihr keinen Kartoffelsalat unterzuschmuggeln. Nicht einmal Weißbrot mit Butter. Stattdessen Artischockenherzen, Vitello Tonnato, Melanzane Parmigiana, gemischter Salat.

»Danke, Leo.«

»Ich habe das Brot vergessen.« Also doch, er konnte es nicht lassen. Er verschwand wieder.

»Mari, sag mal schnell«, flüsterte Vanessa, »ist Leo dein Freund?«

»Was? Wie kommst du denn darauf?«

»Na, er ist hier, und dann *das* da.« Sie zeigte entrüstet auf Maris Teller.

»Ach so, das ... Der findet bloß, dass ich nicht genug esse«, erwiderte Mari und steckte sich ein Stück Tomate in den Mund. »Und er ist nur hier, weil Niklas ihn eingeladen hat.«

»Echt? Niklas? Das ist ja nett.« Die Mücke sah zufrieden aus. »Pssst, da kommt er.«

Da kam er. Mit einem ganzen Brotkorb und Maris eigenem, ganz privatem Lächeln. Er schlenderte um die sitzenden und stehenden Schlipsträger herum, als wäre der Boden aus Sand, ein entspannter kleiner Strandspaziergang in Tofino, barfuß durch Nebelschwaden, über Treibholz und außerirdische Strandleichen.

Leos Zeigefinger streifte ihren, als er ihr den Brotkorb reichte, und prompt waren sie wieder da, die roten Lippen. Und nun blieb er auch noch direkt neben ihr stehen.

»Eigentlich mag ich ja keine Frauen im Kostüm«, sagte er leise, »aber dieses Ding da steht dir ganz gut.« Er zeigte mit seinem Messer auf Maris kragenlose Bluse.

»Was du alles nicht magst«, platzte es aus ihr heraus.

Leo sah sie fragend an.

»Anwälte, Teenager, Magertussis mit ihren knochigen ...« Sie biss sich auf die Zunge.

Da war sie, die Augenbraue.

»Ich glaube, wir müssen uns mal unterhalten«, sagte er. Es klang fast wie eine Drohung.

»Ich glaube nicht.« Mari hielt seinem irritierten Blick einen endlosen Wimpernschlag lang stand und wollte sich gerade nochmal auf die Toilette verkrümeln, als die Tasche ihres Blazers vibrierte. Erleichtert zog sie ihr Smartphone hervor. Es war Niklas, der wissen wollte, wie es gelaufen war.

»Oh, gar nicht so schlimm, glaube ich. Aber frag besser Herrn Weimar.«

Vanessa entriss ihr das Telefon.

»Niklas? Frag mich! Ja, ich bin's, Vanessa! Mari war *super!* Das war so was von lustig, ich habe in der ersten Reihe gesessen, warte mal, hier ist es so laut, wir sind gerade beim Essen …«

Sie flatterte davon, und plötzlich war Mari mit Leo allein – mit ihm und etwa hundert außerirdischen Strandleichen, die lärmten und lachten und hin und wieder das Wort Trapattoni fallen ließen.

»Iss doch mal was«, knurrte Leo und stocherte lustlos in seinem Essen herum.

Mari nahm einen Bissen und bemerkte plötzlich, dass sie wirklich hungrig war.

Leo sah ihr eine Weile beim Essen zu und klopfte dabei nervtötend mit dem Dessertlöffel auf dem Tisch herum. Sie wollte ihm gerade das Spielzeug wegnehmen, als das Klopfen verstummte. »Hör nicht auf zu essen, ja?«

Sie hörte sofort auf zu essen, und er gab ihr mit seinem Dessertlöffel einen Klaps auf die Finger. Um des lieben Friedens willen schob sie sich ein halbes Artischockenherz in den Mund.

»Braves Mädchen«, sagte er und schaute sie belustigt an.

Mari errötete und vergaß zu kauen.

Leos belustigter Gesichtsausdruck verschwand. Er klopfte sich ein bisschen zu energisch mit dem Löffel auf die Handfläche und ließ sein Spielzeug dann abrupt auf den Tisch fallen. »Wir müssen uns wirklich mal unterhalten.«

Mari versuchte vergeblich, das hartnäckige Artischockenherz zu zerkauen.

»Worüber denn?«, fragte sie mit vollem Mund.

»Dass ich dich mag.«

Sie verschluckte sich, hustete, *blödes Herz, Hilfe, Wasser!*

Leo reichte ihr ein Glas und klopfte sanft auf ihren Rücken. Der Hustenanfall dauerte nur ein paar Sekunden, doch sie traute sich nicht, ihren Blick von der Tischkante zu heben.

Er wartete.

»Tut mir leid«, sagte er schließlich, »du hast gerade den Vortrag überstanden, und jetzt komme ich mit so was.«

Mari sah in seine dunklen Augen und musste schlucken. So sah also sein privater Blick aus. Das ganze andere private Zeug war nur ein Vorgeschmack gewesen. Sie konnte plötzlich alles sehen. Sein Unbehagen. Seine Wünsche. Er erlaubte es. Einfach so.

»Ich … ich verstehe nicht, warum …« Röchelte sie?

»Das war aus Reflex, weil wir endlich mal alleine sprechen können.«

»Nein, ich meine, warum du …« Mich magst. Sie konnte es nicht einmal aussprechen. Aber er hatte sie verstanden.

»Ist das dein Ernst?« Er streckte seine Hand aus und strich flüchtig mit dem Daumen über ihre Unterlippe, fast so, als hätten sie sich gerade geküsst.

»Rosenlippenmädchen«, murmelte er in ihr Ohr.

Seine Nase berührte ihre Haare, sie hörte seinen Atem, spürte sein Gesicht.

»Ich dachte, Wasserleiche«, flüsterte sie atemlos zurück.

»Was gibt es denn da zu tuscheln?« Vanessa knallte Maris Telefon auf den Tisch.

Mari zuckte erschrocken zusammen, aber Leo schenkte der Mücke sein bestes Räubergrinsen. »Ich mach mich gerade an Mari ran.«

»Ach *so*. Du, das sah wirklich ein bisschen so aus.«

Merken: Leo ist verschlagen. Ich beiße nicht? Tsss.

»Schöne Grüße von Niklas«, sagte Vanessa zu Mari. »Er ruft dich später noch einmal an, weil er die Sache mit Trattoria oder wie er hieß nicht ganz verstanden hat.«

»Die Sache mit Trapattoni«, warf Leo unvermittelt ein. »Ein guter Grund, um … Für Sympathie.«

»Du magst mich, weil ich mich mit Trapattoni zum Affen machen kann?« Mari fühlte sich noch ganz benommen von dem nicht passierten Kuss.

»Du *magst* Mari?« Die Fee klang schrill.

»Du etwa nicht?«

»Doooch, das klang nur gerade so …«

»Wusstest du, dass sie einen halben Tierpark hat? Erst war es nur ein Krokodil, aber es werden immer mehr.«

Vanessa warf Mari einen verdutzten Blick zu, doch bevor sie abwinken konnte, lachte Leo sie an und sagte: »Toby hat das Usambaraveilchen heute Morgen in den Kindergarten mitgeschleppt.«

Mari lachte ebenfalls und begann aus freien Stücken, ihren Teller zu leeren.

»Dein Blumentier macht alle verrückt.« Er grinste schadenfroh. Mari war sich nur noch nicht sicher, gegen wen sich seine Schadenfreude richtete.

»Am Samstagabend hat Toby seiner Mutter erklärt, dass man im Mondlicht nicht arbeiten darf, weil davon die Luft schlecht wird. Als er sie trotzdem am Schreibtisch erwischt hat, hat er was von kaputter Photosynthese erzählt und ihr ein Handtuch über den Kopf geworfen. Immer wieder. Wie bei einem schlafenden Wellensittich. Das waren ihre Worte: ›Wie bei einem schlafenden Wellensittich!‹« Er imitierte eine pikierte Frauenstimme.

Alexandra die Große mit einem Tuch auf dem Kopf? Mari lachte laut auf.

»Ja, noch lachst du! Mach dich schon mal darauf gefasst, dass du auf Alexandras Party Ärger kriegst. Die ist richtig sauer«, sagte er sichtlich erfreut.

Das traf sich ja gut. Dann würde sie sich mit Alexandra an ihrem Geburtstag eine Schlammschlacht liefern. Alexandra würde wettern: Hast du mir nicht ein Haustier ohne Neurosen versprochen? Stattdessen haben wir jetzt ein arbeitswütiges Blümchen, das im Mondlicht Photosynthese machen will! Mari würde kontern: Hast du Tom nicht extra rausgeschickt, damit ich dir von meiner Fehlgeburt erzählen konnte? Und jetzt wissen es Tom *und Leo!* Und dann würde sie sich Toby schnappen und ein noch viel bescheuerteres Tier erfinden – einen kettenrauchenden Igel oder ein panzerknackendes Faultier oder …

»Die wird dich auch fragen, was du dir bei dem Namen gedacht hast«, warnte Leo.

»Welcher Name?«, fragte Mari geistesabwesend.

»Flötentierchen. Ein pädagogisches Desaster.« Leo zog eine Grimasse. »Tobys Mutter besteht auf eine klare Trennung zwischen Flora und Fauna.«

»Oh. Da hat sie irgendwie recht«, murmelte Mari.

»Hat sie nicht. Die spinnt.«

»Ich verstehe kein Wort.« Die Fee war frustriert. »Und welche Party?«

»Meine Schwester feiert am Donnerstag ihren vierzigsten Geburtstag.«

Mari schluckte. Das war ja schon in drei Tagen! Sie musste noch das Familienporträt für Tom schreiben, und die einzigen Familienmitglieder, die sie wirklich gut kannte, waren Claudette, das Nebelhörnchen und das Flötentier. Schon wieder Nachtschichten.

»Sie hat halb Berlin eingeladen«, erzählte Leo. »Sie hat bestimmt nichts dagegen, wenn Mari dich mitbringt.«

Vanessa flatterte aufgeregt auf und ab. Eine Party an Weiberfastnacht! In Berlin! Trotz Berlin! Die Fee stieg direkt in die Geschenk- und Kostümplanung ein.

Mari versuchte, ihren spontanen Unwillen zu ignorieren. *Sei nett. Es ist die Fee, das rettende Kaffeekommando von heute Morgen. Die Fee, die deinetwegen einen hellgrünen BH mit weißen Punkten trägt und deinen Chef mit einer Wackelblume unschädlich machen will.*

»Vielleicht komme ich als Tinker Bell, dann muss ich mich gar nicht verkleiden«, rief Vanessa begeistert. »Ich habe sogar Flügel, meine Schulterblätter stehen nämlich so komisch ab. Fühl mal!«

Sie hielt Leo ihren Rücken hin.

Er hob seine Hand und tastete tatsächlich ihren Rücken ab. Und jetzt mit beiden Händen, er hörte ja gar nicht mehr auf! Er rubbelte, drückte, klopfte ungläubig dagegen und murmelte anerkennend: »Du hast ja wirklich Flügel.«

»Ich weiß noch gar nicht, ob ich überhaupt komme«, hörte Mari sich sagen.

Vanessa drehte sich entsetzt zu ihr um, und Leo ließ seine untreuen Hände sinken. »Das wird Alexandra nicht gefallen.«

»Sie wird's überleben.«

Er zog die Augenbraue hoch. »Habe ich was verpasst?«

»Nein, im Gegenteil«, erwiderte die Maggiestimme, »dank deiner Schwester und Tom hast du überhaupt nichts verpasst.«

Huch. Wo kam das auf einmal her? Dies war der letzte Ort, an dem sie das Maribaby mit den drei elektrischen Haaren besprechen wollte. Und seit wann war sie so nachtragend? Passiert war passiert. Kein Grund, Alexandras Party zu boykottieren. Emma würde ihr auf den Kopf hauen. Bekloppte Übersprunghandlung, mein Butterkeks. Du bist bloß eifersüchtig auf Vanessa.

Sie musste schnell das Thema wechseln, bevor Leo ihrer dummen Anspielung auf die Schliche kam. Zum Glück hatte er keine Ahnung von Käthes stiller Promillepost, obwohl Maris schlaue Bemerkungen über Wasserleichen, Teenager und Magertussis nicht gerade hilfreich gewesen waren. Sie hätte sich am liebsten die Zunge abgebissen. Nach Höllenvorträgen aus der Hölle sollte man sich auf der Toilette einschließen und für mindestens eine Stunde die Klappe halten, das wusste doch jeder! Nun würde Kathrin ihretwegen Ärger bekommen.

»Vergiss es«, sagte sie leise.

»Nein, sprich dich ruhig aus.« Leos Augen sahen tiefschwarz aus. »Und lenk jetzt nicht mit *denen* ab.«

»Was? Womit denn?« Mari schaute sich verwirrt um, als stünden ein paar Clowns hinter ihr, die Faxen machten.

»Als wüsstest du das nicht!« Er zeigte mit einer genervten Geste auf ihr Gesicht.

»Ich soll mit meinem *Gesicht* aufhören?«

»Du weißt genau, was ich meine. Das machst du andauernd, du …« Sein Blick fiel auf ihre Lippen, und er verstummte.

Mari spürte die Hitze in ihren Wangen. *Ach so. Das. Träum weiter, du Flügelgrapscher!*

»Ich mach das nicht *extra*, ich habe nämlich keinen Einfluss auf mein vegetatives Nervensystem. Du fragst dich, warum das hier passiert?« Sie zeigte auf ihre geröteten Lippen. »Ich bin einfach bloß *wütend!* Das ist weder Scham noch … Ich will niemanden küssen, und schon gar niemanden, den es anwidert, nicht angewidert zu sein. Und ich schäme mich kein bisschen für die peinlichen Sachen, die ich sage, dafür bin ich viel zu … zu entspannt! Und weißt du was?«

Mari griff nach ihrer Gabel und zeigte auf ihn, und für einen Moment glaubte sie, er würde seinen vielbenutzten Löffel nehmen und sich mit ihr duellieren. Jedenfalls sah er sauer aus.

»Ich wäre die entspannteste Mutter aller Zeiten, mit offenen Haaren und mildem Gelaber und allem. *Ich* würde mich nicht über eine Blume aufregen, die freundlich und mitteilsam ist und bloß in Ruhe Photosynthese machen will! *Ich* würde meinem Kind einen Haifisch schenken und ihn *Gänseblümchen* taufen, so entspannt bin ich! Und nein, keine Sorge, ich will deiner Schwester nicht den Tom ausspannen! Ich wäre *wirklich* gern beim Wunder von Bern dabei gewesen! Was war das überhaupt für ein Machospruch? Ich hab's überhaupt nicht nötig, mich mit Fußball bei Männern anzubiedern. Anders als du und Tom finden nämlich nicht alle Männer, dass mein Körper im Arsch ist. Und übrigens, meinem Kiefer geht's super, ich esse Karamellbonbons, wann immer mir danach ist!«

Oh. Trapattoni wäre stolz auf sie. Und die Käthe war geliefert.

Mari nahm die nervös flatternde Vanessa nur aus dem Augenwinkel wahr, denn Leo starrte sie gerade in Grund und Boden. Das musste der böse Blick sein, von dem Käthe gesprochen hatte. Der Blick, mit dem er Tom in Schach hielt, wenn der sich wieder mit Mülleimern unterhalten wollte. Wenn er damit nicht sofort aufhörte, würde sie gleich losheulen.

»Du kommst zu der Party und bist nett zu meiner Schwester, die freut sich nämlich auf dich.« Er klang wie ein Vater. Ein ziemlich genervter.

Sie machte den Mund auf und … wieder zu.

Er hatte sich abrupt Vanessa zugewandt, und nun sagte er auch noch zu ihr: »Ich muss los. Soll ich dich mitnehmen?«

Und plötzlich stand Mari alleine da. Sie waren einfach gegangen, grußlos, abgesehen von dem verstohlenen Winken der Mücke.

Jemand berührte Maris Ellenbogen. Es war Herr Diem. Es ging weiter. Mari hatte die Tagung und ihren Vortrag schon fast vergessen. Sie hatte nicht bemerkt, dass sich der Speisesaal inzwischen geleert hatte. Benommen folgte sie dem grauen Herrn, und sie erschrak fast, als er sich zu ihr umdrehte und ihr ein warmes Lächeln schenkte.

13

»Fühlt sich ein Kopf, der weh tut, irgendwie anders an als einer, der nicht weh tut?«

Die Finger, die Maris Kopf massiert hatten, hielten inne.

»Davon gehe ich aus«, sagte Surferboy. »Ich hatte noch nie Kopfschmerzen.«

Mari seufzte. Surferboy und sie waren einfach nicht auf einer Wellenlänge. Wellenlänge. Bei dem Wort hätte er jetzt wahrscheinlich vorgeschlagen, dass sie mal zusammen schwimmen gehen könnten. Bloß nicht! Noch so ein Kandidat, der sie in ihrem gestreiften Bikini (sie trug nur gestreifte Bikinis, aber es half nichts, Streifen machten irgendwie nur dicke Leute dicker) betroffen von oben bis unten mustern und dann zur nächsten Pommesbude hasten würde. Nein, viel schlimmer, er würde in seine selbstgehäkelte Sporttasche greifen und ein veganes Sprossen-Gemüsebratling-Sandwich hervorkramen. Bei dem Gedanken an ihren blockierten Magen, den Rettungsschwimmer, die Sanitäter und die Menschentraube bekam sie richtig Lust, ein bisschen unfreundlich zu werden.

»Nein, ich meinte, ob sich das für deine *Hände* anders anfühlt. Dass sich das für den *Kopf* anders anfühlt, ist ja wohl … Warte mal. Du hattest noch *nie* Kopfschmerzen?«

Surferboy presste seine Finger gegen Maris Schläfen. »Pssst, Mari. Entspann dich. Sonst machen wir Froschhüpfen.«

Nicht den Frosch!

»Nein, ich entspanne. Jetzt sofort.« Mari kniff Mund und Augen zu. Nach dem Vortrag und dem endlosen Nachmittag auf dem Podium hatte sie sich eigentlich zwei Aspirin und ein Schaumbad verdient. (Sie hatte die meiste Zeit Leos und Vanessas leere Plätze angestarrt, sich wegen ihrer zweiten Wutrede in Grund und Boden geschämt, ein schlechtes Gewissen wegen der verratenen Käthe gehabt, herumgegrübelt, ob sie sich auf die Party trauen sollte, und sich den Kopf über Toms blödes Familienporträt zerbrochen.)

Doch Termin war Termin. Immerhin hatte sie gleich zu Beginn die Fronten geklärt. Sie würde heute Abend auf gar keinen Fall turnen und erst recht nicht wie ein Frosch durch die Gegend hüpfen. (Letzte Woche hatte Surferboy sie ins Treppenhaus geschleppt und eine halbe Stunde lang auf den Stufen herumspringen lassen. »Hüpf, kleiner Frosch, hüpf, nimm die Kraft aus den Beinen, schön mit den Fußballen abfedern, Rücken gerade lassen, und hüpf!«)

Mari hatte eigentlich gehofft, sie würden einfach ein bisschen reden. Sie hätte sogar eine Sojamilch mit ihm getrunken. Aber dann hatte sie aus Unachtsamkeit ihre Vorfreude auf die zwei Aspirin erwähnt. Surferboy hatte sie böse angestarrt, ihr eine Predigt über Gift gehalten, sofort Massageöl und seine heilenden Hände ausgepackt und Mari dazu genötigt, ihre Bluse auszuziehen und sich auf die Magnetfeldmatte zu legen.

Nun wühlte er mit seinen öligen Fingern in ihren Haaren herum, und sie würde entweder heute Nacht ihr Kopfkissen mit stinkigen Fetthaaren besudeln oder nachher noch duschen müssen. Das bestätigte mal wieder, dass Wellness, Spa, Sauna und all dieses geschmeidige Zeug eine riesengroße Zeitverschwendung waren. Spätestens seit »Floating« war Mari mit dem Thema durch. Leaky Condom war ein überzeugter Floater gewesen. Es hatte schon in der Theorie abwegig geklungen: Gestresste Arbeitstiere ließen sich von hübschen Wellnessdamen in einen mit totem Meerwasser gefüllten Tank sperren, wo sie bei geschlossenem Deckel in völliger Dunkelheit schwerelos eine Stunde lang herumtrieben. Wie im Weltall. Nur dass einem im Weltall nicht von allen Seiten hochkonzentriertes Salzwasser in die Öffnungen kroch und dass man sich dort nicht den Kopf am Sargdeckel stieß.

Als Mari den hundertzehn Euro teuren Gutschein einlöste, den das Kondom ihr zu Weihnachten geschenkt hatte, drückte die Wellnessdame ihr bereits am Empfang ein Töpfchen Vaseline in die Hand. Ihr geschultes Auge hatte sofort Maris wunde Stellen neben den Fingernägeln entdeckt, die im Salzwasser höllisch brennen würden, und sie vermutete offensichtlich weitere schadhafte Risse auf Maris Haut, denn sie empfahl mit ernster Miene, besser sämtliche Unebenheiten großzügig mit Vaseline zu bedecken. Außerdem erkundigte sie sich, ob Mari ein Problem in engen Räumen (Kofferräumen, Erdlöchern, Holzkisten) hätte. In diesem Fall lieber den Deckel offen lassen. Obwohl der Weltall-Effekt dann irgendwie weg sei. Andererseits sollte sie die Augen im Tank ja ohnehin lieber geschlossen lassen, die Salzlauge brannte wirklich wie … Die Wellnessdame beendete den Satz nicht, doch das fehlende Wort war entweder »Hölle« oder »Sau«, so viel war sicher.

Mari machte einen Rückzieher und wandelte ihren Floating- in einen Massagegutschein um. Für hundertzehn Euro bekam sie eine Ganzkörpermassage, einen gezerrten Nacken und Rippenschmerzen. Kein Wunder, zum Massieren brauchte man Knetmasse, zumindest ein bisschen Pizzateig auf den Hüften. Die arme Wellnessdame hatte bestimmt auch nichts zu lachen gehabt mit ihr.

Zum Glück beschränkte sich Surferboys Massage auf ihren Kopf, der sich mutmaßlich nicht so sehr von anderen Köpfen unterschied. *Alle* Schädel waren knochig. Der Gedanke erschien ihr plötzlich sehr tröstlich. Im Reich der Schädel waren alle gleich.

Au! Surferboy hatte seine Daumen in ihren Nacken gebohrt. *He, sachte!* Wahrscheinlich hatte sein letzter Kunde einen Stiernacken gehabt. Mist, das Schädelreich war viel zu winzig. Der Hals war bereits eine ganz andere Baustelle, dort herrschte noch Rassentrennung zwischen dick und dünn. Dasselbe galt fürs Gesicht. Das herrliche Reich der Schädel schrumpfte gerade vor ihren Augen zum Zwergstaat der Kopfhaut zusammen. Hoffentlich würde Surferboy ihr Gesicht in Ruhe lassen. Kopfmassage, so ein Schwachsinn. Immer diese anderen Leute mit ihren eigenartigen Ideen und ihrem missionarischen Eifer. Vielleicht sollte sie sich ein Schild umhängen: »Ich bin nicht Afrika!«

Die Missionare lauerten an jeder Ecke. Auf Anhieb fiel ihr gleich mal Dr. DSL ein, der sie heute nach der abschließenden Podiumsdiskussion fast von der Bühne gezerrt hatte. »Auf ein Vier-Augen-Gespräch, Frau Anwältin.« Er hatte seine knorrigen alten Hände auf Maris Schultern gelegt und ihr tief in die Augen gesehen. Er habe ein ungutes Gefühl, was Herrn Weimar betreffe. Der werde ihr die Nummer mit Trapattoni stehlen, die solle sie sich mal ganz schnell geschmacksmusterrechtlich schützen lassen. Und dann unverzüglich die Kanzlei verlassen und Justiziarin werden, vielleicht sogar in seinem alten Unternehmen, die suchten immer gute Leute, und er werde sich mit Vergnügen für sie verwenden. Als Inhouse Lawyer – so hieß das doch heutzutage – könne sie sogar die Mutterschaft ins Auge fassen. Da draußen unter den Anwälten sei ein Familienleben doch eher unwahrscheinlich. Ob sie schon etwas Konkretes in Richtung Nachwuchs plane. Nein? Nicht? Schade. Nein, sie solle das nicht als Kompliment auffassen, er würde sich niemals zu ihrem Äußeren äußern, schließlich respektiere er das Recht am eigenen Bild.

Dr. DSL war der dritte Missionar in nur vier Tagen, der

Mari beschworen hatte, ihren Job zu kündigen. Erst Leo am Freitagabend mit seinem Gerede von dummen braven Mädchen und am Sonntag (also gestern, es kam ihr viel länger her vor) dann Alexandra mit dieser merkwürdigen Würstchenmetapher.

Nachdem Emma sie am Sonntagmorgen in ihrer leeren Wohnung allein gelassen hatte, war Mari die Decke auf den Kopf gefallen. Sie musste raus. Sie hatte einen langen Spaziergang am Landwehrkanal gemacht und dort, genau am Geburtsort des Nebelhörnchens, hatte sie beschlossen, Niklas' PowerPoint-Präsentation zu ignorieren und ihre Gedanken aufzuschreiben. Nachdem der Entschluss gefasst war, wollte sie schnell an den Schreibtisch, ach nein, sie hatte keinen Schreibtisch, schnell zurück auf die Matratze und sofort loslegen. Sie war voller Adrenalin zur Höhle zurückgehastet. Aber im Treppenhaus hatte sie sich gestoppt. *Langsam. Du brauchst einen kühlen Kopf, du hast keine Zeit für fünf Entwürfe. Ordne deine Gedanken. Nimm die Treppe. Nimm die Kraft aus den Beinen.*

Sie war langsam die Treppen zu ihrer Wohnung hinaufgestiegen und hatte an Surferboys Froschübung gedacht. Wenn sie die überlebt hatte, würde sie auch den Vortrag überstehen.

»Interessante Technik.«

Mari war stehen geblieben. Auf dem Treppenabsatz über ihr hatte Alexandra gesessen, dick eingepackt in weißer Daunenjacke, Fellstiefeln, roter Wollmütze und brauner Lockenmähne.

»Ich nehme die Kraft aus den Beinen.« Mari musste unwillkürlich lachen.

»Wirklich? Ich dachte, du wärst einfach schwerelos.« Alexandra grinste und sprang Mari mit offenen Armen entgegen. So musste es sich anfühlen, einen Eisbären zu umarmen. Warm und weich und gefährlich. Gefährlich! Sie war doch sauer auf Alexandra.

»Was machst du denn hier? Ich muss an meinem Vortrag arbeiten.«

»Ich weiß! Aber doch nicht den ganzen Tag, oder? Wo warst du denn?«

»Nachdenken. Das Treppenhaus ist so kalt, du hättest doch den Schlüssel nehmen und drinnen warten können.«

Was? Wieso sagte sie das? Sie *wollte* abweisend sein, wirklich.

»So etwas würde ich nie tun.« Alexandra zog eine Augenbraue hoch und sah ihrem Bruder dabei so ähnlich, dass Mari schlucken musste.

Mari schloss die Tür auf und stellte mit Entsetzen fest, dass Alexandra einen Korb dabeihatte, aus dem eine Weinflasche, ein Kuchen und eine Papierrolle, die mit einem roten Geschenkband zusammengebunden war, hervorlugten.

Alexandra hatte ihren Blick bemerkt. »Der Wein ist von mir, der Gugelhupf von Susanne und der Gedanke von Toby.«

»Alexandra, ich habe wirklich keine Zeit und für Wein am Vormittag sowieso nicht und … Was denn für ein Gedanke?«

Der Gedanke war einer von Alexandras vielen Tricks. Wenn Toby Hummeln im Hintern hatte, bekam er einen Auftrag. Anfangs hatte es noch ausgereicht, ihn Häuser, Bäume und Seeungeheuer zeichnen zu lassen, doch das war schnell zur Routine geworden. Inzwischen bekam er anspruchsvollere Aufgaben: Mal mir einen schönen Traum, mal mir ein Schlaflied, mal mir den Donnerstag.

Alexandra kramte ein paar Bilder aus ihrer Handtasche. Tobys schöner Traum war ein roter Kreis, der wie ein Apfel mit drei grünen (elektrischen) Haaren aussah. Das Schlaflied war die pure Rebellion – überall tanzende Striche, die kein bisschen müde aussahen. Der Donnerstag war auf den ersten Blick einfach nur schwarz, aber wenn man genauer hinsah, bemerkte man ein gelbes Dreieck unter dem schwarzen Gekritzel. »Erst der Blitz, dann das Donnerwetter!«, hatte Toby verkündet, und seitdem hielt die ganze Familie ihn für ein Genie.

Mari faltete den Gedanken, den Toby für sie gemalt hatte, auseinander. Er war hellblau, ein wenig dick um die Hüften und trug einen Cowboyhut. Das rote und gelbe Chaos am linken Bildrand war – anders als Mari angenommen hatte – keineswegs eine Feuersbrunst, sondern ein geregeltes Lagerfeuer, über welchem der Gedanke ein Stockbrot garte. (Das Stockbrot war nirgends zu sehen, aber der Künstler hatte Alexandra entsprechend informiert.)

»Er hat fast zehn Minuten daran gesessen, nur für dich.« Alexandra stand bereits in Wollsocken in der Küche und packte den restlichen Inhalt ihres Korbs aus. Bevor Mari »Halt!« rufen konnte, hatte sie zwei extragroße Stücke Marmorkuchen auf Toms Tellern verteilt und ließ sich in das Sofa sinken, das eigens für diesen Anlass angeliefert worden war.

»Hast du einen Flaschenöffner?«

Mari starrte sie entgeistert an.

»Das war ein Scherz. Der Wein ist für morgen Abend nach dem Vortrag, ganz für dich allein«, sagte sie zwinkernd. »Komm, iss mit mir ein Stück Kuchen, und dann bin ich wieder weg. Ich muss gleich noch jemandem die leere Wohnung im Vorderhaus zeigen.«

Mari nahm resigniert den Kuchenteller entgegen und setzte sich neben sie.

»Darf ich dir eine Geschichte erzählen?«, fragte Alexandra.

»Warum?«

»Ich habe gerade ein Märchen gelesen, das mich an dich erinnert hat.«

Mari wusste, dass Alexandra nach einem geeigneten Märchen für Toby suchte, weil sie fand, dass er neben dem *Grüffelo* und *Bullerbü* mal etwas Volkstümliches vertragen könnte. Doch bislang hatten sich sämtliche Geschichten durch irgendwelche Folterszenen disqualifiziert.

»Hauptsache, es dauert nicht so lang.«

»So lange, wie es dauert, ein Stück Kuchen zu essen. Aber wehe, du stopfst den jetzt rein. Also, ich leg dann mal los.«

Alexandra hatte sich geräuspert und fast ein bisschen konzentriert ausgesehen.

»Es waren einmal ein Mäuschen, ein Vögelchen und eine Bratwurst. Die drei waren eine glückliche Wohngemeinschaft, und jeder hatte beim Essenmachen seine feste Aufgabe. Der Vogel flog in den Wald und sammelte Feuerholz, die Maus holte Wasser für die Suppe und machte Feuer, und die Wurst sorgte dafür, dass die Suppe nach was schmeckte, indem sie am Ende nochmal in den Topf sprang und ein paar Runden drehte. Doch eines Tages traf der Vogel im Wald einen anderen Vogel, der ihn auslachte, weil Holzholen ja wohl die blödeste Aufgabe von allen sei und Zufriedenheit sei ohnehin nur etwas für Einfaltspinsel. Da nervte der Vogel seine Freunde so lange, bis die Aufgaben getauscht wurden. Fortan sollte das Würstchen Holz sammeln, der Vogel Wasser holen und Feuer machen und die Maus die Suppe würzen. Das ging natürlich gründlich schief. Die arme Wurst wurde unterwegs von einem Hund gefressen, der sich im Nachhinein darauf berief, dass das Würstchen gefälschte Papiere bei sich getragen hätte, was mit dem Tode zu bestrafen sei. Vogel und Maus kriegten es zwar trotzdem hin, ein Feuerchen zu machen und Wasser zum Kochen zu bringen, aber als die Maus die Suppe würzen wollte, stürzte sie sich in Würstchenmanier in die kochende Brühe und starb den Tod eines Hummers. Der Vogel setzte dann vor lauter Aufregung die ganze Bude in Brand und ertrank bei den Löschmaßnahmen im Brunnen. Ende schlecht, alles schlecht.«

Mari, die ihren Kuchen schon fast aufgegessen hatte, schwieg einen Moment lang betreten und fragte schließlich: »Bin ich der Vogel, die Maus oder das Würstchen?«

»Alle drei.« Alexandra lachte. »Aber vor allem das Würstchen, das draußen im Wald zwischen wilden Hunden herumrennt, anstatt die Suppe zu würzen. Hat dir schon mal jemand gesagt, dass du super im Suppewürzen bist?«

»So wie die braune Flasche von Maggi?« Mari rollte mit den Augen.

Sie wollte jetzt dringend über Datenschutz nachdenken, nicht über Suppenwürze und kleine Tiere, die einen qualvollen Tod starben.

»Genau so.« Alexandras Katzenaugen blitzten belustigt. »Ich habe Tobys Usambaraveilchen kennengelernt.«

»Och nee, Alexandra, bitte nicht jetzt. Ich denke gerade über ernstes Zeug nach.«

»Ich weiß! Darum geht es ja!« Sie knallte ihren leeren Teller auf den Boden und griff mit beiden Händen nach Maris Arm. »Du *bist* nicht ernst! Überhaupt nicht! Nur dünn und blass, aber *nicht* ernst!«

»Na gut, ich bin ein Clown. Aber darf ich jetzt *bitte, bitte* arbeiten?«

Die Katzenaugen wurden dunkel, fast so dunkel wie Leos Augen, und Mari war froh, dass sie einen dicken Pullover trug, denn Alexandras Fesselhände auf ihrem Arm fühlten sich langsam unangenehm an. »Ich kann auch anders, Mari.«

Eine seltsame Gänsehaut kroch ihren Rücken hinauf. Fühlte sich so Angst an? Nicht die kleinen Sorgen und Ängste des Alltags, sondern richtige Angst, echte Furcht vor der bösen Fremden, die sie in ihrer halbleeren Wohnung erdrosseln würde, und niemand würde sie finden, niemand würde sie vermissen, außer morgen beim Vortrag, oh nein, Herr Weimar würde ihre Leiche finden, ausgerechnet der …

»Mari, du bist ganz rot. Was ist los?«

»Zieh mich nicht nackt aus, wenn du mich umbringst, ja?«

Die Fesselhände öffneten sich, und Alexandras Kinnlade klappte herunter.

»Es ist nur so«, fuhr Mari mit heißen Wangen fort, »dass mich wahrscheinlich mein Chef findet, und der zitiert dann Fontane über meinem nackten Leichnam. Ach! Stimmt ja nicht. Ich habe ganz vergessen, dass Claudette bellen wird. Bestimmt ruft ein Nachbar die Polizei, und die findet mich dann. Ein Glück. Alles gut.«

Alexandra hatte lachend auf Maris Arm eingeprügelt. »Hast du irgendwas davon etwa ernst gemeint?«

»Ich? Ich bin doch nicht ernst«, hatte Mari achselzuckend erwidert.

Die Frage, was Alexandra mit »Ich kann auch anders« gemeint hatte, war offengeblieben. Ebenso wie die Frage, weshalb sie sich überhaupt so sehr für Mari und ihren vermeintlich verfehlten Beruf interessierte.

Im Nachhinein ärgerte Mari sich darüber, dass sie den kurzen Kuchenklatsch nicht dazu genutzt hatte, Informationen für das Porträt zusammenzutragen. Sie wusste nichts über Alexandra, außer dass sie die beste Mutter der Welt sein musste. Sonst hätte sie wohl kaum dieses perfekte Kind, das dicke blaue Gedanken malte und sich rührend um ein Usambaraveilchen kümmerte. Halt. Hier stimmte was nicht. Hatte Leo nicht heute gesagt, dass das Flötentierchen bei Alexandra Persona non grata war? Das hatte gestern überhaupt nicht so geklungen, im Gegenteil. Oder hatte das Flötentier am Sonntagnachmittag noch irgendwas angestellt?

Doch bei genauem Hinsehen konnte Mari sich überhaupt nicht vorstellen, dass das kleine Blümchen jemanden wie Alexandra jemals aus der Ruhe bringen würde. Es sah ihr auch kein bisschen ähnlich, sich über Tobys Handtuchattacke zu ärgern. Irgendwie war Leos Geschichte, über die sie heute Mittag noch so herzhaft gelacht hatte, schief und krumm. Hatte Alexandra tatsächlich an einem *Samstagabend* gearbeitet? *Gearbeitet?* Und dabei auch noch am *Schreibtisch* gesessen? Sie saß auf Sofas. Immer. Und sie arbeitete nicht. Nie. Und sie lachte über Tobys Spinnereien. Immer.

Oder war sie vielleicht ganz anders, als Mari dachte? Sie war ohne Frage eine Herrscherin, und ein Handtuch auf dem Kopf untergrub schon irgendwie die Autorität. Vielleicht gab es da eine Schreckensherrschaft, von der Mari nichts ahnte. Irgendeinen Grund musste es ja haben, dass Leo nach eigenen Angaben Schiss vor seiner großen Schwester hatte. »Ich kann auch anders.« Unheimlich. Und dann hatte sie auch noch einen Haufen Geld von diesem dubiosen Rauschebart geerbt. Und alle Leute ließen sich wie Marionetten von ihr herumkommandieren. Und liebten sie trotzdem (Mari eingeschlossen). Wirklich unheimlich. Stoff für ein Märchen, ein richtig düsteres.

Plötzlich freute Mari sich darauf, das Porträt zu schreiben. Bei Toms Auftrag ging es nicht um die Realität, bei Tom ging es nie um die Realität, und Alexandra hatte eine Schwäche für Märchen. Selbst wenn es schlecht und peinlich würde – Mari musste es nicht einem Saal voller fremder Menschen präsentieren. Sie würde nicht einmal dabei sein, wenn Alexandra es las. Und Alexandra musste es niemandem zeigen, obwohl sie es bestimmt sofort an Tom und Leo weiterreichen würde. Aber was war schon eine kleine erfundene Geschichte gegen den Tratsch über Maris Fehlgeburt, ihren hungrigen Körper …

Und wie befreiend würde es sein, einfach vor sich hin zu schreiben, ohne den Gedanken an ein Publikum, einen Chef, Kollegen.

Mari lächelte. Sie würde die nächsten zwei Abende pünktlich ab zehn Uhr am Computer sitzen und schreiben und schreiben und schreiben und Alexandras Wein, der noch ungeöffnet in der Küche stand, in sich reinkippen. Sie konnte es kaum erwarten, ihre Finger kribbelten vor Aufregung. Vielleicht würde sie sogar auf die Party gehen, um nach der Schreiberei wild zu tanzen. Zwei Nächte durchschreiben, dann eine Nacht durchtanzen, am Freitag blaumachen und das ganze Wochenende durchschlafen. Freiheit! Der Vortrag war vorbei. Endlich fühlte sie es.

Auf einmal war sogar Surferboys Kopfmassage ganz nett. Alles war irgendwie butterweich, ihr Nacken, ihr Kiefer, sogar ihre Mundwinkel, und der Schmerz in ihrem Schädel ließ nach, sie spürte, wie die Farbe langsam in ihre fahlen Wangen zurückkehrte und ihre Lippen sich öffneten.

»Wow, du bist ja eingeschlafen. Wir machen Fortschritte.«

Mari öffnete die Augen. »Ich war müde.«

»Prima, hör auf deinen Biorhythmus.«

Äh, ja. Es war erst acht Uhr. Normalerweise wäre sie jetzt nochmal zurück ins Büro gegangen. Mari versteckte ein herzhaftes Gähnen hinter ihrer Hand.

»Gähnen ist prima, nimm die Hand da weg.« Surferboy umfasste sanft ihr Handgelenk und zog die Hand von ihrem Mund weg. »Dein Körper will Luft holen.«

Äh, ja. Gute Manieren waren also ungesund. Oder waren schlechte Manieren gesund? Bedeutete beides dasselbe? Diese Missionare und ihre fixen Ideen brachten sie völlig durcheinander.

14

Das Märchen vom faulen Mädchen und dem bösen Zauberer

Es war einmal eine rastlose Studentin, die schon zweimal das Studienfach gewechselt hatte und viel lieber im Café saß als im Hörsaal. Dank ihrer Angstfreiheit beim Schummeln hatte sie ein recht passables Abitur hingelegt, doch sie interessierte sich für nichts, und es ärgerte sie, dass dies außer ihr niemanden zu beunruhigen schien. Besonders irritierend war das Urvertrauen ihrer Eltern, dass sie einfach alles schaffen könne und sich spätestens mit dem Erfolg auch die Freude am Lernen einstellen würde.

Trotzig hatte sie sich für das Physikstudium eingeschrieben und binnen zwei Semestern bewiesen, dass sie *nicht* alles schaffen konnte. »Habe ich euch doch gesagt.« Auf zu den Germanisten. Dort wurde zwar immerhin Deutsch statt Mathe gesprochen, aber Althochdeutsch war keine urlaubstaugliche Fremdsprache, und deutsche Bücher waren immer so wehleidig, das zog sie runter. Nach vier Semestern Germanistik dachte sie fast mit Sehnsucht an die stummen Zahlen und Formeln zurück. Kurzentschlossen wechselte sie zu den Psychologen, denn dort gab es Worte *und* Zahlen, und hier wurde angeblich schmutzige Wäsche über die Natur des Menschen gewaschen – dabei würde sie vielleicht sogar wach bleiben.

Was sie jedoch insgeheim längst wusste: Am liebsten wären ihr weder Worte noch Zahlen gewesen, und kein noch so abgründiges Thema konnte sie aus ihrem Dornröschenschlaf erwecken. Denn in jedem Fachbereich erwartete sie das gleiche Elend. Die ersten paar Minuten einer Vorlesung, die ersten Seiten der Lehrbücher waren zumeist richtig vielversprechend, bevor das Blutbad losging, bevor die großen Themen des Lebens in hunderttausend totlangweilige Fragen zerhackt wurden.

Alexandra, so hieß die rastlose Studentin, entzog sich dem akademischen Gemetzel auf dieselbe Weise wie französischen Kinofilmen. »Erzähl mir dann später, wie es ausgegangen ist«, flüsterte sie ihrem Sitznachbarn zu und verschwand. Ihre aktuellen und verflossenen Sitznachbarn bildeten bald ein treues Gefolge. Als seltenes Wurmloch zwischen Geistes- und Naturwissenschaftlern war Alexandra sehr beliebt; sie war ein Glücksfall für alle männlichen, emotional hilflosen Physiker, denen sie mit ihren literarisch und therapeutisch veranlagten Freundinnen ganz neue Perspektiven eröffnete.

Das Geschäft ihres vormals verschlafenen Lieblingscafés in Friedrichshain begann zu brummen. Die Inhaberin des Cafés bemerkte schnell, wer der Studentenmagnet war, und machte es Alexandra mit Gratismilchkaffees, Kuchenpröbchen und dem permanent für sie reservierten Sessel am Fenster unmöglich, jemals untreu zu werden. (Der Sessel am Fenster wurde zumeist durch ein schlafendes Baby freigehalten, das bei Alexandras Ankunft hastig fortgeräumt wurde.) Jeder wusste, wo Alexandra zu finden war. Sie gehörte zum Inventar, ebenso wie der Dalmatiner der Inhaberin, der gerne vor der Toilettentür herumlungerte, die barbusige Stillgruppe mit ihren praktischen Platzhalterbabys und der unheimliche Zauberer, der jeden Tag allein an dem kleinen runden Tisch in der Ecke saß und Alexandra und ihre Freunde nicht aus den Augen ließ.

Alexandra liebte das Café. Nur der Zauberer störte. Anders als die halbnackte Müttergang, das Babygeschrei und Pünktchens gelegentliches Hundegebell fügte er sich nicht in die wohlige Hintergrundkulisse ein. Eigentlich war Alexandra ganz prima im Ausblenden (von anstehenden Prüfungen, anstehenden Verehrern, ausstehenden Rechnungen), doch der Zauberer ließ sich einfach nicht unscharf stellen. Vielleicht lag es daran, dass er wie Feuer aussah. Sein zerfurchtes Gesicht war zur Hälfte hinter einem rotgrauen Rauschebart verborgen, und seine ungepflegten Haare loderten wie filzige Flammen in die Höhe. Es war unmöglich zu sagen, ob er unzählige kohlenschwarze Hemden besaß oder nur eines, aber er konnte seinen doppelten Espresso stets bezahlen, weshalb Alexandra davon ausging, dass die Eintönigkeit seiner Garderobe auf Freiwilligkeit beruhte. Normalerweise wäre sie auf ihn zugegangen, hätte ihn von Inventar zu Inventar begrüßt: Na, haben Sie auch kein Zuhause? Vermutlich waren es seine taxierenden blauen Augen, die sie davon abhielten. Oder seine signalroten Haare. Abstand halten, hier brennt's.

Oder es lag an ihrem neuen Freund Tommy, der ihr keine Atempause ließ, um sich mit fremden alten Männern anzufreunden. Er hatte sie beim Schlittenfahren auf dem kleinen Bunkerberg im Volkspark erobert. Es war an einem Mittwochmorgen passiert, als die Weihnachtsferien längst vorbei waren. Der weiße Hügel war vollkommen leer. Unberührter Schnee, so weit das Auge reichte. Alexandra stand neben ihrem robusten Holzschlitten, den ihr Bruder Leo für sie gebaut hatte, auf der Hügelkuppe und überlegte, ob sie einen Freudenschrei ausstoßen sollte. Da ertönte hinter ihr ein ebensolcher Schrei, der an ihr vorbeizischte und dann auf zwei Rädern den Berg hinunterrollte, bis Tommy und sein Fahrrad sich überschlugen und am Fuße des Berges zum Stillstand kamen. Alexandra überwand ihren Schrecken und raste auf ihrem Schlitten zum Unfallort. Der Verrückte lag mit roter Wollmütze (und ohne Fahrradhelm) im Schnee und lachte sie an. Er war mit ein paar blauen Flecken davongekommen, doch das Fahrrad war im Eimer, und Alexandra würde später dafür sorgen, dass er kein neues bekam. Sie rodelten zuerst abwechselnd, dann zu zweit auf Alexandras Schlitten und lachten und lachten und lachten, bis sie im Schnee lagen und sich küssten.

Vielleicht lag es gleichermaßen an ihrem nicht mehr ganz so neuen Freund Tommy, dass sie sich schließlich doch noch dem unheimlichen Zauberer näherte. Nach einem Jahr mit Tommy war ihre Welt zu einem harmlosen Ort geworden. Wie ein Märchen ohne Hexe. Alexandra wurde so bedingungslos geliebt, dass nichts und niemand ihr etwas anhaben konnte. Wenn sie mit ihrer herrischen Art aneckte, Freunde vor den Kopf und Professoren von der Klippe stieß, war Tommy da. Alles geschah mit Netz und doppeltem Boden, nichts schmerzte mehr so sehr wie früher. Doch Alexandra hatte sich nie vor der Hexe gefürchtet, im Gegenteil. Ohne Gefahr hatte sie keinen Spaß und keinen guten Sex. Ohne Tommy aber auch nicht. Sie steckte im Dilemma.

Eines Tages, mitten in ihrer Langeweile, mitten auf der Straße, traf sie den Zauberer. Sie standen an gegenüberliegenden Ampeln, und er nickte ihr zu. Im Café hatte er sie niemals begrüßt, und Alexandra hatte ihn noch nie auf der Straße getroffen. Eigentlich existierte er nur an einem einzigen Ort.

Der Zauberer blieb auf seiner Straßenseite stehen und wartete auf sie. Als sie vor ihm stand, bemerkte sie zum ersten Mal, dass er sie um einen guten Kopf überragte. Er fragte, ob sie es eilig habe, ganz so, als hätten sie sich schon tausendmal unterhalten. Ob sie Lust auf einen Kaffee hätte. Sie nickte perplex und wandte sich in Richtung ihres Cafés, das sich gleich um die Ecke befand. Er hielt sie am Ellenbogen fest. Nein. Woandershin.

Statt eines Kaffees tranken sie Rotwein in der *Kammer*, einer holzgetäfelten Kneipe in einer tristen Straße mit heruntergekommenen Altbauten. Es war zwar erst drei Uhr am Nachmittag, aber die getönten oder schmuddeligen Fensterscheiben der *Kammer* suggerierten eine spätere Stunde. Sie tranken und schwiegen, und irgendwann zündete sich der Zauberer einen Joint an. Sie fragte ihn, ob er nicht ein bisschen zu alt dafür sei. Er musterte sie kühl und blies ihr den Rauch ins Gesicht.

»Bist du nicht ein bisschen zu jung fürs Nichtstun?«

»Woher wollen Sie wissen, dass ich nichts tue?«

»Du trinkst Kaffee. Ununterbrochen.«

»Warum beobachten Sie mich?«

»Es fasziniert mich, dass sich diese ganzen Bücherwürmer um ein faules, dickes Mädchen scharen. Zu meiner Zeit hatten wir andere Anführer.«

»Was für Anführer?«

»Denker. Macher. Keine Rumsitzer.«

Alexandra zuckte ungerührt mit den Achseln. »Ich glaube, denken und machen können die alle selber. Aber Rumsitzen will gelernt sein.«

»Und du bringst es ihnen bei«, sagte er spöttisch.

»Richtig.«

»Da hätten wir dann wohl des Rätsels Lösung.« Er drückte seinen Joint auf dem Tisch aus. »Trotz deiner geistigen Unterlegenheit glaubst du, ihnen etwas beibringen zu können, und deine Selbstherrlichkeit zieht sie an wie die Motten das Licht.«

Er hob sein Glas. »Auf faule, dicke Mädchen.«

»Auf bekiffte alte Männer«, erwiderte Alexandra, ohne mit der Wimper zu zucken.

Sie sprachen wenig, wenn sie sich trafen. Er rauchte und

trank und taxierte sie mit seinen missbilligenden Blicken. Sie saß nur da und ließ sich taxieren, bis er betrunken genug war, um sie zu beschimpfen: »Räumt die Babys weg, da kommt das faule Mädchen, das am Fenster sitzen will. Thront mit ihrem fetten Arsch im Ohrensessel und lässt ihren Hofstaat auf den Holzstühlen hocken. Stopft sich den Wanst mit Gratiskuchen voll und lässt das Fußvolk auf den billigen Plätzen bezahlen. Konsumiert mit dummen, leeren Augen das schlaue Gerede ihrer Untertanen und scheißt es direkt wieder aus. Räumt die Töle weg, das fette Mädchen will zur Toilette. Bringt ihr doch einen Nachttopf, dann muss sie nicht aufstehen.«

Alexandra konterte nicht verbal, sondern durch Gleichmut. Im Café nahmen sie ihre üblichen Plätze ein. Der Zauberer saß auf dem Holzstuhl in der Ecke und beobachtete das königliche Treiben am Fenster. Doch sein Gesichtsausdruck hatte sich verändert. Er war nicht mehr der unbeteiligte Zuschauer. Seine Blicke waren zunächst erwartend, dann wartend, dann zornig. Seine Zaubersprüche waren auf fruchtlosen Boden gefallen. Alexandra saß fest in ihrem Sessel am Fenster, den sie mit niemandem teilte, inmitten ihrer Gefolgschaft, der sie nichts anbot außer ihrer Anwesenheit. Und Pünktchen, der Dalmatiner, gab für niemanden freiwillig den Weg zur Toilette frei – außer für sie.

Der Zauberer gab nicht auf. Er wurde immer boshafter. Er ließ ihr Kuchen bringen. Den sie achselzuckend und ohne Dank verspeiste. Eines Tages saß er auf ihrem Sessel. Sie verwies den alten Mann im Beisein einiger Zeugen des Platzes. Niemand nahm es ihr übel. Er sprach ihre Freunde an. Ob die Königin nicht ausgesprochen dumm, faul und dick sei. Aber die lachten nur. Er sprach Tommy an. Ob er im Bett oben oder unten liege. Tommy kratzte sich am Kopf. Das sei eine interessante Frage, er werde das nächste Mal darauf achten.

Zwei Tage später kam er auf den Zauberer zu. »Ich liege meistens unten. Und Sie?«

Der Zauberer grinste böse. »Ich werde oben liegen.«

Tommy lächelte gutmütig und setzte sich zu ihm an den kleinen schwarzen Tisch.

»Dann entgeht Ihnen was. Aber keinen Stress. Ich finde ja, ältere Leute dürfen auch Fehler machen. Die müssen ja echt unter Druck stehen mit all den Vorurteilen über Alter und Weisheit und so. Aber mal ehrlich, die richtig tollen Songs kommen doch immer von den Küken, oder? Das erste Album ist meistens das beste – wer fällt mir da ein … *Pearl Jam*, *Oasis*, ach, und wussten Sie, dass Elton John auch mal echt gute Songs geschrieben hat, als er jung war? Ich sage nur *B-B-B-Benny and the Jets*, und kennen Sie sein Duett mit Miss Piggy in der *Muppet Show*? Das war so was von gut. Ob es da Statistiken drüber gibt? Also, wer von den berühmten Leuten in welchem Alter die besten Sachen gemacht hat. Wäre jedenfalls mal interessant zu wissen …«

Alexandra schlief nicht mit dem Zauberer, aber sie brach – ohne das Wissen ihrer Eltern – das dritte Studium ab, um mehr Zeit mit ihm, mehr Zeit zum Streiten zu haben. Sie entdeckte, dass dies ihre wahre Leidenschaft war. Kämpfen. Nicht mit sich selbst, ihrer Faulheit, ihrer Langeweile, sondern mit einem echten Gegner. Es befriedigte sie nicht, ihren inneren Schweinehund zu besiegen und gute Noten zu schreiben. Sie war Boxerin, keine Marathonläuferin. Sie wollte fliegende Fäuste, nicht dieses feige Ich-habe-eine-Eins-und-was-hast-du-Gerede.

Noch schlimmer als ihre passiv-aggressiven Akademikerfreunde waren die Blumen. Sie war von Blumen umzingelt. Ihre Mutter verkaufte Blumen und war selbst eine (bunt, fröhlich, liebreizend). Und Tommy auch (bunt, fröhlich, liebreizend). Alexandra liebte Blumen und wollte sie auf keinen Fall ausreißen, zerrupfen oder niedertrampeln. Nein, das tat sie dann doch lieber mit dem Zauberer.

Sie trafen sich immer häufiger in der *Kammer* und tranken Rotwein aus schmierigen Gläsern. Er war so gemein zu ihr, dass auch sie mit der Zeit immer hemmungsloser wurde. Natürlich kannte sie seine größte Schwachstelle, denn entgegen seiner konstanten Behauptung war sie keineswegs dumm. Seine Schwachstelle war ihr Körper. Er konnte sich stundenlang über ihr stumpfes ungekämmtes Lockenwirrwarr, die glanzlosen einfältigen Augen, den wurstförmigen Hängebusen und die feisten Baumstammbeine auslassen. Und Alexandra freute sich über den Sommer. So konnte sie in kurzen Röcken und tief ausgeschnittenen Trägertops herumlaufen und ihn in den Wahnsinn treiben. Außerdem feilte sie an kurzen pointierten Bemerkungen über Impotenz, Demenz und die generelle Insuffizienz alter Leute. Es wurde immer hässlicher, und sie wurde immer besser im Gemeinsein. Bereits nach kurzer Zeit gewann sie jede Runde gegen ihn. Je origineller ihre Beleidigungen wurden, desto eintöniger wurden seine.

Auf dem anderen Schlachtfeld – dem Café – war die Situation ein wenig unübersichtlicher. Doch auch hier verschob sich etwas. Das strikte Nebeneinander der verschiedenen Gruppen löste sich allmählich auf. Den Anfang machte Pünktchen, dem es nicht mehr ausreichte, Alexandra bei ihren Toilettengängen zu hofieren. Er lag nun neben ihrem Sessel, und wenn der Zauberer nicht hinsah, schob Alexandra ihm verstohlen ein Stückchen Gratiskuchen ins Maul.

Die Stillgruppe hatte inzwischen kollektiv abgestillt und sich in einen vollbekleideten Müttertreff verwandelt. Die Babys, die früher Alexandras Thron freigehalten hatten, waren selbstbestimmte Kleinkinder, die sich nicht mehr einfach forträumen ließen. Zumeist hockten sie zu dritt auf dem Sessel oder – noch viel lieber – auf Alexandra. Während sich Alexandras Akademikerfreunde um den kleinen Tisch des Zauberers scharten, um mit ihm über Politik zu diskutieren (sie hatten noch nie einen echten Faschisten getroffen), kramte Alexandra Buntstifte aus ihrer Handtasche und ließ die kleinen Quälgeister simple Motive zeichnen (den Weltfrieden, den Zeitgeist und natürlich einen Wochentag, am liebsten den Freitag). Wenn der Zauberer nicht hinsah, ließ sie die Werke abstrakter Kunst verstohlen in ihrer Tasche verschwinden, um sie zuhause voller Stolz an ihren Kühlschrank zu heften.

Alexandra redete sich ein, dass das bunte Treiben im Café nichts mit ihr zu tun hatte. In einem Raum mit Hund, Kindern und Tommy, der sich überall zuhause fühlte und wie ein Kellner zwischen den Tischen rotierte, mussten die Grenzen zwangsläufig fallen. Aber sie war die Einzige, die von allen Seiten mit Kuchen bombardiert wurde. Der Zauberer, der das gefräßige Monster mästen wollte, war nur einer von vielen. Die großzügigsten Spenden kamen aus den Reihen der Mütter, die ihr Glück über die bezaubernde Babysitterin am Nebentisch kaum fassen konnten. Der Spuk ging manchmal sogar so weit, dass Alexandra heulende oder bockige Kinder zu sich an den Tisch holte, um sie in zwei Minuten zu zivilisierten Mitbürgern zu konvertieren. Keiner wusste, wie sie das anstellte. Sie konnte es einfach.

Und so lebte sie eine Weile mit ihren zwei Gesichtern: Dem bösen Schandmaul in der *Kammer* und dem grünen Daumen für Kinder im Café.

Bis ihr Bruder Leo, der in irgendeiner gesichtslosen Stadt an einer unbedeutenden Uni Architektur studiert hatte, nach Berlin zurückkehrte. Tommy, der die *Kammer* selbst noch nie betreten hatte, weil sie laut einem Schild für »Elfen, Feen und andere Lichtwesen VERBOTEN« war, hatte ihm den Weg gezeigt, und plötzlich stand Leo mitten im Raum, gerade als Alexandra ihr drittes Glas Rotwein geleert und zum dritten Mal an Blaubarts Joint gezogen hatte und ihm in maximaler Lautstärke seine Einsamkeit und sein hohes Alter ins Gesicht rieb und wunderschön dabei aussah.

Alexandra verstummte und ließ den Joint fallen.

Leo streckte die Hand aus. »Komm jetzt.«

Und zum Zauberer: »Es reicht. Sie haben gewonnen.«

Alexandra stolperte hinter ihm her, zur *Kammer* hinaus auf die dunkle Straße.

»Er hat nicht gewonnen« war das Erste, was sie sagte.

»Natürlich hat er. Sieh dich an, wie boshaft du bist.«

Sie blieb stehen. »Was soll ich denn jetzt machen?«

»Was du willst.«

»Was will ich denn?«

»Das weißt du doch längst.«

Und so bekam Alexandra – Jahre später, doch im Märchen vergeht die Zeit schneller – ein Kind, und was für eins. Toby hatte ihren Lockenkopf und ihre Katzenaugen und ein Löwenherz, das kein neurotisches Wesen dieser Welt fürchtete. Man sah ihn häufig auf der Hundewiese in Begleitung eines Krokodils mit Atemwegsproblemen, eines Schiffotters mit Aquaphobie und eines Blümchens, das nicht beim Arbeiten gestört werden wollte.

Alexandra sah man häufig beim Streiten mit ihrem Bruder Leo. Sie kämpften fair und ohne tiefere Wunden und gingen mit einem Grinsen auseinander.

Und Tommy? Tommy besiegte den Zauberer.

Der Zauberer kam nicht mehr ins Café (Alexandra sah ihn nie wieder), aber Tommy hatte sich in die *Kammer* gewagt. Seine sanften Augen und sein strahlendes Lächeln, die ihn als

Lichtwesen verrieten, hatte er hinter einer Sonnenbrille und einem angeklebten Schnurrbart verborgen.

Der Zauberer saß an seinem üblichen Tisch und starrte in sein Rotweinglas. Er erkannte Tommy sofort und warf ihm einen grimmigen Blick zu. »Was willst du?«

»Nur schnell was sagen.« Tommy setzte sich nicht und sah auf den Zauberer herab.

»Ich weiß, bei dir ist alles paletti mit dem Glück und so. Aber falls du jemanden kennst, der irgendwie unglücklich und deshalb total garstig ist, dann verrate ihm, dass es da eine Fee namens Lexi gibt, die Menschen glücklich machen kann. Der Trick ist: Man muss ihr was geben. Sie gibt nämlich, indem sie nimmt. Wie ein Glücksbrunnen, in den man eine Münze wirft. Der Brunnen steht auch nur da und guckt einen an, aber wenn die Münze durch die Luft saust und im Wasser *plopp* macht, freut man sich einfach. Glaub mir, es funktioniert.«

Der Zauberer dachte einige Monate über Tommys Worte nach. Er selbst war nämlich gar nicht so besonders schlau. (Böse Leute wirken häufig schlauer, als sie sind.) Er ärgerte sich, dass er Tommy nicht gefragt hatte, was zum Teufel er Alexandra geben sollte. Das Einzige, das Tommy expressis verbis erwähnt hatte, waren Münzen. Und so ging er schließlich zum Notar und ließ ein Testament schreiben. Sämtliche Münzen – und es waren wirklich viele – würden an Alexandra gehen.

Und siehe da, in dem Moment, als er das Testament unterschrieb, überkam ihn eine Welle des Glücks, wie er es noch nie empfunden hatte. Kurz danach kippte er tot um, weil er mit der ganzen Freude völlig überfordert war.

Alle anderen lebten noch viele glückliche Jahre und tauschten die Münzen des bösen Zauberers gegen Waren und Dienstleistungen.

Ende gut, alles gut.

15

»Wenn du die wegschmeißt, ruf ich die Käthe an«, sagte Emma.

Käthe. Eigentlich war es unfair, dass Käthes Zorn sich ausschließlich gegen Mari richtete. Schließlich war Emma es gewesen, die Käthes Offenbarungen über Leo absichtlich und ziemlich genüsslich hinausposaunt hatte, während Mari nur völlig ungewollt zur falschen Zeit am falschen Ort das Falsche gesagt hatte.

Emma hatte am Montagabend eine heulende Käthe in der Leitung gehabt. Leo hatte ihren Serienabend abgesagt. Den schönsten Abend der Woche. Montagabends trafen sie sich bei Leo zuhause, nur er und sie, und dröhnten sich mit Käthes Lieblingsserien zu. Er guckte alles mit, selbst *True Blood*, obwohl er Vampire irgendwie albern fand und bei den Sexszenen jedesmal was von Porno brummte und vorspulte.

Käthe wusste, dass ein bisschen Mitleid im Spiel war. Ihre Eltern waren doof, das war allgemein bekannt. Nein, kein Fall fürs Jugendamt, im Gegenteil, ein paar Gläser Schnaps und hier und da ein kleiner Ausraster hätten ihnen bestimmt ganz gutgetan. Sie lachten nie. Zombies mit Superkind, Superjobs, Superhaus (direkt neben einem Blumenladen) und superschlechter Laune. Tommy traute sich gar nicht in ihre Nähe, die trostlose Aura machte ihn fertig. Käthe hatte sich eine neue Familie gesucht. Sie wohnte quasi im Blumenladen, bei Leos Mutter. Und sie war in ihren großen Onkelbruder verknallt, aber nur so halb. Leo hörte komische Musik und war nicht bei Instagram. Und Wolle und Jockel waren echte Hingucker, sie musste sich bloß noch für einen von beiden entscheiden.

Trotzdem. Zwischen Käthe und Leo ging kein Blatt Papier, und er hatte sie noch nie wie ein Kind behandelt. Außer am Montag. »Bleib heute Abend einfach mal zuhause und lies ein Buch, das wird dich nicht umbringen.« *Stubenarrest?* Natürlich hatte er ihr den Grund gesagt, ruhig und gefasst, wie ein nerviger Erwachsener. Zuerst hatte er Tommy in Verdacht gehabt, doch die Magertussis und Wasserleichen hatten sie verraten. »Ich weiß, du bist ein Teenager, aber versuch zumindest mal nachzudenken, bevor du sprichst.« *Teenager.* Das Wort sagte er in letzter Zeit ständig. Seit Mari aufgetaucht war. Scheißmari.

Scheißmari wartete noch auf einen Geistesblitz, wie sie Käthes Welt wieder in Ordnung bringen konnte. Wahrscheinlich nur, indem sie daraus verschwand, und das würde zweifelsohne geschehen, wenn Alexandra das Familienporträt in die Finger bekam.

»Grüß sie schön von mir«, erwiderte Mari und kam sich sehr kaltschnäuzig vor.

»Mach ich. Und ich sag ihr, dass Leo dich zum Zittern bringt.«

Emmas Drohungen wurden immer wüster. Sie diskutierten nun schon seit einer Viertelstunde über das Schicksal von Maris Märchen, während sich auf Maris Schreibtisch Niklas' Akten türmten. Und gleich würde Herr Weimar hereinstürmen und sie zum dritten Mal damit nerven, dass sie jetzt endlich seine viel zu schöne und vor allem viel zu teure Kenzo-Krawatte abschneiden solle.

Aber Emma ließ sich nicht abwimmeln.

»Ach!« Mari hörte durchs Telefon, wie Emma sich auf die Stirn schlug. »Du kannst sie ja gar nicht wegschmeißen, ich habe sie ja auch! Ich schicke einfach alles der Käthe, und die gibt es dem Weihnachtsmann.«

Gestern Abend, nachdem sie den letzten Satz geschrieben

und den letzten Schluck Wein getrunken hatte, war Mari noch irgendwie stolz auf sich gewesen. Sie hatte eine Geschichte geschrieben! Nun sollte sie auch jemand lesen. Und schwupps, hatte sie eine E-Mail an Emma geschickt, ein Riesenfehler.

»Langsam werde ich wirklich sauer«, sagte Mari. »Und ich muss weiterarbeiten, gleich kommt mein Chef rein.«

»Alles klar. Du arbeitest, und ich schick's ab.«

»Wenn du das machst, rede ich nie wieder mit dir.«

Emma machte ein komisches Geräusch, als ob sie nach Luft schnappte.

»Hörst du mir jetzt mal zu?«, fragte Mari.

Stille.

»Emma?«

»Ich nicke doch!«

»Alexandra hat heute Geburtstag, und meine Geschichte ist richtig fies.«

»Stimmt doch gar nicht.«

»Ich beschreibe sie als faul, herrisch, selbstherrlich, nicht nett zu alten Leuten und, ach ja, *dick*, das wird sie freuen, dass die Magertussi sie als dick beschreibt. Und da stehen Sätze wie ...« Mari blätterte in den elf ausgedruckten Seiten herum, die vor ihr auf dem Schreibtisch lagen und schon ziemlich zerknittert aussahen. »›Konsumiert mit dummen leeren Augen das schlaue Gerede ihrer Untertanen und scheißt es direkt wieder aus!‹«

»Aber das sagt doch nur der böse Zauberer!«

»Ich *bin* der böse Zauberer! Ich schreibe, dass sie Baumstammbeine und wurstförmige Hängebrüste hat und die ganze Zeit nur rumsitzt und Kuchen in sich reinstopft und Babys für sich wegräumen lässt! Und das Beste kommt noch: Dass sie sich mit Tom langweilt und keinen guten Sex hat. Und dass Tom immer unten liegt.«

»Stimmt eigentlich irgendwas davon?«

»Das ist ja das Schlimme.« Mari ließ den Blick über die Seiten ihrer Geschichte schweifen. »Vieles davon stimmt irgendwie. Sie sitzt wirklich gerne rum und lässt andere Leute für sich springen. Sie hat ein Psychologiestudium abgebrochen, sie ist Mutter, sie hat eine große Summe Geld von einem Rauschebart geerbt …«

Mari hielt inne. »Oh nein.«

»Was ist denn jetzt?«, wollte Emma wissen.

»Dass ich daran nicht gedacht habe … Ich habe keine Ahnung, wer dieser Rauschebart war. Stell dir mal vor, er war ihr geliebter Großvater oder ihr bester Freund auf der ganzen Welt oder ihr Traummann. Und bei mir ist er ein böser, notgeiler alter Sack. Ich beschmutze sein Andenken!«

Mari und Emma stöhnten gleichzeitig.

»Und wegen so was willst du jetzt wirklich ohne Geschenk auf die Party gehen?«

»Es ist Toms Geschenk.«

»Dann bist du schuld, wenn er kein Geschenk für seine Freundin hat.«

Mari schluckte. Das war hoffentlich nicht Toms einziges Geschenk.

»Und überhaupt«, gab Emma zu bedenken, »wenn es Toms Geschenk ist, wieso hat er es dann noch nicht gelesen? Soll er doch entscheiden, ob sie es bekommt. Und der weiß bestimmt auch, ob der böse Zauberer in Wirklichkeit ein Heiliger war.«

Da hatte Emma ausnahmsweise mal recht. Tom wusste alles und konnte alles zensieren. Es sei denn, er war mal wieder begeistert und unkritisch und fand alles hochinteressant, selbst die Sache mit dem Sex und der Langeweile. Doch er würde sehr enttäuscht sein, wenn sie ihn in dem Glauben ließe, dass sie überhaupt nichts geschrieben und ihn im Stich gelassen hätte. Nein. Er sollte es zumindest lesen.

»Okay, ich gebe es Tom zum Probelesen. Emma? *Ich*. Nicht du. Du hältst die Käthe da raus.«

»Ja, ja.«

Der Tag flog vorbei. Herr Weimar war aus unerfindlichen Gründen im Karnevalsfieber. (»Aus *Köln?* Wie kommen Sie darauf? Ich bin doch *Preuße*!«) Er war verzweifelt, weil niemand seine Krawatte abschneiden wollte, und schließlich eilte Mari in ihrer Mittagspause in den nächstgelegenen Touristenladen und kaufte ihm eine Scheußlichkeit, auf der ein grellbuntes Brandenburger Tor abgebildet war. Herr Weimar ließ sich die Scheußlichkeit unerwartet bereitwillig um den Hals binden und fand binnen fünf Minuten eine gnädige Sekretärin, die ihm mit der Schere zu Leibe rückte.

(»Nicht die Quadriga abschneiden, Frau Rohloff! Sonst glaubt mir doch niemand, dass da das Brandenburger Tor drauf war! Weiter unten, *nicht* die Quadriga, habe ich gesagt! *Quadriga!* Hatten Sie kein Latein?«)

Zum Dank musste Mari mit ihrem Kaffee in seinem Büro sitzen und Fledermausbrownies essen, die wirklich gut schmeckten, obwohl sie an den Flügeln ein wenig verbrannt waren.

»Haben Sie die selbst gebacken?«

»Frau Thaler, ich bin kein Bäcker.«

»Hat ein Bäcker die gebacken?«

»Nein.«

»Ihre Frau?«

»Ihnen biete ich nie wieder Gebäck an.«

Er zog tatsächlich den Brownieteller außer Reichweite und drückte ihr stattdessen einen Stapel Papier in die Hand. Es waren die Feedbackbögen von Montag. Eigentlich hatte er ihr die nicht zeigen wollen, so etwas stieg einem ja schnell zu Kopf.

Mari hatte von allen Teilnehmern in allen Kategorien die Bestnote erhalten. Der beste Vortrag des Tages.

»Ich wusste gar nicht, dass man bewertet wird«, murmelte sie verlegen.

»Sie werden immer bewertet.«

»Ich war doch nicht besser als Herr Diem.«

»Da stimme ich Ihnen zu.« Herr Weimar schob den Brownieteller wieder in ihre Richtung. »Doch wie Fontane schon sagte, das Herz bleibt ein Kind, und Sie haben die Herzen erobert. Ich habe schon mit den anderen Partnern gesprochen, wir werden Sie bei so vielen Veranstaltungen wie möglich einsetzen.«

Mari legte die Feedbackbögen schnell vor sich auf den Tisch und versuchte, ihr Zittern zu unterdrücken. Mehr Vorträge. Vielleicht jeden Monat? Oder sogar alle zwei Wochen?

»Ich halte sehr ungern Vorträge«, hörte sie sich einwenden.

Herr Weimar musterte sie. »Das glaube ich Ihnen nicht.«

»Es stimmt aber«, sagte Mari leise.

»Wenn man etwas gut kann, dann tut man es auch gerne.«

»Theodor Fontane?«

»Nein, Martin Weimar.«

»Es wäre schön, wenn Sie recht hätten.« Mari räusperte sich. »Aber auf mich trifft es leider nicht zu.«

»Doch, das trifft auf jeden zu. Man kann nur in etwas gut sein, das man gerne tut. Wo Qualität ist, da ist auch Freude. Oh. Der Satz gefällt mir.«

Er lehnte sich sichtlich zufrieden in seinem Chefsessel zurück. Bestimmt hatte er ein kleines rotes Notizbuch, in das er Fontanes und eigene Zitate eintrug. Schwarzer Stift für Fontane, roter Stift für sich selbst. Mari bedauerte, dass sie ihm seinen neuesten Eintrag vermasseln würde, aber sie musste das richtigstellen.

»Das klingt sehr schön«, sagte sie, »aber auf mich trifft es wirklich nicht zu. Ich habe überhaupt keine Freude daran, vor Leuten zu reden. Qualität kann auch das Ergebnis von Panik und Pflichtgefühl sein.«

Zu ihrem Erstaunen lachte er. »Sie haben recht! Sonst könnten wir den Laden hier ja auch dichtmachen!«

Oh. Vermintes Terrain. Jetzt bloß nicht mitlachen …

»Wissen Sie, was Fontane dazu sagt?«, fuhr er fort. »Der Mensch lebt, um seine Pflicht zu tun und zu sterben. Und das Zweite beständig gegenwärtig zu haben, erleichtert einem das Erste.«

Mari schluckte. »Ich soll also ans Sterben denken und …«

»Martin, du bist unmöglich.« Der graue Herr stand in der Tür, sie hatte ihn nicht kommen hören. Ihre Blicke trafen sich, und Mari errötete. Sie wusste nicht weshalb, doch irgendwie himmelte sie ihn ein bisschen an.

»Wissen Sie, was der arme missverstandene Fontane auch gesagt hat?« Herr Diem lehnte sich an den Türrahmen und verschränkte die Arme vor der Brust. »Das Immer-arbeiten-Müssen macht egoistisch wie alles Ausschließliche. Es ist bürgerlich respektabel und verdirbt doch den Charakter.«

»Das ist aus dem Kontext gerissen«, widersprach Herr Weimar und schob die Brownies vorsichtshalber außer Sichtweite hinter seinen Monitor. »Kann ich dir helfen?«

»Du nicht, aber Frau Thaler.«

»Hast du keinen eigenen Associate?«

»Nicht so einen.«

»So einen?«, traute Mari sich zu fragen.

»Einen, der Jura querbeet durch alle Rechtsgebiete betreibt«, präzisierte Herr Diem.

»Ich dachte, Sie sind dagegen … Wegen Best Practice und so«, erinnerte ihn Mari.

Herr Diem zuckte mit den Achseln. »Hin und wieder braucht man eine Allzweckwaffe. Sie können jederzeit in mein Team wechseln, wenn Sie hier«, er zeigte mit einem schrägen Lächeln auf Herrn Weimar, »ans Sterben denken.«

Mari wurde hinausgeschickt und sollte die Tür hinter sich schließen. Dann hörte sie nur noch Gebrüll und eilte schnell den Gang hinunter in ihr Büro.

Sie ließ sich auf ihren Schreibtischstuhl sinken. Was war da gerade passiert? Konnte sie wirklich zu Herrn Diem wechseln? Was würde das bedeuten, außer dass Herr Weimar sie hassen würde? Durfte sie bei dem grauen Herrn in Ruhe in der Besenkammer sitzen und vor sich hin arbeiten, oder würde er sie auch auf die Bühne zerren? Durfte man bei ihm weniger arbeiten, weil das Immer-arbeiten-Müssen den Charakter verdarb? Ja klar. Vermutlich pflegte der graue Herr seinen Charakter und ging jeden Tag um halb sieben nach Hause, während seine Arbeitsbienen bis Mitternacht an den Galeeren saßen und dabei total egoistisch wurden.

Das Brummen ihres Telefons riss sie aus ihren Gedanken. Tom hatte eine Nachricht geschrieben, und zwar die längste, die sie je bekommen hatte:

»Liebe Mari,
vielen Dank für Deine E-Mail. Ich kann den Anhang nicht öffnen, irgendwie spinnt mein Word-Programm, aber ich krieg's schon noch hin. Bin sehr gespannt aufs Porträt! Die Lexi auch. Hab mich eben bei ihr verplappert. Aber ich geb's ihr noch nicht, versprochen. Sie kriegt das Word-Programm auch nicht auf.
Lexi sagt, Verkleiden und Geschenk mitbringen nicht nötig.

Hauptsache, Du kommst nicht so spät, Toby wartet auf Dich und muss um neun ins Bett.
Leo wartet auch auf Dich, darf aber länger aufbleiben ☺.
Lexi sagt, erwarte nicht zu viel von ihm, er hat vierzig Luftballons aufgepustet.
Mit freundlichen Grüßen
Dein Tom«

Mari versuchte sofort, Tom anzurufen. Sie musste verhindern, dass … ach, einfach alles. Das ganze verflixte Porträt. Doch die Leitung war besetzt. Ununterbrochen. Wahrscheinlich hatte Tom sein Telefon wieder in irgendeine Ecke geworfen, und das Nebelhörnchen rief gerade bei seinen Verwandten in Kanada an.

Mari sah auf die Uhr. Es war schon halb vier, und sie musste noch sechs E-Mails von Mandanten beantworten, eine Abmahnung schreiben und eine Klageerwiderung fertigstellen. Und ein Geschenk für Alexandra und ein Kostüm kaufen.

Ihr Telefon klingelte. Ein Glück, Tom. Nein. Es war Vanessa.

»Pssst, Mari. Machen wir blau?«

»Was?«

»Komm, wir machen blau«, flüsterte Vanessa. »Ich brauch noch ein Geschenk und Fühler. Feen haben doch Fühler?«

Vanessa produzierte ohrenbetäubende Kotzgeräusche im Bad. In sämtlichen Anrainerbüros wurden die Türen geschlossen. Mari musste Vanessa sofort nach Hause begleiten, unbedingt. Nein, in diesem Zustand konnte man sie nicht alleine lassen.

Auf der Straße schauten sie sich um, ob sie verfolgt wurden, und stürmten über zwei rote Fußgängerampeln ins *Lafayette*, wo sie in der Handtaschenabteilung zum Stehen kamen und in lautes Gekicher ausbrachen. Dann steuerte Vanessa direkt auf die Parfümerie zu, griff sich den nächstgelegenen Tester und sprühte Mari von allen Seiten mit Blumenduft ein. Mari war so glücklich über ihre Flucht, dass sie sich alles gefallen ließ.

Sie kaufte eine riesengroße Handtasche für Alexandra, in der sie problemlos Tobys Bücher, Bananen und Buntstifte verstauen konnte. Vanessa staunte über die Investition (»*Dreihundert* Euro? Was kauf *ich* denn jetzt?«), aber sie wusste ja nicht, dass Mari dringend Abbitte leisten musste. Tom war nach wie vor nicht erreichbar.

Vanessa entschied sich für den passenden Schlüsselanhänger zur Tasche.

»Dreißig Euro sind zu viel, du kennst sie doch noch nicht mal.«

»Eben! Sie soll sehen, dass ich zu dir gehöre.«

Zufrieden hakte sie sich bei Mari unter und bugsierte sie in die Damenabteilung, wo Vanessa sich sofort mit der erfreuten Verkäuferin anfreundete, die an regnerischen Donnerstagnachmittagen normalerweise Däumchen drehte. Vanessa gab ihr klare Anweisungen: Sie wollten alles anprobieren, das glitzerte, einen tiefen Ausschnitt hatte oder sonst irgendwie nach Party aussah. In Größe 34 oder kleiner.

Mari lächelte die Fee dankbar an. Sie war es von Emma gewohnt, wegen ihrer Kleidergröße beschimpft zu werden. Doch Vanessa war selbst spindeldürr, mit dem Unterschied, dass bei ihr niemand an eine Essstörung dachte. Jeder wusste, dass Feen von Natur aus rundum winzig waren. Und anhänglich. Bevor Mari protestieren konnte, drängelte Vanessa sich zu ihr in die Umkleidekabine, zog sich in Windeseile aus und schlängelte sich in ein silbernes Paillettenkleid.

»Sieht das gut aus? Kann man da von der Seite reingucken?«

»Keine Ahnung, du stehst so nah, dass ich nur deinen Scheitel sehe.«

Vanessa lachte. Sie riss den Vorhang beiseite, um aus der Umkleide zu hüpfen, und kollidierte beinahe mit der Verkäuferin, die einen langen Kleiderständer mit ungefähr zwanzig Kleidern herangekarrt hatte und eine Sektflasche in der Hand hielt.

»Sekt!«, jubelte die Fee.

»Prosecco«, verkündete die Verkäuferin, die Rita hieß und vielleicht Anfang zwanzig war.

Mari lächelte schwach. Sie hatte eigentlich nicht vorgehabt, betrunken auf Alexandras Party aufzutauchen. Und hoffentlich war Rita sich bewusst, dass sie maximal ein einziges Kleid kaufen würde. Und …

»Mari, dein Telefon brummt.«

Tom! Sie zog hastig das Telefon aus ihrer Manteltasche. Eine ungelesene Nachricht. Jetzt keine Zeit mit Lesen verschwenden, sofort anrufen, vielleicht hatte er das Telefon noch in der Hand. Besetzt. Und wieder besetzt. So ein … Was stand in der Nachricht?

»Mari, keine Sorge, Kathrin sagt, sie kriegt's an ihrem Computer auf und druckt es aus. Bis gleich, freu mich!«

Immer noch besetzt. Panisch schrieb Mari:

»Tom, gib es NICHT der Käthe!!! Und ruf mich an!!!«

Und gleich noch eine Nachricht hinterher:

»Wer war der Rauschebart? Bei mir ist er ein Arsch.
Hat Alexandra ihn sehr gemocht?«

Sie starrte auf ihr Telefon. Keine Antwort. Sie wählte noch einmal. Besetzt.

»Alles in Ordnung?«, erkundigte sich Vanessa.

Mari nahm ihr Telefon in beide Hände und erwürgte es. Dann stopfte sie es zurück in ihre überfüllte Manteltasche. (Sie hatte ihre Handtasche im Büro gelassen. Keine Taschen auf Partys. Stattdessen Hamstermanteltaschen gefüllt mit Taschentüchern, Portemonnaie, Schlüssel, Labello, schwarzem Smartphone für Nachrichten von der Kanzlei, goldenem mit Glitzerblumen für Nachrichten von Tom … Vielleicht wäre eine Tasche doch gut gewesen.)

»Ja«, sagte sie. »Komm, wir trinken jetzt Prosecco und kaufen alle Kleider, die uns gefallen.«

Und das taten sie. Vanessa kaufte drei Kleider, und Mari kaufte vier. Eins kürzer und sommerlicher als das andere. Mari würde heute Abend frieren, egal welches sie trug. Sie entschied sich für das kürzeste – ein flatteriges braunes Minikleid mit Blumenmuster. Dazu dicke Fellstiefel aus braunem Wildleder, die sie jeden Tag auf dem Weg zur Arbeit trug und im Büro schnell im Schuhschrank, der eigentlich ein Aktenschrank war, verschwinden ließ.

Die Fee fand, dass Mari nach Woodstock aussah und der Look ausgezeichnet zu dem exzessiven Blumenduft passte, der sie immer noch umgab und den Vanessa gleich beim Rausgehen nochmal schnell auffrischen würde. (»Du gehst als Blume!«)

Vanessas figurbetontes violettes Partykleid hatte einen großen Rückenausschnitt, der ihre hauseigenen Feenflügel zur Schau stellte. Nach zwei Gläsern Schaumwein hatte Mari – genau wie zuvor Leo – staunend die abstehenden Knochen befingert. Vanessa würde Surferboy in der Sache konsultieren, vielleicht konnte man die Dinger ja wegturnen. Sie störten nämlich, wenn die Fee auf dem Rücken schlafen wollte.

Sie hatten die ganze Flasche Prosecco leergetrunken.

»Jetzt haben wir blaugemacht und sind blau«, kicherte Vanessa und hakte sich bei Mari unter, um nicht die Rolltreppe herunterzufallen.

»Und Toby hat mir einen blauen Gedanken gemalt, und der Blaubart ist Alexandras liebster Mensch auf dem blauen Planeten, und die Käthe wird mir ein blaues Auge verpassen, und Alexandra schlägt mich grün und blau.« Mari kicherte, doch dann wurde ihr plötzlich schlecht. »Vanessa. Ich kann nicht mitkommen.«

Sie stolperten von der Rolltreppe herunter. Vanessa sah sie mit ihren großen blauen Augen verzweifelt an. »Mari, *bitte*, ich kann da nicht ohne dich hin. Und wir haben uns doch schon hübsch gemacht!«

Rita hatte die Schildchen aus ihren neuen Kleidern herausgeschnitten und ihnen den Weg zur Damentoilette gezeigt, wo sie eine angetrunkene Schmink- und Frisierorgie gefeiert hatten. Eigentlich mussten sie jetzt nur noch Arm in Arm die Friedrichstraße hochmarschieren, unterwegs einen Scherzartikelladen auftreiben, um Vanessas Fühler zu kaufen, und überpünktlich gegen halb sieben in ihren perfekten Outfits mit ihren perfekten Geschenken im *Bär und Hummer* ankommen und die Nacht durchfeiern.

»Ich kann nicht. Es tut mir so leid.«

»Wenn es um Leo geht«, sagte die Fee und sah sie flehend an, »er hat kein böses Wort über dich verloren, als er mich am Montag ins Büro gefahren hat. Er sieht doch immer ein bisschen genervt aus. Dein Telefon brummt schon wieder.«

Mari seufzte. Langsam war es ihr egal. Sie würde einfach zuhause bleiben und sich nie wieder irgendwo blicken lassen.

Ein entgangener Anruf von Tom. Und eine Nachricht.

»Kathrin hat's schon gelesen und findet es toll! Keine Sorge wg. Professor Rauschebart. Das war doch Lexis Prof, der ausgetickt ist wg. Lexi und wg. dem sie ihr Studium hingeschmissen hat. Arsch hoch zehn! Nur sein Testament war nett. Mari, komm schnell, hier steppt schon der Bär!«

Mari war noch nie zuvor in betrunkenem Zustand ein Hinkelstein vom Herzen gefallen. Dass ihr noch niemand davon erzählt hatte, wie unglaublich leicht man sich fühlen konnte mit ein bisschen Alkohol im Blut und einer nagenden Sorge weniger. Sie fühlte sich für eine Sekunde euphorisch. Doch nur für eine Sekunde. Irgendetwas störte. Klar, der Rauschebart war nicht ihre einzige Sorge gewesen, da waren noch die Baumstammbeine und die ganzen anderen Beleidigungen, aber nein, das war es nicht, was sie wirklich beunruhigte. Was war es bloß? Sie hätte Wasser trinken sollen.

Vanessa stand neben ihr und sah aus, als würde sie gleich anfangen zu weinen. Die Fee, die gerade rund dreihundertfünfzig Euro für einen Schlüsselanhänger und drei Partykleider ausgegeben hatte.

Zu ihrem eigenen Erstaunen griff sie nach Vanessas Hand und lächelte. »Du brauchst noch einen Zauberstab. Und du wolltest mich nochmal mit Blumenduft einsprühen.«

16

Mari lugte erstaunt durch ihre Brille. Lag es am Alkohol, dass alle Leute so viel jünger aussahen? Sie hätte den Glühwein weglassen sollen. Überhaupt. Wer trank denn nach Weihnachten noch Glühwein? Vanessa. Sie hatte Mari zu dieser stinkigen Würstchenbude geschleppt und ihr einen dampfenden Becher in die Hand gedrückt. Und danach noch einen. Und noch einen. Mit Currywurst. Mari hätte alles konsumiert, um die Party noch ein bisschen hinauszuzögern und um diese vage Sorge loszuwerden, die sie nicht benennen konnte.

Für die Zukunft: Eine halbe Flasche Prosecco und drei Becher Glühwein wirkten Wunder. Mari war kichernd mit Vanessa durch den kreischend bunten Laden gefegt, in dem sie grüne Marsmännchenfühler, eine rosa Brille, Harry Potters Zauberstab, Tröten, Konfetti, Plastikspinnen und ein paar abgehackte Finger erworben hatten. Auf dem Weg zum *Bär und Hummer* hatte die Fee lustige Geschichten über ihre Verflossenen erzählt und Mari dabei mit Konfetti berieselt. Sie waren lachend in das Lokal gestolpert.

Aber nun standen sie am Eingang, und Mari blinzelte verwirrt durch ihre rosa Brille.

»Hast du nicht gesagt, Alexandra wird *vierzig*?«, raunte Vanessa ihr zu.

»Ja. Liegt das an meiner rosa Brille?«, raunte Mari zurück.

»Nein, ich seh's ja auch.«

»Oder vielleicht am Glühwein?«

»Das kann sein.« Vanessa sah sich verunsichert um. »Oder die haben sich alle als Teenager verkleidet.«

»Meinst du? Braucht man dafür kein Botox?«

Auf jedem Sofa, Sessel oder Stuhl saßen oder lagen Jugendliche mit Bierflaschen. Das Licht war gedämpft, die Musik war laut, es wurde gelacht und geknutscht, und an einem Tisch spielten drei Jungen und ein Mädchen Karten.

Spielten drei Jungen und *Käthe* Karten.

Käthe sah von ihrem Blatt auf und direkt in Maris Augen. Und im selben Moment wusste Mari, was die ganze Zeit nicht gestimmt hatte: »Kathrin hat's schon gelesen und findet es toll!«

Kathrin fand's toll. Wenn der Rauschebart kein Problem war, musste es also ein anderes geben. Eins, das Käthes Herz erfreute.

Am liebsten hätte Mari auf dem Absatz kehrtgemacht. Vanessa schien ihre Gedanken zu lesen, denn sie griff nach ihrer Hand. »Bleib bei mir, ja? Da kommt so ein Gothic Girl mit grünen Haaren auf uns zu.«

Käthe nahm den kürzesten Weg. Sie stieg mit ihren schwarzen Lackstiefeln über drei vollbesetzte Sofas, beschädigte dabei ein paar fluchende Kronjuwelen, und nun stand sie mit verschränkten Armen vor ihnen und sagte … nichts. Dann ging sie an ihnen vorbei und öffnete die Tür. Die kalte Winterluft schlug ihnen entgegen.

Mari kapitulierte sofort und zog die perplexe Vanessa durch die Tür nach draußen auf den Bürgersteig. Sie hatte sich schon zum Gehen gewandt, als sie hinter sich Käthes Räuspern hörte.

»Wohin willst du denn?«, wollte Käthe wissen.

Mari drehte sich um. »Nach Hause. Ich kann verstehen, dass du mich nicht hierhaben willst.«

Käthe zog ein verdutztes Gesicht. »Du würdest nach Hause gehen, weil *ich* dich nicht hierhaben will?«

»Äh … ja. Ist ja deine Familie, nicht meine.«

Ein kleines Lächeln stahl sich auf Käthes Lippen.

»Ich wollte raus, weil ich dich drinnen nicht hören kann, die Musik ist so laut. Und jetzt mach schnell, mir ist kalt«, sagte sie und rieb sich ihre nackten Arme. Sie trug ein schwarzes Strickkleid mit kurzen Ärmeln.

»Was meint sie denn?«, fragte Vanessa, doch Mari wusste, was sie meinte.

»Es tut mir schrecklich leid, Kathrin. Ich hatte mich überhaupt nicht unter Kontrolle …«

Mari nahm ihre rosa Brille ab. Sie fühlte sich betrunkener denn je, aber wenigstens sah Käthe nicht mehr aus wie eine rosa Prinzessin.

»Ich war so sauer auf Leo«, fuhr sie fort, »wegen allem, was er über mich gesagt hat. Ich weiß ja, dass ich zu dünn bin, aber wenn man das dann so hört, dass jemand einen abstoßend findet … Und dass er auch noch mit Tom darüber hergezogen hat, dass mein Körper im Arsch ist und ich eine krampfige Mutter wäre …«

»Was?«, riefen Käthe und Vanessa gleichzeitig.

»So etwas hat Leo über dich gesagt?«, fragte Vanessa empört.

»Was hat Emma dir denn für einen Scheiß erzählt?«, fragte Käthe ebenso empört und setzte sich auf die Bordsteinkante.

»Kathrin, willst du da jetzt wirklich sitzen? Es sind höchstens null Grad.«

Doch Käthe ignorierte sie und zauberte eine Schachtel Zigaretten aus ihrem Stiefel.

Mari zog ihren Mantel aus und hängte ihn über Käthes Schultern. Käthe sah unwillig auf, aber dann fiel ihr Blick auf den schwarzen Wintermantel. Sie murmelte »Cooles Teil« und schlüpfte in die Ärmel. Während sie zufrieden den Mantel um sich wickelte, ihre Zigarette anzündete und den reichhaltigen Inhalt von Maris Manteltaschen untersuchte, machte Vanessa Mari eine Szene. (»Nackte Arme, kurzes Kleid, das geht nicht, du wirst krank, dann muss ich morgen alleine zum Lunch, komm, wir gehen jetzt endlich rein, du hast dich doch entschuldigt, wofür auch immer, wir wollen jetzt tanzen …«)

Schließlich gab Vanessa auf, drückte Mari ihre silberne Steppjacke mit Fellkapuze in die Hand und wagte sich mutterseelenallein (mit vier Einkaufstüten) in den lärmenden *Hummer*.

Mari setzte sich neben Käthe auf die Bordsteinkante. Sie saßen eine Weile schweigend da, und Mari sog den Zigarettenrauch ein. Es roch nach Emma. Am liebsten hätte sie ihren Kopf auf Käthes Schulter gelegt.

Käthe legte den Kopf auf Maris Schulter.

»Bin betrunken«, murmelte sie.

»Ich auch«, sagte Mari.

»Meine Eltern sind total doof.«

»Meine auch«, seufzte Mari.

»Ich weiß. Hat Emma mir erzählt.« Käthe warf ihren Zigarettenstummel weg. »Ich weiß nicht mehr, was Leo so alles gesagt hat. Ist mir auch egal.«

»Mir auch«, sagte Mari.

»Wir haben uns wieder vertragen.«

»Wir auch. Ach nein. Wir nicht.« Mari seufzte wieder.

Käthe lachte.

»Kathrin …«

»Kannst mich ruhig Käthe nennen. Die Jungs nennen mich auch so. Mit Mädchen habe ich nicht so viel zu tun.«

»Aber da drinnen sitzen doch ganz viele.« Mari zeigte auf das große Fenster, hinter dem es aussah wie bei *La Boum*. Kein einziger Erwachsener in Sicht.

»Ja, irgendwie ist meine halbe Stufe hier gelandet. Aber Emma wäre mir lieber gewesen.«

»Mir auch. Emma ist in Rom.«

»Ich weiß. Voll doof. Ich habe ihr versprochen, Tommys Auftritt zu filmen.«

»Tommys Auftritt?«

»Der will doch deine supercoole Geschichte vorlesen.«

Mari sprang auf. »Was? Wem?«

»Allen.« Käthe grinste und stand ebenfalls auf. »Und das Beste kommt noch: Regina ist hier!«

»Äh … Leos Ex?«

Käthe nickte. »Tobys Mama. Die wird sich total ärgern, dass du mal schnell Alexandra zu seiner Mama gemacht hast. Geschieht ihr voll recht, der blöden Gewitterziege.«

Der Boden wankte unter Maris Füßen. Wurde man in solchen Situationen nicht schlagartig nüchtern? Kein bisschen. Maris Gehirn klammerte sich an den Nebel. Sie begann, hysterisch zu lachen. Dann hörte sie abrupt auf.

»Tom hat die Geschichte noch gar nicht gelesen, oder?«

Genau. Sie dachte jetzt an Tom. An die Geschichte. Daran, wie peinlich alles werden würde. Daran, wie sie das Problem lösen würde. Den anderen Gedanken ließ sie links liegen.

»Glaub nicht. Der hatte doch so viel zu tun mit der Party und so, und ich habe ihm ja gesagt, dass sie cool ist«, sagte Käthe, die neben ihr auf dem Bürgersteig stand und trotz ihrer leuchtend grünen Haare in Maris schwarzem Mantel irgendwie elegant aussah.

»Wann will er sie denn vorlesen?«, fragte Mari.

»Ach, irgendwann, wenn Toby im Bett ist. Der darf ja keine Märchen.«

Mari sah auf die Uhr. Kurz nach halb acht. Toby musste um neun ins Bett. Sie hatte also anderthalb Stunden Zeit, um Tom zu finden, seine hirnrissige Lesung zu verhindern und die Geschichte verschwinden zu lassen. Und zwischendurch noch schnell Toby Gute Nacht zu sagen. Das klang machbar. Kein

Problem. Entschlossen setzte sie sich ihre rosa Brille zurück auf die Nase. »Lass uns reingehen.«

Als Mari ihre Mission als machbar eingestuft hatte, war ihr noch nicht klar gewesen, dass Alexandras Party im ganzen Haus stattfand. Im ganzen, mit Leuten vollgepackten Haus. Sie feierten dicht gedrängt im Restaurant, in der Küche, im Hinterhof, auf den Fluren, im Treppenhaus und in allen vier Wohnungen.

Käthe hatte vermutet, dass Tom und Toby sich ganz oben in der Dachgeschosswohnung vergnügten. Alles andere wäre ja auch zu einfach gewesen. Mari hatte bereits zehn Minuten dazu benötigt, den *Hummer* und die Küche zu durchqueren und ins Treppenhaus zu gelangen. Im Treppenhaus endete die Reise schon auf der vierten Stufe. Stau. Mari bekam Platzangst und kehrte um. Vielleicht hatte sie ja Glück und fand Tom in der überfüllten Küche.

Sie war erstaunt, wie viele Menschen es gab, die an einem Donnerstagabend so früh aus dem Büro verschwanden, dass sie vor acht Uhr in aufwendigen Kostümen in Alexandras Haus herumstehen und mehr oder weniger betrunken sein konnten. Waren die alle arbeitslos? Oder gab es ihn wirklich, den Nine-to-five-Job? Wahrscheinlich hatte Emma recht gehabt, als sie behauptet hatte, Mari sei doppelt magersüchtig. »Wenn du auf die Waage guckst und zwanzig Kilo wiegst, hältst du das für Normalgewicht, und wenn du um Mitternacht im Büro auf die Uhr guckst, hältst du das für früh.« Richtig. Und wenn sie in eine Küche guckte und mindestens zwanzig Leute vorfand, hielt sie das für eine Menschenmenge.

In diesem Fall handelte es sich um eine besonders sperrige Menschenmenge mit Hobbitfüßen, Drachenschwänzen, Elefantenohren und Kürbisbäuchen. Die Kreaturen drängten sich um die riesige Kochinsel, die unter zahlreichen bunten Schüsseln, Töpfen und Servierplatten begraben war. Allein um den Schokobrunnen scharten sich zwei Trolle, der Pinguin aus *Batman*, Homer Simpson und ein (echter) Teenager (Käthes Leute waren zu cool für Karneval).

Es ging nicht gerade zivilisiert zu, ständig rief jemand »He!« oder »Tritt nicht auf meinen Schwanz!« Ein bisschen Licht hätte geholfen, doch mit Ausnahme des Buffets, das durch die Halogenleuchten der Dunstabzugshaube beleuchtet wurde, lag der Raum im Dunkeln. Auf den Küchentresen brannten nur ein paar dicke Kerzen, die das Haus wahrscheinlich früher oder später abfackeln würden, und hier und da hingen ein paar bunte Lichterketten.

Mari hatte nicht viel Hoffnung, dass es sich bei einem der kostümierten Schatten um Tom handelte. Dunkelheit und Masken wirkten nicht bei ihm, sie hätte ihn längst gehört – sein Lachen, eine zirpende Vogelimitation, irgendwas.

Der Raum war heiß und stickig, und es machte keinen Spaß mehr, betrunken zu sein. Mari sah sich nach einem Ort um, an dem sie Vanessas Jacke deponieren konnte, und steuerte auf das Sofa unter der langen Fensterbank zu, auf dem Leo letzten Freitag gesessen und mit ihrer Hand gespielt hatte.

Auf der Fensterbank standen vier Kerzen, hier hätte man sogar fast ein Buch lesen können. Aber das Sofa war besetzt. Dort saßen Schneewittchen und ein Mann im Arztkittel. Vielleicht könnte sie die Jacke unter das Sofa stopfen.

Der Arzt lächelte sie an. Sie kannte ihn. Moment …

»Christopher Rettich?«, hörte sie sich fragen.

Jetzt lachte der Mann.

»Nicht wirklich«, sagte er, »aber Chris stimmt schon.«

Chris? Chris sah anders aus ohne Hornbrille und Haargel. Jünger. Auf dieser Party waren alle in einen Jungbrunnen gefallen. Was war hier überhaupt los? Was hatte der Schnösel, der Herrn Weimar bloßgestellt hatte, auf Alexandras Party zu suchen?

In ihrem Kopf drehte es sich. Sie musste sich hinsetzen.

»Setz dich doch.« Chris klopfte mit der Hand auf den freien Sitzplatz zwischen sich und Schneewittchen.

Mari ließ sich dankbar auf das Sofa sinken. Sie trug immer noch Vanessas silberne Jacke, in der sie sich wie eine Discokugel fühlte, doch sie konnte sie jetzt nicht ausziehen. Ihr war schwindelig. Sie überlegte kurz, die rosa Brille abzunehmen, aber dahinter lagen die Realität und der eine Gedanke, den sie noch nicht denken konnte.

»Ich habe noch gar kein Feedback für meine Performance bekommen«, sagte Chris. »So was finde ich immer ganz wichtig. Ich mache das ja nicht nur fürs Geld, ich muss mich auch als Künstler weiterentwickeln.«

»Performance?«, brachte Mari hervor.

Er sah in ihr verständnisloses Gesicht und runzelte die Stirn. Dann strahlte er sie plötzlich an.

»Wirklich? War ich *so* gut?« Chris atmete tief durch. »Krass. Weißt du was? Das ist mehr wert als jedes Lob an der Schauspielschule.«

Er bemerkte nicht, dass Mari blass aussah. Er bemerkte auch nicht, dass Schneewittchen ihr ein Glas Wasser brachte, das Mari dankbar entgegennahm. Und er hörte nicht, dass Schneewittchen kurz vor ihrem Verschwinden murmelte, Märchenkostüme seien besonders teuer und sollten lieber nicht vollgekotzt werden.

Chris war in seine Glanzleistung vertieft. Er wollte nochmal genau durchgehen, wie er nach Leos Eilauftrag am Samstagabend Christopher Rettich ad hoc entwickelt hatte. Er hatte den kreativen Teil (Erscheinungsbild, Name, *Attitude* und alles) übernommen, während Leo sich mit Ralf, dem Juristen, um die langweiligen Sachen (Background, Fragen formulieren und so) gekümmert hatte.

Die Zusammenarbeit mit Leo war schon mal einfacher gewesen. Eigentlich war Leo keine Diva, aber dieses Mal war er ihm wirklich auf den Zeiger gegangen. »Sprich normales Deutsch«, hatte er zigmal gefordert, obwohl Chris als fast vollausgebildeter Schauspieler ja nun wirklich besser wusste, was normales Deutsch war.

Den Juristen hatte er auch genervt. Ein paar einfache Fragen zum Datenschutzrecht hatten Leo nicht ausgereicht. Bei ihrem Treffen am Sonntagvormittag hatte er diesen schrecklichen zehnseitigen Aufsatz gezückt, den er sich von einem Niklas Sowieso besorgt hatte. Leo hatte den Rand bereits mit Anmerkungen vollgekritzelt, und Ralf war beleidigt gewesen wegen der Einmischung in seinen Fachbereich. Leo war eigentlich kein Besserwisser. Doch nun ging er Ralf plötzlich mit diesem Listendatenprivileg auf die Nerven. Und Chris musste sich den halben Sonntag den furchtbaren Begriff und die dazugehörigen zungenbrecherischen Fragen einprägen. Ein Kraftakt, zumal er kein Wort verstand, er hätte genauso gut drei Absätze auf Japanisch auswendig lernen können. Aber Schwamm drüber. Es hatte ja geklappt, und zwar so gut, dass selbst Mari – die *Kundin!* – auf die Nummer hereingefallen war.

Chris strahlte sie an.

Mari, die während seiner Erzählung immer tiefer ins Sofa gesunken war, trank ihr Wasserglas leer und stellte es auf den Boden. Sie wusste nicht, was sie sagen sollte.

»Da bist du ja endlich.«

Mari sah auf. Dort stand Leo. Oder jemand, der ihm sehr ähnlich sah. Jemand, der einen perfekt sitzenden dunkelblauen Anzug mit grauer Wollkrawatte trug. Jemand, der aussah wie …

ein Anwalt. Aus Hollywood. So gut sahen Anwälte in echt nicht aus.

»Wo ist denn die Himbeere?«, wollte Leo wissen.

»Was?«

Er zeigte auf die Discokugel.

»Das ist Vanessas Jacke«, erklärte Mari lahm. Sie war gerade nicht in der Verfassung, gleichzeitig über sein Outfit und ihr eigenes nachzudenken.

»Die ist doch viel zu warm, hier drinnen sind es mindestens fünfundzwanzig Grad.«

Leo ließ sich neben sie auf Schneewittchens Platz fallen und zog, ohne zu zögern, den Reißverschluss ihrer Jacke herunter. Dann griff er nach den Ärmeln und zog sie aus, als wäre Mari drei Jahre alt. Er schob die Jacke unter das Sofa.

Mari starrte ihn durch ihre rosa Brille an. »Du bist Tobys Vater.«

Da war er, der Gedanke. Sie hatte ihn ausgesprochen, aber sie konnte ihn immer noch nicht in seiner ganzen Bedeutung zu Ende denken.

»Kommt da noch was?«, fragte Leo achselzuckend.

»Und der da«, Mari zeigte auf ihren anderen Sitznachbarn, »heißt Chris.«

»Eigentlich Christoph.« Leo legte den Kopf schief. »Ist alles klar bei dir?«

»Nein«, sagte Mari mühsam. »Überhaupt nicht. Ich bin …« – *total betrunken* – »total erwachsen. Ich brauche keinen …« – *Vater* – »Christopher Rettich, der … Mir ist schlecht.«

»Kein Wunder, nach einer halben Flasche Sekt und drei Glühwein. Hast du davor oder danach dreihundert Euro für Alexandras Geschenk ausgegeben?«

(Merken: Morgen beim Mittagessen die Fee erwürgen.)

»Davor«, murmelte Mari und hielt sich den Magen.

Leo schüttelte den Kopf. Er nahm Maris leeres Wasserglas und drückte es Chris in die Hand.

»Hol uns mal ein Glas Wasser und ein paar Scheiben Brot, bitte.«

»Was mit Körnern oder eher …«, fing Chris an, doch Leo zog die Augenbraue hoch, und er beeilte sich zu verschwinden.

Mari seufzte. Diese Familie kommandierte jeden und alles herum. Da fiel es ihr wieder ein. Alexandra! Das Porträt. Sie musste Tom finden.

Mari machte Anstalten aufzustehen, aber Leo beugte sich vor und legte seine flache Hand auf ihren Bauch. Er drückte sie sanft ins Sofa zurück. Sie wollte sich wehren, aber noch viel lieber wollte sie seine Hand auf ihrem Bauch spüren, und genau genommen wollte sie jetzt ein bisschen herumkommandiert werden.

Leo musterte sie im Kerzenlicht, während sein Daumen sachte über den dünnen Stoff ihres Kleids strich. Er musste nicht lange warten. Ihre blassen Wangen röteten sich, das Blut schoss in ihre Lippen, die Wasserleiche war weg.

Er nahm seine Hand von ihrem Bauch. Bevor Mari ein enttäuschtes Gesicht ziehen konnte, griff er hinter sie und ließ ihren Pferdeschwanz durch seine Finger gleiten. Er zog ihr neongrünes Haargummi herunter und zerzauste ihre Haare. Die Reste von Vanessas Konfetti flogen durch die Luft.

Leo lächelte sie an.

»Besser.« Er ließ das Haargummi in der Tasche seines Jacketts verschwinden. »Hippies laufen nicht mit Pferdeschwanz rum, zumindest nicht die weiblichen.«

Mari antwortete nicht, sie konnte nicht. Sie sah ihn nur erwartungsvoll an.

Er zögerte kurz, als wollte er fragen: Wirklich?

Sie nickte unmerklich.

Leo legte seine Hand zurück auf ihren Bauch. Er versuchte, in ihre Augen zu schauen, doch sie versteckten sich hinter der rosa Brille. Mari nickte nochmals.

Da schlang er den anderen Arm um ihre Schultern und war plötzlich so nah, dass sie seinen Atem an ihrer Wange spürte. Er streichelte mit langsamen kreisförmigen Bewegungen über ihren Bauch. Mit jeder Bewegung rutschte ihr kurzes Flatterkleid höher. Sein Blick fiel auf ihre Oberschenkel, dorthin, wo die halterlosen Nylonstrümpfe endeten und die Haut begann. Unwillkürlich drückte Mari ihr Bein gegen seines, nur ganz leicht, vielleicht hatte er es gar nicht bemerkt.

Sie sah in seine Augen.

»Jetzt nimm endlich mal das verdammte Ding ab«, murmelte er und zog die Brille von ihrer Nase.

Mari blinzelte. Oh nein, hier war es ja viel heller, als sie gedacht hatte. Nicht wirklich hell, so hell wie vier Kerzen und eine rote Lichterkette eben sein konnten, aber zu hell, um …

Leo sah das ganz anders. Er warf die Brille aufs Sofa und legte ohne Umschweife seine Hand auf ihr nacktes Bein. Sein Daumen strich über die Innenfläche ihres Schenkels.

Und da passierte es wieder. Maris Knie begannen unkontrollierbar zu zittern. Sie vergaß vor Schreck fast zu atmen und wollte von ihm abrücken, doch er hielt sie fest.

»Davon träume ich … sehr oft«, flüsterte er in ihr Ohr.

Er fuhr mit seinen Fingern unter ihren Nylonstrumpf und schob ihn ein Stück herunter. Dann wanderte seine Hand wieder in die andere Richtung, er würde doch nicht …

Maris Zittern wurde stärker. Ihre Knie fielen immer weiter auseinander, gleich würde sie mit gespreizten Beinen dasitzen, hier, mitten in einem Raum voller Menschen.

Aber da hob Leo den Kopf und sagte: »Geh weg.«

Mari sah sich benommen um. Zu ihrer Linken stand Chris

und versuchte gerade, das Wasserglas auf das Sofa zu stellen, ohne dass es umkippte. Chris sah hastig auf.

»Ich stell's einfach auf den Boden, Brot gab's nicht mehr, ich habe überall geguckt«, sagte er und verschwand wieder zwischen den Kostümierten im Halbdunkeln.

Leo starrte ihm mit zusammengezogenen Augenbrauen hinterher.

»Ich brauche kein Brot, mir ist nicht mehr schlecht«, behauptete Mari schnell.

»Ich weiß«, erwiderte Leo geistesabwesend.

Seine Hand lag warm, aber vergessen auf ihrem Bein.

Mari folgte seinem Blick.

Am Buffet stand eine Frau in Kostüm. Es war kein Karnevalskostüm, sondern ein schwarzer Hosenanzug. Leos weibliches Pendant. Eine Anwältin. Auch aus Hollywood. Obwohl. Für ein abschließendes Urteil über ihr Aussehen war es viel zu dunkel. Mari sah nur ihr Profil und ihre kurzen blonden Haare.

»Willst du sie kennenlernen?«, fragte Leo.

Mari hatte plötzlich den Eindruck, dass er ihr schon eine ganze Weile dabei zugesehen hatte, wie sie die Frau musterte. Und er wusste, dass sie wusste, wer sie war.

»Muss ich?«, sagte Mari leise.

Da lächelte er. »Komm, wir verschwinden.«

Er zog ihr fast beiläufig den Strumpf hoch und fasste sie an der Hand.

Mari atmete erleichtert auf, als sie es unbemerkt in den Hausflur geschafft hatten. Leo, der sie an der Hand hinter sich hergezogen hatte, drehte sich zu ihr um. »Soll ich dir das Haus zeigen?«

»Jetzt?« Mari deutete auf das immer noch verstopfte Treppenhaus.

Doch Leo war wie ein Krankenwagen (oder ein Mähdrescher). Die Kostümierten machten bereitwillig Platz für ihn, demolierten zur Not ihre Pappmachébäuche am Treppengeländer und nickten ihm dabei auch noch freundlich zu. Mari klammerte sich an Leos Hand und stolperte hinter ihm die Holzstufen hinauf.

In dem Altbau hatte jede Wohnung ein eigenes Stockwerk. Im ersten Stock wohnten Susanne und Horst. Die breite Wohnungstür mit bunten Art-déco-Fenstern stand sperrangelweit offen, und es bot sich das übliche Bild: überall Leute. Es roch schon auf dem Treppenabsatz nach frischgebackenem Kuchen, und Volksmusik erschütterte Maris Ohren.

»Wollen wir die Polizei holen?«, rief Leo in ihr Ohr.

Mari lachte und rief zurück: »Schnell weg hier!«

Leo teilte wieder das Meer, und Mari folgte ihm in die zweite Etage.

Die Musik wurde noch lauter, aber besser. Es lief *Stranger Than Fiction* von *Bad Religion.* Der schnelle Rhythmus ließ Maris Herz sofort höherschlagen, und ihre Lippen bewegten sich unwillkürlich.

»Du magst *Punk*?«, schrie Leo und grinste sie ungläubig an.

Mari strahlte und nickte.

»Tanzen?«, schrie er und zeigte auf die geöffnete Wohnungstür.

Mari schüttelte den Kopf. »Ich muss Tom finden!«

»Warum?! Komm, wir tanzen!« Er zog an ihrer Hand, doch Mari blieb stehen.

»Ich habe eine schlimme Geschichte geschrieben!«, rief sie.

Leo sah sie fragend an und zeigte auf sein Ohr.

»Ich habe eine schlimme Geschichte geschrieben!«, brüllte Mari noch lauter.

In plötzliche Stille hinein. Die Musik hatte abrupt aufgehört. Die anderen Leute auf dem Treppenabsatz drehten sich zu ihr um und kicherten.

Leo ließ ihre Hand los. Er lehnte sich an die Wand und verschränkte die Arme vor der Brust.

»So schlimm wie dein Vortrag?«, sagte er und zog seine sarkastische Augenbraue hoch.

»Nein, die ist wirklich schlimm …«

»Kathrin hat mir schon erzählt, wie schlimm. Ich glaube, sie sagte supercool.«

»Darf ich mal ausreden?«, begann Mari.

Sie wurde von der Musik unterbrochen, die noch lauter, schneller, erstickender als zuvor aus der Wohnung dröhnte. (Wieder *Bad Religion*, dieses Mal *Incomplete*.)

Mari raufte sich verzweifelt die Haare, aber Leo griff nach ihren Händen und zog sie zu sich. Er schlang ihre Arme um seinen Hals und legte seine Hände auf ihre Hüften, als wollte er tanzen. Als wollte er sie küssen.

Wollte er nicht.

»Sag's mir ins Ohr«, sagte er in ihr Ohr.

Mari nickte perplex. Sie wollte, aber sie konnte nicht. Er war zu nah mit seiner ungewohnt glattrasierten Wange, seinem Aftershave, das sie zum ersten Mal roch, und seinen Lippen, die an ihrem Ohr lagen. Und es nervte sie, dass er wie ein Anwalt aussah und sie ihn trotzdem haben wollte.

Sein Grinsen kitzelte an ihrem Hals.

»Reiß dich zusammen«, lachte er.

Das half. Doch wie sollte sie ihm sagen, dass sie die ganze Zeit nichts kapiert hatte. Dass sie zu blöd gewesen war, um zu sehen, dass er Tobys Vater war. Dass sie für seine kinderlose Schwester zu ihrem vierzigsten Geburtstag eine Geschichte geschrieben hatte, in der Kinder ihre große Berufung waren. Sie kam sich so dumm vor. Vielleicht musste sie es ja nicht sagen, wenn sie die Geschichte nur rechtzeitig aus dem Verkehr zog. Und es gab genügend andere Gründe, die gegen Toms bescheuerte Lesung sprachen.

Sie legte ihre Lippen an sein Ohr. »In der Geschichte stehen böse Sachen über deine Schwester, und Tom will sie allen vorlesen, sobald Toby im Bett ist. Ich muss ihn vorher finden und es ihm ausreden.«

Leo neigte seinen Kopf zur Seite und warf ihr einen zweifelnden Blick zu.

Dann fragte er in ihr Ohr: »Was für böse Sachen?«

»Dass sie gelangweilt und träge und faul und dick ist«, rief Mari. »Und nicht nett zu alten Leuten!«

Er prustete los und sah sie wieder von der Seite an.

»Wieso schreibst du so was?«, schrie er.

Mari errötete und schlug die Augen nieder.

»Weiß ich nicht«, murmelte sie unhörbar.

Leo fuhr mit der Hand unter ihre Haare und umschloss ihren Nacken mit seinen warmen Fingern. Er führte ihr Ohr wieder an seine Lippen.

»Ich verstehe, dass du ihr böse bist, weil sie deine Intimsphäre verletzt hat.«

Intimsphäre. Fast jeder andere hätte von Privatsphäre gesprochen, aber er nicht. Eine Fehlgeburt war nicht bloß privat. Er hatte sie verstanden, und Mari war erleichtert. Aber eigentlich lag er völlig falsch. *Das Märchen vom faulen Mädchen* war keine Retourkutsche. Es war nicht einmal böse gemeint gewesen, im Gegenteil. Die Geschichte sollte Alexandra in all ihrer Großartigkeit zeigen. Sie hatte nur hier und da ein Eigenleben entwickelt, ein paar Sätze ausgespuckt, die nicht von Mari stammten, sondern vom Wein, vom Zauberer …

»Nein«, widersprach Mari. »Ich bin ihr nicht böse. Ich … Es ist so laut hier …«

Es war, als hätte die Musik sie gehört und ihre Stimme gesenkt. Norah Jones sang *Chasing Pirates.*

»Ich wollte was Schönes für sie schreiben und bin irgendwie … auf meinen Worten ausgerutscht.«

Leos Lippen streiften ihr Ohr.

»Das kenne ich«, sagte er leise. »Ich bin auch schon ein paarmal auf meinen Worten ausgerutscht.«

Er bewegte sich nicht. Sie spürte seine Anspannung.

»Meinst du …«

»Böse Sachen.« Er lächelte gegen ihr Ohr, aber nur kurz. »Und nichts davon stimmt, vor allem nicht … Mari, du könntest mich nie … Ich halte es doch kaum aus, dich nicht anzufassen. Nichts an dir könnte mich jemals … Ich kann's nicht mal aussprechen.«

»Anwidern?«, flüsterte sie.

»Verzeih mir«, flüsterte er.

Er ließ ihren Nacken los und zog seinen Kopf zurück, um ihr in die Augen zu schauen. Maris Wangen wurden heiß. Sein privater, nein, intimer Blick verschlug ihr den Atem und die Sprache.

»Bitte sag was.«

Wie von selbst schoben sich Maris Hände in seine Haare. Das war kein Kuss, würde sie später Emma beichten. Das war … ihr noch nie passiert. Dass ein bloßer Kuss *das* bewirken konnte. Zum Glück war sie kein Mann. Alles blieb verborgen. Unsichtbar.

Mari schloss die Augen. Sie vergaß das helle Licht, die Leute, die sich an ihnen vorbei durchs Treppenhaus drängelten, und presste ihren Körper gegen seinen. Leo reagierte sofort. Er fuhr mit seinen Händen unter ihr Kleid, über ihre Haut, ihre Gänsehaut, aber dann hielt er inne.

»Wir müssen hier weg.«

Ohne ihre Antwort abzuwarten, zog er sie hinter sich her, die Treppe hinauf.

Sie nahm die Leute, die er beiseitewischte, nur aus den Augenwinkeln wahr. Ihr Herz schlug bis zum Hals. Er wollte mit ihr schlafen. Jetzt. Hier. *Wo?*

In der dritten Etage lief keine Musik, doch der Treppenabsatz war genauso überfüllt wie in den beiden vorhergehenden Stockwerken. Leo ließ sich davon nicht aufhalten. Er steuerte auf die offene Wohnungstür zu und sagte etwas zu den drei Frauen, die im Eingang standen. Und zu den Leuten im Flur und zu … Die blöde Stummtaste. Mari schaltete ihre Ohren wieder ein.

»Alle raus hier, sofort«, hörte sie Leo sagen.

Was?

Mari blieb stehen. Er drehte sich zu ihr um.

»Was machst du da?«, fragte sie.

»Ich schmeiße die Leute aus meiner Wohnung.«

»Das ist *deine* Wohnung?«

Er nickte nur kurz, sagte »Raus« zu einem Mann, der neben Mari stand, und wollte seinen Amoklauf in der Küche fortsetzen. Er stand schon im Türrahmen, als Mari seinen Arm zu fassen bekam.

»Das kannst du nicht machen!«

Leo drehte sich wieder zu ihr um, und dieses Mal sah er genervt aus.

»Mari, jetzt lass mich mal.«

»Halt die Klappe. Die ganze Wohnung ist voller Leute. Weißt du, was passiert, wenn die alle auf einmal in das rappelvolle Treppenhaus stürmen? Ich sage nur *Love Parade.*«

Leo zog die Augenbrauen zusammen. Extrem genervt. »Scheiße.«

»Und ich muss Tom finden«, fuhr Mari fort. Sie fühlte sich

auf einmal nüchtern. »Außerdem wartet Toby auf mich, falls er noch wach ist. Und ich bin seit Ewigkeiten auf dieser Party und habe Alexandra noch nicht mal gratuliert. Ich muss Vanessa mit meinem Geschenk finden und …«

Leo rollte mit den Augen.

»Alexandra hat dein Geschenk schon ausgepackt«, sagte er. »Sie findet es super. Und weiß, wie viel es gekostet hat. Vanessa war nicht zu stoppen, sie hat Toby eine Plastikspinne und zwei abgehackte Daumen geschenkt.«

Er lehnte am Türrahmen und kratzte sich am Hinterkopf. Seine Krawatte saß lose. Mari hatte beim Küssen seine gestylte Frisur ruiniert. Out-of-bed-Look. Zum Anbeißen.

»Und vergiss endlich mal Tom«, sagte er. »Toby geht sowieso nicht ins Bett, bevor er dich gesehen hat.«

Mari sah auf die Uhr.

»Er ist *drei* Jahre alt!«

»Steht das auf deiner Uhr?«, fragte Leo belustigt.

»Toby muss ins Bett.«

Leo seufzte. »Sei doch einfach mal …«

»Locker?«, fragte Mari bissiger als beabsichtigt.

»Bei mir.«

Mari schluckte.

Er sah zu Boden. Sah zu Boden. *Leo.*

»Sind …« Sie zögerte, aber überwand sich. »Sind in deinem Schlafzimmer auch Leute?«

Sein Blick schoss nach oben.

»Nein«, sagte er. »Abgeschlossen.«

17

Hätte es sich um einen anderen Sessel gehandelt, hätte Mari vielleicht versucht, ihn umzudrehen. Doch sie hatte Angst, einen Kratzer in den *Eames Lounge Chair* zu machen. Für jemanden, der in einer fast leeren Wohnung hauste, kannte sie sich verblüffend gut aus mit Designermöbeln. Sie musste nicht einmal googeln, wie viel dieser Klassiker kostete, und sie hätte selbst im trüben Licht der Nachttischlampe eine Imitation erkannt (es war keine). Frühkindliche Prägung aus ihrer Anfangszeit in der Düsseldorfer Kanzlei, als sie sich auf Möbelmessen die Füße wundgelaufen und mit einem Rollkoffer voller vorgefertigter Unterlassungserklärungen Jagd auf Produktpiraten (zumeist weinende chinesische Mädchen) gemacht hatte.

Jede einzelne Sitzgelegenheit in Leos geräumigem Möbellager war eigentlich superbequem, nur jetzt eben nicht. Da war zum einen sein Bett – das schied von vornherein aus. Sie würde auf gar keinen Fall *allein* auf seinem Bett herumsitzen. Dann gab es da noch die acht grauen Lederstühle, die links neben der Tür gestapelt an der Wand standen. Sie wusste, was passieren würde, wenn sie sich an diese Stapel heranwagte – gebrochene Zehen, kaputtes Parkett. Auf gar keinen Fall. Der Schaukelstuhl rechts neben der Tür wäre perfekt gewesen, aber der war unter Leos Sportsachen begraben, und sie würde auf gar keinen Fall in seiner Wäsche herumwühlen.

Blieb nur der Sessel, der mitten in Leos Möbelchaos stand, eingekesselt zwischen zwei Tischen, Bett und Kleiderschrank. Mari musste ihre Stiefel ausziehen und über den Sofatisch klettern, um ihn zu erreichen. Sie konnte ihn weder drehen noch ihre Füße auf den Boden stellen, sondern musste die Beine auf die Ottomane aus schwarzem Leder legen und dabei auf die Schiebetür des Kleiderschranks starren, bei der es sich um einen riesigen Spiegel handelte.

Sie hatte noch gelacht, als Leo sein Schlafzimmer aufgeschlossen und als »die Arche Noah für meine Möbel« bezeichnet hatte. Doch dann hatte er sie allein gelassen mit all diesen superbequemen Sitzgelegenheiten und ihrem Spiegelbild, diesem … diesem *Vamp* mit glänzenden Augen, ungekämmten Haaren, irgendwie geschwollenen Lippen, fiebrig glühenden Wangen und einem völlig zerknitterten Kleid, das so kurz war, dass man ihre Beine, die sich auf dem Edelhocker räkelten, in voller Länge bewundern und die Laufmasche, die sich ganz oben an der Innenseite ihrer Nylons befand, auf den ersten Blick sehen konnte.

Oh nein. Hatten die Leute in der Küche bemerkt, wie ihre Beine auseinandergefallen waren? Und dann war sie auch noch mitten auf dem Treppenabsatz über ihn hergefallen. Leo hatte gut versteckt an der Wand gestanden – aber sie? Er hatte ihr Kleid hochgeschoben und … Oh Gott. Sie schaute dem Vamp in die Augen, doch der sah nicht aus, als würde er gerade *Oh Gott* denken, nein, er starrte sie unverwandt an und flüsterte *Angsthase.* Genau. Sie hatte Angst. Weg mit dem Vamp!

Mari schloss die Augen. Es half nichts. Sie wusste, dass er sie immer noch anstarrte. Oder masturbierte. *Masturbierte?* Sie riss die Augen auf. Nein, er saß immer noch reglos da. Doch er lächelte, *da hast du mich auf eine Idee gebracht …*

Auf gar keinen Fall! Mari wollte aufspringen, aber es war kein Platz da zum Aufspringen, nur zum Hochspringen, also sprang sie hoch, auf den Esstisch, der hinter dem Sessel an der Wand stand. Sie lief über den Tisch auf den Kleiderschrank zu und schob energisch die zweite Schiebetür, eine brave blinde Glasfläche, über den Spiegel. Gewonnen! Der Vamp war weg.

Dafür stand der Schrank offen. Weit offen. Leos Sachen. Leos Privatleben …

Die Schlafzimmertür ging auf, und Mari wäre vor Schreck beinahe in den Schrank gefallen.

»Oh«, sagten sie gleichzeitig.

Leo vergaß fast, die Tür hinter sich zu schließen. Er stieß sie mit dem Fuß zu, ohne den Blick von Mari abzuwenden.

»Es ist nicht, wonach es aussieht.« Dass sie *das* mal sagen würde.

»Wonach sieht es denn aus?« Ob er *das* schon mal gesagt hatte?

Leo zog die Augenbraue hoch. Streng … Grinsend.

»Ich schnüffele nicht in deinem Privatleben herum, wirklich nicht.«

Er stellte die Sachen, die er getragen hatte und die Mari erst jetzt bemerkte, auf den Sofatisch. Eine Flasche Wasser, zwei Gläser und einen Schokoladenkuchen, einen ganzen Kuchen.

»Wenn mein Privatleben in dem Schrank ist, dann hol es lieber raus«, sagte er mit einem schiefen Lächeln.

»Nein, ich sag dir, wie es war.« Mari trat nervös von einem Bein aufs andere. »Ich konnte den *Eames Chair* nicht umdrehen und musste deshalb die ganze Zeit in diesen blöden Spiegel an deinem Schrank gucken, und das Spiegelbild hat …«

Sie biss sich auf die Zunge.

Leo schob die Hände in die Hosentaschen und musterte sie belustigt.

»Das Spiegelbild hat was?«, fragte er.

»Nichts!«, rief Mari hastig. »Ich habe es ja verhindert, indem ich den Schrank geöffnet habe.«

»Mari.« Die Augenbraue. Dieses Mal wirklich streng.

»Masturbiert.« Sie schlug sich die Hände vors Gesicht.

»Ich sehe dich auch, wenn du dir die Augen zuhältst«, sagte er lachend.

»Aber ich dich nicht!«

»Dein Spiegelbild hat masturbiert, schön, aber jetzt komm vom Esstisch runter, ja?«

»Nein!« Sie schüttelte den Kopf und hielt sich weiter die Augen zu.

»Muss ich erst eine Dose Thunfisch aufmachen?«

Mari regte sich nicht. Sie konnte nicht vom Esstisch herunterklettern, über den Sessel steigen, über den Sofatisch klettern, auf dem jetzt auch noch ein Kuchen stand, und gleichzeitig ein kurzes Kleid anhaben, sich für ihr Spiegelbild schämen und von ihm bei alldem beobachtet werden.

Sie erschrak, als er ihre Handgelenke umfasste. Er konnte lautlos über Möbel klettern. Gut zu wissen. Sie würde für immer hier oben bleiben.

Leo zog ihre Hände von den Augen weg und zwang sie, sein Räubergrinsen zu sehen. Und ihn. Im Anzug, in dem er mit seinen wilden Haaren und seiner nervigen Gelassenheit fast noch besser aussah als sonst. Ihre Knie wurden weich, und der Vamp im Spiegel trommelte gegen die Schranktür.

Das musste aufhören.

»Du siehst komisch aus im Anzug«, bemerkte sie.

»So ein Mist.« Seine dunklen Augen lachten. »Und dabei wollte ich doch mithalten.«

»Mit wem?«, erkundigte sich Mari.

»Mit wem wohl?«

Sie sah ihn verständnislos an.

»Niklas.« Er lachte nicht mehr. Er musterte sie.

»Nicht dein Ernst«, sagte Mari.

»Er spricht von dir, als wärst du seine Freundin.« Es klang wie ein Vorwurf. Sein Griff um ihre Handgelenke wurde enger.

»Du spinnst. Und wie oft *sprichst* du denn mit ihm? Seid ihr jetzt so was wie … Freunde?«

Sie rüttelte an ihren Handschellen, und er ließ sie los.

»Erst lädt er dich zur Mandantenveranstaltung ein«, sagte sie im gleichen vorwurfsvollen Ton wie er, »und dann gibt er dir auch noch seinen Aufsatz zum Listendatenprivileg – was sollte das eigentlich alles?«

Leo schob die Hände in die Hosentaschen. »Er wollte dir helfen.«

»Klar. *Er* wollte mir helfen.« Sie wusste selbst nicht, weshalb sie so empört klang. »Wie bist du überhaupt auf diesen Aufsatz gekommen?«

»Der lag ja nahe«, sagte er achselzuckend.

»Ach ja?« Die Maggiestimme.

»Ja«, bestätigte er ungeduldig. »Der Aufsatz steht im Online-Profil beim Weimar und bei Niklas. Da war klar, wer ihn geschrieben hat. Wer ihn *nicht* geschrieben hat.«

»Und da hast du mal eben deinen Freund Niklas angerufen …«

»Da habe ich *deinen* Freund Niklas angerufen.«

»Dessen Telefonnummer du hattest, weil …?«

»*Weil* er mir seine Visitenkarte aufgedrängt hat, nachdem du ihn hier angeschleppt hast.« Leo hatte die Arme vor der Brust verschränkt und sah genervt aus. Endlich. Sie würde dem Vamp den Garaus machen.

»Und was ist mit Chris und, wie hieß er noch, Ralf?« Sie stemmte die Hände in die Hüften.

»Woher kennst du *Ralf*?«

»Tu ich nicht. Aber ich will wissen, wie viel du ihm und Chris bezahlt hast.«

Jetzt stemmte auch er die Hände in die Hüften. Seine Augen waren tiefschwarz. »Willst du ein Fass aufmachen?«

»Will ich«, sagte Mari entschlossen.

»Ich habe nichts bezahlt.«

»Glaub ich nicht.« Mari streckte ihr Kinn in die Höhe. »Chris hat gesagt, dass er bezahlt wurde.«

»Aber nicht für dich.«

»Doch. Hat er gesagt.« Sie stampfte mit dem Fuß auf den Esstisch, knapp vor seinen schwarzen Socken.

Leo legte den Kopf schief. Seine Mundwinkel zuckten.

»Er bekommt ein monatliches Gehalt«, sagte er und sah dabei so belustigt aus, dass sie ihn treten wollte.

»Same shit, different toilet«, platzte es aus Mari heraus.

Sie trat ihm vors Schienbein.

Sie hatte ihn wirklich getreten. Auch wenn es nicht so aussah. Er stand breitbeinig vor ihr, Hände in den Hüften, Grinsen im Gesicht.

»Wo hast du den denn her?«, wollte er wissen.

»Vom Football.«

»Den Spruch oder den Angriff?«

»Sehr witzig.« Sie streckte ihr Kinn noch ein bisschen weiter in die Höhe.

»Komm, wir essen Kuchen.«

Unfassbar. Hatte er überhaupt mitbekommen, dass sie jetzt streiten wollte?

»Ich dachte, du willst mit mir schlafen«, sagte Mari und fragte sich, ob sie gerade einen Schmollmund zog. »Stattdessen gehst du weg und bringst Wasser und Kuchen.«

»Ich hätte Wasser und Brot gebracht, wenn es welches gegeben hätte. Ich schlafe nicht mit dir, wenn du betrunken bist.« Sein Blick fiel auf ihren Schmollmund. »Zumindest nicht beim ersten Mal.«

»Boah, bist du arrogant.« Sie hasste ihre roten Wangen.

»*Arrogant?* Weil ich dein kleines Besäufnis nicht ausnutzen will?«

»Nein, weil du denkst, ich schlafe mehr als einmal mit dir.«

»Du willst einen One-Night-Stand? Kannst du haben.« Seine Mundwinkel zuckten schon wieder.

Mari warf ihm einen bösen Blick zu. Sie antwortete nicht. Sie wollte nicht mehr. Sie wollte … vom Tisch runter.

»Jetzt komm mal vom Tisch runter.« Er griff nach ihrer Hand.

»Geht nicht.« Sie zog die Hand weg und sah zu Boden, nein, auf den Tisch.

»Warum nicht?«, fragte er.

Weil sie zu ungeschickt war. Besonders, wenn er zusah.

»Weil du mich die ganze Zeit hinter dir herziehst und herumkommandierst. Jetzt muss ich hier oben bleiben, sonst wird das ein Muster.«

Leo seufzte. »So viel zum One-Night-Stand. Du arbeitest ja schon an unserer Beziehung.«

Im Handumdrehen war er außer Reichweite auf sicherem Boden. Er streifte das Jackett und die Krawatte ab und warf beides auf den überfüllten Schaukelstuhl. Dann öffnete er zwei Hemdknöpfe und krempelte seine Ärmel hoch. Wieso sah bei ihm alles so beiläufig aus? Ob er wusste, wie gut er aussah? Ja, spätestens jetzt, wenn sie ihn weiter so anstarrte.

Leo lächelte sie an, und sie sah weg. Herrje. Sie stand auf einem Tisch. Sie wusste nicht, wohin mit ihren Händen.

Als er mit Wasser und Kuchen auf ihren einsamen Berg zurückkehrte, setzte er sich auf die Tischkante und stellte die Füße auf den Sessel. Zum Glück forderte er sie nicht dazu auf, sich neben ihn zu setzen.

Sie setzte sich neben ihn.

Wortlos brach er zwei große Brocken aus dem Kuchen und reichte ihr einen.

»Wir krümeln deinen Sessel voll«, warnte Mari.

»Egal.«

»Du hast ihn doch extra in Sicherheit gebracht.«

»Ja, vor denen.« Er zeigte mit seinem Brocken zur Tür. »Nicht vor dir.«

»Meine Krümel sind besser als ihre?«

»Definitiv.«

»Und ich darf auf deinem Esstisch herumlaufen, während sie …«

»Noch nicht mal ein Glas darauf abstellen dürfen.« Er lachte. »Eigentlich stehen die Tische hier, weil Alexandra in meinem Wohnzimmer eine Tanzfläche haben wollte. Der Mob scheint aber lieber unten auf Christophs und Paulines Tischen zu tanzen.«

»*Chris* Christoph?«, fragte Mari. »Der wohnt unten?«

Leo rollte mit den Augen und biss in seinen Kuchen. Sie wertete das als ein Ja.

Der Kuchen war noch warm. Sie saßen eine Weile schweigend nebeneinander und aßen.

»Danke«, murmelte Mari, als sie aufgegessen hatte.

»Kein Problem.« Er klopfte sich die Hände ab. »Susanne sucht ihn wahrscheinlich gerade.«

»Nein, ich meine für Montag.«

»Ach so. Das hat Spaß gemacht.« Leo sah sie von der Seite an. »Mehr als sonst.«

Mehr als sonst. *Sonst*. Das Wort … juckte. Es blickte allwissend auf Mari herab, enthielt es doch alles, wovon sie keinen Schimmer hatte. Sein Leben ohne sie. Sein Leben.

»Ich wünschte …«, sagte Mari leise, aber sprach den Satz nicht zu Ende. Sie warf ihm einen schüchternen Blick zu.

»Sag«, forderte er.

»Du kommandierst schon wieder.«

»Mari.«

Wo hatte er das nur gelernt? *Mari*, Augenbraue, strenger Blick, und sofort wollte sie ihm alles recht machen. Als hätte sie etwas verbockt, und er gab ihr die Chance zu beichten, das Vernünftige zu tun, nach Hause zu kommen. Dieses Mal nicht! Sie würde, sie würde … Sie starrte auf ihre Hände, die verknotet in ihrem Schoß lagen.

»Ich …« *Halt! Stopp!* »Ich wäre so gerne dabei, wenn ich nicht dabei bin. Wenn du mit anderen Leuten zusammen bist. Bist du dann auch so … so … ich weiß nicht. Nervig. Aufmerksam. Und wenn du alleine bist, wie bist du dann? Bist du überhaupt jemals alleine? Und dein Alltag … Hast du so was? Wohnt Toby bei dir? Regina … Wart ihr lange zusammen? Wo arbeitest du oder besser was oder wie? Ich wünschte, ich wüsste mehr. Einfach alles … Über dich.«

Die ganze Zeit hatte sie seinen Blick auf ihrem Gesicht gespürt, aber nun sah er weg.

»Ich weiß nicht«, sagte er leise.

Mari schürzte die Lippen und starrte wieder auf ihre Hände. Ihr war nach Heulen zumute. Sie hatte gerade zugegeben, dass ihr Interesse uferlos war, und er … Er wollte nicht.

»Das ist mir zu unbequem.«

Unbequem. Hatte er das wirklich gesagt? Ihre Augen füllten sich mit Tränen.

»Lass uns …« Er unterbrach sich. »Ich gehe aufs Bett.«

Was? Als Mari aufsah, war er bereits aufgestanden und vom Esstisch auf das Doppelbett gesprungen, das fast an das Kopfende des Tisches angrenzte.

Leo streckte sich auf dem Bett aus und verschränkte die Hände hinter dem Kopf.

Mari rutschte zum kurzen Ende des Tisches und wandte sich ihm zu, doch sie sprang nicht. Sie war froh über die Distanz und das matte Licht der Nachttischlampe, in dem ihre Tränen unbemerkt trocknen konnten.

»Womit soll ich anfangen?«, fragte Leo. »Damit, dass ich ungeschützten Sex mit einer Fremden hatte und dabei ein Kind gezeugt habe, oder damit, dass ich mein Geld damit verdiene, Leute zu manipulieren?«

Mari versuchte, das Gesagte zu verarbeiten, aber es gelang ihr nicht. Vielleicht war sie noch zu betrunken. Oder zu abgelenkt von der ungewohnten Bitterkeit in seiner Stimme.

Er wartete auf ihre Antwort.

»Sex, äh, Kind«, stammelte sie.

»Dann bringen wir es mal hinter uns.« Leo setzte sich auf. Er kreuzte seine ausgestreckten Beine übereinander und verschränkte die Arme vor der Brust. Er ließ Mari nicht aus den Augen, als rechnete er damit, dass sie bei der ersten Gelegenheit die Flucht ergreifen würde.

»Ich war mal so wie du«, begann er mit einem schiefen Lächeln, das keins war. »Ich habe pausenlos gearbeitet. In Shanghai war niemand, der mich davon abhielt. Ich habe entweder Türme gebaut oder geschlafen. Aber selbst im Schlaf habe ich noch Türme gebaut. Ich war drei Jahre am Stück nicht zuhause, und wenn meine Familie mich besuchte, hatte ich keine Zeit für sie. Irgendwann rief meine skrupellose Schwester an und behauptete, meine Mutter sei todkrank und hätte nur noch ein paar Wochen zu leben. Ich habe alles stehen und liegen gelassen und vor Erleichterung losgeheult, als meine Mutter mich vom Flughafen abholte und gar nicht wusste, was los war. Danach habe ich bei Alexandra einen Tobsuchtsanfall bekommen. Ich habe sie so angebrüllt, dass sie anfing zu weinen, und das heißt was bei ihr. Nach drei halbtoten Jahren war das, als hätte mich jemand wachgeprügelt. Und dann war alles perfekt. Ich war zuhause, und nach all dem Stress und Smog und der Einsamkeit in Shanghai kam Berlin mir vor wie das Paradies. Ich hatte endlos viel Zeit, und meine Freunde waren trotz allem noch da. Ich war nie allein. Ich hatte ständig Sex. Jetzt guck nicht so. *Sicheren* Sex. Nur das eine Mal mit Tobys Mutter nicht, glaub es oder glaub's nicht.«

Er sah sie stirnrunzelnd an. »Hältst du das wirklich aus?«

Mari nickte schnell.

»Du siehst nicht so aus«, meinte er. »Wir lassen die Details weg.«

»Nein«, widersprach Mari leise, »dann ist es nicht so, als wäre ich dabei gewesen.«

»Du willst bei Tobys Zeugung *dabei* gewesen sein?«

Mari räusperte sich.

»Kennst du das in Büchern«, sagte sie, »wenn die Hauptfigur nur Mist baut und man trotzdem auf ihrer Seite ist und denkt, wenn die anderen Figuren nur dabei gewesen wären, dann würden sie es verstehen oder zumindest nicht ganz so sauer auf sie sein?«

»Oder ihr Urteil würde noch härter ausfallen«, wandte Leo ein.

»Vielleicht bei Verbrechen, aber nicht bei Sex«, sagte Mari voller Überzeugung. »Bei Sex versteht man fast alles, wenn man dabei war. Selbst fremdgehen. In Serien gehen die Leute ständig fremd, und man verzeiht ihnen. Weil man dabei gewesen ist.«

»Dann müssten sich also Millionen Paare nicht trennen, wenn sie sich ihre Seitensprünge nur schön detailliert erzählen würden. Komisch, dass noch niemand darauf gekommen ist«, erwiderte er sarkastisch.

»Es funktioniert vielleicht nicht mit demjenigen, der unmittelbar betrogen wurde, aber ein paar Freundschaften könnte man auf diese Weise bestimmt retten«, beharrte Mari. »Und wenn ich die Details über Regina und dich nicht aushalte, dann halte ich die ganze Sache nicht aus, also dass … dass …«

»Dass ich so auf sie abgefahren bin, dass ich nicht mal mehr Zeit für ein Kondom hatte?«

Mari schluckte.

»Siehst du. Das meinte ich«, sagte er.

»Nein, das meinte *ich*«, erwiderte sie. »Diese Floskel, dieses Ich-habe-was-Blödes-gemacht, tut viel mehr weh als die Sache selbst.«

»Wie du willst.« Er fixierte sie mit seinen dunklen Augen. »Dann hör zu: Je näher mein Abreisetermin rückte, desto länger wurden meine Nächte. Am Abend vor meinem Abflug stand ich ziemlich betrunken in einer engen Küche, in der ich noch nie zuvor gewesen war, und sah einer Frau und einem Mann beim Streiten zu. Ich stand hinten am Fenster und nahm mir gerade eine Pause von der Party, auf der ich irgendwie gelandet war. Zuerst sah ich nur den Rücken des Mannes. Die Frau – ich hörte nur ihre zornige Stimme – trieb ihn quasi vor sich her in die Küche. Sie war so wütend, dass ich zuerst dachte, es handelte sich um eine Eifersuchtsszene. Aber dann hörte ich sie übers Renteneintrittsalter und faule Frührentner schimpfen. Sie regte sich tatsächlich über Politik auf. Da ging ich einen Schritt zur Seite, um sie zu sehen. Sie war unerwartet klein und kurvig und hatte kurze blonde Haare. Sie trug ein hautenges weißes Kleid und sah supersexy aus. Als sie mich sah, funkelte sie mich an. Sie war auf hundertachtzig, und ich fand's super. Da wusste ich ja noch nicht, dass sie einfach immer wütend ist. Sie trieb den armen Mann, der kaum etwas entgegnete, auf mich zu und wurde dabei immer lauter. Und dann gesellte sich eine weitere Frau dazu, offenbar die Freundin des Typen, und bat Regina darum, jetzt endlich von ihm abzulassen. Plötzlich keiften sich die beiden lauthals an, bis die Frau ein Glas Wasser über Reginas Kleid goss. Regina sah rot, und ich musste sie aus dem Raum zerren. Doch sobald wir im Flur außer Sichtweite waren, war sie auf einmal die Ruhe selbst. Sie schob mich weg und musterte mich von oben bis unten. Und ich tat dasselbe. Das Wasser hatte nur die linke Seite ihres weißen Kleids durchtränkt. Die rechte Brust keusch verpackt, die linke so gut wie nackt, sie sah aus wie ein Kunstwerk. Mach ich das so richtig?«, erkundigte er sich sarkastisch.

Maris Hals war trocken, doch sie nickte.

Er schüttelte den Kopf.

»Habt … habt ihr es im Flur gemacht?«, fragte Mari kaum hörbar und wünschte sich inbrünstig, dass er nein sagen würde. Flure und Treppenabsätze hatten zu viel gemeinsam.

»Nein.« Er warf ihr einen verärgerten Blick zu. »Sie verschwand im Schlafzimmer, um sich umzuziehen. Es war nämlich ihre Party, sie wurde fünfunddreißig.«

»Oh. Wie ging es weiter?«

»Für dich ist das Popkornkino, oder?«

»Wenn es dich nervt, das zu erzählen …«

»Ich sag dir, was mich nervt«, sagte er ungeduldig. »Dass es dich anscheinend überhaupt nicht nervt. Und dass du nicht mehr berührt werden willst, seit du hier drinnen bist. Und dass du da oben sitzen geblieben bist.«

Mari starrte ihn an. Darauf war sie nicht gefasst gewesen. Er war verletzt. Wie konnte das sein? Es war doch so offensichtlich, dass sie … verliebt war. Oder?

Sie rutschte rückwärts, weg von ihm, kletterte ohne größere Zwischenfälle über die Hürden und ging zu dem Schaukelstuhl, der neben der Tür stand. Leo brummte: »Na toll«, doch sie ignorierte ihn. Sein Jackett lag oben auf dem Klamottenberg. Sie fasste in die Tasche und fand ihr neongrünes Haargummi. Dann nahm sie den einfachen Weg aufs Bett (über das Fußende, das nicht von Möbeln eingemauert war).

Leo saß immer noch mit ausgestreckten Beinen am Kopfende und beobachtete sie. Er trat spielerisch gegen ihre Hand, als sie in seinen großen Zeh kniff. Da setzte sie sich rittlings auf seine Schienbeine und rutschte weiter auf seine Knie, die er prompt anwinkelte, sodass sie mit einem kleinen Schrei auf seinen Schoß, in sein Gesicht kippte.

»Hallo«, murmelte er gegen ihre Lippen.

»Du«, sie streifte seine Lippen, aber sprach weiter, »bekommst jetzt eine Assipalme.«

Er hörte ihr nicht zu, sondern nahm ihre Unterlippe zwischen seine Zähne. Mari zog ihren Kopf zurück, bevor er sie mit einem ernsthaften Kuss außer Gefecht setzen konnte. Sie stoppte seine Hände, die sich gerade unter ihr Kleid schoben, und parkte sie auf ihren Hüften. Dann streifte sie das Haargummi von ihrem Handgelenk und hielt es ihm vor die Nase.

Leo zog unwillig die Augenbrauen zusammen.

»Das«, sie zeigte auf das Haargummi, »löst mein Problem. Also halt jetzt mal still.«

Sie kämmte mit ihren Fingern durch seine dichten Haare und band sie mitten auf seinem Kopf zu einem Zopf zusammen. Die Haare waren zu kurz und dick, um den gewünschten Palmeneffekt zu erzielen, aber der Zopf hielt und sah bescheuert aus.

»Danke«, sagte Mari.

»Jederzeit.« Er zuckte mit den Achseln. »Sagst du mir auch, was dein Problem ist?«

»Ich …« Mari errötete. »Ich finde dich ein bisschen zu toll. Das da hilft.«

Sie hatte es schon vermisst, sein Räubergrinsen.

»Sollte ich dir deshalb von Regina erzählen? Damit du mich nicht mehr so toll findest?« Er küsste sie sanft auf die Lippen.

»Nein«, murmelte Mari, »aber da wir gerade davon sprechen …«

Jetzt war er es, der den Kopf zurückzog. »Mari, es reicht. Ich erzähle dir nicht, was im Bett passiert ist.«

Sie zog ihren neu entdeckten Schmollmund, doch ohne Erfolg. Sie bekam nur ein Augenrollen. Na gut, dann eben anders.

»Du hast ihr zwei Minuten Vorsprung gegeben«, sagte Mari, »und bist ihr dann ins Schlafzimmer gefolgt. Als du die Tür geöffnet hast, war sie schon nackt. Sie stand da und wartete auf dich. Du hattest damit gerechnet, dass sie dich auspeitschen oder an eine Hundeleine legen würde, aber alles war ganz anders. Die Wutbürgerin war auf einmal ein zahmes Frauchen. Sie hat sich sofort ergeben, hat *›Nimm mich‹* gehaucht und ging auf alle viere, ach nein, vorher wollte sie noch übers Knie gelegt werden …«

Er hielt ihr den Mund zu. »Ich leg *dich* gleich übers Knie.«

Mari bog mühsam seine Finger, die fest auf ihrem Mund lagen, auseinander und rief lachend durch die Lücke zwischen Mittel- und Zeigefinger: »Ein Dementi sieht anders aus!«

»Du freches …«

Sie wusste nicht, ob er den Satz zu Ende gesprochen hatte, denn er kitzelte sie fast ohnmächtig, und plötzlich lag sie bäuchlings auf seinen Beinen, und ihr Gesicht versank in der dunkelgrauen Daunendecke.

Leo strich sanft über ihre Haut. »Du bist so weich … Du cremst dich wirklich hier hinten ein, oder?«

»Was?«, fragte Mari verwirrt und drehte ihren Kopf zur Seite.

»Surferboy ist zu beneiden«, murmelte Leo, aber während sie sich noch über die Bemerkung wunderte, hatte er sie schon von seinem Schoß heruntergeschoben. Er klappte die Daunendecke, auf der sie lag, an einer Seite um und bedeckte ihre Beine. Dann erhob er sich unvermittelt und stieg auf den Tisch. Er blieb vor seinem offenen Schrank stehen und kratzte sich am Hinterkopf.

Mari setzte sich auf und wollte gerade fragen, was er vorhatte, als er mit einem schwarzen Bündel und dem grauen Kaschmirpullover, in dem das Nebelhörnchen wohnte, auf das Bett zurücksprang.

»Zieh dich aus.«

»Was?«

»Mari, du bist ganz kalt.«

Er hatte recht. Ihre Beine waren eiskalt. Das Sommerkleid und die Nylons tarnten nur ihre Nacktheit.

»Da bleibe ich doch besser angezogen«, wandte sie ein.

Er setzte sich neben sie und hielt ihr das schwarze Bündel hin.

»Zieh das an.«

»Was ist das?«

»Skiunterwäsche.« Er zog ein schiefes Lächeln. »Nenn es Funktionskleidung und stell dir vor, du gehst zum Sport.«

»Beim Sport trage ich Jogginghosen.« Mari rümpfte die Nase. »Dieses Zeug ist viel zu groß für mich.«

»Ich kann auch Tobys Weihnachtsschlafanzug von nebenan holen«, erwiderte Leo.

Mari sah ihn trotzig an. »Du könntest auch einfach mit mir unter die Decke kriechen und mich wärmen.«

Leo warf ihr einen Blick zu, der alles und nichts zu sagen schien: Ja, nein, nichts lieber als das, zieh dich an, zieh dich aus … *Du bist so weich.*

»Vor ein paar Minuten hast du dich noch darüber beschwert, dass du mich nicht berühren konntest«, sagte Mari leise und schlug die Augen nieder.

»Da wusste ich ja auch noch nicht …«

»Was?« Sie sah auf.

»Dass ich so heftig reagieren würde.« Er räusperte sich. »Es ist besser, wenn ich dich jetzt nicht anfasse.«

Mari hörte, wie der Vamp im Spiegel wieder gegen die Schranktür trommelte. *Lass mich hier raus, ich regele das für dich!*

»Ich mach das schon«, murmelte Mari.

Leo warf ihr einen fragenden Blick zu.

»Ich meinte, ich … ich will es machen«, stammelte sie.

Der Vamp schlug verzweifelt den Kopf gegen die Schranktür. *Ich will es machen?!*

Leo lächelte sie an. Er beugte sich zu ihr vor und legte seinen Mund an ihr Ohr. Der Vamp konnte ihn nicht hören, als er flüsterte: »Ich auch.«

Er zögerte, und Mari hielt die Luft an. Aber dann lehnte er sich zurück und platzierte das schwarzgraue Stoffbündel auf ihrem Schoß. »Zieh das an.«

Mari hielt den grauen Pullover in die Höhe und entgegnete vorwurfsvoll: »Der gehört doch dem Nebelhörnchen.«

»Umso besser. Jetzt mach.«

»Immer dieser Kommandoton.«

»Mari.« Augenbraue. Streng.

»Unfair«, murmelte sie und zog sich das Kleid über den Kopf.

Sie beeilte sich, Leos langärmliges schwarzes T-Shirt überzustreifen, aber der kurze Moment hatte gereicht. Leo hatte ihre Rippen gesehen. Sein betroffener Gesichtsausdruck trieb ihr sofort die Tränen in die Augen.

Er wich ihrem Blick aus und krempelte wortlos die Ärmel um, in denen Maris Hände verschwunden waren. Dann nahm er den Pullover und streifte ihn über ihren Kopf. Unwillkürlich musste sie wieder den einen Gedanken denken, der sie immer noch sprachlos machte: *Er ist Vater.*

Leo hielt die Skiunterhose hoch und klappte die Decke zurück. Beim Anblick ihrer spindeldürren Beine runzelte er die Stirn.

»Die ist viel zu groß, die zieh ich nicht an«, murmelte Mari mit tränenerstickter Stimme. Der Pullover, der länger war als ihr Kleid, sollte sie wärmen, aber er tat es nicht. Sie fühlte sich kalt und elend.

Leo sah sie an, und seine Augen weiteten sich. »Warum weinst du?«

Er zog sie auf seinen Schoß und wischte mit seinen Fingern die Tränen von ihren Wangen, aber es kamen immer neue nach. Sie machte kein Geräusch, die Tränen rannen und rannen weiter, in seine Hände, die ihr Gesicht hielten. Er begann, sie wegzuküssen, doch es half nichts, es folgten neue.

Schließlich legte er seine Stirn gegen ihre und flüsterte: »Du hattest recht.«

Als sie nicht antwortete, fuhr er fort: »Sie war unterwürfig.«

Mari sah ihn mit großen Augen an und vergaß zu weinen.

»Super«, sagte er leise, »deinetwegen bin ich kein Gentleman mehr. Aber wenigstens hat es funktioniert.«

Sie schenkte ihm ein kleines Lächeln, und er atmete sichtlich erleichtert auf.

»Weiter«, flüsterte Mari.

Er seufzte.

»Bitte ...« Sie versuchte es nochmal mit dem Schmollmund.

Leo fuhr mit seinen Daumen über ihre Wangen und wischte die Tränen weg. Er küsste sie kurz auf die Nasenspitze und sagte dann unvermittelt: »Der Frieden hat nicht lange gehalten. Sie hatte sich noch nicht mal wieder angezogen, da fragte sie schon nach meiner Visitenkarte. Ich hatte nur eine auf Chinesisch dabei, aber Regina glaubte mir kein Wort. Sie meinte, ich hätte mir extra eine chinesische Visitenkarte zugelegt, um die tausend Frauen loszuwerden, die unmittelbar nach dem Sex meine dienstlichen Kontaktdaten verlangten. Ich habe ihr meinen Personalausweis in die Hand gedrückt, damit sie mir wenigstens meinen Namen glaubte und mich in Ruhe ließ. Aber dann ging es weiter. Sie wollte mich am nächsten Tag treffen, aber mein Flug nach Shanghai ging am Nachmittag, und ich wollte den Tag noch mit meiner Familie verbringen. Da bekam sie gleich den nächsten Wutanfall, das sei die beschissenste Lüge aller Zeiten, auf meinem Perso stünde eine Berliner Adresse und so weiter. Ich habe sie stehenlassen und war ausnahmsweise mal vor Mitternacht zuhause. Ich wollte nur weg von ihr. Will ich immer noch. Tja. Daraus wird wohl nichts.« Da war sie wieder, die Bitterkeit in seiner Stimme.

Mari schluckte. Das hatte sie nicht erwartet.

»Habt ihr es denn nie miteinander versucht? Wegen Toby?«, fragte sie leise.

»Ich habe getan, was ich konnte«, antwortete Leo tonlos. »Ich bin zurück nach Berlin gekommen, habe eine Auszeit genommen, bin hier eingezogen, damit Toby so viel Familie wie möglich hat, aber mit ihr … Es ging nicht.«

»Aber sie ist doch Tobys Mutter«, sagte Mari, ohne nachzudenken, »da musst du doch wenigstens versuchen, irgendetwas Gutes an ihr zu finden, sie … sie irgendwie zu lieben …«

Leo schob sie abrupt von seinem Schoß herunter. »Anstelle von dir? Das kannst du vergessen.«

Mari errötete und schlug die Augen nieder.

»So war das nicht gemeint.« Er kratzte sich genervt am Kopf.

»Ich weiß«, erwiderte sie hastig.

Sie zwang sich, in seine Augen zu schauen. Sie waren schwarz.

»*Was* weißt du?« Wollte er sie quälen?

»Ich … ich weiß, dass wir uns erst seit zwei Wochen kennen«, stammelte sie.

»Fast drei.« Und was sollte *das* jetzt?

»Du kennst mich kaum, und du warst gerade geschockt von meinen … Rippen.«

Oh nein. Klappe halten!

Die Härte in seinem Blick verschwand.

»Hast du deshalb geweint?« Er nahm sachte ihr Kinn in die Hand und musterte sie.

»Was ich meinte«, sagte Mari schnell und schob seine Hand weg, »war, dass du zumindest versuchen könntest, sie wie jemanden zu lieben, der einfach zur Familie gehört, wie eine schrullige Tante, die nervig ist, aber bei Familienfesten dazugehört.«

Leo unterbrach sie. »Mari, sie erpresst mich pausenlos mit Toby. Sie ist …«

»Hier.«

»Ja. Weil Alexandra helfen wollte.«

»Ist doch egal, sie hätte nicht herkommen müssen.« Mari fasste sich erschrocken an den Mund. »Oh nein. Leo! Spinnst du? Was *machst* du denn hier? Wenn sie uns zusammen sieht … Und unten in der Küche! Du warst doch stocknüchtern, da denkt man doch nach, bevor man …«

Sie gab ihm einen Schubs, den er nur mit einem Augenrollen quittierte.

»Ich gehe jetzt, und du kümmerst dich um sie. Dass du so blöd bist! Sie nimmt Toby mit nach München und … Toby!«

Mari sah auf die Uhr. »Es ist elf Uhr! Du lieferst ihr Argumente, um … Das kommt total verantwortungslos rüber!«

»Halt mal die Luft an.« Leos Stimme klang ruhig. »Heute ist *ihr* Tag. Sie ist für Toby verantwortlich. Sie hätte ihn einfach abholen können. Oder nebenan ins Bett bringen. Aber sie hat es vorgezogen, ihn bei Tom abzuladen und feiern zu gehen.«

»So wie du.«

»Ja, aber ich hatte einen guten Grund«, entgegnete er und steckte seinen Zeigefinger in Maris Bauch. »Außerdem wohnt Toby fünf Nächte in der Woche bei mir und zwei bei ihr. Sie ist drei Monate nach seiner Geburt wieder arbeiten gegangen. Ich habe seit drei Jahren nicht mehr gefeiert, und in der Küche war ich ja wohl superbeherrscht.«

»*Beherrscht?* Du hast …«

»*Du* hast die Beine gespreizt.«

»*Was?* Ich …« Sie nahm sein Kopfkissen und schlug es in sein Gesicht.

»Und im Treppenhaus hast du mich an die Wand gedrückt«, grinste er und fing sich noch einen Schlag ein.

Leo griff nach dem Kissen, doch Mari war noch nicht fertig, sie krallte sich daran fest und zog an ihrem Ende. Er lachte und zog mit Absicht nicht fest genug, um sie zu entwaffnen.

»Und kaum lasse ich dich allein, masturbierst du in meinem *Eames Chair* …«

Da stieß Mari einen Kriegsschrei aus, entriss ihm das Kissen und prügelte lachend auf seinen Kopf ein.

Ihr Lachen gefror, als sie ein lautes Räuspern hörte. Regina stand in der Tür. Sie sah Mari nicht an, sondern fixierte Leo, der unwillkürlich seinen Arm um Mari gelegt hatte.

»Ist das Marie?«, fragte sie in einem eisigen Tonfall, der Mari an ihre Mutter erinnerte.

»Mari«, sagte Leo.

»Alle suchen sie.« Regina würdigte Mari immer noch keines Blickes.

»Wir kommen«, antwortete Leo, doch es klang eher wie »Raus hier.«

»Wenigstens ist es noch dieselbe wie in der Küche«, erwiderte Regina kalt und schloss die Tür hinter sich.

Mari bemerkte erst jetzt, dass sie die Luft angehalten hatte.

»Du hast die Tür nicht abgeschlossen?«, fragte sie atemlos.

»Ich weiß.« Er kratzte sich am Hinterkopf. »Du hast auf dem Esstisch gestanden …«

Sie schlug ihm das Kissen ins Gesicht, doch es fehlte der Schwung. Der Spaß war vorbei.

18

Wie sie aussehen mussten … Er mit neongrünem Haargummi auf dem Kopf und im weißen Anzugshemd und sie im übergroßen grauen Pullover ohne Hosen, als wäre sie gerade aus dem Bett gestiegen (war sie ja auch).

Leo hatte sie wie immer hinter sich hergezogen, die Treppe hinauf in Alexandras Dachgeschosswohnung. Er hatte ihre Hand nicht losgelassen, als Alexandra – verkleidet als Zauberer – vom Sofa aufgesprungen war und sie umarmt hatte, und auch nicht als Tom, der Flaschengeist, sich von hinten angeschlichen und sie hochgehoben hatte. Sie war froh darüber – Leos ruhige Hand und sein genervter Blick waren ihr Rettungsanker in diesem Tohuwabohu.

Alle redeten gleichzeitig auf sie ein. Alexandra schimpfte wegen des teuren Geschenks, musterte sie zwinkernd durch ihre Halbmondbrille und grummelte zweitausend anzügliche Bemerkungen über Maris Outfit, ihre verwilderten Haare und die kolossale Verspätung in ihren langen Bart; Tom wollte irgendetwas über eine isländische Schwalbenkolonie loswerden; Vanessa kam angeflattert und flüsterte immer wieder »Wir müssen reden« in ihr Ohr; Schneewittchen (Christophs Pauline) erkundigte sich nach Maris Befinden, und ein betrunkener Captain America, der sich als Alexandras Personal Trainer entpuppte, kroch immer wieder von hinten an sie heran und faselte etwas von Vanessas Telefonnummer, bis Leo ihm den Ellenbogen in die Magengrube rammte.

Dann spürte Mari, dass eine Tarantel über ihr Bein kroch. Sie wollte gerade einen Anfall bekommen, als sie Tobys Lockenkopf sah. Die Tarantel war Tobys kleine Hand, und jetzt umarmte er ihr Bein.

»Mensch Toby …« Sie ließ Leo los und hob den kleinen Jungen hoch. Er trug schon seinen Schlafanzug und gähnte. Und lachte.

»Musst du denn nicht ins Bett?«, fragte Mari und drückte ihre Nase gegen seine.

»Da wäre er längst.« Reginas Maggiestimme. »Aber gewisse Leute denken ja nur an sich.«

»Es ist nicht Maris Aufgabe, unser Kind ins Bett zu bringen«, sagte Leo trocken.

»Das sieht unser Kind anders.«

Unser Kind. Wo pfuschte sie da nur rein?

Regina stand neben Leo und sah beharrlich an Mari vorbei. Mari hatte den Impuls, den Raum zu verlassen, doch Toby saß auf ihrer Hüfte und hatte die Arme um ihren Hals geschlungen.

»Das stimmt«, warf Alexandra ein und schenkte Regina ein warmes Lächeln. »Keiner hat es geschafft, Toby ins Bett zu bringen. Er wollte auf Mari warten, Tommy hat sie schon überall gesucht. Zum Glück hat Regina euch gefunden, sonst hätten wir jetzt ein großes Geschrei.«

»Das tut mir leid«, murmelte Mari schuldbewusst.

»Klar«, sagte Leo sarkastisch, »jetzt entschuldigt *sie* sich dafür, dass drei Leute einschließlich seiner Mutter es nicht geschafft haben, sich durchzusetzen.«

Er sah seine Schwester an, aber er sprach mit jemand anderem. Bevor Regina kontern konnte, sagte Mari zu Toby: »Claudette liegt schon lange in ihrem Körbchen und schläft.«

»Ich will auch schlafen«, antwortete Toby so eifrig, dass Regina einen empörten Laut machte.

»Super, deine Mama …«, begann Mari.

»Neeeeiiiin! Du!«

Mari suchte Reginas Blick, doch die rollte nur mit den Augen und sah Leo vorwurfsvoll an.

Leo ignorierte sie, strich über Tobys Lockenkopf und fragte: »Willst du im Obenzimmer oder im Untenzimmer schlafen?«

»Im Obenzimmer.«

»Okay. Darf Mama mitkommen?«

Toby schüttelte vehement das Köpfchen.

»Und ich?«, fragte Leo.

Toby schüttelte wieder den Kopf und erklärte: »Nur Mari.«

»Da müssen wir sie mal fragen …«

»Ich mach das gerne«, sagte sie schnell, ohne Regina anzusehen. »Toby, zeigst du mir den Weg?«

Toby kletterte von ihrem Arm herunter, fasste sie an der Hand und zog sie auf verstörend vertraute Weise hinter sich her, zwischen den Feiernden hindurch zu seinem Kinderzimmer, das am Ende des Gangs lag.

Das Zimmer war klein, ein Bett und eine Kommode waren die einzigen Möbelstücke, und es lagen nur wenige Spielsachen auf dem Boden herum.

Mari erfuhr, dass Toby unten bei Leo ein großes Spielzimmer hatte, und bei Mama auch, und bei Sanne und Horst schlief er immer auf dem Sofa, und Line und Chris hatten eine Hängematte im Wohnzimmer. Doch am liebsten mochte er den Sessel neben der Küchentür unten im *Hummer* (»Toby mag Gäste«).

Mari war erleichtert. Sie hatte schon schwarzgesehen wegen der lachenden Partystimmen, die durch die Tür hindurchdrangen.

Toby krabbelte in sein Bett und forderte Mari auf, ihn zuzudecken. Sie legte seine Decke mit Krokodilmuster (»Guck mal! Klosett!«) über ihn und setzte sich auf ein großes rotes

Sitzkissen, das neben dem Bett auf dem Boden lag. Toby zupfte an ihrem Kaschmirärmel und sagte dem Nebelhörnchen Gute Nacht. Dann musste Mari erzählen, was das Hörnchen, Claudette und das Flötentierchen diese Woche erlebt hatten. Sie wusste, dass ihre Erzählung zu lebhaft war, und bemühte sich immer wieder um eine ruhige Stimme, doch dann passierte irgendetwas Spannendes, und die Einschlafstimmung war dahin.

Als seine Kommentare und Zwischenfragen spärlicher wurden, gab sie ihm einen Stups auf die Nase und sagte: »Gute Nacht, Toby.«

Er lächelte und drehte sich zur Wand.

In der plötzlichen Stille hörte sie … die Stille. Das Gelächter aus dem Flur war verstummt. Als wäre die Party vorbei.

Da drehte sich Toby wieder zu ihr um. Oh nein. Wache Augen. »Mehr Tiere.«

»Nein, Toby. Mach die Augen zu.«

»Sie fallen immer wieder auf. Mehr Tiere, bitte …«

»Okay, aber nur ganz kurz.«

Nach einer gefühlten Spielfilmlänge – der Film handelte von einer bunten Truppe, die von einem kleinkriminellen Igel angeführt wurde und in einem silbernen Caravan durchs Land fuhr – fielen endlich seine Augen zu.

Mari hatte einen trockenen Hals, und ihre Füße waren eingeschlafen. Draußen im Flur war es immer noch gespenstisch still. War sie etwa der letzte Gast? Von wie vielen … hundertfünfzig, zweihundert Gästen?

Sie öffnete die Tür. Der Gang war leer, aber sie hörte Stimmen aus dem Treppenhaus. Und aus dem Wohnzimmer. Nein, halt, aus dem Wohnzimmer drang nur eine einzige Stimme, die mit jedem ihrer Schritte lauter wurde. *Toms* Stimme.

Die Wohnzimmertür, eine Doppeltür mit Milchglasfenstern, war geschlossen. Mari blieb wie gelähmt davor stehen.

Sie verstand jedes Wort, Tom sprach so laut und überdeutlich wie neulich beim Spazierengehen, als er einer schwerhörigen älteren Dame den Weg zur Bushaltestelle beschrieben hatte.

»… falls du jemanden kennst, der irgendwie unglücklich und deshalb total garstig ist«, sagte er, »dann verrate ihm, dass es da eine Fee namens Lexi gibt, die Menschen glücklich machen kann. Der Trick ist: Man muss ihr was *geben*. Sie gibt nämlich, indem sie nimmt. Wie ein Glücksbrunnen …«

Oh nein. Sie war zu spät, Tom war schon fast am Ende angelangt. Was sollte sie tun? Weglaufen? Alexandra würde sie jagen und ausweiden. Gemeinsam mit Regina. Wenn sie es sich recht überlegte, hatte Regina noch bessere Gründe als Alexandra. Das Herumgemache in der Küche war schlimm genug gewesen, aber die Kissenschlacht im Schlafzimmer war unverzeihlich. Mari wusste, wie sie ausgesehen hatten. *Verliebt.* Und dann wollte Toby ausgerechnet von ihr, dem wandelnden roten Tuch, ins Bett gebracht werden. Und *dann* hatte dieses wandelnde rote Tuch auch noch eine Geschichte geschrieben, in der Alexandra Tobys Mutter war. Also, so betrachtet … war ihr Leben in Gefahr. Sie musste weg.

Lachen und Applaus, die Tür ging auf, und Leute strömten heraus. Oh Gott. Der Raum war gerammelt voll, halb Berlin wusste nun, dass sie gestörte Geschichten schrieb.

Mari blieb unentschlossen neben der Tür stehen. Vielleicht bestand ja eine winzige Hoffnung, dass diese fremden Menschen das Wohnzimmer einfach überflutet und Alexandra, Regina und Leo hinaus ins Treppenhaus gespült hatten, weit weg von Toms enthusiastischer Lesung.

»He!« Leo trat hinter einem Piraten hervor und zog sie unvermittelt in seine Arme.

»Ich versohl dir nachher den Arsch«, flüsterte er in ihr Ohr.

Mari stockte der Atem. War er wirklich sauer, oder wollte er sie nur aufziehen?

Oh. Letzteres. Er grinste.

»War alles okay mit Toby?«, fragte er, aber das Grinsen war immer noch da.

»Ja, außer dass er erst vor fünf Minuten eingeschlafen ist.«

»Kein Wunder, man hat euch bis in den Flur lachen gehört.«

Leo fasste sie an den Händen und ging – völlig unfallfrei – rückwärts gegen den Strom durch die Wohnzimmertür, um sich dann mitsamt Mari in einen Ohrensessel plumpsen zu lassen, der neben der Tür stand.

Sie rollte sich unwillkürlich auf seinem Schoß ein und schmiegte ihren Kopf an seinen Hals. Er schlang seine Arme um sie und murmelte in ihr Haar: »Ich habe also in einer gesichtslosen Stadt an einer unbedeutenden Uni studiert?«

Mari legte den Kopf zurück und grinste ihn an. Er kniff in ihre Nase.

»Sitzt da auf meinem kleinen Bruder und grinst frech.« Alexandra hatte sich vor dem Sessel aufgebaut. Sie wirkte sehr groß mit ihrem weiten Umhang, dem spitzen Zauberhut und ihrem Rauschebart. Groß und bedrohlich.

»Ah, da ist sie ja, meine faule, dicke Schwester«, sagte Leo leichthin, aber Mari war das Lachen vergangen.

»Genau die.« Alexandra fixierte Mari durch ihre Halbmondbrille. »Die mit den superschlauen Freunden, die mir treu ergeben sind. Ich frage mich, wo die gerade stecken.«

Es war kein Fünkchen Humor in ihrer Stimme. Maris Hände wurden feucht.

Sie haderte noch, wie sie sich am besten entschuldigen sollte, als Leo sagte: »Ach komm, ich habe dir doch gesagt, dass du Tommy zurückpfeifen sollst.«

»Es kommt doch kein Mensch darauf«, erwiderte Alexandra, »dass *so* was dabei rauskommt, wenn Mari böse Sachen schreibt.«

Mari errötete und versuchte aufzustehen, aber Leo hielt sie fest.

»Ich … ich … Das war schrecklich von mir«, stammelte sie.

»Ja, war es«, sagte Alexandra und wandte sich zum Gehen.

Mari strampelte sich von Leo frei und sprang vom Sessel auf. »Alexandra!«

Alexandra drehte sich zu ihr um und … *grinste?* Sie breitete ihren Samtumhang aus, und es dauerte eine Weile, bis Mari sicher war, dass sie gerade umarmt und nicht erstickt wurde.

»Wusste ich's doch. Du bist Suppenwürze. Wieso kaufst du mir denn eine sauteure Handtasche, wenn du schon *so* ein Geschenk hast?«, sagte Alexandra kopfschüttelnd und ließ sie endlich frei.

»Aber das war doch *mein* Geschenk.« Tom war hinter ihr aufgetaucht.

»Stimmt, es ist Toms Geschenk«, bestätigte Mari und rang nach Atem.

»Wieso das denn?«, fragte Alexandra.

»Ich habe ihr doch die ganzen Infos gegeben, Recherchen und so«, sagte Tom beleidigt.

»Das kam von *dir?* Wann habe ich denn Germanistik studiert? Und *Physik*?«

»Also, ich habe dich erkannt«, warf Leo ein. Er amüsierte sich.

»Ich weiß, ich mich auch. Trotz Tommys Informationen. Seit wann bin ich denn Tobys Mutter?«

Alexandra gab Tom einen Klaps auf seinen kahlen Hinterkopf und zeigte ihm den Vogel.

Er sah Mari hilfesuchend an.

»Das war meine Schuld«, erklärte Mari hastig. »Ich dachte einfach, Toby gehört zu dir. Er sieht dir so ähnlich, es ist mir gar nicht in den Sinn gekommen, dass …«

Sie schielte schuldbewusst in Richtung Leo, aber der saß entspannt in seinem Sessel und lächelte sie an.

Zu Maris Erstaunen lächelte Alexandra ebenfalls. »Ehrlich gesagt, manchmal vergesse ich selbst, dass er nicht mein …«

Sie wurde von Regina unterbrochen, die plötzlich neben Tom stand.

»Leo, können wir kurz sprechen.« Es war keine Frage.

Leo zog die Augenbrauen zusammen und sah aus, als wollte er ihr eine Abfuhr erteilen, aber Alexandra sagte schnell: »Ihr könnt ins Arbeitszimmer gehen.«

Regina verließ ohne ein weiteres Wort das Wohnzimmer, während Leo sich wie ein alter Mann im Schneckentempo aus dem Sessel erhob und seiner Schwester einen leichten Schubs verpasste.

»Sei nett«, ermahnte Alexandra ihn.

Sie klang nervös. Es passte nicht zu ihr. Wenn sie nervös war, bestand Grund zur Panik.

»Keine Panik«, erwiderte Leo und rollte mit den Augen. Dann sagte er leise zu Mari: »Nicht weggehen, ja?«

»Okay«, antwortete sie und musste an Emma und gebrochene Versprechen denken. Nein. Sie würde bleiben. Sie *wollte* bleiben.

Daher war es auch nicht tragisch, dass er sie nicht mehr berührt hatte. Er würde gleich wiederkommen, sich ihre Hand greifen und sie wieder hinter sich herziehen, irgendwohin, wo sie allein waren.

»Ich zähl jetzt bis zehn«, sagte Alexandra, »und dann gehen wir.«

»Wohin?«, fragte Mari perplex.

»Lauschen. Du rechts neben der Tür, ich links. Und Tommy steht Schmiere.« Sie klang wie der Chefpinguin aus *Madagascar.* Mari und Tom wechselten einen fragenden Blick.

»Wie soll ich denn Schmiere stehen, Regina ist doch *drinnen*, und ich bin mit euch *draußen*«, sagte Tom verwirrt.

»Du könntest auf den Balkon klettern, durchs Fenster schauen und uns anrufen, wenn sie zur Tür geht«, schlug Mari mit ernster Miene vor.

»Aber da *ist* doch gar kein Balkon«, erwiderte Tom irritiert.

»Klappe zu, ihr beiden!«, rief Alexandra. »Bewegung, wir verpassen die Hälfte.«

Die drei schlichen in den Flur zum Arbeitszimmer. Als sie dort ankamen, wurde drinnen schon geschrien. Bevor Mari sich auf Reginas Worte konzentrieren konnte, entfuhr ihr: »Sie weckt Toby auf!«

Die beiden anderen sahen unwillkürlich zur Tür am anderen Ende des Gangs.

Tom schüttelte beschwichtigend den Kopf und sagte: »Das geht gar nicht, der segelt nachts einmal um die Welt und …«

»Psssst!«, machte Alexandra und brachte außer Tom auch ein paar Partygäste, die im Flur herumstanden, zum Schweigen.

Und dann hörte Mari die Worte.

Regina *hasste* Alexandra. Sie würde es nicht länger dulden, dass Alexandra sich als Tobys Mutter aufspielte. Nur weil sie selbst keine Kinder kriegen konnte.

Mari warf Alexandra einen geschockten Blick zu, aber ihr Gesicht war hinter dem Bart und der Brille verborgen.

Es ging weiter.

Regina *hasste* Mari mit ihren bescheuerten Viechern, die sie Toby in den Kopf pflanzte. Toby war außer Kontrolle, seit sie aufgetaucht war. Und wie *konnte* Leo es nur zulassen, dass eine Fremde Toby ins Bett brachte. Und dann diese dämliche Geschichte über Alexandra. Was sollte das? Wollte Mari ihr in den Arsch kriechen? Oder *ihm*. Hatte ja geklappt. In der Küche …

Jetzt war zum ersten Mal Leos Stimme zu hören. Er wurde nicht laut, doch er hatte Regina irgendwie zum Verstummen gebracht. (Hoffentlich lebte sie noch.)

Mari und Alexandra legten ihre Ohren an die Tür, während Tom alle Hände voll damit zu tun hatte, neugierige Partygäste zu verscheuchen.

»Wenn es um Toby geht, hast du das Recht auf eine Meinung, aber halt dich aus meinem Privatleben raus«, sagte Leo kalt.

»Es geht *immer* um Toby.« Reginas Stimme war plötzlich sehr ruhig. »Eigentlich bin ich heute Abend gekommen, um dir ein Angebot zu machen. Aber jetzt muss ich eine zweite Bedingung hinzufügen.«

Mari traute ihren Ohren nicht. Regina war ein Albtraum. Und Anwältin. Sie konnte jederzeit ins Münchener Büro ihrer Kanzlei wechseln. Musste sie aber nicht. Sie würde bleiben, wenn:

1. Toby künftig weniger Kontakt zu Alexandra haben würde. Maximal alle zwei Wochen. Leo würde sich eine neue Wohnung suchen müssen, am anderen Ende der Stadt in Reginas Nachbarschaft.
2. Toby überhaupt keinen Kontakt mehr zu Mari haben würde.

»Wie soll das gehen?«, fragte Leo spöttisch.

»Indem du sie auch nicht mehr siehst«, erwiderte Regina.

Stille.

»Ich sag ja, in deinem Privatleben geht es immer um Toby. Ich habe euch schon ein paar schöne Wohnungen rausgesucht.« Regina klang milde. Als wäre sie nur der Bote dieser unerfreulichen Nachricht. Als wollte sie Leo trösten. *Helfen.*

Mari schauderte. Und woher kam jetzt dieses Geräusch?

Von Alexandra. Sie hatte sich den Bart heruntergezogen und hielt sich die Hand vor den Mund. Sie versuchte, ihr Schluchzen zu unterdrücken.

Die Welt stand Kopf, und Mari wusste, was nun passierte. Sie wurde zur Superheldin. Es war wie damals, als sie sich mit ihrem allwissenden Vater in Tokio verlaufen hatte und Mari plötzlich Japanisch sprechen konnte, weil ihr Vater nicht nach dem Weg fragen wollte.

»Nicht weinen«, sagte sie zu Alexandra. »Wir haben Verhandlungsmasse.«

Ohne zu zögern, drückte sie die Türklinke herunter und trat ins Arbeitszimmer. Regina stand mitten im Raum, und Leo lehnte mit verschränkten Armen an der Schreibtischkante.

»Was fällt dir ein, hier reinzuplatzen!« Reginas Stimme wurde wieder schrill.

Mari ging einen Schritt auf sie zu, gefolgt von Alexandra und Tom, die hinter ihr in den Raum traten, und sagte nüchtern: »Ich sorge dafür, dass die zweite Bedingung strikt eingehalten wird, wenn du die erste fallenlässt.«

»Mari, halt dich da raus«, sagte Leo scharf.

Sie schluckte und zwang sich, seinem wütenden Blick standzuhalten. »Als ich Toby ins Bett gebracht habe, hat er über nichts anderes geredet als dieses Haus und seine Bewohner. Das hier ist *sein* Haus. Er muss hierbleiben.«

Sie sah Regina an, und zum ersten Mal wich sie nicht aus.

»Du willst doch, dass Toby glücklich ist«, sagte Mari leise. »Und ich halte mich fern. Versprochen.«

»Auch von ihm?«, fragte Regina, als wäre Leo nicht im Raum.

»Auch von ihm.« Sie konnte ihn nicht ansehen. »Einverstanden?«

»Einverstanden«, murmelte Regina.

»Ich aber nicht«, warf Leo ebenso scharf wie zuvor ein.

Mari konnte ihn immer noch nicht ansehen.

»Wenn du Toby sein Zuhause wegnimmst«, wandte sie sich an Regina, »bin ich sofort wieder da.«

Und jetzt musste sie sofort gehen. Bevor Leo sie berühren konnte. Er hatte sie schon fast erreicht, doch er war nicht darauf gefasst gewesen, dass sie davonsprinten und Alexandra und Tom »Haltet ihn auf!« zurufen würde. Sie hörte noch, wie er zu Tom »Lass mich durch, du Arschloch« sagte, aber sie drehte sich nicht um.

Käthe war weg. Mit Maris Mantel. Sie konnte es ihr nicht verübeln. Es war fast zwei Uhr, und morgen war Schule. Und Käthe war fast so betrunken gewesen wie sie selbst. Wahrscheinlich hatte sie nicht einmal bemerkt, dass sie Maris Mantel entführte. Mitsamt dem Inhalt ihrer Manteltaschen. Labello, Taschentücher, Portemonnaie, ein schwarzes und ein glitzerndes Telefon … Und in diesem Moment am schlimmsten: Wohnungsschlüssel.

Eigentlich war dies der beste Ort, um seine Wohnungsschlüssel zu verlieren. Im Haus ihrer Vermieterin. Mari musste nur wieder nach oben gehen und Alexandra oder Tom um einen Ersatzschlüssel bitten. In die Höhle des Löwen. Der sie jetzt zweifelsohne auffressen würde. Sie musste weg.

Der *Hummer* war fast leer, die Schülerparty war vorbei. Auf einem Ledersofa in der hintersten Ecke saß ein letztes knutschendes Pärchen. Mari blinzelte. Das waren keine Schüler, obwohl die Frau sehr jung aussah. Vanessa mit Captain America.

Mari stieg – genau wie Käthe vor einigen Stunden, es kam ihr wie vorgestern vor – über die Sofas und blieb vor Vanessa stehen. Die beiden waren zu sehr bei der Sache, sie musste sich räuspern.

»Oh … hallo, Mari.« Sie war wirklich eine gute Fee. Sie lächelte, selbst wenn Mari störte. Und dann verschwand das Lächeln. »Sind das Tränen?«

Mari fasste sich ins Gesicht. Tatsächlich.

»Ja.« Sie wunderte sich über ihre zittrige Stimme. »Ich muss jetzt gehen. Deine Discokugel, äh, Jacke liegt in der Küche unterm Sofa. Ich würde sie dir holen, aber das Sofa … Ich kann nicht. Vanessa, leihst du mir Geld für ein Hotelzimmer? Kriegst du gleich morgen wieder. Käthe hat meinen Mantel mitgenommen. Mit allem drin. Und ich muss jetzt sofort gehen.«

Vanessa entknotete sich von Captain America, der nur noch aussah wie Simon, und sprang vom Sofa auf. »Ich rufe uns ein Taxi.«

Innerhalb von sechs Minuten hatte die Fee (mit Harry Potters Zauberstab) ihre Handtasche und sämtliche Einkaufstüten herbeigezaubert, das Taxi gerufen, die Discokugel unterm Sofa gefunden, Simon ihre Telefonnummer gegeben und einen filmreifen Abschiedskuss abgeliefert.

Sechs Minuten, in denen Leo nicht durch die Tür gestürmt war …

Vanessa bugsierte Mari ins Taxi und rutschte neben ihr auf den Rücksitz. Sie drückte ihr ein Taschentuch in die Hand und seufzte verträumt.

»Mari, ich glaub, der ist einer fürs Leben.«

19

Vanessas Ex hatte immer links geschlafen. Kissen und Bettdecke lagen noch an Ort und Stelle. (»Frisch gewaschen, wirklich.«) Die Bettdecke war sehr dünn, doch Mari, die zusammengerollt auf dem Bett lag, weigerte sich ohnehin, Leos dicken Kaschmirpullover auszuziehen. Sie hatte ihre Hände in den langen Ärmeln verschwinden lassen und drückte sie sich ins Gesicht. Es roch nicht genug nach ihm.

»Ich bekomme Schluckauf, wenn was im Argen liegt«, sagte die Fee kläglich und hickste.

Mari hatte ihr alles erzählt, von Anfang bis Ende, und Vanessas einziger, aber zutreffender Kommentar war gewesen, dass sie jetzt wirklich Freundinnen seien.

»Tut mir leid«, murmelte Mari, »ich hör gleich auf zu heulen.«

»Nein, mach ruhig weiter«, entgegnete Vanessa. »Aber ich muss jetzt das Problem lösen, sonst kann ich nicht schlafen.«

»Vanessa, das ist es ja gerade, ich *habe* es gelöst.«

»Auch das mit dem Smartphone?«, fragte Vanessa erstaunt.

Mari nahm die Hände vom Gesicht und sah sie fragend an.

»Es macht mich ganz verrückt, dass dieses Gothic Girl mit deinem Telefon von der Kanzlei herumläuft«, brach es aus ihr hervor. »Stell dir mal vor, Herr Weimar ruft dich morgen früh an! Oder noch schlimmer … Mandanten!«

Oh. Vanessa hatte recht. Das war nicht gut. Und gleichzeitig das Beste, was ihr jetzt passieren konnte: Ablenkung.

Mari setzte sich im Bett auf, und sie überlegten gemeinsam,

wie sie vor acht Uhr (Herr Weimar kam früh und ging spät) ihren Mantel zurückbekommen konnte. Verflixtes Handyzeitalter. Mari konnte nirgends anrufen, weil sie keine einzige Telefonnummer im Kopf hatte. Die einzige Nummer, die sie seit hundert Jahren kannte, war … Sie schlug sich gegen den Kopf.

»Dass mir das nicht sofort eingefallen ist. Wir rufen Emma in Rom an.«

»Mari, auch in Rom ist es jetzt vier Uhr morgens.«

»Weißt du, wie oft Emma mich schon wegen irgendeinem Scheiß geweckt hat?«

Aber Emma war noch wach. Viel zu wach. Maris Hinweis auf Vanessas Telefonrechnung veranlasste sie nur dazu zurückzurufen. Sie brach einen Streit vom Zaun, weil Mari in Vanessas Gegenwart keine Details über Küche, Treppenabsatz und Schlafzimmer ausbreiten wollte, doch die Fee schlief darüber ein, und Emma bekam schließlich ihren ersehnten Softporno. (Dass Mari dabei immer wieder losheulte, fand Emma zwar ein bisschen störend, aber irgendwie auch romantisch.)

Mari hatte insgeheim gehofft, dass Emma sie wegen ihrer Superheldenaktion ausschimpfen würde. Bekloppte Übersprunghandlung, mein Butterbrötchen, und jetzt geh und hol dir Leo zurück! Irgendwie so was. Aber genau wie Vanessa wollte Emma nur, dass sie sich ihren Mantel zurückholte. Damit sie mit ihrem Leben weitermachen konnte.

Und schon wieder flossen die Tränen.

»Perfekt, du heulst jetzt nochmal so richtig, und ich knöpf mir die Käthe vor. Ich melde mich gleich wieder«, krächzte Emma und legte auf.

Emma hatte keine Skrupel, eine Schülerin um fünf Uhr morgens aus dem Bett zu klingeln. Sie hatte auf allen drei Telefonen (»Käthe«, »Bütterchen« und »Fußfessel«) sturmgeklingelt, bis Käthe schließlich an Maris Fußfessel gegangen war.

Käthe würde Mari um Punkt halb acht in einem Café neben ihrer Schule in Kreuzberg treffen und alles mitbringen außer …

»Die Käthe fragt, wie viel der Mantel gekostet hat«, berichtete Emma.

»Warum? Sind Zigarettenlöcher drin?«

»Nein, aber Wolle und Jockel fahren wohl ziemlich drauf ab. Sie will ihn dir abkaufen.«

»Ach«, sagte Mari matt, »sag ihr, sie kann ihn behalten.«

»Ist das der teure von …?«

»Ich will ihn nicht mehr.«

»Aber …«

»Emma? Nicht einmischen, ja?«

Stille, dann: »Okay.«

Mari wusste nicht, was schlimmer war – mit einem Kater aufzuwachen oder ihn dabei zu beobachten, wie er sie langsam umkreiste und dann kurz vor Morgengrauen zielsicher auf ihrem Kopf landete und seine Krallen in ihre Stirn bohrte. Alles tat weh. Ihre verheulten Augen brannten wie verrückt und wollten Schlaf, doch nun war es zu spät, die Nacht war vorbei.

Es hätte schlimmer sein können. Immerhin hatte sie eine Fee mit Rainshower-Komfortdusche, originalverpackter Gästezahnbürste, jeder Menge Aspirin und einer Jeans, die Mari fast passte. Sie war ein bisschen zu weit und ein bisschen zu kurz, doch Mari krempelte sie um, und Vanessa klatschte begeistert in die Hände. (»Cooler Boyfriend-Look, und der Pulli ist ja wirklich vom Boy. Oh nein, Mari, nicht wieder weinen! Ich sag das B-Wort nicht mehr.«)

In Vanessas Jeans, Fellstiefeln und Discokugel sah sie kaum älter aus als die Schülerinnen, die gleichzeitig mit ihr in das kleine Café strömten, um sich ihr Koffein für die erste Schulstunde zu besorgen. Das Café war brechend voll, und kaum ein Gesicht war älter als neunzehn. Mari beschloss, auf ihren Milchkaffee zu verzichten. Lärmende Teenager waren das Letzte, was ihr brummender Schädel jetzt gebrauchen konnte.

Sie hatte sich gerade an der lebhaften Schlange vor dem Tresen vorbeigekämpft und wollte sich an einen Tisch in der hintersten Ecke setzen, als Leo mit zwei Kaffeebechern auf sie zukam.

Sie blieb wie angewurzelt stehen.

Er stellte die Becher vor ihr auf den Tisch und zog den Stuhl für sie zurück, aber er sagte nichts, vor allem nicht Guten Morgen.

»Ich warte auf Kathrin«, murmelte Mari, obwohl sie wusste, wie töricht das klang.

»Mari.« Augenbraue, strenger, nein, total genervter Blick.

Sie setzte sich auf den Stuhl.

»Bleib hier sitzen, sonst behalte ich deine Sachen.«

Ohne ihre Antwort abzuwarten, begab er sich wieder in das Gedränge vor dem Tresen.

Bevor Mari ihre Gedanken ordnen konnte, kam er mit zwei Muffins zurück. Er zog seinen Stuhl mit einem quietschenden Ruck über den gefliesten Boden, warf achtlos seinen grünen Parka über die Lehne und setzte sich ihr gegenüber an den Tisch. Gegenüber. Nicht neben sie.

»Zieh die Jacke aus.« Er zeigte auf die Discokugel.

Gestern hatte er das noch für sie übernommen. Gestern. Gestern hätte sie gelacht und sich über seinen Kommandoton beschwert.

»Nein, ich gehe gleich wieder«, murmelte sie und konnte ihn dabei nicht ansehen.

»Ich gebe dir deine Sachen erst, wenn wir geredet haben.«

Mari sah auf. »Das ist Erpressung.«

»Ich weiß.« Leo nahm einen Schluck von seinem Kaffee. »Und du bist jemand, der sich erpressen lässt.«

»Was?« *Ach so.* »Du Arsch. Was hätte ich denn machen sollen?«

»Dich raushalten.«

Sie wich seinem Blick aus.

»Als ob das was geändert hätte«, sagte sie leise.

»Hätte es. Und guck mich gefälligst an.«

Mari schaute ihn widerwillig an. Er sah so sauer aus. Und müde. Er hatte dunkle Schatten unter den Augen. Sie fragte sich, was er gestern Abend getan hatte, als sie von der Party verschwunden war. Er war ihr nicht nachgelaufen. Und nun lag eine Nacht voller vernünftiger Gedanken zwischen ihnen. Es hatte angefangen mit *Toby braucht nicht drei Mütter* und *Leo ist Vater, und ich bin nicht erwachsen*, und dann war ihr der Vamp eingefallen und alles, was er auf der Party getrieben hatte. Vor allen Dingen, *wo* er es getrieben hatte. *Das bin ich nicht.* Doch der Vamp war noch da – er hatte sie dazu genötigt, sich in Leos Pullover zu hüllen, in Vanessas Bett, hier im Café. *Das muss aufhören.*

Leo konnte sehen, dass sie die Nacht durchgeheult hatte. Ihr Gesicht war rotgefleckt. Sie hätte sich in Vanessas Schminktöpfe stürzen sollen, aber wer hätte ahnen können, dass er hier auftauchen würde. Ja, wer hätte ahnen können, dass Käthe so eine Verräterin war? Mari wollte ihren Mantel zurückhaben.

»Ich könnte Käthe erwürgen«, sagte sie, ohne nachzudenken.

»Und ich könnte dich erwürgen«, erwiderte Leo. »Kathrin hat nur gemacht, was deine Freundin Emma ihr gesagt hat.«

Emma. Unglaublich.

»Leo … Bitte gib mir meine Sachen und lass mich gehen.«

Er lehnte sich zurück und trank seinen Kaffee.

»Ich brauche mein Telefon von der Kanzlei. Zur Not mach ich eine Szene, ich kann ziemlich laut werden.«

»Mach ruhig«, meinte er achselzuckend.

»Gut, dann mache ich das jetzt.« Mari gähnte. Sie war so müde. Wenn sie herumkeifte, würde ihr schmerzender Kopf bestimmt explodieren. Außerdem hatte sie gelogen, sie war noch nie laut geworden, Geschrei war wirklich überhaupt nicht ihr Ding.

Leo musterte sie. Er sah plötzlich amüsiert aus.

»Du hast zwei Optionen«, sagte er unvermittelt. »Entweder du gehst zu Regina und zeigst ihr den Vogel, oder wir machen ein Geheimnis daraus.«

»Woraus?«, fragte Mari verwirrt.

»Aus uns.«

Uns. Sie räusperte sich.

»Uns … gibt's nicht«, widersprach sie leise. »Ich bin nicht gut für deine Familie. Und Alexandra verlässt sich auf mich. Du hättest sie gestern mal sehen sollen, sie hat *geweint.* Und das Schlimmste ist, dass ich Regina verstehen kann.«

Leo wollte sie unterbrechen, aber sie hob die Hand und fuhr fort.

»Deine Schwester stellt jeden in den Schatten, sie stiehlt ihr bei Toby wahrscheinlich tagtäglich die Show, und dann komme ich auch noch daher und bringe ihn ins Bett. Nachdem ich im ganzen Haus mit dir rumgemacht habe. An Reginas Stelle würde ich Toby nehmen und weit wegrennen, und ich bin sicher, dass sie das macht, wenn wir sie weiter provozieren.«

»Du hast keine Ahnung, wovon du sprichst«, erwiderte Leo. »Wir haben das gemeinsame Sorgerecht.«

»Na und!«, rief Mari. »Dann stellt sie bei Gericht einen Antrag, das Aufenthaltsbestimmungsrecht abzutrennen und … Hast du nicht *Kramer gegen Kramer* gesehen?«

»Oh Mann, Mari …«

»Jetzt hör mal zu! Meryl Streep war tausendmal … unmütterlicher als Regina, die ist einfach für ein Jahr oder so weggegangen, obwohl Dustin Hoffman keine Ahnung hatte, wie man Armen Ritter macht. Und wer hat am Ende das Sorgerecht bekommen?«

»Meryl Streep.« Leo rollte mit den Augen.

»Genau! Die Mutter!« Sie schlug mit der flachen Hand auf den Tisch.

»Die Vorlesung in Familienrecht hast du anscheinend geschwänzt.«

»Das ist ein Wahlfach.« Mari streckte ihr Kinn in die Höhe.

»Also, meine Anwältin hat das Wahlfach belegt und sagt, dass Regina keine Chance hat.«

»Keine Chance?« Sie schüttelte den Kopf. »Das hat sie auf keinen Fall gesagt.«

»Doch.«

»Nein, so etwas sagen Anwälte nicht. Nie.«

»Gut«, gab er achselzuckend zu, »dann hat sie es eben sinngemäß gesagt.«

»Sinngemäß? Das ist so typisch! Mandanten hören nur, was sie hören wollen.«

Mari biss verärgert in ihren Muffin. Wie konnte er das nur so auf die leichte Schulter nehmen? Sie kaute, schüttelte den Kopf und biss noch ein wenig empörter in den Muffin. Trank einen Schluck Kaffee. Murmelte etwas zu sich selbst. Und nahm wieder einen Bissen.

Leo lehnte sich zurück und sah ihr zu. Seine Mundwinkel zuckten.

»Hör auf zu lachen«, schnappte Mari. »Was hat sie *genau* gesagt? Nicht sinngemäß.«

»Deine Mandanten tun mir leid«, sagte er lachend. »Sie

hat *wörtlich* gesagt, dass eine Mutter, die ihr Kind nur an zwei Tagen in der Woche sieht und es an die Familie des treusorgenden Vaters abgegeben hat, im Falle eines Wohnortwechsels sehr schlechte Karten hat. Kindeswohl, Kontinuität, soziales Umfeld … Alles, was eine Rolle spielt, spricht gegen sie.«

Mari schluckte ihren letzten Bissen herunter. »Wieso sieht sie ihn nur an zwei Tagen?«

»Sie hat den gleichen Job wie du. Mehr muss ich dir wohl nicht erklären.«

Sie sahen sich wortlos an. Was dachte er? Seine dunklen Augen gaben nichts preis. Mari war sich nicht sicher, ob sie es wissen wollte, doch schließlich fragte sie: »Verurteilst du sie?«

»Nein.« Er zog die Augenbrauen zusammen. »Wie kommst du darauf?«

»Du willst ja sogar, dass *ich* meinen Job kündige.« Die Maggiestimme. Genau zur rechten Zeit. *Go Maggie, go!*

»Ja klar, weil ich finde, dass Frauen keine gutbezahlten Jobs haben sollten«, sagte er sarkastisch. »Und Frauen mit Kindern schon gar nicht.«

»Ich wollte nur wissen, was du denkst«, entgegnete Mari kühl.

Er beugte sich vor und verschränkte die Arme auf dem Tisch. »Ich denke, dass man dich nicht gut behandelt.«

Oh nein. Seine private Stimme. Dabei war sie so gut in Fahrt gewesen. »Ich … ich meinte, was du über Regina denkst.«

»Ich wünschte, wir könnten aufhören, über sie zu reden.« Sein privater Blick. Jetzt bloß nicht einknicken.

»Können wir aber nicht«, sagte sie entschlossen.

Leo seufzte. »Ich denke, es ist richtig, dass sie in der Kanzlei arbeitet, weil es sie glücklich macht. Und ich denke, dass es Toby an nichts fehlt.«

»Aber sie wirkt gar nicht glücklich«, wandte Mari ein.

»Weil sie sich nicht damit abfinden kann, dass sie nicht alles haben kann«, sagte er trocken.

»Meinst du …« Sie musste es fragen: »Sie will dich?«

Er lächelte ein müdes Lächeln, das sie noch nicht von ihm kannte.

»Wenn ja, dann nur an dritter Stelle«, antwortete er. »Nach Karriere und Kind.«

Aha! Also doch. Leo war ein Macho. So ein Glück! Letzte Nacht hatte sie fieberhaft nach einem tröstlichen Gedanken gesucht. Nun hatte sie ihn gefunden. *Er war ein Macho.* Es kränkte seine Eitelkeit, dass er nicht so wichtig war. Und er fand es in Ordnung, dass Regina sich zwischen Kind und Karriere entscheiden musste. Er war einer von denen. Einer von denen, die fanden, dass Muttis für ihre Teilzeitjobs dankbar sein und sich später über ihre dicke Rente von sechshundert Euro freuen sollten. Genau so einer war er. Perfekt! Jetzt musste sie nur noch einen kleinen Streit einfädeln, der darin gipfeln würde, dass sie die Taschen seines Parkas ausschüttelte, ihre Habseligkeiten vom Boden aufsammelte und wutschnaubend das Café verließ.

»Aber Männer dürfen beides haben, oder was?«, fragte sie kampflustig.

Leo fuhr sich mit der Hand über das stoppelige Kinn.

»Ich kann diesen Quatsch nicht mehr hören.« Er klang nicht verärgert. Nur sehr müde. »Für Männer hat der Tag doch auch bloß vierundzwanzig Stunden. Die meisten Männer mit Karriere sehen ihre Kinder kaum. Niemand kann alles haben. Das hat Regina einfach nicht bedacht, als sie …« Er unterbrach sich.

»Als sie was?«, hakte Mari nach.

»Als sie sich ein Kind beschafft hat.«

Mari sah ihn ungläubig an. »Du denkst, sie *wollte* schwanger werden?«

Er brauchte nicht zu antworten, sein Blick sagte alles.

»Ach so, deshalb«, murmelte Mari.

»Was?« Die Augenbraue.

Sie zögerte, doch dann traute sie sich: »Deshalb seid ihr alle so fies zu ihr.«

»Kein Mensch ist fies zu ihr«, erwiderte Leo kalt.

»Vielleicht nicht fies«, räumte Mari ein, »aber bestimmt nicht so nett, wie ihr eigentlich seid. Ihr seid … unglaublich. Dank euch habe ich mich hier noch keine Minute allein gefühlt. Tom hat mich quasi adoptiert. Wer bringt denn Tee und Kekse zu einer Wohnungsbesichtigung mit? Und wer schleppt für seine Mieterin eine Matratze durch die halbe Stadt? Deine Schwester hat mir sogar ein Sofa ins Wohnzimmer gestellt. Und am Tag vor meinem Vortrag hat sie mit Kuchen und einem Bild von Toby vor meiner Tür gestanden. Und du …« Sie errötete. »Du fütterst mich andauernd, und was du am Montag gemacht hast …«

Leo unterbrach sie. »Übertreib mal nicht.«

»Ich übertreibe nicht«, beharrte sie. »Wenn ihr auch nur annähernd so nett zu Regina wärt …«

Er unterbrach sie wieder. »Sie ist auch nicht annähernd so nett wie du.«

»Sie hasst mich«, sagte Mari. »Sie kann mich nicht mal ansehen.«

»Und ich kann gar nicht damit aufhören.« Er klang nicht mehr müde. »Zählt das irgendwas?«

Sie schluckte.

»Toby …«, begann sie.

»Liebt dich.«

»Ich ihn doch auch!«, rief Mari verzweifelt. »Wir haben uns

gestern eine neue Geschichte einfallen lassen, er will bestimmt wissen, wen der Igel als Nächstes bescheißt, und ich kann mir überhaupt nicht vorstellen, ihn nicht mehr …«

Tränen füllten ihre Augen. Sie suchte in ihrer Jacke nach einem Taschentuch, fand keins und stand auf, um sich eine Serviette zu besorgen.

Leo sprang auf und versperrte ihr den Weg. »Bleib hier.«

Er holte ein Kleenex aus seiner Hosentasche. Unvermittelt legte er eine Hand in ihren Nacken und putzte ihr mit der anderen die Nase.

Mari wich zurück und stieß an die Wand. Oh nein. Er hatte sie in der Falle. Sie stand in der Ecke hinter ihrem Tisch. Wenigstens trug sie noch ihren Schutzanzug – die Discokugel.

»Ich bin nicht Toby«, brachte sie hervor und nahm ihm das Taschentuch weg.

»Nein, Toby kann seine Jacke schon alleine ausziehen.«

Leo zog den Reißverschluss herunter, streifte die Jacke von ihren Armen und warf sie hinter sich auf den Stuhl. Er musterte sie. Jahaaa, das Outfit war cool.

»Du hast den ja immer noch an.« Er zeigte auf seinen Pullover.

Ach so. »Ich … ich kann ihn dir noch nicht zurückgeben«, stammelte Mari.

Leo sah sie schief an. »Du meinst, du willst nicht.«

»Nein, ich *kann* nicht.« Sie flüsterte. Ihre Stimme war weg.

»Warum nicht?«, flüsterte er zurück. Er lachte.

Sie errötete.

Er warf ihr einen fragenden Blick zu, doch dann weiteten sich seine Augen.

»Hat Vanessa dir kein T-Shirt gegeben?« Er flüsterte nicht mehr. »*Gar* nichts?«

Sie schüttelte den Kopf, ihre Wangen waren tiefrot. »Sie hätte schon. Ich wollte nicht.«

Eigentlich war jetzt sein Räubergrinsen an der Reihe. Doch er starrte sie nur an und zog gedankenverloren am unteren Saum des Pullovers.

»Kannst du mir meine Sachen zurückgeben?«, murmelte sie.

»Mari«, sagte er sanft und strich mit den Fingerspitzen über ihre Wange.

»Ich muss gehen.«

Er ließ die Hand sinken, die ihre Wange gestreichelt hatte. »Dein Telefon klingelt.«

Leo ließ sie in der Ecke stehen und holte ihr klingelndes Smartphone aus der Tasche seines Parkas. Er drückte es in ihre Hand und setzte sich an den Tisch.

Maris Gedanken waren noch nicht bei ihrem Telefon, aber sie hatte automatisch abgehoben.

»Hallo«, sagte sie tonlos.

»Wo sind Sie?«, wollte Herr Weimar wissen.

»Ich … bin krank«, stammelte Mari und ließ sich auf ihren Stuhl sinken. Ihre Augen trafen Leos. Sie konnte nicht wegsehen. Das Telefongespräch war noch nicht real.

»Frau Thaler, ich höre Stimmen.«

»Sie hören Stimmen?«, fragte sie verwirrt. »Dann sollten Sie zum Arzt gehen.«

Oh nein. Hatte sie das *wirklich* gesagt?

Leo grinste schief.

»Ich meinte … Ich bin beim Arzt.«

»Weshalb?«

»Ich habe … habe … Schluckauf.«

Was? Was war nur los mit ihr?

Leos Grinsen wurde breiter.

»Frau Thaler, wollen Sie mir etwas sagen?«

»Ich? Was denn?«

»Sie sind gestern Nachmittag einfach nicht zurückgekommen, und ich höre keinen Schluckauf. Ich glaube, Sie sitzen gerade vor dem Fernseher. Wenn Sie kündigen wollen …«

Mari hielt die Luft an. Sie sah immer noch in Leos lachende Augen.

»Frau Thaler? Wollen Sie kündigen?«

»Ich …« Das hatte sie nicht kommen sehen. *Sag nein!* »Ich kann heute nicht arbeiten.«

Was sie sagen wollte: Nein, ich möchte nicht kündigen, ich brauche nur einen freien Tag.

»*Können* Sie nicht arbeiten, oder *wollen* Sie nicht?«, fragte Herr Weimar.

Sie war müde. Sie wollte ihn nicht sehen. Sie wollte keine verbotenen Fragen zu ihrer Gesundheit beantworten. Sie wollte sich nicht für gestern entschuldigen. Er hatte sich auch nicht für ihr kaputtes Wochenende entschuldigt. Für den Vortrag. Für seine Lüge über ihren hochspezialisierten Job als Mädchen für alles.

»Beides.« *Go Maggie, go!*

»Gut«, sagte er kühl und legte auf.

Mari starrte auf das schwarze Telefon in ihrer Hand.

»Mari.« Leos sanfte Stimme. »Was ist da gerade passiert?«

»Das war Herr Weimar. Ich glaube, ich habe gerade gekündigt«, sagte sie benommen.

»Wolltest du das denn?«

Sie schüttelte vehement den Kopf.

Das Telefon klingelte wieder. Sie ließ es vor Schreck zu Boden fallen.

Bevor sie sich rühren konnte, hatte Leo es für sie aufgehoben. Er sah auf das Display.

»Nochmal er. Willst du drangehen?«

Mari nickte wie ein Roboter.

»Ja?« Sie hörte sich selbst kaum.

»Sie bekommen den Vormittag frei, um Ihren Schluckauf auszukurieren. Heute Nachmittag sprechen wir über eine Gehaltserhöhung. Sie sind spätestens um dreizehn Uhr im Büro.« Herr Weimar legte auf.

Mari starrte Leo an.

»Was hat er gesagt?«

»Ich soll meinen Schluckauf auskurieren und bekomme mehr Geld«, berichtete sie perplex.

Leo griff über den Tisch nach ihrer Hand und sagte: »Du bist ein ziemlicher Crack, oder?«

Mari musste lächeln.

Sein Daumen strich über ihre Finger. »Komm, wir gehen schlafen.«

»Leo …« Sie zog ihre Hand zurück.

»*Wirklich* schlafen«, sagte er.

Sein Lächeln brachte sie um.

»Leo, ich kann nicht.«

Er runzelte die Stirn. »Du meinst, du willst nicht.«

»Nein, ich *kann* nicht.« Sie schlug die Augen nieder. »Ich hätte gerade fast meinen Job gekündigt, weil ich so neben der Spur bin. Das bin ich nicht. Ich brauche Kontrolle. Sonst fühle ich mich nicht gesund.«

Leo zögerte und sagte schließlich: »Du *bist* nicht gesund.«

»Ich weiß«, murmelte Mari und zwang sich, ihn anzusehen. Seine Augen waren schwarz.

»Reginas Anfall gestern kam dir ganz gelegen, oder?«

»Nein, so war das nicht.«

Er wartete, aber ihr fiel nichts ein.

»Ich kann's einfach nicht«, sagte sie leise und senkte den Blick. Nicht weinen. Noch nicht.

Sie zuckte zusammen, als er ihren Wohnungsschlüssel klirrend auf den Tisch fallen ließ. Portemonnaie. Klatsch. Goldenes Telefon. Klong. Labello. Klick. Und zum Schluss lautlos die Taschentücher.

»Das ist alles«, sagte er tonlos. »Den Pullover kannst du behalten.«

Er stand abrupt auf, drehte sich um und ging, ohne sie noch einmal anzusehen.

Mari starrte ihm hinterher. Das war's also. Vorbei. Kurz und schmerzlos.

Nicht ganz schmerzlos. Sie hatte Magenschmerzen. Ihr Blick fiel auf den Muffin, den er nicht gegessen hatte. Sie nahm einen Bissen. Und noch einen. Aß ihn auf. Dann zog sie Leos Kaffeebecher zu sich heran. Er war noch halb voll. Sie umschloss ihn mit den Händen und führte ihn zum Mund. Sie fuhr mit der Zunge über den Rand. Der Kaffee war kalt, doch sie trank ihn aus. Als sie den letzten Schluck getrunken hatte, fing sie an zu weinen.

20

Mari ging nicht nach Hause, sondern in die Kanzlei. Sie konnte jetzt nicht allein sein, und alle Leute, die sie brauchte, waren entweder in Rom oder gehörten zu Leos Familie. Zum Glück hatte sie den Job behalten. Im Büro war ihre Fee. Und, fast noch besser, Arbeit.

Den Gedanken, sich wenigstens umzuziehen, hatte sie verworfen. Sie war noch nicht bereit dazu, Leos Pullover auszuziehen, und die Discokugel war im Vergleich zum Himbeerbonbon das kleinere Übel. Normalerweise tat sie alles, um nicht aufzufallen, aber heute kostete es zu viel Energie. Sie fühlte sich nicht einmal unwohl, als sie aus dem Aufzug stieg und von der Empfangsdame aufgehalten wurde, die sie erst auf den zweiten Blick erkannte, oder als Niklas, der offiziell noch krankgeschrieben war, ihr auf dem Gang entgegenkam und so laut »Casual Friday!« krakeelte, dass sich zwei Partner nach ihr umdrehten.

Niklas grinste, und da fiel ihr auf, dass auch er im Freizeitlook vor ihr stand. Praktischerweise trug er in seiner Freizeit spießige beige Hosen und karierte Hemden. Er folgte ihr, als sie in ihr Büro abbog, und ließ sich auf ihren Besucherstuhl plumpsen.

Mari zog die Discokugel aus und hängte sie an den Haken an der Wand. Als sie sich umdrehte, starrte Niklas den Pullover an, in den zwei Maris hineingepasst hätten.

»Weißt du, *casual* bedeutet nicht Mehlsack.« Er rümpfte die Nase.

Sie konnte sehen, wie es in seinem Kopf ratterte. *Wieso trägt sie Übergröße? Ach so. Das ist gar nicht ihrer. Wem gehört er dann? Ach so* … Er sah plötzlich nicht mehr so gutgelaunt aus.

Wozu seine Laune mit falschen Annahmen verderben. Wozu überhaupt ein Privatleben haben. Sie setzte sich an ihren Schreibtisch und sagte leise: »Das ist Leos. So eine Art Abschiedsgeschenk.«

Niklas warf ihr einen verwirrten Blick zu. »Zieht er weg?«

Mari schüttelte den Kopf und schaltete ihren Computer an.

»Ach so«, sagte er.

Sie schob ein paar Akten hin und her, und Niklas murmelte verlegen: »Tut mir leid.«

Danach war alles wie immer. Er löcherte sie wegen des Vortrags, wegen Trapattoni und wegen der Mandate, die sie in seiner Abwesenheit bearbeitet hatte, nörgelte an allem herum und wollte sie dann trotzdem zum Essen einladen. Nicht zum Lunch, zum *Dinner*.

Sie zuckte mit den Achseln. »Okay.«

Mari schwebte durchs Büro wie durch einen oft geträumten Traum. Alles war so einfach, wenn man die Erwartungen an sich herunterschraubte. Wenn bereits die physische Anwesenheit im Büro eine Leistung war und das Ziel des Tages bloß darin bestand, wach zu bleiben. Oder darin, unbemerkt schlafzuwandeln. Sie konnte auf dem Dachfirst balancieren und würde nicht abstürzen, solange sie nicht aufwachte.

Sie wachte nicht auf – auch nicht in Herrn Weimars tiefem Ledersessel, der ihr vor kurzem noch unerträgliche Knieschmerzen bereitet hatte. Es störte sie nicht, dass ihr Chef auf seinem Schreibtischstuhl drei Etagen über ihr zu thronen schien, dass bei der kleinsten Bewegung das Leder unter ihren Beinen knarzte oder dass ihr die Sonne direkt ins Gesicht schien, nachdem Herr Weimar eigens zu diesem Zweck die Jalousien hochgefahren hatte.

Er ließ sie eine ganze Weile nicht zu Wort kommen, und er hatte ihr vollstes Verständnis. Er musste sich Luft machen. So etwas Unverschämtes hatte er noch nie erlebt. Eine Anwältin in der Probezeit, in der *dritten Woche*, die sich um vier Uhr nachmittags aus dem Büro schlich. Die ihm frech ins Gesicht log und dabei nicht einmal den Fernseher ausschaltete. Und nun rebellierte sie auch noch gegen den Dresscode. Also a) gab es gar keinen Casual Friday in dieser Kanzlei und b) selbst wenn – *das da* war inakzeptabel.

Nach alledem war er sehr geneigt, sie rauszuschmeißen. Doch, wie Fontane schon sagte, die Zuneigung war etwas Rätselvolles und stand mit der Gutheißung dessen, was der andere tat, in keinem notwendigen Zusammenhang.

»Ich mag Sie auch«, sagte Mari schlicht und bemerkte erst in diesem Moment, dass es stimmte. Obwohl sie nicht in einem Raum mit ihm sein wollte. Obwohl er nicht aus seiner Haut konnte und sie nie fair behandeln würde. Wie ein bescheuerter großer Bruder. Aber sie ärgerte sich gerne über ihn. Sie ärgerte ihn gerne. Sie durfte nicht vergessen, sich diese Wackelblume zu besorgen, von der Vanessa gesprochen hatte.

Herr Weimar ignorierte ihre Bemerkung. »Sie wollen eine Gehaltserhöhung.«

»Wozu denn«, erwiderte sie gelangweilt. *Gelangweilt.* Tatsächlich. »Ich verdiene doch jetzt schon so viel, dass ich ein schlechtes Gewissen habe, wenn ich mal fünf Minuten unkonzentriert bin.«

»Ja, um Himmels willen, was wollen Sie denn dann?«

Mari blinzelte. Die Sonne blendete sie. Herr Weimar war nur ein Schatten.

»Ich brauche meine Abende«, sagte sie wie zu sich selbst.

»Als Sie anriefen, habe ich nicht ferngesehen, sondern in einem Café gesessen und mit meinem … Jemanden weggeschickt. Ich brauche jetzt meine Abende, um unglücklich zu sein. Ab achtzehn Uhr«, fügte sie hinzu.

Sie hatte ihn überrumpelt. Er rang nach Worten.

»Und … und was schätzen Sie, wie lange Sie unglücklich sein werden?«, erkundigte er sich schließlich.

»Das spielt keine Rolle. Wenn ich wieder glücklich bin, brauche ich die Zeit erst recht.«

Herr Weimar erhob sich von seinem Thron. Er ließ die Jalousien herunter. »Frau Thaler, wie stellen Sie sich das vor?«

Mari war noch immer blind von der Sonne, vor ihren Augen tanzten grüne und violette Flecken. Sie war so müde und ganz woanders. »Ich gehe einfach um sechs nach Hause.«

»Und wer macht dann die Arbeit?« Er lehnte sich an die Fensterbank und verschränkte die Arme vor der Brust.

»Ich«, sagte sie achselzuckend. »Am nächsten Tag.«

»Und was wird aus Ihren *Billables?* Sie fallen vom Partner Track.«

»Ach, kommen Sie.« *Ach, kommen Sie? Beeindruckend.* »Wir wissen beide, dass ich hier jeden Tag was anderes auf dem Tisch habe. Meine abrechenbaren Stunden werden immer katastrophal sein, weil ich mich ständig in neue Rechtsgebiete einarbeiten muss. Ein Associate mit Partnerambitionen hätte schon nach einer Woche gekündigt.« Hatte sie gerade eine Augenbraue hochgezogen? Nein. Das war anatomisch unmöglich. Oder?

»Ich bin das Beste, was Ihnen passieren konnte«, fuhr die gleichgültige Fremde fort. »Eine Anwältin mit vier Jahren Berufserfahrung, die sich als Mädchen für alles verheizen lässt.«

»Das ist frech.«

»Warten Sie, es wird noch frecher.« Sie lächelte. *Lächelte.*

»Wenn Sie mich und meine freien Abende nicht wollen, wechsle ich zu Herrn Diem.«

Totenstille.

Dann lachte er und sagte: »Carpe Diem. Frau Thaler, ich habe Sie völlig falsch eingeschätzt. Sie sind ja eine richtige Anwältin.« Es klang nicht spöttisch, sondern anerkennend.

Nun wurde Mari doch noch nervös. »Heißt das …?«

»Ich bin einverstanden«, sagte er und sah erstaunlich zufrieden aus. »Wie Fontane so treffend gesagt hat: Alles Beste aber, wie überall im Leben, liegt jenseits der großen Straße.«

»Herr Weimar.« Hatte sie schon wieder die Augenbraue hochgezogen? »Ich bin immer noch auf der Autobahn. Nur jetzt eben auf der rechten Spur, hinter den Lastern.«

Und dennoch fühlte es sich gut an.

Als sie in ihr Büro zurückkehrte, brummte ihr Telefon. Sie sah nach, wer es war, und ließ es brummen. Alexandra war hartnäckig, aber nach einer halben Ewigkeit verstummte es endlich.

Mari hatte noch kein einziges Mal auf ihr Telefon geschaut, seit Leo es zusammen mit den anderen Sachen auf den Tisch geknallt hatte, und nun bemerkte sie, dass es mit seinem Namen gepflastert war. Leo, Leo, Leo …

Ihr Herz schlug bis zum Hals. Es war albern, aber seit dem fernen Tag vor fast drei Wochen, als er ihr Alexandras Telefonnummer zugeschickt hatte, hatte sie auf eine Nachricht von ihm gewartet. Doch es war bei »Ich beiße nicht. L« geblieben.

Und nun hatte sie sechs verpasste Anrufe, drei Nachrichten auf der Mailbox und acht Textnachrichten. Alles von letzter Nacht. Nichts von heute Vormittag. Nichts von Bedeutung. Außer … Sie würde seine Stimme hören.

Mari presste das Telefon ans Ohr.

02.04 Uhr: »Mari, was sollte das? Ich kann hier nicht weg, Toby ist aufgewacht. Ruf mich an oder komm her.«
03.26 Uhr: »Mach die Tür auf, sonst nehme ich den Ersatzschlüssel.«
03.30 Uhr: »Scheiße Mari, wo bist du?«

Sie schluckte. Er klang so nah. So sauer. Wie zuhause. Zuhause. War er wirklich in ihrer Wohnung gewesen? Sie sah in ihre Textnachrichten.

03.38 Uhr: »Wo bist du. WO BIST DU. Ich bin stinksauer.«
03.55 Uhr: »Dein Kühlschrank ist leer.«
04.02 Uhr: »Ich durchwühle jetzt deine Unterwäsche.«
04.10 Uhr: »Nett.«
04.11 Uhr: »Ich will dich anfassen.«
04.21 Uhr: »Warum hast du eigentlich kein Bett?«
04.42 Uhr: »Das Buch ist anstrengend.«
04.53 Uhr: »WO BIST DU???«

Sie musste nach Hause. Er war nicht dort, aber er würde näher sein. Sie könnte ihn sehen. Wie er den Kühlschrank aufriss und frustriert wieder zuwarf. Wie er ihre Unterwäsche Stück für Stück aus dem Koffer zog und mit hochgezogener Augenbraue betrachtete. Wie er schließlich auf der Matratze lag und genervt in ihrer abgegriffenen Ausgabe von *Jane Eyre* herumblätterte. Mit ein bisschen Glück würde die letzte Seite, die er gelesen hatte, noch aufgeschlagen neben dem Kopfkissen liegen.

Ja, sie musste jetzt dringend nach Hause. Sie musste sich in seinem Pullover auf der Matratze einrollen und ihr Telefon ans Ohr drücken. Seiner ungeduldigen Stimme lauschen und ein bisschen weinen. Den Vamp rauslassen. Alleine. Ohne dass Leo sie pausenlos musterte. Sie ertrug nicht, was er sah. Sie wollte sich verstecken. In ihrer Höhle. Sie brauchte Leo nicht, ihre Vorstellung von ihm reichte völlig aus. Sie würde ihr Gleichgewicht behalten. Ihr *Gewicht* behalten, ohne dass er sie betroffen ansah.

Sie hatte den Computer heruntergefahren und die Discokugel angezogen, als Herr Weimar an ihrer offenen Tür vorbeilief. Er blieb stehen.

»Gehen Sie in die Mittagspause?«

Mist. Die Realität. Es war erst halb eins.

Der Tag war nicht real. Dass Herr Weimar sie zum Edelitaliener einlud, war bereits hart an der Grenze, aber dass er alleine eine halbe Flasche Rotwein trank und private Sachen erzählte, konnte nicht real sein. Das Essen selbst war definitiv ein Traum: Schwertfisch mit Honig-Minzdressing, Taglierini mit Garnelen und Steinpilzen, und zum Schluss teilten sie sich ein Tiramisu. Ja. Sie und Herr Weimar. Nein! Sie und *Martin.* Zwei Löffel, derselbe Teller.

Schuld an allem – dem Du und dem Tiramisu – war Enzo, ihr dickbäuchiger Kellner mit grauem Pferdeschwanz und goldener Nickelbrille. Enzo und Martin waren ein merkwürdiges Gespann. Mari hatte den Verdacht, dass Herr Weimar täglich hier speiste. Jedenfalls stritten er und sein Lieblingskellner wie ein altes Ehepaar, und Enzo, der akzentfrei Deutsch sprach und seine Muttersprache nur zu Showzwecken einsetzte, hatte immer das letzte Wort.

Mari bekam bereits einen Vorgeschmack, als er sie zu ihrem Platz geleitete. Er peste in Lichtgeschwindigkeit zwischen den Tischen hindurch, und als Herr Weimar bei der Verfolgungsjagd mit einem anderen Kellner kollidierte, rief Enzo über die

Schulter: »Augen auf, Martin! Bin ich zu schnell? Ich dachte, du trainierst für den Marathon!«

»Jetzt nerv mich nicht wieder mit dem Marathon«, giftete Herr Weimar ihn an. »Ein bisschen Sport würde dir auch guttun.«

»Ich laufe jeden Tag Marathon, hier im Restaurant«, erwiderte Enzo und blieb neben dem besten Tisch direkt vor einem der großen Fenster, die auf die Friedrichstraße hinausblickten, stehen.

»Das sieht man dir aber nicht an«, bemerkte Herr Weimar.

Enzo ging nicht darauf ein. Er zog den Stuhl für Mari zurück, zwinkerte ihr zu und sagte: »Sportliche Männer spielen Fußball.«

In diesem Moment realisierte Mari, dass Enzo schwul war. Es lag daran, wie er »Männer« gesagt hatte. Dass er es überhaupt gesagt hatte. Kein Zweifel, er fand Herrn Weimar attraktiv. Herr Weimar *war* attraktiv. Groß, schlank und sportlich. In seinen Zwanzigern war er vielleicht ein blonder Milchbubi gewesen, aber jetzt, mit Sonnenfalten um die Augen und kantigen Gesichtszügen, sah er ziemlich männlich aus. Bestimmt hatte er eine wunderschöne Frau, die Goethe und Schiller zitieren konnte, plus eine noch schönere Geliebte, die andere Sachen konnte. Armer Enzo.

Er ließ den San Pellegrino in die Gläser sprudeln und wollte der Signorina vorgestellt werden.

»Das ist Mari«, sagte Herr Weimar.

Es war seltsam, ihren Vornamen aus seinem Mund zu hören.

»Aha. La figlia.«

Enzo versuchte vergeblich, seine Enttäuschung zu verbergen. Mari konnte seine Gedanken lesen: *Er ist hetero.*

»Meine Nichte«, korrigierte Herr Weimar, und Enzos Gesicht hellte sich auf.

»Bellissima.« Er zog zufrieden von dannen.

Mari, die ein Pokerface gemacht hatte, warf ihrem Chef einen fragenden Blick zu. Er zeigte auf ihren Pullover. Es war unüberlegt gewesen, sie in diesem Aufzug mitzunehmen. Sie hätten zum Dönermann gehen sollen. Dieses Restaurant frequentierte er mit Mandanten und Partnern, und Mari war nicht präsentabel. Schon gar nicht als Anwältin. Und auf Enzos Sticheleien (*Anwältin?* Wirklich? Martin bezahlt nicht gut, oder?) hatte er nun wirklich keine Lust.

Also duzten sie sich nun, nur für den Augenblick, nur solange sie Onkel Martin und seine kleine Mari waren.

Doch die ganze Sache uferte ein bisschen aus. Offenbar war dies das erste Mal, dass Herr Weimar jemanden aus seinem Privatleben in das Restaurant mitbrachte, und Enzo nutzte seine Chance. Der Brotkorb, die Oliven, Öl, Essig, Meersalz, Pfeffer, winzige Teller zum Dippen – alles segelte in Zeitlupe auf den Tisch und war mit einer Fragensalve an Mari verbunden. »Ach, Martin hat eine Schwester? Er schaut wirklich nicht fern? *Nie?* Italienische Opern, ja, das wusste ich … Extremsportarten, ich weiß, Marathon. *Was? Fallschirm? Oddio!* Ibiza, verstehe. Sardinien ist schöner. Segelboot statt Finca? Warum geht er mit Anwälten segeln? Ist das nicht gefährlich? Hat er keine Freunde? Hat er kein Motorboot? Er riecht an Büchern? Endlich mal was Normales …«

Herr Weimar, den Enzo beim kleinsten Mucks mundtot machte, verfolgte das Interview stumm und sah dabei so angespannt aus, als rechnete er fest damit, dass Mari sich gleich als Anwältin outen würde. Aber es passierte nicht, und nachdem Enzo widerwillig zu einem anderen Tisch aufgebrochen war, fragte er ungläubig: »Woher wissen Sie das alles über mich?«

»Das war doch nur erfunden«, antwortete Mari achselzuckend und dippte ihr Brot ins Olivenöl.

»Aber es stimmt alles!«

»Kein Wunder, ich schlafwandle gerade«, murmelte sie, aber Herr Weimar war zu aufgewühlt, um sie zu hören.

»Bitte seien Sie ehrlich zu mir«, bat er mit hochrotem Kopf. »Habe ich im Büro schon einmal an einem Buch gerochen? Ohne es zu merken?«

»Glaub nicht.« Mari zuckte wieder mit den Achseln. »Diese neuen Ausgaben, die wir im Büro haben, riechen doch nach nichts.«

Und da platzte der Knoten. Es war wie damals im Vorstellungsgespräch, als Mari ihm sagen konnte, dass Effi Briest einen Neufundländer namens Rollo hatte. Herr Weimar öffnete sein Herz. Er war so erleichtert. Mari hätte ihn bei Enzo bloßstellen können. Sie hätte es subtil anstellen und gemeine kleine Geschichten über Onkel Martin erfinden können. Zum Beispiel, dass er Science-Fiction-Romane las oder Talkshows schaute. Aber nein. Sie hatte die Wahrheit erfunden. Ihm war durchaus klar, dass man so etwas nicht einfach aus dem Ärmel schüttelte. Sie hatte über ihn nachgedacht. Sie war loyal und wollte ihn vor weiteren Lügen bewahren. Sie hatte sich das Du redlich verdient. Nicht als Nichte. Als Kollegin.

Und dann war er wirklich Martin. Mit einem Lebensgefährten, einer wunderbaren Schwester, einem schwierigen Vater und einer kranken Mutter.

Vielleicht lag es an der bleiernen Müdigkeit, die ihr Gehirn in Watte packte, dass es Mari überhaupt nicht unpassend vorkam, sich mit ihrem Chef einen Teller zu teilen, als Enzo unaufgefordert mit einem Tiramisu »per la bambina« und einem zweiten Löffel »per il zio« auftauchte, und dass sie keinen einzigen Gedanken an die zahlreichen Kollegen verschwendete, die während der letzten Stunde an dem Fenster vorbeigelaufen waren und sie mit einem Kopfnicken oder Winken gegrüßt hatten. Unbekümmert grub sie zeitgleich mit Martin ihren Löffel in das Tiramisu.

Als sie aufsah, blickte sie in das entgeisterte Gesicht der Fee, die neben Niklas draußen vor dem Fenster stand.

Mari winkte mit ihrem Löffel, aber Vanessa winkte nicht zurück, sondern formte mit den Lippen ein entsetztes »Und LEO?«

Niklas zog sie gewaltsam vom Fenster weg, und sie verschwanden aus Maris Blickfeld.

Mari zuckte zum tausendsten Mal heute mit den Achseln. Kein Problem. Niklas würde die Fee gleich aufklären. Nicht wahr?

Martin zuckte ebenfalls mit den Achseln und schüttelte den Kopf. Niklas wusste nichts.

»Aber er arbeitet seit *sieben Jahren* für dich!«, rief Mari.

Er druckste herum. »Ja, schon, aber …«

»Aber was?«

Sie legte ihren Löffel beiseite, bevor noch mehr Kollegen am Fenster vorbeiliefen und Gott weiß was dachten.

»Du weißt schon …«

Nein, sie wusste gar nichts.

»Mein Freund ist Mitte zwanzig und Amerikaner. Du weißt, was das bedeutet.«

Nein, wusste sie nicht.

Martin trank seinen Rotwein aus.

»Er trägt eine Baseballmütze, und auf fast jedem seiner Kleidungsstücke steht eine *Zahl.*« Er sah sie hilflos an. »Er hat keinen Job, sondern schreibt ein Drehbuch. Nicht einmal ein *richtiges* Buch.«

Mari schluckte. Oh nein. Jetzt war es doch passiert. Die

Tatsache, dass er schwul war, hatte er so locker und luftig ins Gespräch geflochten, dass sie unbesorgt ihr Essen genossen hatte. Aber das hier war etwas anderes. Das hier war ein Geständnis. Martin schämte sich für seinen Freund. Nicht weil er ein Mann war, sondern weil er … er war. Und nun war sie Mitwisserin. Sie ahnte, was darauf folgen würde.

Ihr Partner in Düsseldorf hatte ständig das Bedürfnis gehabt, sie ins Vertrauen zu ziehen. Vor allem, wenn er einen (juristischen oder sozialen) Fehler begangen hatte. Er und Mari hatten eine Zeitlang die Köpfe zusammengesteckt, aber sobald die Lösung ausgeheckt war, wurde die Komplizin lästig. Je mehr sie wusste, je hilfreicher sie gewesen war, desto schwerer wurde ihr Leben. Er schoss aus allen Rohren gegen sie, am liebsten in E-Mails mit großem Verteiler und unter dem Deckmantel der Fürsorge. (»Frau Thaler schafft das nicht alleine, kann ihr jemand helfen?«) Sie sprachen kaum noch miteinander, alles lief schriftlich, weil er ihr aus dem Weg ging. Als wäre ihr Anblick unerträglich. Als wäre sie der Fehler gewesen. Bis das nächste Geheimnis des Weges kam und das Ganze von vorne losging.

Und nun das. Wieso schlitterte sie bloß immer in diese Situationen? Weil sie vergaß, sich rechtzeitig die Ohren zuzuhalten. Weil sie so verdammt neugierig war. Jedesmal, wenn sie Martin Weimars Büro betreten würde, würde er dieses Gespräch bereuen. *Mist. Jetzt weiß sie das.* Er hatte sieben Jahre lang mit Niklas kein privates Wort gewechselt. Mari konnte die Giftpfeile schon spüren. Sie hätte ihm vorhin nicht sagen sollen, dass sie ihn mochte. Nur deshalb saß sie jetzt hier. In der Patsche.

»Von einem Drehbuchautor kann ich nur träumen. Mein … also, *er* … Er hat sein Geld damit verdient, Leute zu manipulieren«, sagte sie schnell, bevor sie es sich anders überlegen konnte. Wozu ein Privatleben haben. Wenn sie sein

Geständnis übertrumpfte, würden die nächsten paar Wochen vielleicht nicht die Hölle werden.

»Aha«, sagte Martin verdutzt. »Der Mann, wegen dem du um sechs nach Hause willst, ist ein Betrüger?«

»Könnte sein«, antwortete sie zögernd. »Ehrlich gesagt sind wir nie dazu gekommen, über seinen Job zu reden. Ich weiß kaum etwas darüber.«

»Das passt zu dir«, meinte er. »Deshalb habe ich dir von Friday erzählt.«

»Wovon?«, fragte Mari perplex.

»So heißt mein …« Martin räusperte sich. »Lebensgefährte.«

»Friday? *Freitag?*« Sie biss sich auf die Zunge. Nicht lachen. »Wie bei *Robinson Crusoe*?«

»Schön, dass du wenigstens an ein Buch denkst«, erwiderte er resigniert.

»Eigentlich denke ich an einen halbnackten Eingeborenen.« Nun musste sie doch grinsen.

»Er wurde nach einer Fastfoodkette benannt.« Martin stützte den Kopf in die Hände. Er sah verzweifelt aus. »*Thank God it's Friday* oder so ähnlich. Ich kann ihn niemandem vorstellen, es sei denn, ich huste den Namen weg, aber früher oder später …«

Oh Gott. Das Geständnis wurde immer schlimmer. Und sie musste endlich aufhören zu grinsen. Am besten Tiramisu in den Mund stopfen. Mari griff nach ihrem Löffel.

»Kannst du ihn nicht einfach anders nennen?«, fragte sie.

»Frau Thaler … Mari, er ist kein *Callboy*«, sagte er entrüstet.

»Was?« Mari errötete. »Man muss doch kein Callboy sein, um einen Spitznamen zu haben.«

Er räusperte sich. »Seine Freunde nennen ihn Fry. Das assoziiere ich mit … Pommes Frites.«

Ach. Das war einfach.

»Dann nenn ihn Fritz.« Sie zeigte mit dem Löffel auf ihn. »Und denk dabei an Friedrich den Großen.«

Martin runzelte die Stirn. Er dachte nach. Und dann entspannte sich sein Gesicht.

»Frau Thaler, das ist ein Durchbruch. Ich stelle ihn mir einfach preußisch vor.«

Frau Thaler. Sie waren wieder beim Sie. Wie gesagt, Mitwisserschaft war eine Katastrophe, doch die größte Todsünde von allen war Hilfsbereitschaft. Er war der Chef, er brauchte keine Hilfe.

»Verzeihung, ich meinte *Mari*«, verbesserte er sich und strahlte sie an, als wäre sie Effi Briest persönlich.

Mari schob sich verwirrt den Löffel mit Tiramisu in den Mund. War das hier real? Und das Tiramisu schmeckte einfach fantastisch. Sie nahm noch einen Löffel und schloss unwillkürlich die Augen.

»Alle Genüsse sind schließlich Einbildung, und wer die beste Fantasie hat, hat den größten Genuss.«

Hatte er das wirklich gerade gesagt? Sie öffnete die Augen.

»Fontane«, sagte Martin und lächelte wissend.

Um halb vier flatterte die Fee zur Tür herein. Ganz ohne Kuchen. (»Du hattest ja schon Tiramisu.«)

Mari trank bereits ihren zweiten Milchkaffee seit dem doppelten Espresso beim Italiener und kämpfte dennoch gegen die schweren Augenlider.

Vanessa schloss die Tür. Sie erwartete eine Erklärung für das »Tiramisu-Gate«, wie sie es nannte, doch Mari fiel nichts ein, außer dass sie es ganz alleine aufgegessen hatte.

Da landete die Fee auf ihrer Schreibtischkante und legte los. Über den Ernst der Lage. Niklas war verstört. Eigentlich hatten sie nicht vorgehabt, essen zu gehen, sie wollten nur kurz zum Bäcker, aber nach dem »Zwischenfall« hatte Niklas darauf bestanden, dass sie den *Hummer* aufsuchten und »das klärten«.

Vanessas Hoffnung, dass das Restaurant nach der gestrigen Party geschlossen sein würde, wurde enttäuscht. Alles war wie immer. Als wären die Teenager nur ein schlechter Traum gewesen.

Niklas stürmte in den *Hummer*. Er war wie immer überfüllt, aber Niklas fand sofort, was er suchte. *Wen* er suchte. Sein Blick blieb an dem abgewetzten Ledersofa hängen, das an der hinteren Wand in der Ecke stand. Ja, Vanessas Ledersofa. (Sie sah sich verstohlen nach Alexandras Personal Trainer um, doch er trainierte wahrscheinlich gerade eine gelangweilte reiche Frau mit knackigem Po. Oder, noch schlimmer, Alexandra. Captain America würde seinen Job wechseln müssen, wenn er die Fee behalten wollte.)

Auf dem Sofa saß Leo mit einer Blondine. Nein, keine Kurzhaarige mit Kurven. Eher der Modeltyp mit langen Haaren.

Niklas war ungewohnt verwegen und ließ sich einfach auf den freien Platz neben dem Model fallen. (Das Sofa war so groß, dass Captain America die Beine darauf ausstrecken konnte.) Die Fee setzte sich neben Niklas auf die Armlehne und warf Leo einen entschuldigenden Blick zu. Aber er war reizend. Er stand sogar auf und gab ihr einen Kuss auf die Wange. Gut, dass sie jetzt den Mann fürs Leben gefunden hatte, sonst wäre sie schon ein bisschen traurig gewesen. Als sie gestern allein auf der Party erschienen war und Leo sofort nach Mari gefragt hatte, hatte sie feste schlucken müssen, und als er dann losgezogen war, um sie zu suchen, war sie zutiefst verletzt gewesen. Zum Glück! Hätte sie keinen Trost gebraucht, hätte Simon keine Chance gehabt. (Superhelden konnte sie eigentlich nicht ernst nehmen.)

Das Model (Hannah oder so) fühlte sich unwohl und aß schnell den Salat ohne Dressing auf. Als sie bezahlen wollte, winkte Leo ab. Sie wirkten sehr vertraut miteinander, umarmten sich zum Abschied, und Hannah flüsterte irgendetwas in Leos Ohr. (Vielleicht nur »Tschüss.«) Vanessa und Niklas stritten sich kurz um den freigewordenen Platz neben Leo, aber Leo zog die Fee zu sich aufs Sofa und legte den Arm um sie. Es war ein komisches Gefühl, auf Simons Sofa mit Leo zu kuscheln und dabei ehrlich gesagt ein bisschen Herzklopfen zu haben.

Niklas bestellte bei Horst eine Pastinakensuppe (»Hoffentlich sind keine Fasern drin«) und fiel dann mit der Tür ins Haus. Ob Mari und Leo getrennte Wege gingen, weil Mari sich hochschlafen wollte.

Leo verschluckte sich an seinem schwarzen Kaffee und musste so stark husten, dass er zu ihrem Bedauern von Vanessa abrückte. Dann sagte er schlicht: »Nein.«

Doch Niklas ließ nicht locker. Es sei doch nicht normal, dass Mari sich mit Herrn Weimar ein Dessert teilte. Auf *demselben Teller.*

Leo warf der Fee einen fragenden Blick zu, und sie fühlte sich furchtbar illoyal, als sie ihre Zeugenaussage machte. (»Tut mir leid, Mari, aber wenn der die Augenbraue hochzieht …«) Aber eigentlich wollte er bloß wissen, was Mari gegessen hatte, als täte das was zur Sache. Er wirkte sehr entspannt im Vergleich zu Niklas, der die ganze Zeit vor sich hin schimpfte (»Da ist man mal eine Woche krank …«).

Leo lehnte sich zurück und ließ Niklas eine Weile lästern: Kein Wunder, dass Mari sich im Mehlsack ins Büro traute. (»Dein Kaschmirpulli«, raunte Vanessa ihm zu.) Sie hatte Narrenfreiheit. *Ihn* hatte Herr Weimar noch nie zum Essen eingeladen, geschweige denn zum Edelitaliener. Und dann auch noch im Gammellook. Herr Weimar achtete eigentlich strikt auf Etikette, sie musste ihn komplett eingelullt haben. Bestimmt duzten sie sich jetzt. Bestimmt *küssten* sie sich jetzt, und wer weiß was noch.

Da kratzte Leo sich am Kopf. Es reichte. Er sprach sehr geduldig mit Niklas, fast wie ein Therapeut. »Mari hat kein Verhältnis mit Herrn Weimar.«

Er wiederholte es immer wieder, bis Niklas aufhörte, »Aber … aber …« zu jammern.

Niklas' innerer Heilungsprozess hatte gerade begonnen, als Leos Hand an der Fee vorbei durch die Luft sauste und ihm einen Klaps auf den Hinterkopf gab. »Sei nett zu ihr. Kapiert?«

Niklas wies empört auf seine Gehirnerschütterung hin, aber Leo sah ihn so böse an, dass er schließlich nickte.

Mari hing an Vanessas Lippen. *Mehr.* Doch es gab nicht mehr. Leo war aufgestanden und gegangen. (Nicht ohne Vanessa einen weiteren Kuss auf die Wange zu geben.)

Ihre Unterlippe zitterte. Es war, als hätten sie sich heute zum dritten Mal getrennt.

»Du hast kein Verhältnis mit Herrn Weimar«, stellte Vanessa fest.

Mari fragte sich gerade, ob Leo Hypnosefähigkeiten besaß, als die Fee leise hinzufügte: »Du bist schlimm in Leo verliebt.«

Sie zuckte mit den Achseln, aber ihre Augen füllten sich mit Tränen.

21

Tom hatte einmal behauptet, dass Mari auf nichts Hunger hätte. »Nicht auf Essen, nicht auf ihre Arbeit und auf Männer wahrscheinlich auch nicht.«

Das Gegenteil war der Fall. Sie war völlig ausgehungert. Vermutlich bezog sich das nur auf Leo, und Essen und Arbeiten waren Ersatzdrogen, aber der Hunger fühlte sich echt an. Neuerdings stand sie morgens eine Viertelstunde eher auf, um zu frühstücken, und anders als früher nutzte sie ihre Mittagspause nicht zum Googeln, Lesen oder Arbeiten, sondern für eine warme Mahlzeit.

Maggies Mantra, dass Essen unweigerlich ins Schnitzelkoma und zu einem unproduktiven Nachmittag führte, entpuppte sich als falsch. Wenn Mari um halb zwei an den Schreibtisch zurückkehrte, stürzte sie sich voller Eifer in die Arbeit, denn sie wusste ja, dass sie nur zwei Stunden Zeit hatte, bevor die Fee mit dem Kuchen hereinsegeln würde. Und nach dem Kuchen waren es nur noch zwei Stunden, bis sie um Punkt achtzehn Uhr den Griffel fallen lassen würde. Der erhöhte Blutzucker und das Wissen, dass der Nachmittag nicht in einen uferlosen Abend münden würde, steigerten ihre Effizienz.

Und sie arbeitete gerne. Martin und Niklas nervten immer noch, aber ihre Wichtigtuerei war nur Gewohnheit. In Wirklichkeit waren sie ein Team. Seit Mari offiziell faul war, hatte Niklas seinen Argwohn abgelegt. Er beantwortete ihre Fragen und gab sich sogar hin und wieder die Blöße, selbst eine zu stellen. Immer öfter nahm er am Kuchenklatsch mit der Fee teil, und abends, wenn Mari im Himbeerbonbon zur Unzeit das Büro verließ, rief er gutgelaunt: »Viel Spaß, du Low Performer!«

Natürlich war er schrecklich. Er feixte, weil sie ganz ohne Not, ganz ohne Kind vom Partner Track entgleist war, und er sorgte dafür, dass er seine Steckenpferde auf den Tisch bekam, während Mari sich mit dem undankbaren Rest inklusive Dr. DSL herumschlagen durfte. Zugegeben, sie waren kein besonders gutes Team. Doch Niklas gab sich Mühe. Irgendwie. Und auf ihrem Abstellgleis erschien ihr plötzlich alles so einfach. Aus Hadern war Nachdenken geworden, und sie dachte gerne nach. Es machte nicht müde, sondern wach.

So wach, dass sie nach zweiundzwanzig Uhr noch Lust hatte, an den Porträts für Alexandras Partygäste zu arbeiten. Es war komisch. An dem Abend selbst hatte sie die anderen Gäste nur als Hindernisse im Treppenhaus wahrgenommen, aber nun, acht Wochen später, waren sie ein fester Bestandteil ihres Alltags geworden. Sie sorgten für ihr Abendessen. Das Essen war die einzige Bezahlung für ihre »Kunst« (Tom bestand auf die Bezeichnung). Bloß keinen Leistungsdruck, keine Steuerpflicht, keine Ansprüche im Allgemeinen. Und was sie bekam, war viel besser als Geld: Berlin. Bis der Hype um die Porträts verflogen war, würde sie fast jedes gute Restaurant in dieser Stadt kennen. Und mehr Leute als Alexandra. (Ihre Kunden würden trotzdem immer »Alexandras Partygäste« bleiben.)

Eigentlich sah ihr das gar nicht ähnlich. Mari ging nicht gerne aus. Sie wollte lieber in ihrer Höhle bleiben und lesen und fernsehen und mit Emma telefonieren. Leute waren anstrengend. Doch das hier war anders. Es war wie Fernsehen, nur besser. Mari war Publikum und Regisseurin zugleich – keiner interessierte sich für sie, aber alle tanzten nach ihrer Pfeife. Sie konnte bestimmen, wohin das Scheinwerferlicht fiel, und sie selbst blieb unsichtbar.

Die Partygäste warfen ihre eigenen Vorstellungen zumeist schon nach der Vorspeise über Bord. Sie wollten dasselbe wie Tom (ein Familienporträt), aber Mari hatte nicht vor, über abwesende wildfremde Menschen zu schreiben. Sie wollte über anwesende wildfremde Menschen schreiben, und die Anwesenden sprachen im Grunde ihres Herzens ohnehin viel lieber über sich selbst als über andere. Manchmal kam Mari sich vor wie eine Aktmalerin. Die Situation lud einfach dazu ein, sich zu entblättern. Wer sich durch die Augen eines anderen sehen wollte, musste sich zeigen. Und es half, dass Mari hungrig war, denn satten Leuten erzählte man nichts.

Die meisten Kunden waren Frauen, was die Sache erleichterte. Männer zahlten den doppelten Preis, weil Tom auch etwas essen musste. Mari hatte es zuerst nicht wahrhaben wollen, aber sie brauchte tatsächlich einen Aufpasser. Die Sache mit dem Hunger verwirrte die Männer. Sogar Tom war verwirrt und beschwerte sich eines Tages – sie saßen zu dritt am Kollwitzplatz und aßen Kuchen – bei Alexandra darüber, dass Mari ihn ständig anbaggerte. Alexandra verstand, was er meinte. Sie fühlte sich selbst ein bisschen angebaggert. Mari errötete, und da fiel es ihnen wie Schuppen von den Augen. Es lag an den roten Lippen. Den glühenden Wangen. Und diesem komischen Glanz in den Augen. Ob sie irgendein Medikament schluckte. Nein? Vielleicht hatte sie ein gefährliches Buschfieber. In der *Charité* gab es ein Tropeninstitut …

Mari versprach Tom, sich wegen Malaria untersuchen zu lassen, und verschränkte die Finger unter dem Tisch. Sie war noch nie verliebt gewesen (jedenfalls nicht so), aber sie hatte in Büchern gelesen, dass so etwas in Fieber ausarten konnte. Zumindest im Falle des Vollzugs. Doch galt im Falle des *Entzugs* nicht das Gegenteil? Müsste sie nicht erkalten? Bei ihr war wieder alles falsch herum. Während Leos Berührungen zu regelrechtem Schüttelfrost führten, bekam sie durch Abstinenz heiße Wangen.

Dabei hatte sie große Pläne gehabt für ihren Liebeskummer. Sie hatte vorgehabt, mit Taschentüchern und *Jane Eyre* im Bett zu liegen und immer und immer wieder die Hochzeitsszene zu lesen, in der Jane begreift, dass Mr. Rochester (Jane Eyres Mr. Darcy) Bigamie in Ordnung findet und seine irre Ehefrau auf dem Dachboden eingesperrt hat. Sie hatte vorgehabt, das Buch, ihre Unterwäsche, ihre ganze Wohnung nach Spuren von Leo abzusuchen und – wie früher – im Traum verliebt zu sein, und zwar so ausgeklügelt, dass die Realität nicht mithalten konnte.

Aber Leo konnte mithalten. Und mehr. Der Traum war fade im Vergleich zum echten Leben. Maris alter Rückzugsort fühlte sich tot an. Genauso wie *Jane Eyre*. Zumal das Buch zugeklappt neben ihrer Matratze gelegen hatte, als wäre Leo nie da gewesen. Der durchwühlten Unterwäsche hatte man seinen Besuch zwar angesehen, aber wie sollte Mari sich daran erfreuen, dass er ihre Sachen berührt hatte, wenn er kurz zuvor noch sie selbst berührt hatte? Sie hatte ihn weggeschickt, um die Kontrolle zu behalten, sie selbst zu bleiben, aber vielleicht war sie einfach … ein Vamp?

Er (der Vamp) war jedenfalls noch da. Sie schlief nackt in Leos Kaschmirpulli. Sie schlief fast mit einigen der Partygäste (nicht gleichzeitig und, wie gesagt, nur fast).

Alexandra versicherte ihr, dass das völlig normal sei, schließlich waren alle Beteiligten erotisiert: Mari von Leo und die Kunden von Maris Kunst. Männer, die es zuließen, dass Mari über sie schrieb, mussten masochistisch veranlagt sein. Sie kannten Alexandras Porträt und wussten daher, dass Mari boshaft war. (»Nein, Mari, ich bin wirklich nicht sauer. Ich liebe mein Porträt.«) Indem sie mit Mari über sich selbst sprachen, lieferten sie sich aus. Ganz ohne unbequeme Fesseln, Peitsche oder Reißverschlussmund. (»Ja, du bist ihre Domina.«) Eine hungrige Frau mit Schandmaul war genau das, was sie brauchten.

Leider waren sie nicht das, was Mari brauchte. Zwar überredeten sie den bedürftigen Vamp, mit ihnen nach Hause zu gehen, aber auf dem Weg dorthin griff niemand nach Maris Hand. Niemand zog sie ungeduldig hinter sich her. Niemand kritisierte sie und sah genervt aus. Sie waren so nett zu ihr, dass Mari unverrichteter Dinge verschwand.

Nicht ganz unverrichteter Dinge. Jeder von ihnen bekam ein Porträt.

Das Problem war nur, dass beim Flirten kaum verwertbare Informationen geflossen waren. Also ließ sie den Vamp schreiben. Die Männer durften Sex mit einer fiktiven Partnerin haben, die – anders als Mari – ihren Fantasien entsprach. Mari protestierte. Das waren doch keine Porträts! Der Vamp war beleidigt, weil Mari seine Kunst nicht verstand. Immerhin reflektierten die erfundenen Frauen die Persönlichkeit der Männer. Mari gab nach und hoffte einfach, dass niemand diese Pornos lesen würde.

Wunschdenken. Es waren nach wie vor *Alexandras* Partygäste. Und Alexandra las sehr gerne. Sie hatte gegrinst wie eine große Katze, die in der Sonne lag und ihre Maus verdaute. »Leo zeigen? Ach was. So etwas würde ich nie tun.«

Der Weckruf war gerade noch rechtzeitig gekommen. Von nun an gab Mari sich mehr Mühe, den Vamp im Zaum zu halten. Sie zog Tom hinzu, um die erotisierten Partygäste abzuwehren. Sie verschob das Dankesdinner, das Niklas für sie plante, auf ungewisse Zeit. Und beim Surferboy meldete sie sich freiwillig zum Froschhüpfen, nur damit er nicht auf die Idee kam, ihren Hintern mit Tape zu bepflastern oder auf irgendeine andere Weise zu bearbeiten. Außerdem machte sie einen großen Bogen um seine dubiose Magnetfeldmatte, auf der sie neuerdings rote Wangen bekam. Er hatte schon misstrauisch festgestellt, dass sie besser durchblutet sei als sonst. »Du nimmst doch keine Medikamente?« Immer diese Frage. Selbst Martin Weimar hatte sich mehrfach erkundigt, ob sie leistungssteigernde Mittel schluckte. Sie musste dieses fiebrige Glühen irgendwie in den Griff bekommen.

Die zweite Baustelle war ihre nagende Eifersucht. Mari hatte es sich nicht verkneifen können, das blonde Model, dem Leo im *Hummer* beim Salatessen zugeschaut hatte, zu googeln, und nach der nervtötenden Bilderflut, die unter »Hannah«, »Model« und »blond« auf sie eingeprasselt war, hatte sie sich erst einmal ausgiebig mit »Pandababy«, »Malediven«, echtem Kuchen und ihrem Telefon beruhigen müssen. Ihrem geschundenen Telefon. Sie wusste nicht, wie oft sie den Satz »Scheiße Mari, wo bist du?« nun schon gehört hatte. Es war zwanghaft. Ihr Telefon schlief meistens erschöpft neben ihr auf dem Kopfkissen ein. (Und verstrahlte sie.) An schlechten Tagen wurde es mitten in der Nacht von Mari geweckt. Dann sprach sie mit ihm in der Dunkelheit. »Ich bin hier. Es tut mir leid. Hol mich zurück …« Bis der Vamp kam.

Zumindest zeigte er sich nur noch im Geheimen. Sie blamierte sich nicht mehr auf Partys. Oder vor Leo. Dennoch schämte sie sich für den Vamp. Das war sie nicht. Das musste aufhören. Auch im Geheimen. Alles, was sie brauchte, war … Haltung.

Immerhin legte sie eine erstaunliche Selbstdisziplin an den Tag, wenn es darum ging, keine Fragen über Leo zu stellen. Obwohl sie täglich die Gelegenheit dazu hatte. Wenn sie es sich recht überlegte, standen alle Menschen, die ihren Alltag ausmachten, in irgendeiner Beziehung zu ihm, sogar Emma (über Käthe), Vanessa (über Simon) und Niklas (über seine Visitenkarte). Bei Tom und Alexandra fiel ihr das Nichtfragen am schwersten, und es machte sie manchmal stutzig, wie konsequent die beiden das Thema mieden. Leo kam nicht mehr vor, nicht einmal in einem von Toms tausend Nebensätzen.

Und das, obwohl Tom inzwischen fast Emma-Status hatte. Sie stritten sogar. (Meistens über Japan. Tom fand Japan doof, vor allem wegen der armen Wale und weil japanische Rentner, die freiwillig ihren Führerschein abgaben, fünfzehn Prozent Rabatt bekamen. Auf ihre *Bestattung!* Ja, echt.) Allerdings verlor Tom fast jeden Streit, weil er sich so leicht ablenken ließ, zum Beispiel von dem bloßen Gedanken an Kirschblüten oder vom realen Frühling, der um sie herum passierte, während sie mittags auf den Treppen am Gendarmenmarkt saßen und Glasnudeln aus Pappschachteln aßen.

Alexandra hatte Leo nur ein einziges Mal von sich aus erwähnt, kurz nach der Party, als sie Mari das Kleid zurückgab, das sie auf seinem Bett vergessen hatte. Mari mied den *Hummer*, und daher sah sie Alexandra nur selten. Doch sie pflegten inzwischen eine Standleitung – sie telefonierten im Supermarkt, in der Tram, im Regen, überall. Mari wusste nun alles über Professor Rauschebart, über seine Besessenheit von Alexandra (ja, sie hatte ein bisschen mit ihm geschlafen), ihre Flucht aus der Uni in die Arbeitswelt (ja, der Blumenladen ihrer Mutter war kein wirklich hartes Brot gewesen) und Rauschebarts jähes Ende (nein, sie hatte den Bus nicht selbst gefahren, sie war nicht einmal in der Nähe gewesen, und sie hatte auch nichts von seinem Vermögen und dem Testament gewusst).

Von Alexandra erfuhr Mari auch, warum sie immer noch keinen Mietvertrag hatte. Tom zierte sich. Sämtliche Mieten aus dem Haus gingen direkt auf sein Konto. Tom war fix und fertig, weil Alexandra sein »Gehalt« ständig erhöhte, aber sie ließ nicht mit sich reden. Leute wie Mari durften ruhig hohe Mieten bezahlen, und Leute wie Tom durften ruhig ein bisschen Geld verdienen. Tom, der für seine Lexi auf Kinder verzichtete. Ja, sie wusste, dass sie aussah wie Mutter Erde persönlich, aber sie war nun einmal unfruchtbar. Und, viel schlimmer, sie wollte auch keine eigenen Kinder haben. Nein, Toms Gehalt war keine Entschädigung. Toby war die Entschädigung. Und er war perfekt. Sie hatten ein Kind, aber konnten ohne Kind und ohne schlechtes Gewissen für sechs Wochen nach Kanada fliehen. Den Kampf ums Zähneputzen, Schlafengehen und Gemüseessen durfte jemand anderes ausfechten. (Nicht einmal jetzt fiel sein Name.)

Und dank Mari würden sie Toby behalten. Nicht wegen ihres selbstlosen Verzichts, ihrer Superheldentat, sondern weil Alexandra in ihrem Porträt die Lösung gefunden hatte. Mari hatte es auf den Punkt gebracht: Alexandra gab, indem sie nahm. Und da war ihr eingefallen, dass sie erst kürzlich ihren Steuerberater gefeuert hatte und dringend Hilfe bei der Steuererklärung brauchte. Wie gut, dass Regina rein zufällig Steuerrechtlerin war. Außerdem mussten die Mietvertragsmuster für ihre vier Mehrfamilienhäuser überarbeitet werden. Und die Rentnerköche, Horst und Susanne, operierten bislang auf mündlicher Basis. Das war doch kein Zustand. Ob Regina da weiterhelfen könnte? Ein Glück, dass sie eine Juristin in der Familie hatten.

Auf diese Weise war es Alexandra innerhalb von zwei Wochen gelungen, das Verhältnis zu Regina so sehr zu verbessern, dass sie nun sogar am sonntäglichen Familienessen im *Hummer* teilnahm. Und zugab, dass Toby häufig nach Mari fragte. Nach einer weiteren Woche und zahlreichen juristischen Hilferufen hatte Alexandra ausgehandelt, dass Mari wieder mit Toby spielen durfte. Die einzige Bedingung bestand darin, dass Regina – und nur Regina – anwesend sein würde.

Sie wollten am Samstag in den Zoo gehen, aber es regnete in Strömen, und daher trafen sie sich im Aquarium. Regina hatte keine Lust gehabt, am Eingang zu warten, und so irrte Mari in nasser Himbeerjacke und durchgeweichten Chucks durch die Dunkelheit der Unterwasserwelt, bis aus einer Ecke Tobys Schrei »MÜLLTÜTEN!« ertönte.

Er bewunderte gerade mit seiner Mutter die Quallen. Regina, die in Trenchcoat und grauem Etuikleid aussah wie eine Anwältin im falschen Film, würdigte Mari keines Blickes, aber Toby umarmte jubelnd ihre Beine und begrüßte Claudette, die lautstark herumwürgte und ungeduldig an ihrer Leine in Richtung Krokodilhalle zog.

Tobys Freudentanz und Claudettes Getöse waren Maris Rettung. Niemand bemerkte ihr Zittern. Ihre Hände, ihre Knie, ihr Kinn, alles zitterte. Darauf war sie nicht gefasst gewesen. Es war noch schlimmer als letzten Samstag, als Norah Jones ganz ohne Vorwarnung *Chasing Pirates* im Radio gesungen hatte. Mari hatte gerade mit Käthe, Jockel und Wolle Doppelkopf gespielt und sich auf ihr Blatt konzentriert, aber plötzlich hatte sie an Bernstein denken müssen. Honigfarben, warm wie die Stimme im Radio, die Stimme auf dem Treppenabsatz … *Oh nein, sofort ausschalten!*

Sie war kopflos vom Tisch aufgesprungen und hatte sich schluchzend im Bad eingeschlossen, bis Käthe an die Tür hämmerte und mit der 112 drohte. Käthe verlangte eine Erklärung, aber Mari hatte nur »Leo« gemurmelt, und da hatte sie es gut sein lassen. Sie hatte ihr ein gebrauchtes Taschentuch angeboten und sie später zum Ärger der Jungs und entgegen ihrer

Natur (eigentlich war Käthe wie Emma) beim Kartenspielen gewinnen lassen.

Maris Blick fiel auf ein Schild an der Wand. Die Damentoilette war gleich um die Ecke. Sie könnte einfach sagen: »Toby, schön, dich wiederzusehen, ich muss mal aufs Klo.« Und dann für immer dort bleiben, auf dem Fußboden, egal wie schmutzig er war. Auf keinen Fall konnte sie unter Reginas Argusaugen mit roten Flecken im Gesicht zurückkehren.

Nein, die Toilette war keine Lösung. Sie musste sich beruhigen. *Stell dich nicht so an.* Toby hatte nicht einmal große Ähnlichkeit mit ihm. Er sah aus wie Alexandra. Doch er war einfach das Kind seines Vaters. Er forderte und zog und zerrte an ihr. Vereinnahmte sie. Genau wie er. *Nicht weinen.*

Toby wollte wissen, wo sie so lange gewesen war. Regina sah schuldbewusst zur Seite, und Mari stammelte etwas von ihrer Kunst, wegen der sie sehr viele Leute treffen musste. Toby nickte verständnisvoll. Er hatte auch eine Kunst. Zuhause, hinter der Wohnzimmertür. In seiner Kunst gab es alles: Bücher, Frühlingsrollen, Hubschrauber, was man so brauchte. Das Nebelhörnchen hauste in der Kunst, seit Mari den Kaschmirpulli geklaut hatte.

Der Kaschmirpulli. Mari räusperte sich und fragte, ob Toby den Pullover zurückhaben wollte. *Bitte nicht. Ich kann ohne ihn nicht schlafen.*

Aber Toby winkte ab. Sein Papa hatte gesagt, ihr sei kalt.

Maris Augen füllten sich mit Tränen, und Regina warf ihr einen seltsamen Blick zu.

Sie riss sich zusammen und sagte schnell: »Ich habe ihn seit vier Wochen nicht gesehen.«

Regina murmelte irgendetwas, das wie »Sei froh« klang.

Dank Toby wurde der Vormittag keine Katastrophe. Er zog Mari in seine Welt und sorgte dafür, dass sie wieder lachen konnte. Sie diskutierten jedes einzelne Tier im Aquarium und einige weitere, die sie trotz Reginas Protesthusten erfanden.

Nach einer Weile knickte Regina ein und erklärte sich bereit, das imaginäre Seepferdchen mit einer echten Möhre aus Tobys Brotdose zu füttern. Trotzdem bestand sie darauf, Toby darüber aufzuklären, dass Seepferdchen eigentlich Fische waren und Fischfutter fraßen. Toby unterrichtete sie seinerseits darüber, dass dieses spezielle Seepferdchen einem Cowboy namens Rolf gehörte und sich hauptsächlich von Hundekuchen ernährte. Mari wollte sich nicht einmischen, aber als der Streit eskalierte, stattete sie Regina hastig mit einer Schildkröte aus, die ordnungsgemäß Salatblätter konsumierte und immer wieder aus dem Zoo weglief, weil sie Regina so nett fand und in ihrer Handtasche schlafen wollte.

Toby schleppte während des restlichen Rundgangs die Handtasche seiner Mutter und löcherte beide – seine Mutter und die Handtasche – mit Fragen über Schildkröten, die sie überraschenderweise zu seiner Zufriedenheit beantworteten.

Als sie gegen Mittag das Aquarium verließen, hatte es aufgehört zu regnen. Sie standen an einer Fußgängerampel, die nicht grün werden wollte, und Regina keifte eine Frau an, die Toby anlächelte und betont geduldig darauf verzichtete, bei Rot über die Straße zu gehen. (»Himmelherrgott, GEHEN Sie doch endlich, er wird's überleben!«)

Im nächsten Augenblick wandte sie sich Mari zu und sah fast nervös aus, als sie ein gemeinsames Mittagessen vorschlug. Mari, die schon den Abschiedsgruß auf den Lippen gehabt hatte, nickte erstaunt, und so landeten sie mit Toby, Claudette, dem Seepferdchen, der Schildkröte und einem Tintenfischluftballon bei *Pizza Hut*, wo Mari seit mindestens fünfzehn Jahren nicht mehr gewesen war.

Auf Tobys Wunsch quetschten sie sich zu dritt auf eine rote Polsterbank. Solange er plappernd zwischen ihnen saß und seine Pizza mit seinen Tieren teilte, hätten sie auch zwei lachende Freundinnen mit Kind sein können. Als Toby jedoch mit seiner Mannschaft unter dem Tisch verschwand, sprang Regina abrupt von der Bank auf, setzte sich gegenüber von Mari auf einen Stuhl und begann, wortlos in ihrer Handtasche herumzukramen.

Mari aß schweigend ihre Pizza und wartete darauf, dass Regina gleich ihr Smartphone finden und im Internet verschwinden würde, doch anstelle eines Telefons kam eine rosa Brille zum Vorschein.

»Das ist deine«, sagte Regina und schob die Brille über den Tisch. »Sie lag auf dem Sofa in der Küche, wo ihr …«

Mari errötete. Und ärgerte sich. Herrje, war die nachtragend. Es war irgendwie unheimlich, dass Regina offenbar das Sofa inspiziert und ein Souvenir mitgenommen hatte.

Mari nahm die Brille und setzte sie auf. Der Rosafilter half nicht. Regina sah immer noch aus wie eine Anwältin.

»Nimm sie ab, das stört mich.«

»Warum hast du sie mir dann gegeben?«, wollte Mari wissen, ohne die Brille abzusetzen.

»Willst du mich nerven?«

Mari nahm die Brille ab. »Nein. Wollte ich nie, auch nicht, als ich …«

»Jaja, verstehe.« Regina wich ihrem Blick aus. Sie starrte auf Maris fast leeren Teller. »Ich hätte nicht gedacht, dass du eine ganze Pizza essen kannst.«

»Pizza statt Leo«, murmelte Mari. Wieso *sagte* sie so etwas? Es war, als hätte sie permanent Schluckauf. Ihre Gedanken wurden sofort zu Worten.

»Das sage ich ihm.«

»Ja, mach das«, erwiderte Mari und zwang sich, mit den Achseln zu zucken. Sie schob sich das letzte Stück Pizza in den Mund. *Entspann dich. Du kannst nichts mehr falsch machen. Du hast schon alles falsch gemacht. Mit Leo in der Küche.*

Regina lehnte sich auf den Tisch und musterte Mari genauso intensiv, wie sie zuvor an ihr vorbeigeschaut hatte.

»Erzählst du mir von deiner Kunst?«, fragte sie schließlich.

Damit hatte Mari nicht gerechnet. Toby hatte im Aquarium immer wieder von der Kunst angefangen, und Mari hatte ihm erklärt, dass sie Leuten zuhörte und dann das aufschrieb, was sie nicht gesagt hatten. Regina hatte mit den Augen gerollt und die Fische angesehen.

»Meine Kunst«, murmelte Mari verlegen, »ist eigentlich bloß … Triebsublimierung.«

»Verstehe. Kunst statt Leo.«

Sie sahen sich an, und Regina lächelte. Ein wenig herablassend, aber irgendwie auch freundlich. Wer hätte das gedacht …

Und dann stellte sich heraus, dass Regina neugierig war. Und dass ihr Gehirn verdammt gut funktionierte. Anders als in Tobys Gegenwart, in der sie regelrecht stumpfsinnig wirkte, versprühte sie ohne Kind einen scharfzüngigen Charme, der Mari auf Anhieb ein bisschen süchtig machte. Sie sprach schnell, und man wusste nie, wann sie lachen und wann sie an die Decke gehen würde. Sie regte sich ausgiebig über das juristische Damoklesschwert auf, das über Maris Kunst schwebte. Immerhin schrieb Mari erfundenes, teilweise unverschämtes Zeug über fremde Leute und hatte keinen Einfluss darauf, über welche Kanäle oder in welchen Foren ihre herabsetzenden Äußerungen verbreitet wurden. Welche Konsequenzen sie haben würden. Und alles ohne Verträge! Wie konnte sie nur! Als Juristin! Keine Namen? Wie naiv. Wer glaubte denn heutzutage noch an Anonymität? Sie brauchte Hilfe.

Regina hatte ein Déjà-vu. Maris Kunst erinnerte sie stark an Leos *Tofino*. Keine Bezahlung. Alles nur Spaß. Partygäste statt Mütter, aber sonst alles gleich. »Mütter?« Ja, die Muttis aus diesen geschmeidigen Babykursen, wo Leo der Hahn im Korb gewesen war. Und irgendwann der Kummerkasten. »Kummerkasten? Leo?« Ja, weil er so schön ausgeglichen war. »Ausgeglichen? Leo?« Ja, da kannte er Mari noch nicht.

Die Mütter jammerten ihm die Ohren voll, dass die Rabenväter abends immer erst nach Hause kamen, wenn die Luft rein war. Und als sie erfuhren, dass Tobys Rabenmutter überhaupt nicht nach Hause kam, war Leo Freiwild. Er sah zu gut aus, um ihn nicht zu benutzen. (Mari schluckte.) Hannah machte den Anfang. *»Hannah?«* Ja, oder Patientin null, wie Regina sie nannte. Drei Videoabende mit Leo hatten gereicht. Hannahs Mann war vor Eifersucht geplatzt und hatte plötzlich neue Arbeitszeiten. Von neun bis sechs. Die ganze Muttigemeinde jubelte.

Und so gingen Leo und Toby auf Tour, wie Batman und Robin. Batman rettete die Mütter, und Robin schlief im Kinderwagen. Alles ehrenamtlich, bis es Geld regnete. Die Mütter kämpften mit harten Bandagen um das ausgebuchte Duo, und es wurden astronomische Beträge geboten. Genau wie Mari wollte Leo keine Bezahlung. Er hatte sich in Asien eine goldene Nase verdient, und die Mütter (einschließlich Regina) und ihre Kohle konnten ihm gestohlen bleiben. Doch Alexandra sah das völlig anders. Sie drohte, als Chefbabysitterin in Streik zu treten, wenn Leo weiterhin ohne die geringste Gegenleistung wildfremde Ehen retten würde. Und sie zog Regina hinzu. Haftungsausschluss, Verschwiegenheitserklärungen, Steuern etc. pp. – Regina regelte alles.

Ohne Regina und die knallharten Vertragsstrafen, die den Müttern drohten, wenn sie digital oder analog über das *Tofino* tratschten, wäre aus der Goldgrube ganz schnell eine Grube geworden. Es war ein schmaler Grat. Mundpropaganda war erlaubt, Details waren verboten. Eigentlich unmöglich, aber Regina war genial. Ebenso wie Kathrin und ihre Jungs, die regelmäßig das ganze Internet durchlasen und Polizei spielten.

Regina war es auch, die für den Namen sorgte. Das Unternehmen brauchte einen Namen.

Leo, der von einem Unternehmen nichts wissen wollte, schlug *Geh weg* oder *Lass mich in Ruhe* vor. Da stiftete sie Kathrin dazu an, ihm bei jeder Gelegenheit Namen wie Pingpongbälle an den Kopf zu werfen, und Kathrin tat nichts lieber als das. Wenn sie gemeinsam im Blumenladen aushalfen, summte sie ununterbrochen: »Piss off, Leave Leo alone, Damn mothers go to hell, Don't talk to Leo, Don't find Leo, To find no Leo sucks, To find no help sucks, To find no love sucks, To find no …« Irgendwann hatte Leo entnervt TO-FI-NO in den Raum geworfen.

Kaum hatte das Unternehmen einen Namen, begann es zu florieren. Aus irgendeinem Grund hielten die Muttis Leo für einen Universalretter, und Hannah mit ihren tausend Ängsten war der reinste Jobmotor. »Hannah, das blonde Model?« Wohl eher das blonde Nervenbündel. Hannah war Physikdozentin mit Bühnenangst. Ihre Rückkehr aus der Elternzeit war der pure Horror, und so schickte Leo seinen Nachbarn Christoph in den Hörsaal. Christoph sah wie ein Student aus, stellte schlaue (abgesprochene) Fragen und polierte dabei seine Schauspielkunst und Hannahs Selbstbewusstsein auf.

Das Geschäft mit der Bühnenangst war bald so erfolgreich, dass Christophs Freundin Pauline und zwei weitere Schauspielstudenten eingestellt werden mussten. Regina entwarf die

Arbeitsverträge, doch dann war Schluss. Sie überwarf sich mit allen Beteiligten. Die Schauspieler waren Chaoten, die Teenager waren eine Zumutung, und Leo … Leo machte, was er wollte.

Egal. Er würde sowieso bald wieder Häuser bauen. »Wirklich?« Ja, er liebte seinen Beruf. Nur Toby liebte er mehr. Ihn und anscheinend …

Regina unterbrach sich.

Mari fühlte sich benommen. Es war zu viel auf einmal. Das Wiedersehen mit Toby, die tausend Informationen über Leo, die Quelle dieser Informationen, Regina. Sie kannte ihn viel besser als erwartet. Sie war nicht bloß diese Frau, die zweimal pro Woche Toby abholte und hin und wieder mit München drohte. Ob Leo überhaupt klar war, wie viel Arbeit sie in ihn und sein Helfersyndrom gesteckt hatte? Warum hatte sie das getan?

Mari fielen nur zwei plausible Gründe ein. »Liebst du ihn, oder hattest du ein schlechtes Gewissen?«

Da war er wieder, der Schluckauf.

Regina zog ein perplexes Gesicht. Eins, das sie nicht häufig zog. Es sah komisch aus.

»Ich meine, du warst so nett zu ihm«, murmelte Mari mit rotem Kopf.

»Warum sollte ich ein schlechtes Gewissen haben?«, fragte Regina giftig.

»Also liebst du ihn.«

»Herrgott, nein! Er ist Tobys Vater …«

Also doch das schlechte Gewissen. Sie hatte ihm ein Kind angedreht, und dann war er in die Babykurse gegangen. Und sie in die Kanzlei.

»Du warst sehr nett zu ihm.« Aus irgendeinem Grund wollte sie, dass Regina sich besser fühlte.

»War ich nicht«, sagte Regina und starrte auf Maris leeren Teller.

»Doch, ich weiß, wovon ich rede. Jura in der Freizeit ist das Allerletzte, und Leo ist bestimmt der nervigste Mandant aller Zeiten.«

Regina musste lächeln. »Stimmt.«

Sie sahen sich an wie zwei Leute, die dasselbe dachten: *So übel ist die gar nicht.*

Mari kannte dieses Gefühl. Wenn anfängliche Abneigung in Sympathie umschlug. Sie hatte es schon oft erlebt (sogar mit Emma, die ihr anfangs immer das Pausenbrot geklaut hatte). Es entstand eine seltsame Nähe. Man hatte sich sein hässliches Gesicht, das in manchen Freundschaften nie zum Vorschein kam, bereits gezeigt. Man kannte sich. Regina war eine Cholerikerin, die Toby sein Zuhause wegnehmen wollte und »Ich hasse Mari!« geschrien hatte, und Mari war ein Vamp, der in der Küche mit Tobys Vater herumgemacht hatte. Es war zu spät, um perfekt zu sein. Man konnte frei atmen.

Und nun stellte Regina auch noch fest, dass Mari Führung brauchte und man – im Gegensatz zu Leo – bestens mit ihr arbeiten konnte. Regina würde die Kunst auf Kurs bringen. Mari hatte zwar überhaupt keine Lust, ihre Ratschläge in die Tat umzusetzen (Jura in der Freizeit war wirklich das Allerletzte), aber sie gab ihr recht, dass sie eine Stimme der Vernunft gerade bitter nötig hatte.

Maris rationale Version, die für ihre Mandanten jedes noch so unwahrscheinliche Risiko in Betracht zog, über alles zehnmal nachdachte und abends einen aufgeräumten Schreibtisch hinterließ, existierte außerhalb des Büros nicht. In der Höhle gab es nicht einmal einen Schreibtisch. Rechnungen, Papiere, alles, was der Briefkasten anspülte, flog ungeordnet auf dem Boden herum. Ihr ganzes Privatleben war ein einziges Chaos.

Sie hatte keine Zeit für Ordnung. Die Partygäste schluckten ihre Abende, die Schreiberei verschlang die Nächte, und an den Wochenenden sprang sie im Dreieck zwischen Tom, der ihre Wohnung reparieren wollte, der Fee, die ihre Freundin sein wollte, und Emma, die in Berlin sein wollte.

Emma, die mit Käthe und ihren Freunden in der Höhle zeltete. Ja, in Maris geräumigem Wohnzimmer standen nun drei Zelte. Und ein Campingtisch mit vier Klappstühlen, an dem die Kinder Doppelkopf spielten. Tom hatte geholfen, die Zelte aufzubauen. Er fand's lustig. Hauptsache, es wurde nicht gegrillt.

Regina begriff erst das Ausmaß von Maris Chaos, als sie das Zeltlager sah.

Der Weg vom *Pizza Hut* zu Maris Wohnung war weit, es hatte wieder angefangen zu regnen, und Regina hatte darauf bestanden, Mari mit dem Auto nach Hause zu fahren. Als Regina einen Parkplatz suchte, bestätigte sich Maris Verdacht: Regina wollte um keinen Preis mit ihrem Kind allein sein. Sie heftete sich ohne Einladung an Maris Fersen.

Toby kreischte vor Begeisterung beim Anblick der bunten Zelte. Er verschwand sofort im Indianerland, aber seine Mutter blieb wie angewurzelt an der Tür stehen und ließ ihren fassungslosen Blick durch den Raum schweifen. Die drei Zelte und Alexandras Sofa standen im Kreis um den Campingtisch herum, auf dem noch Käthes Kartenspiel und Gummibärchen lagen. Es fehlte nur ein loderndes Lagerfeuer.

»Komm doch rein«, murmelte Mari betreten.

Zum ersten Mal betrachtete sie ihre Wohnung mit den Augen einer Erwachsenen. Mist. Sie hatte nicht nachgedacht. Nun würde sie Toby nie wiedersehen.

Aber Regina bewahrte die Ruhe. Sie drückte Mari ihren Trenchcoat in die Hand, sank auf das Sofa und verlangte ein

Glas Wasser. Dann ließ sie sich alles erklären, obwohl es nichts zu erklären gab. Die Kinder wollten halt zelten.

Nun wurde sie doch noch laut. Himmelherrgott, man musste doch nein sagen können! Vor allem als Anwältin! Vor allem zu Teenagern! Wer wusste schon, was die in den Zelten miteinander anstellten! Und überhaupt. Wieso gab es hier keine Möbel?

Mari hatte keine Antworten, und sie wollte Regina lieber nicht erzählen, dass sie sich abends häufig mit Schlafsack und Laptop in das grüne Zelt zurückzog und schrieb. Und in Leos Pullover einschlief. Und von Leo träumte. In der Höhle in der Höhle.

»Hierfür hätte Leo dich in die Wüste geschickt«, sagte Regina kopfschüttelnd. »Es ist dir wahrscheinlich nicht aufgefallen, aber seine Wohnung ist Hochglanz.«

Leo, Leo, Leo. Wie oft sein Name heute gefallen war. Bei ihr war er ein Mensch aus Fleisch und Blut, mit Designerwohnung, Babykursen, Müttern, einem Unternehmen, einem Alltag. Kein Hirngespinst, keine genervte Stimme auf der Mailbox, die immer dasselbe sagte.

Mari wusste nicht, was mehr weh tat: Seinen Namen zu hören oder ihn wochenlang nicht zu hören. Ersteres erzeugte einen stechenden, ehrlichen Schmerz in der Herzgegend. Ganz anders als die latente Übelkeit, die ihr das wochenlange Schweigen eingebrockt hatte. Dieses flaue Gefühl im Magen, dass etwas nicht stimmte, dass etwas fehlte …

Sie war es leid. Sie wollte den ehrlichen Schmerz. Sie wollte in der Wunde herumbohren. Seinen Namen hören. Zur Not eben aus Reginas Mund, wenn alle anderen Feiglinge waren.

Vielleicht hätte sie sich ohnehin mit ihr angefreundet. Sie war das Tor zu Toby. Und Mari mochte ihr aufbrausendes Wesen.

Regina war leidenschaftlich. Und auf verkorkste Art fürsorglich. Ja, sie mochte Regina. Bestimmt hätte sie sich hin und wieder mit ihr getroffen. Wahrscheinlich nicht ohne Toby, nicht wie eine Süchtige, voller Ungeduld, Rastlosigkeit, Hoffnung. Worauf? Leo zu sehen. Durchs Guckloch.

Natürlich wunderte sie sich, dass Regina mitmachte. Ihre Motivation, Mari mit Toby zu treffen, lag zwar auf der Hand. Sie hatte Angst vor Toby, seinen Fragen, seinen kleinen Ausrastern, wenn sie nicht wusste, worauf er hinauswollte, und mit Mari und Claudette war plötzlich alles kinderleicht. Aber die Tatsache, dass sie Mari ohne Toby treffen wollte, gab Rätsel auf. Emma war davon überzeugt, dass Regina sich Hals über Kopf in Mari verliebt hatte; Alexandra mutmaßte, dass sie keine Freunde hatte; Tom tippte, dass sie Mari einfach nett fand; und die Fee hatte den Verdacht, dass sie Intrigen spinnen wollte.

Mari ahnte, dass alle – außer Emma – irgendwie recht hatten. Regina war zu anstrengend, um viele Freunde zu haben. Und sie fand Mari tatsächlich nett. (Weil Mari ihr Kind liebte und weil man sie so schön beraten konnte. Einmal hatte sie lobend erwähnt, dass Mari sie immer ausreden ließ und auch ein paar Tage später noch wusste, was sie gesagt hatte.) Doch vor allem wollte sie Leo ärgern.

Letzteres wurde Mari bereits am Montag nach dem Ausflug ins Aquarium bewusst, als Regina sie spontan zum Lunch einlud, um triumphierend vom Sonntagsessen im *Hummer* zu berichten.

Toby und Regina hatten für Zündstoff gesorgt. Reginas neue Schildkröte und Tobys Bericht über das Aquarium kamen zwar allseits gut an, aber die Geschichte von Maris Zeltlager wischte Leo das Lächeln aus dem Gesicht. Die Sache schien ihn gleich unter mehreren Gesichtspunkten zu stören (Regina hatte Mari angestrahlt: »*Vier* Gesichtspunkte!«):

1. Wie kam Mari dazu, Regina zu sich nach Hause einzuladen? (»Sie findet mich eben nett«, war Reginas Version.)
2. Wieso gab es in Maris Wohnung ein Zeltlager? (»Weil Kathrin zelten wollte«, lautete Reginas Antwort.)
3. Wieso hatte Tom ihm nichts davon erzählt? (»Och. Da gab es doch nichts zu erzählen«, lautete Toms Antwort.)
4. Wieso ließ Tom es zu, dass die Teenager Mari ausnutzten? (»Och. Sie schläft doch selbst in dem grünen Zelt«, lautete Toms Antwort.)

Genau in dem Moment, als sie Punkt 4 diskutierten, öffnete sich die Tür des *Hummers*, und Kathrin, die regelmäßig zu spät beim Familienessen auftauchte, kam in Maris Himbeerjacke hereinspaziert. (Käthe hatte am Vorabend ganz allein und mit verheulten Augen vor Maris Tür gestanden. Ihre Eltern waren doof. Sie hatte im roten Zelt übernachtet. Die Himbeerjacke hatte sie aufgemuntert. Nicht geschenkt, nur geliehen.) Arme Kathrin. Leo verstand keinen Spaß. Wäre Alexandra nicht eingeschritten, hätte Kathrin die Jacke sofort zurückbringen müssen.

Mari ärgerte sich mindestens genauso sehr wie Leo, und zwar unter zwei Gesichtspunkten:

1. Wieso hielt er sie für ein armes Opfer, das vor Käthe beschützt werden musste?
2. Wieso beschwerte er sich darüber, dass Tom ihm ein Detail wie das Zeltlager verschwiegen hatte, während Mari ÜBERHAUPT NICHTS über ihn erfuhr?

Sie schluckte ihren Ärger herunter. Klappe halten. Regina hatte schon genug Spaß gehabt. Es war unklug, mit ihr Stille Post zu spielen. Auf Leos Kosten, der nichts falsch gemacht hatte. Den *sie* weggeschickt hatte. Sie hatte kein Recht auf ein Guckloch. Schon gar nicht auf eins, das geladen und entsichert war.

Aber eigentlich war es Toms und Alexandras Schuld, dass Regina ihr Guckloch war. Ihr Schweigen hatte sie in ihre Arme getrieben. Sie verweigerten Mari ihren Stoff, und Mari war süchtig, so süchtig nach ihm, sie konnte nicht anders.

Nach zwei weiteren Treffen mit Regina erhärtete sich der Verdacht, dass Mari in Leos Gegenwart absolut kein Tabuthema war. Im Gegenteil. Tom gab beim Sonntagsessen Maris Bürogeschichten, die meistens von Niklas handelten, zum Besten. (»Hast du wirklich einen Kollegen mit einer Ingwerknolle aus deinem Büro rausgeekelt?«, fragte Regina ungläubig.) Und er erzählte ausführlich von den männlichen Partygästen, die trotz Toms Anwesenheit versuchten, Mari auf die Pelle zu rücken. Als Leo »Du bist gefeuert« brummte, beschloss Regina, ein bisschen Öl ins Feuer zu gießen.

»Verstehe«, hatte sie gesagt. »Jetzt bekommen die Worte ›Kunst statt Leo‹ eine ganz neue Bedeutung.«

Leo starrte sie an. »Hat sie das gesagt?«, fragte er tonlos.

»Sinngemäß.«

»Sinngemäß?« Er hob die Augenbraue. »Was hat sie genau gesagt?«

»Pizza statt Leo.«

Regina genoss es, dass er auf Hörensagen angewiesen war. Dass er sie fragte, was Mari gesagt hatte. Sie machte keinen Hehl daraus, dass es sich großartig anfühlte, *inside the tent* zu sein. Ja, sie saß in Maris Zelt (dem grünen), gemeinsam mit Tom, Alexandra, Kathrin und Toby. Und Leo saß zur Abwechslung mal draußen.

Das Ganze wurde immer besser. Seit Regina in Maris Zelt und sonntags im *Hummer* saß, war es vorbei mit der Zensur. Ungefiltertes Familienleben, inklusive ausgedehnten Streitereien unter Geschwistern. Ihr war gar nicht bewusst gewesen, wie oft Leo und Alexandra stritten, und es bereitete Regina großes Vergnügen, mit Tom amüsierte Blicke auszutauschen.

Eines schönen Sonntags, drei Wochen nach dem Aquariumsbesuch, waren die beiden Streithähne durch die Küchentür gestürmt. Leo hielt eine Papierrolle in der Hand und jagte Alexandra.

»Wem hast du das noch gezeigt?«, fragte Leo aufgebracht.

»Zum tausendsten Mal, nur dir!«, rief Alexandra.

»Tommy, kennst du Maris Pornos?«

Der warnende Blick, den Alexandra Tom zuwarf, sagte alles. Leo schlug seiner Schwester mit der Papierrolle auf den Kopf. »Wem noch?«

»Niemandem!«

»Es reicht«, hatte Leo gesagt. »Ich breche das ab.«

Ich breche das ab?

Mari kam nicht mehr dazu, Regina zu fragen, was er damit gemeint hatte, weil sie durch das halbe Restaurant tönte: »Hast du wirklich mit den Partygästen geschlafen und das Ganze aufgeschrieben?«

Mari vergrub ihr Gesicht in den Händen. Leo hatte recht. Es reichte wirklich. Genug Hörensagen.

Das Problem war nur, dass Alexandra und Tom immer alles mit allen teilen würden. So waren sie nun einmal. Mari kannte das von Emma. Es hatte keinen Zweck, sich darüber aufzuregen. Und sie waren allesamt einfach zu lustig, zu lieb, zu wunderbar, um auf sie zu verzichten.

Doch den Gedanken, dass Leo *das*, was Regina gerade gesagt hatte, von ihr dachte, hielt sie nicht aus. Die ungebremste Stille Post war kein Zustand.

Da wurde es ihr bewusst: Entweder alle oder keiner. Sie konnte nicht mit allen außer Leo befreundet sein. Entweder sie entsagte der ganzen Familie, oder sie musste Leo in ihr Leben lassen. Vollends die Kontrolle verlieren. Zitterattacken statt Stiller Post. Pest statt Cholera. Es sei denn …

Es sei denn, sie wurden Freunde. Der bloße Gedanke verlangsamte ihren Puls. Ein ruhiges Leben im Kreis ihrer Lieben. Sie würde schleppende Sonntage im *Hummer* verbringen, auf dem abgewetzten Ledersofa liegen mit Sonntagsbraten im Bauch, mit Toby auf dem Bauch, mit Leo am Fußende, der ganz platonisch ihre Sockenfüße auf seinen Schoß zog. Sie würde mit warmen Füßen einschlafen, bis seine Stimme in ihre Träume drang, er sprach nicht mit ihr, er sprach mit Tom und Alexandra, er glaubte ihnen kein Wort, und sie murmelte schläfrig, ja, glaub ihnen kein Wort, und er strich beschwichtigend über ihren Fuß und flüsterte: Schhhh Mari, schlaf weiter, bis die anderen weg sind …

Scheiße. Mari nahm die Hände vom Gesicht und warf Regina einen hilfesuchenden Blick zu.

»Ich will nicht mehr auf Leo stehen«, sagte sie leise.

Regina musterte sie mitleidig. »Weißt du, was die Libido tötet?«

Mari schüttelte den Kopf. Wenn sie das wüsste, wäre der Vamp längst Geschichte.

»Ein Sonntagsessen mit der Familie.«

Mari seufzte, aber Regina glaubte wirklich daran. Bei ihr hatte es funktioniert. Diese Familie war der reinste Sexkiller. Sie sprachen über Suppe, das Wetter oder darüber, wer wie lange gestern Abend Sport geglotzt hatte oder wer was Toby zu Ostern schenken sollte. Sie spielten *Gesellschaftsspiele.* Niemand, nicht einmal Leo, war bei *Mensch ärgere Dich nicht* attraktiv. Jegliche Fantasien, die Regina eventuell einmal über ihn gehabt hatte, waren tot. Sein endloses Sabbatical hatte ihr in den letzten Jahren bereits einigen Herzschmerz erspart (Mr. Right trug Krawatten und ging morgens ins Büro), aber Alexandras Party war ein ziemlicher Rückschlag gewesen, als er nach der dreijährigen Durststrecke aus Jeans und Trainingshosen in diesem smarten Anzug aufgetaucht war. Egal. Das war ausgestanden. Auf die Sonntage war Verlass, Mari würde schon sehen.

Mari zögerte. Alle hielten sie auf Abstand zu Leo, niemand wollte sie im *Hummer* haben. Es war zwar schwer zu glauben, aber die einzige halbwegs plausible Erklärung für die chinesische Mauer des Schweigens war, dass sie Leos Herz gebrochen hatte. Sie beschützten ihn. Oder war es andersherum? Beschützten sie Mari vor *ihm?* Immerhin verschonten sie Mari mit Geschichten über blonde Models, Nervenbündel, Mütter im Allgemeinen, während er alles über die Partygäste zu erfahren schien. Einem Liebeskranken zeigte man keine Sexporträts. So herzlos war nicht einmal Alexandra. Wahrscheinlich war ihnen langweilig gewesen mit ihren Gesellschaftsspielen, Suppe, dem Wetter, Sportglotzen und Ostern, und Mari war die Suppenwürze, die braune Maggiflasche auf dem gedeckten Sonntagstisch.

Sie wollten Suppenwürze? Konnten sie haben.

Mari nahm Reginas Einladung an, und dieses Mal war sie es, die eine Bedingung stellte: Pssst. Kein Wort zu niemandem.

22

Das hatte sie sich anders vorgestellt. Vielleicht hätte sie sich weniger über Leos Reaktion Gedanken machen sollen als über die Rahmenbedingungen.

Sie hatte ein festes Bild im Kopf gehabt und nicht weiter darüber nachgedacht. Leo, Tom, Käthe und Toby würden auf Vanessas Ledersofa Unsinn machen, während Alexandra am Kopfende des Tisches im Ohrensessel thronte und katzenäugig das Geschehen überwachte. Regina und Mari würden auf den Holzstühlen in der Economy Class sitzen. Der vertraute Kreis, in dem Mari mal eben klarstellen konnte, dass sie nicht mit den Partygästen geschlafen hatte, um sich danach voll und ganz auf die sexvernichtenden Gesellschaftsspiele zu konzentrieren.

Doch das hier war eine komplett andere Veranstaltung.

Mitten im Raum stand eine lange Tafel aus drei zusammengeschobenen Tischen, die von vier Sofas, zwei Sesseln, einer Bank und einem Kinderhochstuhl gesäumt wurden. Das restliche Mobiliar war so achtlos zur Seite geräumt worden, dass man den *Hummer* nur kletternd betreten konnte. Gedeckt war für dreizehn Personen. (Niemand hatte mit Mari gerechnet.) Der vertraute Kreis plus Susanne, Horst, Christoph, Pauline, Jockel (Käthes Auserwählter) und … Leos Eltern.

Mari wusste sofort, wer die lachende Frau war, die Alexandras Thron am Kopfende der Tafel gestohlen hatte. Sie war klein, dünn, hatte kurze graue Haare und keinerlei Ähnlichkeit mit ihren Kindern, aber Toby turnte so selbstverständlich auf ihr herum, wie man nur auf seiner Großmutter herumturnen konnte. Oder auf seinem Großvater, einem bärtigen Mann, der Tiergeräusche machte und ziemlich gut schielen konnte.

Eltern. Das hatte sie verdrängt. Obwohl Alexandra mehrfach von ihnen gesprochen hatte. Sie waren schon vor Wochen von ihrer Kreuzfahrt zurückgekehrt. Und nun waren sie hier.

Regina folgte Maris panischem Blick.

»Eltern«, stellte sie fest und grinste. »Heute stirbt deine Libido.«

Sie steuerte unbeirrt auf das laute Durcheinander zu, aber Mari blieb unentschlossen am Fenster neben dem Eingang stehen. Schließlich setzte sie sich auf die niedrige Fensterbank und sah unbemerkt dem bunten Treiben zu.

Toby zappelte aufgekratzt zwischen seinen Großeltern herum, die ihren Blick nicht von ihm abwenden konnten. Einziges Enkelkind. Alexandra saß ihrem Vater gegenüber und brüllte alle zwei Minuten »Stopp!«, wenn Toby seinen wehrlosen Opa zu sehr misshandelte. Mari sah nur den wogenden Lockenkopf und Toms Glatze, die hinter der hohen Lehne eines grünen Samtsofas hervorschauten.

Neben Tom, auf dem nächsten Sofa, saß Pauline, die sich über die Armlehne beugte und Tom etwas aus einem gelben Reclamheft vorlas. Tom unterbrach sie ständig, um sein Interesse zu bekunden. Der Platz neben Pauline war leer, ebenso wie die Bank aus grauem Wildleder, die neben Paulines Sofa stand.

Am anderen Ufer der Tafel auf Vanessas Ledersofa drängelten sich Käthe, Jockel, Christoph und ein Stapel Mangas. Christoph blätterte fasziniert in den japanischen Comics herum, und Käthe und Jockel redeten gleichzeitig auf ihn ein, weil Mangas einfach aufregend waren.

Leo fehlte.

Regina ließ sich in den kleinen roten Loveseat (Emma würde jetzt ihre Zunge anzüglich verrenken) sinken, der zwischen Vanessas Sofa und dem Sessel stand, in dem Tobys Opa saß. Sie versuchte vergeblich, einen Zipfel ihres quirligen Kindes zu erhaschen, das sich gerade mit einer verbogenen Lesebrille unterhielt, während die Großeltern und Alexandra von Susanne zurechtgewiesen wurden, die gemeinsam mit Horst kübelweise Essen anschleppte und keine Hilfe wollte.

Mari saß immer noch unbemerkt im Fenster und hatte ihre Bedenkzeit genutzt. Bloß keine Eltern. Sie zog den Reißverschluss ihres Parkas zu.

»Was machst du denn hier?« Leo stand direkt vor ihr, in Fußballschuhen, grauem Sweatshirt und dunkelblauer Trainingshose. Ach ja, sie erinnerte sich. Er konnte lautlos über Möbel klettern.

Er ließ seine Sporttasche auf den Boden fallen und starrte sie an.

Mari grub ihre feuchten Hände in die Jackentaschen und starrte zurück. Er trug den dämlichen schwarzen Haarreifen und sah schrecklich aus. Schrecklich vertraut. Acht Wochen ohne ihn. Wie hatte sie das ausgehalten? Sie konnte nicht denken, sie wollte nur noch nach Hause, zu ihm.

Sie sprang von der Fensterbank auf und wollte … Bevor sie wusste, was genau sie tun wollte, trat er einen Schritt zurück, weg von ihr.

»Was machst du hier?«, wiederholte er.

Er musterte sie. Er freute sich nicht, sie zu sehen. Zu Recht. Sie hatte damit gerechnet. Schließlich war sie es gewesen, die ihn weggeschickt hatte. Und dann war sie mit fremden Männern mitgegangen und hatte Sexporträts geschrieben. Die er gelesen hatte. Da waren wütende schwarze Augen das Mindeste.

Doch Leo sah gar nicht wütend aus. Nur zurückhaltend. Reserviert. Weit weg.

Das vertraute Gefühl verpuffte.

»Nichts«, antwortete sie mit erstickter Stimme. »Ich habe nur Regina hergebracht.«

Sie wandte sich hastig zum Gehen und nahm dabei aus den Augenwinkeln Alexandras Gesicht wahr, das über die grüne Sofalehne schaute.

»LEO! Was soll das!«, rief sie, und ihre Katzenaugen blitzten furchterregend.

Das Stimmengewirr der anderen verstummte.

Leo machte eine abwehrende Geste und entgegnete: »Ich habe nichts damit zu tun.«

Komisch, wie selten so etwas passierte. Dass man sich ganz und gar unwillkommen fühlte. Mari spürte den Tränenkloß im Hals.

»Ich bin schon fast weg«, murmelte sie und wollte gerade über den Eichentisch klettern, der den Ausgang versperrte, als Leos Mutter ihr zuwinkte und sagte: »Hallo, ich bin Christine.«

Mist. Manieren.

»Hallo. Ich … ich bin eine Freundin von …« Ja, von wem eigentlich?

»Mir«, sagte Regina, und im selben Augenblick fand Mari sich in Tobys Klammergriff wieder. Er hatte seine Arme um ihre Beine geschlungen und schmiegte seine Wange an ihre Jeans.

»Das ist die Mari!«, rief er seiner Oma zu.

Leos Mutter lächelte freundlich und sagte: »Wir haben zu viel Essen, helfen Sie uns doch.«

»Wir beißen auch nicht«, brummte Leos Vater.

Mari errötete und sah unwillkürlich Leo an, aber er hatte seinen Blick auf Toby geheftet, der ihn stürmisch begrüßte.

»Jetzt komm endlich her«, sagte Regina ungeduldig und klopfte auf den freien Platz neben sich im Loveseat.

»Ja, komm endlich her«, echote Tom und erntete ein Stirnrunzeln von Alexandra.

Es gab keinen Zweifel. Alexandra wollte sie nicht hierhaben. Und Leo sowieso nicht. Er wollte sie nicht einmal ansehen. Und Tom hatte gezögert. Was sollte sie tun? Ihr Blick wanderte zu Käthe, der Letzten aus dem vertrauten Kreis. Sie schaufelte gerade Gulasch auf ihren Teller und war keine Hilfe.

Zum ersten Mal seit sie in Berlin war, fühlte Mari sich allein. Der vertraute Kreis? Wie armselig. Sie kannte diese Leute noch keine drei Monate. Und platzte in ihr Sonntagsessen.

Tobys Hand schob sich in ihre. Loslassen. Sie konnte nicht. Überhaupt nicht. Sie klammerte sich an ihn, als er sie wie ein kleines Abschleppboot zur Tafel zog. Pröttpröttprött.

Sie drehte sich nicht nach Leo um, doch sie hörte aus den Ohrenwinkeln, dass er duschen gehen wollte, dass Susanne über sein kaltes Essen lamentierte und dass die Küchentür hinter ihm zuknallte.

Regina und Mari saßen dicht gedrängt im Loveseat, und Toby hockte wippend, futternd und plappernd auf Mari und war dabei so glücklich, dass niemand Lust hatte, ihn auf seinen Hochstuhl zu verbannen. Mit Toby auf dem Schoß war Reden und Essen unmöglich, aber das kam Mari ganz gelegen. Sie hatte ohnehin nichts zu sagen und würde sich beim Abendessen mit Niklas satt essen. Beim Dankesdinner. Nach acht Wochen voller Ausreden war das Maß voll gewesen. Die gute Stimmung im Büro drohte zu kippen. Also war sie eingeknickt.

Maris Beine waren unter Toby eingeschlafen. Sie fragte sich, wann sie gehen konnte. Sie hatte bereits zwanzig Minuten durchgehalten, und Leo war immer noch nicht vom Duschen zurückgekehrt. Susanne, die um ihr Gulasch fürchtete, schickte einen Suchtrupp (Tom) los.

Als Tom nach zehn Minuten nicht zurückkehrte, erhob sich Alexandra, um nach dem Rechten zu sehen.

Als Alexandra nach weiteren zehn Minuten nicht zurückgekehrt war, erzählte Jockel eine Geschichte, in der eine Frau auf Nimmerwiedersehen in einer Bahnhofstoilette verschwand, und ihr Mann und ihre Kinder und ihr Dackel und der hilfsbereite Fremde und das SEK und die Spürhunde verschwanden ebenfalls hinter der Toilettentür und tauchten nie wieder auf. Noch bevor der Dackel verschwunden war, hatte Toby sich auf dem grünen Samtsofa, auf dem die Verschollenen gesessen hatten, eingerollt und war eingeschlafen.

Mari wartete das Ende der Geschichte ab. Nachdem die Bahnhofstoilette die ganze Welt verschluckt hatte, beschloss sie, sich selbst in das schwarze Loch hinter der Küchentür zu begeben.

»Ich sage denen, dass ich jetzt gehe«, erklärte sie. »Dann kommen sie vielleicht wieder.«

Doch davon wollte Leos Mutter nichts wissen. Sie hätte die Frau gerne kennengelernt, vor der ihr Sohn solche Angst hatte, dass er nicht zum Essen erschien. Und es tat ihr leid, dass sie ihre Kinder so schlecht erzogen hatte.

Mari hätte sich am liebsten in Luft aufgelöst, aber sie versprach, noch eine Weile zu bleiben, falls das schwarze Loch sie wieder ausspuckte.

Die Küche war leer, aber sie hörte Stimmen hinter der Tür, die zum Hausflur führte. Die Bande saß offenbar im Treppenhaus. Und diskutierte.

»Ich kann das besser beurteilen als du«, sagte Leo gerade.

»Wieso das denn?«, erwiderte Alexandra.

»Ich habe sie seit zwei Monaten nicht gesehen, da sieht man den Unterschied.«

»Und du findest, das reicht jetzt, oder was?«

»Sie sah gut aus.«

»Wenn man auf Hungerhaken steht.«

»Du kannst mich mal.«

»Sie hatte einen Parka an, du konntest überhaupt nichts sehen.«

»Was trägt sie darunter?«, fragte Leo.

»Gute Frage, so was kann ich mir nie merken«, murmelte Tom.

»Ein weites Flanellhemd und Jeans«, berichtete Alexandra.

»Scheiße«, sagte Leo. »Dann muss ich sie …«

»Denk nicht mal dran«, knurrte seine Schwester.

»Was?«, fragte Tom. »Was meint er denn?«

Es entstand eine kurze Pause. Vermutlich wechselten Leo und Alexandra genervte Blicke.

»Wenn ich jetzt dort reingehe, kann ich für nichts garantieren«, sagte Leo schließlich.

»Setz dich einfach ans andere Ende des Tisches und rede nicht mit ihr.«

»Du hast keine Ahnung.«

»Doch, habe ich«, sagte Alexandra ungewohnt sanft.

»Vielleicht ist sie ja schon weg.« Leos Stimme klang näher als vorher.

Mari machte auf dem Absatz kehrt. Schnell weg hier, raus aus der Küche, dem *Hummer*, der Familie, ab ins grüne Zelt. Mit kurzem Halt bei Leos Mutter, weil M&M sie mit dem Fluch der guten Manieren belegt hatten.

Haarscharf. Sie hatte sich gerade neben Regina in den Loveseat plumpsen lassen, als die drei Bösewichte durch die Küchentür kamen.

Tom bemerkte Maris vorwurfsvollen Blick und sah sofort

erschüttert aus. Er lächelte sie unsicher an, und als sie nicht zurücklächelte, blieb er völlig verloren mitten im Raum stehen. Dann lief er hilflos wie ein falsch programmierter Roboter hinter den Sofas hin und her. »Lexi, wo soll ich denn sitzen?«

»Geh zu Toby aufs Sofa, der wird nicht wach.«

»Gegenüber von der Mari?«, fragte Tom, und es klang wie: Gegenüber vom Monster?

Ihm blieb keine Wahl. Seine beiden Komplizen hatten sich bereits die guten Plätze am anderen Ende der Welt bei Horst auf der Bank unter den Nagel gerissen, und auf dem kleinen Sofa in der Mitte saßen Pauline und Susanne, die in eine Unterhaltung vertieft waren.

Leo und Mari waren die Einzigen, die noch nichts gegessen hatten. Leos Vater war ganz beiläufig in die Küche geschlendert, hatte das aufgewärmte Gulasch geholt und bediente sie nun so unauffällig, als hätte er bei Horst ein Praktikum absolviert.

»Gulasch«, flüsterte Regina. »Fast noch besser als Eltern.«

»Nicht mehr nötig«, flüsterte Mari zurück. »Alles schon tot in diesem feindlichen Klima.«

»Weißt du, warum die dich hassen?«, fragte Regina ein bisschen zu laut.

»Aber ich *hasse* dich doch nicht!«, brach es aus Tom hervor. »Ich *liebe* dich doch!«

Alle starrten ihn an.

»Tomtommy«, murmelte Toby im Schlaf, doch er wachte nicht auf.

»Ich weiß«, sagte Mari, aber Tom sah immer noch bestürzt aus. »Ich habe dich auch lieb, Tom«, fügte sie leise hinzu.

Er lächelte sie zaghaft an, und dieses Mal lächelte sie zurück.

»Darf ich mal ganz unverblümt fragen, wer Sie eigentlich sind?«, erkundigte sich Leos Mutter.

Sie sah verwirrt und ein wenig besorgt aus. Kein Wunder. Schließlich gehörte der lächelnde Buddha ihrer Tochter.

»Keine Sorge, Mama«, sagte Alexandra. »Mari ist so was wie Tommys Zwillingsschwester.«

»Ach so, ich dachte, Sie wären Reginas Freundin.«

Mari atmete auf. Leos Mutter wusste wirklich überhaupt nichts. Vielleicht waren sie doch eine ganz normale Familie, in der die Eltern nichts mitbekamen. In der die Eltern die Dialoge ihrer Kinder wie entferntes Meeresrauschen wahrnahmen. Wie eine Fernsehserie, in die man zu spät eingestiegen war. Zu viele Charaktere, Handlungsstränge, Anspielungen auf Unbekanntes (zum Beispiel Sexporträts). Und alles mit Tobys Geräuschkulisse und ohne Hörgerät, das irgendwo herumflog.

»Das stimmt, ich bin …«, fing Mari an.

»Mit allen hier befreundet«, warf Käthe ein. »Außer mit Leo.«

Sie saß an Jockels Schulter gelehnt und teilte sich mit Christoph, der immer noch in den Comic-Heften herumblätterte, eine Tüte Gummibärchen.

»Kathrin! Christoph!«, rief Susanne. »Es gibt noch Nachtisch!«

»Dann her damit«, sagte Käthe und stopfte sich ein paar Gummibärchen in den Mund.

»Man wartet, bis alle aufgegessen haben«, erwiderte Susanne.

»Nicht meinetwegen«, sagte Leo, der schweigend neben seiner Schwester gesessen hatte und kaum von seinem Teller aufsah.

»Und ich esse sowieso keinen Nachtisch«, warf Mari schnell ein.

»Warum nicht?«, fragten Alexandra und Susanne gleichzeitig.

Alexandra warf ihr den bösen Blick zu, den Leo ihr früher zugeworfen hätte. Als er sie noch angesehen hatte.

»Ich muss heute Abend drei Gänge essen«, erklärte Mari.

»Mit einem Partygast?« Alexandra wirkte schon freundlicher.

»Nein, mit Niklas«, antwortete Mari, ohne nachzudenken.

Sie blickte verstohlen zu Leo und vergaß kurz zu atmen. Er sah ihr von seinem Ende der Welt aus direkt in die Augen.

»Mari, was machst du hier?«, fragte er ruhig.

Mari. Zu vertraut. Sie fand ihre Stimme nicht.

»Mari.« Hochgezogene Augenbraue, strenger Blick.

Und schon war alles wie immer.

»Die Libido töten«, keuchte sie gegen ihren Willen.

»Wie bitte?«, sagte Leo perplex.

»Es heißt, Familienessen … töten … die Libido«, stammelte Mari mit hochrotem Kopf.

Sie wusste, dass alle Augen auf sie gerichtet waren, hörte das Rascheln der Gummibärchentüte, Käthes und Paulines Kichern, das Getuschel von Leos Eltern, aber sie konnte ihren Blick nicht von ihm losreißen.

»Du willst mich loswerden«, sagte Leo.

»Ja«, antwortete Mari mit unerwarteter Inbrunst.

Leo musterte sie, immer noch mit hochgezogener Augenbraue. Dann wandte er sich seiner Schwester zu. »Hast du das gehört?«

»Gib ihr noch Zeit«, antwortete Alexandra.

»Es macht sie fertig.« Er funkelte seine Schwester an.

»Es macht *dich* fertig«, erwiderte Alexandra.

Er wich ihrem Blick aus.

»Ich sehe jetzt nach«, sagte er und sprang von der Bank auf.

»Leo! Lass sie in Ruhe!« Alexandra sprang ebenfalls von der Bank auf, aber Leo war schon am anderen Ufer, hinter Vanessas Ledersofa angekommen und entgegnete: »Kümmere dich um deinen eigenen Scheiß.«

»Ich sag ja, die sind wie Katz und Maus«, flüsterte Regina.

Alexandra wollte ihm folgen, aber plötzlich war Tom da und hielt sie am Arm fest. »Lexi, lass ihn mal machen.«

Für Mari ging alles zu schnell. Im einen Moment war sie stumme Zuschauerin, und im nächsten stand Leo neben dem Loveseat und streckte die Hand nach ihr aus.

»Komm mit«, sagte er.

»Nein.«

»Mari.« Augenbraue, streng. Das konnte er vergessen!

Mari ergriff seine warme Hand und ließ sich aus dem Sitz ziehen. Sie folgte ihm in Richtung Küche und hörte und sah nichts, außer ihm, als er sich nach seiner Familie umdrehte und »Draußen bleiben« sagte.

Als die Küchentür hinter ihnen zufiel, ließ er abrupt ihre Hand los und schaffte Distanz. Mindestens einen Meter. Genug für Maris Gehirn, um wieder anzuspringen.

»Der Nachtisch«, sagte sie leise.

Er hatte die Hände in die Hüften gestemmt, und nun kratzte er sich am Hinterkopf. »Was?«

»Die wollen doch ihren Nachtisch haben, und jetzt traut sich deinetwegen keiner hier rein, das ist wie mit den Partygästen im Treppenhaus.«

»Bleib hier.«

Er ging zum Kühlschrank, holte eine riesige Schüssel mit weißem Schokoladenmousse heraus und verschwand im *Hummer.*

Bevor Mari nachdenken oder flüchten konnte, war er zurück. Er blieb an der Küchentür stehen und sah sie stirnrunzelnd an. Er hatte nackte Füße, wie damals, als sie ihn zum ersten Mal gesehen hatte. *Damals.* Die Zeit lief anders, wenn es um ihn ging. In seiner Gegenwart rauschte alles vorbei, aber im Nachhinein fühlte es sich an, als könnte sie Fotoalben füllen. Ganz ohne Fotos. Fast ohne Fotos.

Vor zwei Wochen, als sie mit Tom draußen vor dem Café am Engelbecken in der Sonne gesessen hatte, war Leos Foto plötzlich auf Toms Telefon erschienen, und Lily Allen hatte *Fuck you* gesungen. Mari hatte wie ferngesteuert nach dem Telefon, das auf dem Tisch lag, gegriffen und das Foto angestarrt, bis Lily Allen schließlich verstummte.

Dann hatte sie den armen Tom ausgefragt. »Wieso sieht er da so … so … aus, wieso das Lied, was soll das, wo war er da und wieso …«

»Och, hier auf dem Foto hat er ein bisschen was getrunken, bisschen viel. Und das Lied, och ja, das hat er am selben Abend draufgepackt. Der war echt betrunken, aber er findet's immer noch witzig. Du darfst dir auch selbst einen Klingelton aussuchen, wenn du willst, Leo hat deinen ja … ähm …«

»Ausgesucht?« Ja, Leo hatte ihren Klingelton ausgesucht. »Welches Lied?« Och, nichts Sentimentales oder so, es war ja bloß Toms Telefon, total uninteressant.

Mari hatte ihr Telefon gezückt und Tom angerufen. Ihr Gesicht hatte ihr die Zunge herausgestreckt, und Freddie Mercury hatte *Don't stop me now* gesungen. Tom hatte mitgesummt. Und irgendwann hatte Mari aus heiterem Himmel losgeheult und erst aufgehört, als Tom ihr das Foto von Leo anbot. »Aber sag's nicht der Lexi.« Mari hatte eifrig den Kopf geschüttelt und wie ein einfältiger Groupie ihr Telefon an die Brust gedrückt, als Leo (grinsend, jünger, besoffen) darauf erschienen war. Tom hatte sie gefragt, welchen neuen Klingelton sie haben wollte, aber sie hatte wieder den Kopf geschüttelt. »Nichts verändern, bitte.«

Nichts verändern, bitte. Wilde Haare, alte Jeans, dunkelblaues T-Shirt, ein bisschen genervt. Er sah aus wie auf den Fotos in ihrem Kopf. Doch er war … weiter weg. Mindestens einen Meter. *Damals* wäre er nicht an der Küchentür stehen geblieben. Ihre Wangen glühten, ihre Lippen waren knallrot, sie waren allein. Und er stand dort drüben. Vielleicht hatte sich etwas verändert.

Gerade als sie die Hoffnung aufgeben wollte, überwand er den Meter, griff nach ihrer Hand und sagte: »Komm mit ans Fenster.«

Mit seiner Berührung setzte Maris Gehirn wieder aus. Sie folgte ihm wie ein Entenküken.

Das einzige Fenster in der Küche war der lange Schlitz über dem hellblauen Sofa, auf dem Regina die rosa Brille gefunden hatte.

»Ich brauche mehr Licht«, murmelte Leo, als sie die Kochinsel umrundet hatten und vor dem Sofa stehen blieben.

Er schaltete das Deckenlicht und die Halogenleuchten an der Dunstabzugshaube an.

Mari wollte sich auf das Sofa setzen, doch Leo sagte: »Nein, bleib stehen«, und hielt sie am Handgelenk fest. Er zögerte kurz, dann zog er sie unvermittelt zu sich, in eine feste Umarmung. Sie klammerte sich an ihn. Ihre Nase lag an seinem Hals, er roch nach Seife, überhaupt nicht nach Gulasch und Gesellschaftsspielen, sie atmete tief ein, spürte seinen Atem in ihrem Haar, sein Herz. Und dann schob er sie abrupt weg.

Er hielt sie an den Schultern fest und musterte sie so unverwandt, als hätte die Umarmung nicht stattgefunden.

»Zieh dein Hemd aus.« Er ließ ihre Schultern los.

Es war ihr egal, dass sein Blick distanziert war. Bevor er *Mari* sagen und die Augenbraue hochziehen konnte, begannen ihre Hände wie von selbst, ihr Hemd aufzuknöpfen. Hastig. Sie zog es aus und warf es hinter sich auf das Sofa.

Sie gefiel sich in Jeans und weißem Unterhemd auf nackter Haut. Gleich würde er seine Hand ausstrecken und sie berühren. *Gleich …*

Er berührte sie. Aber anders als erwartet. Er umschloss ihre nackten Oberarme mit seinen Händen und ließ sie bis zu den Handgelenken hinuntergleiten.

Mari bekam eine Gänsehaut.

»Wie immer«, murmelte er nüchtern. Nein, *ernüchtert.*

Dann sagte er: »Zieh das Unterhemd aus.«

Mari spürte, dass etwas nicht stimmte. War ihm nicht aufgefallen, wie schön sie war? Sie hatte gegessen, oft und viel. Alles war schöner, er würde schon sehen. Sie zog sich das Unterhemd über den Kopf und warf es zu dem Flanellhemd aufs Sofa.

Hier.

Aber Leo sagte nur: »Dreh dich um.«

Sie drehte sich um.

Leo ließ seine Fingerspitzen über ihren Rücken gleiten. Fuhr mit seinen Daumen über ihre Wirbelsäule. Es fühlte sich an wie beim Surferboy. Oder beim Arzt.

Er fasste sie an den Schultern und drehte sie wieder um. Starrte auf ihre Brüste. Nein, auf ihren Brustkorb.

Sie wusste, was er suchte.

»Die Rippen sind kaum noch zu sehen.« Mari wunderte sich über ihre eigene Stimme. Sie klang so laut. Stolz.

Leo musterte sie immer noch nüchtern. Wie ein Arzt. Endlich begriff sie die Sache mit den Doktorspielen.

»Ja, aber das reicht noch nicht«, sagte er kühl. »Wenn ich regelmäßig mit dir schlafen soll, musst du weiter essen. Zieh dich wieder an.«

Mari starrte ihn fassungslos an. *Zieh dich wieder an?* Und, noch viel schlimmer: *Wenn ich regelmäßig mit dir schlafen soll?*

»Du Arsch«, sagte sie mit bebender Stimme. »Ich will überhaupt nicht mit dir schlafen. *Ich* habe *dich* weggeschickt, und jetzt schlafe ich mit den Partygästen. *Regelmäßig.*«

»Mari …«

»Und heute Abend schlafe ich mit Niklas.«

»Mari, zieh dich an.« Leo sah nicht mehr reserviert aus, sondern sauer. *Endlich.*

Er nahm das Unterhemd vom Sofa und drückte es ungeduldig in ihre Hand.

»Warum, ist doch egal, es macht doch keinen Unterschied für dich.« Mari warf das Unterhemd auf den Fußboden.

Leo sagte nichts. Er hob ihr Unterhemd vom Boden auf, streifte es über ihren Kopf, zog ihre widerwilligen Arme durch die Öffnungen und fuhr mit den Fingern sanft über ihre Brüste, während er sie verhüllte. Maris Atem wurde schwer, aber Leo half ihr wie ein Gentleman ins Flanellhemd und knöpfte sie ohne Umschweife zu.

Sie stand verloren vor dem Sofa. Verloren und schmollend.

»Ist dir eigentlich schon mal aufgefallen, dass du mich ständig anziehst? Du machst so einiges falsch herum, weißt du.« Zum Beispiel ostwärts nach Kanada fliegen. Oder zuerst ein Kind zeugen und die Mutter erst danach kennenlernen. Vielleicht hatte er deshalb Skiwäsche und Wollpullis zur Hand, wenn die Dinge drohten außer Kontrolle zu geraten. Halt! Dass ihr das nicht früher eingefallen war. Leo hatte ein Regina-Trauma. Kein Wunder … Doch das gab ihm nicht das Recht, sie nach Belieben an- und auszuziehen. Oder vielmehr aus- und anzuziehen.

»Leo, ich bin keine Puppe, die du, wie du willst … *Willst* du überhaupt …« Sie konnte es nicht aussprechen.

Leo lehnte sich an den Tresen der Kochinsel und musterte sie schweigend.

Was war los mit ihm?

»Ich bin mir nicht mehr sicher«, sagte er schließlich.

Mari schluckte. *Er will mich nicht.*

»Ich wusste die ganze Zeit, was du gemacht hast, aber es ist mir nie in den Sinn gekommen, dass …« Er unterbrach sich und musterte sie wieder.

»Was habe ich denn gemacht?«, fragte Mari unsicher. Sie wusste nicht, ob sie die Antwort hören wollte.

»Dich amüsiert.«

Amüsiert? Sie warf ihm einen verwirrten Blick zu.

»Jetzt tu nicht so erstaunt.«

»Ich weiß wirklich nicht, was du meinst.«

»Du warst jeden Abend mit jemand anderem unterwegs.«

»Aber das war … Arbeit«, stammelte Mari.

»Ja, klar«, sagte er sarkastisch. »Und ich war noch froh, dass die dich alle zum Essen eingeladen haben. Mir ist überhaupt nicht in den Sinn gekommen, dass …«

»Was?«

»Dass du dich wirklich amüsierst.« Er schüttelte den Kopf. »Ich war ein Idiot.«

Mari schwieg. Was passierte hier gerade? Ihr wurde schlecht. Sie musste sich an der Kochinsel festhalten.

»Jeder andere hätte es kapiert«, fuhr er fort. »Aber ich nicht. Ich dachte, du gehst aus und isst und bist so verdammt produktiv, weil du … Weil wir nicht zusammen sind. Als ich gehört habe, dass du in einem Zelt schläfst, dachte ich wirklich, du verkriechst dich da und heulst dich in den Schlaf. In meinem Pullover.« Leo hob eine spöttische Augenbraue. Er lachte sich selbst aus. Aber er lachte nicht.

»Ich war so überzeugt von mir. Ich bin nicht mal auf die Idee gekommen, dass es dir einfach Spaß machen könnte, in einem Zelt zu schlafen und mit den Kindern Karten zu spielen.« Er zögerte kurz und fügte dann hinzu: »Oder dass du mit diesen Typen schläfst.«

Maris Wangen wurden heiß. Ihre Gesichtsfarbe war wie ein Geständnis. Irgendwann würde sie deshalb unschuldig im Gefängnis landen.

»Ich habe das Zeug gelesen.« Leo sah sie kalt an.

»Ich weiß«, murmelte Mari. »Alexandra ist so ein …«

»Arsch«, vollendete Leo ihren Satz.

Sie nickte. »Trotzdem …«

»Was?«

»Sie hätte dir das Zeug nicht zu lesen gegeben, wenn sie gedacht hätte, dass … dass es dir was ausmacht.«

»Es hat mir nichts ausgemacht«, sagte er kühl.

Oh. *Okay.* Mari schlug die Augen nieder.

»Ich war nicht eifersüchtig. Wie gesagt, ich war ziemlich überzeugt von mir. Ich habe keine Sekunde daran gezweifelt, dass du den Sexkram bloß erfunden hast. Es hat mich sogar …« Er zögerte und Mari sah auf.

Er warf ihr einen eigenartigen Blick zu und sagte: »Angetörnt.«

Mari spürte, dass ihr Gesicht inzwischen tiefrot war. Herrje.

»Ich war mir so sicher, dass die Frauen … nicht du waren.«

»Na toll«, murmelte Mari. »Und das hat dich angetörnt.«

»Wenn du's genau wissen willst, es hat mich extrem angetörnt, dass du es geschrieben hast. Ich konnte gar nicht genug davon kriegen. Und jetzt könnte ich kotzen. Weil ich dir beim Sex mit anderen Männern zugeschaut habe.«

»Leo, ich verstehe überhaupt nichts mehr.«

Er sah so zornig aus. Zornig und hilflos.

»Du hast keine Sekunde gezögert, dich hier auszuziehen. In der *Küche.*«

»Das war doch deine Idee«, warf Mari entrüstet ein.

»Ja, aber ich hätte nie gedacht … Die Mari, die ich kenne, hätte das nicht gemacht. Aber wenn's nach dir ginge, wärst du immer noch nackt.« Er zeigte aufgebracht zur Tür, die in den *Hummer* führte. »Die ist nicht mal abgeschlossen!«

»Seit wann stört dich so was?«, fragte Mari verdutzt.

»Es stört mich nicht.« Er funkelte sie an. »Aber dich.«

»Nein, es stört mich nicht.«

»Eben!« Er verschränkte die Arme vor der Brust.

Mari hielt das Ganze nicht mehr aus. Vorsichtig legte sie ihre Hände auf seine Arme, doch er sah sie nur misstrauisch an und bewegte sich nicht.

»Leo.«

»Was?«

»Was genau stört dich?«

»Seit wann bist du so abgebrüht?«

»Ich bin nicht abgebrüht. Im Gegenteil.« Sie zögerte, aber dann sagte sie es: »Ich bin hungrig.«

Er zog die Augenbrauen zusammen.

»Hast du deshalb mit den Typen geschlafen?«

Mari streichelte sanft mit den Daumen über seine Arme, die er immer noch vor der Brust verschränkt hatte.

Er rührte sich nicht und musterte sie skeptisch.

Mari seufzte. Er kannte sie noch nicht, die Mari, die ihren Körper ganz in Ordnung fand. Die Mari, die halbnackt in der hell erleuchteten Küche stand, während seine Eltern nebenan weißes Schokoladenmousse aßen. Kein Wunder, dass er davon überzeugt war, dass sie sich in den letzten acht Wochen amüsiert hatte. Und sie wusste, was er hören wollte. Sie hätte es ihm längst sagen können: Deine arrogante Version, die es nicht für möglich gehalten hat, dass ich mit jemand anderem schlafe als mit dir, hatte recht. Mit allem. Ich bin mit den Partygästen ausgegangen, um nicht an dich zu denken. Ich habe gegessen, um durchzuhalten. Ich habe geschrieben, um nicht so allein zu sein. Ich habe mich im grünen Zelt verkrochen, um mich in den Schlaf zu heulen. *In deinem Scheißpullover.*

Stattdessen fragte sie: »Wenn du gedacht hast, dass ich mich deinetwegen im Zelt verkrieche, warum hast du mich dann nicht zurückgeholt?« Sie warf ihm einen vorwurfsvollen Blick zu und zupfte an den Haaren auf seinen Armen herum.

Leo entknotete seine Arme und griff nach ihren Handgelenken. Er hielt sie fest. Als würde sie sonst Unsinn anstellen.

»Hätte ich fast«, sagte er. »Aber dann hat Regina die drei Worte gesagt.«

Mari starrte ihn entsetzt an.

»Ich liebe dich?«, platzte es aus ihr heraus.

Leo sah plötzlich belustigt aus und sagte: »Pizza statt Leo.«

»Ich versteh kein Wort.«

»Als ich dich im Café sitzengelassen habe …«

Mari unterbrach ihn: »Du meinst, als *ich* dich im Café weggeschickt habe.«

»Richtig.« Er lächelte schief. »Ich konnte nicht weggehen. Ich stand draußen und habe gesehen, wie gierig du dich auf meinen Muffin gestürzt hast.«

Oh nein. Hatte er auch gesehen, dass sie an seinem Kaffeebecher geleckt hatte?

»Am selben Tag hast du deinem Chef seinen Nachtisch weggefressen – frag nicht, woher ich das jetzt weiß.« Wieder das schiefe Lächeln. »Und dann hat Tommy erzählt, dass du mittags und abends riesige Portionen vernichtest, und ich … Ich habe es auf mich bezogen.«

»Weil du so überzeugt von dir warst.«

Da brach es durch, sein Räubergrinsen. Nicht zurückgrinsen. Er brauchte dringend einen Dämpfer. *Wenn ich regelmäßig mit dir schlafen soll.* So ein Arsch.

»Du hast es selbst bestätigt«, sagte er.

»Jaja, ich weiß, Regina, ich und die Pizza.« Sie rollte mit den Augen.

»Wie hätte ich dich da zurückholen können?« Leo ließ ihre Handgelenke los und steckte seine Hände in die Hosentaschen. Er hatte aufgehört zu grinsen.

»Ich war trotzdem ständig kurz davor. Alexandra war so sauer auf mich: Lasst uns noch schnell Mari mästen, bevor Leo die Nerven verliert.« Er zog eine Grimasse. »Sie hat Tom und Kathrin sogar verboten, mit dir über mich zu sprechen, weil sie dachte, dass du dann noch verzweifelter bist. Und mich hat sie wie eine tickende Zeitbombe behandelt. Sie hat mir alles besorgt, was du geschrieben hast, um mich bei Laune zu halten. Am liebsten hätte ich alle Geschichten bei mir gebunkert. Es hat mich genervt, dass meine Schwester sie überall herumgezeigt hat, vor allem, als sie letzte Woche mit den Pornos ankam.«

Leo kratzte sich am Hinterkopf. »Tommy hat sie gelesen, wusstest du das? Ich hätte ihn erwürgen können. Eigentlich schon die ganze Zeit, jedesmal, wenn auf seinem Scheißhandy *Don't stop me now* lief und dein Bild mir die Zunge herausgestreckt hat. Einmal habe ich sein Telefon zu fassen gekriegt und den Klingelton gelöscht, aber Tommy meinte, ich hätte ihn doch selbst ausgesucht, was stimmt, aber da hat alles noch Spaß gemacht.« Er zögerte, doch dann fügte er hinzu: »Weißt du, dass du mich noch nie angerufen hast? Noch nie.«

Er schüttelte den Kopf. Als lachte er sich wieder selbst aus. Als könnte er nicht fassen, was er da gerade gesagt hatte. »Vergiss das. Ich war froh, dass Tommy bei dir war. Er musste mir versprechen, dich nicht mit den Männern allein zu lassen.«

»Also warst du doch eifersüchtig«, murmelte Mari.

»Nein, Mari, ich war *besorgt*«, entgegnete er und sah plötzlich wieder genervt aus. »Wie konntest du nur mit diesen fremden Typen mitgehen?«

»Ich …«

»Hast du mit ihnen geschlafen?«

»Aber du bist nicht eifersüchtig.« Mari zog eine Augenbraue hoch.

»Ich *war* nicht eifersüchtig.«

»Und jetzt bist du es doch?«

»Ja.«

Es gab zwar kein Dunkelschwarz, aber seine Augen waren es: dunkelschwarz.

»Muss ich das jetzt nochmal fragen, oder was?«

»Was?«

»Ich glaub's nicht.« Er warf ihr einen bösen Blick zu. »Ob du mit ihnen geschlafen hast.«

Leo stemmte die Hände in die Hüften und versuchte, Mari in Grund und Boden zu starren.

Mari zog wieder die Augenbraue hoch. Ha. Sie konnte das. Und sie konnte ein bisschen mysteriös sein. Vor allem, wenn sich jemand wie der König der Tiere aufführte und Sachen sagte wie: *Wenn ich regelmäßig mit dir schlafen soll.*

»Das macht doch keinen Unterschied. Du hast es dir vorgestellt. Jetzt ist es in der Welt.«

»Mari.« Gegenaugenbraue. Ultrastreng.

So nicht, Freundchen! Ich werde … ich werde …

»Ihr habt mich mit eurer Gesundheit infiziert«, hörte sie sich sagen.

Dunkelschwarz? Schwärzer. Er sagte kein Wort, aber seine Augen sahen so aus, als würde er sie anbrüllen. Er wollte eine schlichte Antwort auf seine schlichte Frage – und bekam viel mehr.

»Ich schäme mich nicht mehr so sehr«, sagte Mari. »Jeder weiß jetzt, dass ich nicht superfleißig bin. Ich arbeite nur noch bis sechs, wusstest du das? Wenn ich mir faul vorkomme, denke ich an deine Schwester und ihre Sofas. Aber sag's ihr nicht, ja?«

Er machte ein ungeduldiges Geräusch, aber Mari fuhr fort: »Wenn ich mir verrückt vorkomme, denke ich an Tom und seinen Vogel, seine Vögel … Spätestens seit er allen meine Geschichte vorgelesen hat, weiß sowieso jeder, wie ich bin. Die Gespräche mit den Partygästen sind durchweg verrückt, aber es ist mir nicht peinlich, zumal ich ja jetzt so eine Art Künstlerin bin.« Sie errötete. »Okay. Das mit der Künstlerin war mir jetzt doch peinlich.«

Leos Augen brüllten sie nicht mehr an. Er musterte sie aufmerksam.

»Anfangs habe ich gegessen, weil … weil ich dich nicht haben konnte, und den Muffin konnte ich haben …«

»Du konntest mich immer haben«, sagte Leo.

»Nein, ich war ein Geist. Aber jetzt … Ich esse gerne. Und ich bin schöner, dicker, wirklich …«

Leo lächelte. Er legte seine Hände auf ihre Hüften.

»Ich kann jetzt nackt herumlaufen und zittern. Und ich habe ständig Sex.«

Leo holte Luft. Bevor sie fortfahren konnte, sagte er leise: »Ich will die Details.«

»Was?«, fragte Mari perplex.

»Bei Sex versteht man fast alles, wenn man dabei war. Wenn ich die Details nicht aushalte, dann halte ich die ganze Sache nicht aus.« Er musterte sie. Seine Hände lagen immer noch auf ihren Hüften. »Oder … kenne ich die Details schon?«

»Was?«

Mari stand auf dem Schlauch. Sie versuchte zu erfassen, was er gerade gesagt hatte. Sie wusste, dass er sie zitiert hatte, aber was bedeutete das? Er wollte *die Sache aushalten.* Bedeutete das …? Er wollte sie haben, selbst wenn sie mit den Partygästen geschlafen hätte?

»Aus deinen Pornos«, sagte er, doch Mari hörte ihn kaum. Sie dachte immer noch über das nach, was er gerade gesagt hatte. Er war unglaublich. Sie hatte ihn weggeschickt und angeblich mit fremden Männern geschlafen, und er wollte sie trotzdem haben.

Unwillkürlich schlang sie ihre Arme um seinen Hals und zog seinen Kopf zu sich heran. Und er ließ es zu.

»Ich habe ständig Sex«, flüsterte sie in sein Ohr. »*Sicheren* Sex.«

Sie musste lächeln, aber sie fühlte seine Anspannung und fügte schnell hinzu: »Mit mir selbst. In meinem Zelt. In deinem Pullover. Alles andere war erfunden.«

Sie spürte plötzlich, wie sich seine Brust hob und senkte. Er musste den Atem angehalten haben.

»Leo, die Tanten in meinen Geschichten waren *Dominas.* Dachtest du wirklich …?« Sie kicherte gegen seinen Hals.

Er fasste in ihre Haare und zog ihren Kopf zurück. Seine Augen waren einfach nur dunkelbraun. Er grinste.

»Du denkst an die Sache mit den Seilen.«

»Und der Zange«, prustete Mari.

»Du hast ihn ziemlich feste gekniffen.« Sein Grinsen wurde breiter.

»Ich habe überhaupt nichts! Aber *du* …«

»Ich?«, sagte Leo entrüstet.

»Du hast gesagt, es hat dich angetörnt!«

»Das nicht. Die andere Geschichte.«

»Welche?«

»Die mit dem Betonmischer. Wollen wir die nachstellen?«

Bevor sie seinem Fuß einen Tritt verpassen konnte, überrumpelte er sie mit einem todernsten Kuss, der überhaupt nichts mit Betonmischern zu tun hatte.

Er wollte nicht aufhören, sie zu küssen, und sie wollte es auch nicht, doch beim dritten Anlauf gelang es ihr, ihn wegzuschieben.

»Leo …« Sie schnappte nach Luft. »Ich bin immer noch ich.«

»Zum Glück.« Er zog sie wieder zu sich.

Mari legte gerade noch rechtzeitig die Finger auf seinen Mund.

»Es ist mir total peinlich, dass wir so lange weg waren«, sagte sie. »Dort hinter der Tür sitzen …«

Schon wieder das Räubergrinsen. »Meine Eltern.«

»Und die denken …«

»Immer das Schlimmste.«

»Das ist nicht lustig.«

»Doch, ist es. Komm mit.«

Er gab ihr einen Kuss auf die Nasenspitze. Dann fasste er sie an der Hand, zog sie hinter sich her und ließ sie abrupt los, als er die Tür öffnete.

23

Mari fiel ein Stein vom Herzen. Die Eltern waren nicht da. Ebenso wenig wie Toby und die Rentnerköche. (Sie machten ihren Sonntagsspaziergang, wie Mari später erfuhr.)

Doch alle anderen waren da.

Am einen Ende der Tafel hockten Tom, Käthe, Jockel und Christoph und spielten Karten. Regina und Pauline saßen am anderen Ende und sahen ein wenig gelangweilt aus.

Alexandra lag ausgestreckt auf dem grünen Samtsofa, hellwache Katzenaugen in Richtung Küchentür. Kaum dass Leo und Mari den Raum betreten hatten, rief sie: »Euretwegen gab's keinen Kaffee!«

Alle Köpfe drehten sich zur Küchentür.

»Hallo«, sagte Mari und winkte.

Hallo? Winken?

Leo warf ihr einen schrägen Blick zu und sah aus, als wollte er losprusten. Sie war es schon so gewohnt, dass er nach ihrer Hand griff, dass sie verdattert neben der Tür stehen blieb, als er ohne sie auf das grüne Sofa zusteuerte. Er hob Alexandras Beine wie eine Schranke hoch, ließ sich auf das Sofa fallen und zog die bunten Sockenfüße auf seinen Schoß.

Alle Blicke waren immer noch auf Mari gerichtet. (Außer Leos. Er schaufelte sich Schokoladenmousse in eine Dessertschale.) Sie wusste nicht, wohin mit sich. Wenn sie nicht aufpasste, würde sie wie Tom kopflos auf und ab laufen und irgendwann verzweifelt »Leo, wo soll ich denn sitzen?« rufen.

Regina hatte Erbarmen. Sie klopfte auf den Platz neben sich im Loveseat. Mari ließ sich dankbar neben sie in die Kissen sinken, obwohl an der Tafel mehr als genug freie Plätze (ohne Körperkontakt) gewesen wären.

»Hast du nachgesehen?«, wollte Alexandra wissen und gab Leo einen leichten Tritt in die Seite.

»Leute, wir spielen gleich weiter, ich muss das erstmal hören«, sagte Käthe zu den Jungs.

»Ich auch.« Tom legte ebenfalls seine Karten weg.

Christoph und Jockel brummelten etwas von gutem Blatt und schlechten Verlierern, aber sie verstummten, als Leo zwischen zwei Bissen Schokoladenmousse zu Alexandra sagte: »Klar habe ich nachgesehen.«

Mari hielt die Luft an.

»Ich habe sie einfach gebeten, ihr Hemd auszuziehen, und dann hat sie sich ganz lieb von mir abtasten lassen. Wie beim Arzt.«

»Echt?«, sagten Tom und Käthe gleichzeitig.

»Sicher«, antwortete Leo mit ernster Miene. »Vorne, hinten, überall.«

Mari starrte ihn an. Sie wollte etwas sagen, aber ihr fehlten die Worte.

»Und als Mari dann durch den TÜV war, wollte sie sich partout nicht wieder anziehen.«

»Warum denn nicht?«, erkundigte sich Tom erstaunt.

»Weil sie unbedingt Sex auf dem Küchensofa haben wollte«, erklärte Leo und schob sich einen Löffel mit Schokoladenmousse in den Mund.

»Wirklich?« Tom sah Leo mit großen Augen an.

»Ich war auch geschockt.« Leo imitierte Toms ungläubigen Gesichtsausdruck.

Mari war immer noch sprachlos, und er saß zu weit weg, um ihm auf den Fuß zu treten. Also warf sie ihren Dessertlöffel nach ihm. Und traf.

»Au!« Leo fasste sich an die Schulter. »Spinnst du?«

»Spinnst *du*?«, brachte Mari hervor.

Sie warf ihm einen bösen Blick zu. Sein Spiegelbild. Doch seine Mundwinkel zuckten.

»Tommy, der verarscht dich«, lachte Käthe und knuffte Tom in die Seite.

Jockel, Christoph und Pauline lachten ebenfalls.

»Mensch, Leo, so was kannst du doch nicht mit mir machen.« Tom grinste verschmitzt.

Regina lachte nicht. Sie sah Mari von der Seite an und murmelte: »Schade.«

Mari, die immer noch einen Frosch im Hals hatte, sah sie fragend an.

»Das mit der Libido war doch nur ein Vorwand«, sagte Regina leise, doch die anderen hörten ohnehin nicht zu. Sie waren zu sehr damit beschäftigt, Tom aufzuziehen. »So wie Leo sich in letzter Zeit aufgeführt hat, dachte ich, ihr braucht euch nur zu sehen und fallt euch in die Arme. Du bist die einzige erträgliche Stiefmutter für Toby, die mir einfällt.«

Mari wusste nicht, weshalb ihre Augen plötzlich feucht wurden, und sie wollte definitiv nicht »Ich liebe ihn« flüstern, doch sie tat es.

»Leo?«, fragte Regina. Sie sah nicht erstaunt aus.

Mari nickte.

»Dann hol ihn dir doch.«

Mari flüsterte gerade: »Ich glaube, das habe ich schon«, als die Stimmung auf dem grünen Sofa kippte.

Alexandra wurde laut. Das Erste, was Mari hörte, war: »Leo statt Pizza, oder was?«

Leo hatte ihre Sockenfüße von seinem Schoß heruntergeschubst. »Das diskutiere ich nicht mit dir.«

»Glaubst du, ich sehe nicht, wenn du glücklich bist?«

»Ach so, und das passt dir nicht.«

»Doch, da warte ich seit Jahren drauf, aber ich passe auf Mari auf.«

»Denkst du, ich nicht?«

»Leo, ich werde mich da nicht raushalten. Sie gehört zur Familie.«

»Sie gehört zu mir, und du klingst wie ein Mafiaboss.«

»Und du klingst wie einer, der nicht teilen kann.«

»Da hast du verdammt recht, ich teile nicht, ich liebe sie!«

Stille. Alle starrten Leo an, und Leo starrte Mari an.

»Tut mir leid«, murmelte er. »Das war total unromantisch.«

»Mir ist gerade dasselbe passiert«, sagte Mari. »Ich hab's Regina gesagt.«

»Was?«

»Dass ich dich liebe.«

Er zog die Augenbraue hoch. Dann lächelte er. Nein, er strahlte. Ihr Spiegelbild.

»Dann sind wir ja quitt«, sagte er. »Wollen wir uns jetzt vor allen küssen?«

»Ich kotz gleich«, warf Käthe ein.

»Nee, Regina und ich sitzen hier so schön im Loveseat«, erwiderte Mari lachend. (Kicherte Regina? Tatsächlich …)

Dann fiel ihr Blick auf den Mafiaboss, und ihr Lachen gefror. Alexandra guckte düster.

»Legst du mir jetzt einen abgeschnittenen Pferdekopf ins Bett?« Die Furcht in Maris Stimme fühlte sich fast echt an.

»Du hast ja gar kein Bett«, entgegnete Alexandra, und man konnte sehen, wie es in ihrem Kopf ratterte. Keine Frage, demnächst würden Tom und Simon mit einem Bett vor Maris Tür stehen. Einem Doppelbett, in das zwei tote Pferdeköpfe passten. Einer für sie, einer für Leo.

»Und wenn ich dir hier und jetzt glaubhaft vermittele, dass ich weiter essen werde und dass Leo teilen kann?«

»Wie das?«, fragte Alexandra skeptisch.

Mari wandte sich Leo zu, der gerade »Ich teile nicht« knurrte.

»Ich muss gehen. Ich bin zum Essen eingeladen.«

Leo hob die Augenbraue. »Beim schönen Niklas?«

Mari nickte. »Drei Gänge.«

»Und danach?«

»Danach ruf ich dich an. Du brauchst einen Klingelton für mich.«

»Den habe ich schon«, sagte er.

»Wirklich? Welches Lied?«

»Rate mal.«

Mari zögerte. Sie fühlte sich plötzlich befangen. Und dass sieben andere Leute zuhörten, machte die Sache nicht besser.

»Chasing Pirates?«, fragte sie mit einem nervösen Lachen.

Käthe machte Kotzgeräusche.

»Nein«, sagte Leo, und Maris Wangen wurden heiß. Er erinnerte sich nicht daran.

»Ich hab's ausprobiert, aber das ist nicht laut genug«, fuhr er fort. »Da hätte ich dich vielleicht nicht gehört. Und das andere passt sowieso besser zu dir.«

Sie räusperte sich und fragte: »Welches denn?«

»Stranger Than Fiction.« Er lächelte sie an. *Privat.* Dann stand er vom Sofa auf. »Komm, ich fahr dich.«

DANKE!

Ich möchte mich bei meinen Literaturagentinnen Gesa Weiß und Kristina Langenbuch Gerez bedanken. Ihr wart die Ersten »da draußen«, die das Manuskript gelesen haben, und ich kenne Kristinas E-Mail immer noch auswendig: »Ich wollte einfach immer weiterlesen und konnte erst aufhören, als es vorbei war …« Und dann wart ihr da und habt einfach so diesen tollen Verlag für mein Buch gefunden. Danke!

Herzlichen Dank auch an das gesamte Team bei Bastei Lübbe, allen voran Martina Wielenberg, die den Spagat zwischen meinem Traum vom Schreiben und der Realität des Veröffentlichens gemeistert hat.

Einsamen Herzens hätte ich keine romantische Komödie schreiben können. Ohne meine Eltern, meinen Bruder und meine Freunde, unter ihnen einige geduldige Probeleser, wäre daher im wahrsten Sinne des Wortes ein Drama daraus geworden. Ich bin euch allen unendlich dankbar. Mein größter Dank aber gebührt meinem Mann, dessen Urvertrauen in mich scheinbar ein bisschen auf mich abgefärbt hat. Sonst gäbe es jetzt kein Buch (von mir).

Kann man Liebe säen, wo sie nicht von selbst wächst?

Valerie Korte
LIEBE TREIBT DIE SCHÖNSTEN BLÜTEN
Roman

416 Seiten
ISBN 978-3-404-18355-5

Das fragt sich Gartenbauerin Svea, als sie ausgerechnet im Rückenkurs den Landschaftsarchitekten Lars trifft. Nach 45 Minuten Faszienlockerung ist ihr klar: der und kein anderer. Von seiner Seite allerdings: null Interesse. Die Partnerübung mit dem Igelball endet im Desaster, und auch die wissenschaftlich geprüften Flirt-Tipps von Sveas Freundin Elisabeth zeigen keine Wirkung. Oder? Als Lars bei der Stadt Köln die Neugestaltung eines Platzes ausschreibt und Svea sich mit ihrer Firma bewirbt, kommt Bewegung in die Sache …

Lübbe